Tom Hillenbrand

THANATOPIA

Tom Hillenbrand

THANATOPIA

Thriller

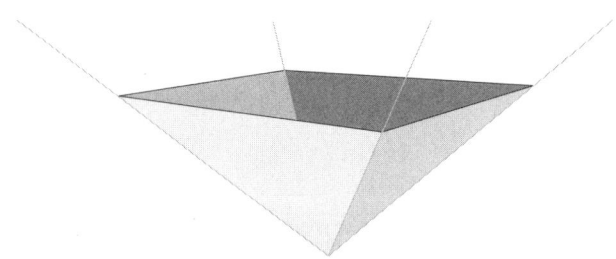

Kiepenheuer & Witsch

1. Auflage 2025

© 2025, Verlag Kiepenheuer & Witsch GmbH & Co. KG,
Bahnhofsvorplatz 1, 50667 Köln
Alle Rechte vorbehalten
Die Nutzung unserer Werke für Text- und Data-Mining
im Sinne von §44b UrhG behalten wir uns explizit vor.
Covergestaltung Barbara Thoben, Köln
Covermotiv © Ostapius/Depositphotos
Gesetzt aus der Quadraat
Satz Buch-Werkstatt GmbH, Bad Aibling
Druck und Bindung GGP Media GmbH, Pößneck
ISBN 978-3-462-00872-2

Kontaktadresse nach EU-Produktsicherheitsverordnung:
produktsicherheit@kiwi-verlag.de

Für die Mittwochs-Kellercrew, 2000 Hamburg 4.

Die Grenzen, die Leben und Tod scheiden,
sind unbestimmt und dunkel.
Wer vermag zu sagen, wo das eine endet
und das andere beginnt?

Edgar A. Poe, »Die Scheintoten«

I swear that life's against me,
'cause it's getting in the way.

Prayers, »Gothic Summer«

Ein kleines Hologrammlexikon
finden Sie am Ende des Buches

Das Meer brodelt, die Gischt kocht, aber das ist echt gar nichts im Vergleich zu dem, was in Percys Brust abgeht. Darin schäumt und rumort es so sehr, dass sein ganzer Leib zittert. Er blickt hinab zu der Schiffsschraube, die das Wasser aufwühlt. Währenddessen erläutert sein Vater ihm ungefragt das Küstenpanorama.

»... ist das Ida-Gebirge. Der Gipfel dort? Das ist der Psiloritis. Fast zweieinhalbtausend, hoch wie ein Alpengipfel.«

Percy nimmt die Ausführungen schweigend zur Kenntnis. Er interessiert sich nicht für die Geografie Kretas. Er interessiert sich überhaupt nicht für diese dämliche Insel. Zugegeben, das Meer ist okay. Aber das Essen taugt nichts, und es ist heiß. Sein Vater behauptet, griechischer Sommer sei wie indischer Frühling. Aber Percy wurde in London geboren. Sein Blut ist dicker als das seiner Vorfahren. Zwar konnte er sich an diesem glühenden Samstagmorgen hinaus aufs Meer retten. Aber die kühle Brise verschafft ihm keine Erleichterung, im Gegenteil. Er denkt an seinen Bruder, sieht immerzu dessen wutverzerrtes Gesicht.

»Percival? Hörst du mir überhaupt zu?«

»Natürlich.«

»Und was habe ich gerade gesagt?«

»Dass das ein echt hoher Berg ist, Dad.«

In den Augen seines Vaters liegt jene Mischung aus Strenge und Spott, für die Percy ihn manchmal hasst. Manchmal? Immer. Dr. Dr. Deepak Singh sagt ihm mit diesem Blick, dass er sich nicht genug anstrengt, nicht genug für einen Singh zumindest.

Und dass Percys Versuche, ihn anzuflunkern, von vornherein zum Scheitern verurteilt sind.

»Nein, Percival, nein. Ich sprach inzwischen über die Geologie des Archipels. Aber sei's drum. Weißt du wenigstens, welches der höchste Berg Britanniens ist?«

Der höchste Berg Britanniens ist Ben Nevis mit 1345 Metern. Percy muss nicht einmal nachdenken. Er hat eine Eins in Geografie, ebenso wie in Mathe, Sport und Latein übrigens, schönen Dank auch.

Dennoch behält er die Antwort für sich. Stattdessen fragt er: »Gibt's hier Weiße Haie?«

Sein Vater schüttelt den Kopf.

»Im Mittelmeer? Oh, Percival.«

So weit hergeholt ist die Frage ja nun nicht, oder? Im Atlantik gibt es welche. Warum nicht auch im Mittelmeer?

»Wir fahren jetzt ein Stück«, sagt sein Vater, während er sich von der Reling löst und auf die Tür zum Unterdeck zugeht.

»Zu der Insel?«

»Ja. Dort ankern wir. Du kannst schwimmen gehen.«

»Gehst du mit?«

»Ich werde mir die Kapelle anschauen.«

Also nein. Überrascht ist Percy nicht. Sie machen diesen Bootstrip ja nicht zum Vergnügen, zumindest was Dad angeht. Der kennt nur seine Arbeit und ist ihres Familienurlaubs bereits nach wenigen Tagen überdrüssig. Gestern beim Abendessen hat er Mutter eröffnet, er habe eine Idee, an der er arbeiten müsse – eine, »welche die Welt verändern wird«. Deshalb brauche er Urlaub vom Urlaub.

Am Ende schrien die beiden einander an, mitten im Restaurant. Die anderen Gäste guckten. Percy waren seine Eltern in jenem Moment peinlicher als je zuvor in seinem zwölfjährigen Leben. Für seinen fünf Jahre jüngeren Bruder war es noch schlimmer. Als die Fetzen flogen, tastete der kleine Galahad unter dem Tisch nach Percys Hand. Er verstand nicht, was all das bedeutete.

Percy versteht es. Seine Eltern lassen sich scheiden. Nicht sofort, aber später – ausgemachte Sache. Er weiß, wie so was läuft. Sein Freund Alan, der bereits durch ist damit, hat es ihm erklärt. Erst wird geschrien. Dann wird geschwiegen. Und dann zieht einer aus.

Wie auch immer: Dad wollte mit seiner Superidee alleine sein. Deswegen mietete er das Boot. Mutter jedoch bestand darauf, dass er zumindest eines der Kinder mitnahm – am besten Galahad. Denn der ist erstens noch nie auf einem Boot gewesen und zweitens die größere Nervensäge.

Sein Vater verschwindet unter Deck. Percy wendet sich wieder der brodelnden Gischt zu. Dahinter erstrecken sich das knallblaue Meer und die kretische Küste. Letztere ist nur noch vage auszumachen. Percy beschirmt seine Augen, sucht die Insel ab. Irgendwo müsste die Anomalie zu sehen sein, nahe Iraklion. Oder ist es dafür bereits zu hell?

Vielleicht fände er den Lichtdom, wenn er seinem Vater vorhin besser zugehört hätte. Diese Erkenntnis erbost Percy dermaßen, dass er die Suche nach der Anomalie abbricht und stattdessen zur Brücke geht.

Außer ihnen sind vier Besatzungsmitglieder an Bord. Einer hat sich als Christos vorgestellt, er scheint der Kapitän zu sein.

»Wenn du magst, zeige ich dir die Brücke«, hat er gesagt.

Percy steigt eine Leiter empor. Als Christos ihn sieht, winkt er. Percy glaubte bisher, Kapitäne hätten allesamt weiße Mützen mit goldenen Verzierungen. Christos jedoch trägt eine schmuddelige Baseballkappe, dazu ein zerschlissenes Polohemd.

An der Tür zur Brücke steht der Name des Schiffs, Ἀριάδνη. Einige der Buchstaben kennt Percy aus dem Matheunterricht. Er betritt die kleine Kabine.

»Willkommen auf der Brücke«, sagt Christos.

Percy sagt Hallo, schaut sich um. Die Brücke ist nicht sehr groß. Zwei am Boden festgenietete Drehstühle, ein paar Bildschirme und natürlich ein Steuerrad – mehr ist da nicht. Christos deutet auf den freien Drehstuhl, holt aus einem Cooler unter der Instrumententafel eine Halbliterdose Cola hervor.

Percy darf keine Cola trinken. Koffein ist schlecht für Kinder und besonders schlecht für ihn. Es jazzt ihn zu sehr hoch. Da bist du wie ein Junkie auf Spark, sagt Mutter.

Percy nimmt einen großen Schluck. Die Cola ist eiskalt, herrlich. Christos erklärt ihm, wie alles funktioniert. Seine Ausführungen sind uninteressant – weniger uninteressant als Dads Geografievortrag, aber dennoch zum Gähnen. Selbst schuld: Christos hatte ihn gefragt, ob er sich für Technik interessiere. Und da hätte Percy Nein sagen können. Aber er wollte nicht unhöflich sein. Also lässt er die Details über Elektroturbinen, Navigationscomputer und Echolote an sich abperlen und schaut hinaus aufs Meer. Was Galahad wohl gerade tut? Spielt er am Strand?

Er sieht Galahad am sich entfernenden Ufer stehen, den lodernden Blick auf Percy gerichtet. Er brüllt: »Ich hasse dich! Ich hasse dich, Percy! Ich hasse dich!«

Warum hatte er Galahad die Schiffstour eigentlich derart missgönnt? Seinen Bruder hätte Käpt'n Christos' Gelaber vermutlich interessiert, ja, er wäre richtiggehend beeindruckt gewesen von dem ganzen Bootsbrimborium.

Vielleicht weil Galahad ihm reingerieben hatte, dass *er* Bootfahren dürfe und Percy nicht. Dass *er* Papas Liebling sei und niemand sonst. Diese Provokation konnte natürlich nicht unbeantwortet bleiben. Ungeschriebenes Gesetz: Wenn dir dein kleiner Bruder dumm kommt, musst du ihm eins mitgeben, und zwar mit Schmackes. Sonst kommt der noch auf Gedanken.

Natürlich hat er ihm keine gewischt. So krude geht ein Percy Singh nicht vor. Stattdessen wies er Galahad beim Frühstücksbuffet auf die granatenmäßigen Schokomuffins hin – und auf die ententeichgroße Joghurtschüssel, in die man diese werfen konnte, also theoretisch.

»Traust du dich aber nicht.«

»Wohl.«

»Wetten nicht?«

»Wohl!«

»Niemals, kleiner Schisser«, hat er geflüstert. Und dann: »Gal, Gal, Gal.«

Galahad hasst es, so genannt zu werden. Es klingt nach Mädchen. Schon flogen die Muffins. Wie Meteoriten schlugen sie in den Joghurtsee ein. Die Pampe spritzte über das ganze Buffet, saute ein halbes Dutzend Frühstücker ein. Oh, es war glorreich – ein Geniestreich.

Muffin-Boy verlor daraufhin seinen Platz auf dem Boot, musste an Land bleiben. Aber natürlich dämmerte Galahad nach ein paar Minuten des Tobens und Heulens, wer ihm die Ersatzbank eingebrockt hatte.

»Ich hasse dich! Ich hasse dich, Percy! Ich hasse dich!«

Nun tut das Percy alles wahnsinnig leid. Er würde die Sache gerne geradebiegen. Aber daraus wird nichts. Dieses Boot hat abgelegt, im wahrsten Sinne des Wortes.

Er nimmt einen großen Schluck Cola, schaut durch die speckigen Scheiben der Brücke. Die Küste ist beinahe verschwunden. Sein Blick fällt auf die spiegelverkehrte griechische Schrift auf der Glasscheibe.

»Was heißt das?«

»Ariadne. Der Name des Schiffs.«

»Ist das nicht irgendeine Göttin oder so was?«, fragt er.

Christos schaut überrascht. Hat er ihm nicht zugetraut, dass er so was weiß. Aber Percy kennt den ganzen Sagenkram. Er weiß, wer Odysseus und Zeus sind und so weiter. Sie haben das alles in Latein gemacht. Ist interessant dieses Götterzeug, also zumindest interessanter als Mathe oder Chemie. Percy kann Naturwissenschaften, aber sie flashen ihn nicht. So ist es mit vielem. Alles fällt ihm leicht, allzu leicht.

»Fast richtig. Sie war die Tochter von König Minos von Knossos. Hat geholfen, den Minotaurus zu besiegen.«

»Und wie?«

»Sie hat dem Helden Theseus ein Wollknäuel gegeben. Damit er wieder aus dem Labyrinth rausfindet.«

Was ihn an dieser Geschichte aufhorchen lässt, ist nicht die Sache mit dem Stiermenschen, sondern das Wort ›Knossos‹.

»Knossos? Also da, wo die Anomalie ist?«

»Ja, das ist der Palast von König Minos. Kann man besichtigen. Also, man konnte. Jetzt ist natürlich alles abgesperrt.«

Die Knossos-Anomalie – Percy hat nicht gewusst, dass sie neben irgendwelchen berühmten Ruinen liegt. Hat das irgendetwas zu bedeuten? Er dreht sich um, schaut zum Heckfenster hinaus.

»Kann man sie von hier aus sehen?«, fragt er.

Christos stellt sich neben ihn, geht ein Stück in die Knie, sodass seine ausgestreckte Hand auf Höhe von Percys Kopf ist. Er deutet Richtung Küste. Aber dort ist nichts. Oder doch?

Man könnte es für ein Luftflimmern halten oder für spätmorgendlichen Dunst. Doch nun, da Percy weiß, wo er hinschauen muss, sieht er ihn: den Lichtdom.

Natürlich hat er ihn schon hundertmal gesehen. Als das Ding Anfang des Jahres auftauchte, war es auf allen Kanälen. Bei Nacht ist es unübersehbar. Dann wirkt es, als hätte jemand Hunderte Scheinwerfer gen Himmel gerichtet. Die Lichtsäulen besitzen verschiedene Farben, rot, orange, grün, gelb, blau. Einige leuchten sehr hell. Andere wirken fahl. Alle scheinen irgendwo hoch über der Insel zu verblassen.

In der gleißenden Sommersonne hingegen ist das Farbenspiel kaum auszumachen. Statt einzelner Säulen sieht man lediglich eine leichte Verfärbung des Himmels.

Christos setzt sich wieder auf seinen Drehstuhl, greift nach dem Steuerrad.

»Wo fahren wir eigentlich hin?«, fragt Percy.

»Zu den Dionysaden.«

Schon wieder ein Gott. Die Griechen haben es wohl damit. Aber sonst ist hier ja auch nichts. Obwohl, das stimmt nicht,

nicht mehr. Der Lichtdom ist das unglaublichste Naturphänomen aller Zeiten – wenn es denn eines ist.

»Dionysos? Der Gott des Weins?«

»Genau. Bist ja ganz schön belesen für dein Alter.«

»Hm. Während der Downtime habe ich viel gelesen.«

Letztes Jahr war das Datagrid mehrere Monate lang komplett offline, wegen dieses UNO-Klimacomputers. Irgendwer hatte den gehackt. Oder der Computer war selbst der Hacker gewesen, oder er hatte aufgrund eines Defekts einen Virus im Datagrid verbreitet. Percy ist sich da nicht ganz sicher.

Auf jeden Fall waren sie monatelang ohne Gridzugang. Sie konnten nicht zocken, keine Filme schauen, nicht einmal chatten. In dieser Zeit, die inzwischen alle als Downtime bezeichnen, hat Percy Dutzende Bücher gelesen. Die meisten waren wahnsinnig uninteressant. Aber die Alternative bestand darin, mit Galahad eine weitere Runde Snakes & Ladders zu spielen – dann doch lieber drei Kapitel ›Moby Dick‹.

»Die Inseln sind unbewohnt«, sagt Christos, »aber es gibt dort schöne Buchten. Zu einer davon fahren wir.«

»Und es gibt dort eine Kirche, richtig?«

»Eine Kirche?«

»Mein Vater hat davon gesprochen.«

»Ach so, Agios Antonios. Eher ein Schrein. Weißt du, was das ist?«

»Klar. Was heißt Agios?«

»Heilig. Also, Sankt Antonius.«

»Antonius von Padua?«

Jetzt ist Christos vollends baff. Baff, dass Percy mit seinen nicht einmal dreizehn Jahren weiß, wer das ist. Baff, dass so ein Paki sich mit christlichen Heiligen auskennt.

Das mit dem Paki hat der Kapitän zwar nicht gesagt, aber bestimmt gedacht. Dabei ist Percy Brite und besitzt einen urenglischen Vornamen. Seine Vorfahren sind zudem keine Pakistaner oder Inder, sondern Bangladeshis.

Aber so sind die Leute eben.

»Hab ich in der Sonntagsschule gelernt. Schutzpatron Portugals. Man betet zu ihm, wenn man was wiederfinden will, das verloren gegangen ist.«

»Das wusste ich nicht. Aber wieso gehst du in die Sonntagsschule?«

»Obwohl ich aussehe wie ein Hindu?«

»So meinte ich das nicht. Heute geht doch kaum noch wer in die Sonntagsschule.«

»Mein Vater ist Hardcore-Katholik.«

Er selbst hat nicht viel für den Mist übrig. Aber die Singhs gehören zu einer kleinen katholischen Minderheit, sind vor mehreren Generationen nach Europa ausgewandert, weil sie in Bangladesh übelst diskriminiert wurden. Das zumindest hat ihm sein Vater erzählt.

»Und du?«, fragt Percy.

»Ich was?«

»Bist du auch Katholik?«

»Griechen sind orthodox«, erwidert Christos, »ich aber nicht.«

»Sondern?«

»Gar nichts. Ich meine, ich glaube nicht, dass irgendwer alle Antworten hat.«

Nach fünf Jahren Sonntagsschule weiß Percy, dass das nicht stimmt. Die jesuitischen Priester, die ihn unterrichten, haben auf alles eine Antwort. Mag sein, dass die Antwort Bullshit ist. Aber parat haben die Monsignores immer eine.

Percy trinkt den letzten Schluck Cola. Das Blut rauscht in seinen Ohren. Er würde jetzt gerne eine Runde schwimmen gehen, etwas von der Energie loswerden.

»Ich meine«, fährt Christos fort, »der Lichtdom – wie willst du das mit der Bibel erklären?«

Der Lichtdom tauchte im Januar 2049 auf. Er besteht aus über tausend Säulen, die in den Himmel ragen. Senkrecht, so scheint es, aber tatsächlich mit einer leichten Neigung, die dazu führt, dass sie sich irgendwo in der Stratosphäre – oder ist es die Mesosphäre? – treffen. Die Lichtkegel, und das ist der wirklich krasse Teil, sind undurchdringlich. Wenn man versucht, hindurchzugehen oder zu fliegen, knallt man gegen eine Wand.

Erklär *das* mal, Hochwürden.

Wobei Monsignore Morris von der Sonntagsschule vermutlich einfach antworten würde: »Es ist ein Wunder Gottes.«

Das ist eine lahme Scheißantwort, die überhaupt nichts erklärt. Aber die Wissenschaftler wissen ja auch nichts. Aliens? Dimensionstor? Oder hat es vielleicht irgendwas mit diesem durchgeschmorten Klimacomputer zu tun? Vermutlich nicht, denn der war längst abgeschaltet, als es passierte.

»Was glaubst du denn, was es ist?«, fragt Percy.

»Keine Ahnung. Irgendein schiefgegangenes Experiment? Vielleicht ist im Inneren irgendwas.«

»Aber man kommt nicht rein. Und es kommt nichts raus.«

Christos schüttelt kaum merklich den Kopf, sagt: »Die Wand aus Licht ist undurchdringlich, das stimmt. Aber nur in eine Richtung.«

»Du meinst, es kommt doch was raus? Habe ich noch nie was von gehört.«

»Die Leute, die in der Nähe wohnen, Olivenbauern, Schäfer. Die sagen, sie sehen nachts in der Nähe manchmal Lichter.«

»Echt? Was für Lichter?«

»Manche behaupten, es seien die Bewohner der Anomalie, die auf Erkundungstour gehen. Man munkelt außerdem, dass die Kegel nicht fix sind.«

Die Lichtkegel – laut offizieller Zählung nach sind es exakt eintausendsechshundertachtzehn – scheinen wie Säulen im Inselboden zu stecken.

»Du meinst, dass sie sich bewegen? Aber das müsste man doch sehen.«

»Überall auf der Insel, ja. Und sogar weiter weg. Bestimmt wird der Dom nonstop observiert. Damit meine ich, dass ...«

»Ich weiß, was observieren heißt«, sagt Percy.

Er fragt sich, ob der Kapitän ihm da gerade Seemannsgarn auftischt. Es klingt ein wenig danach. In Christos' Gesicht kann er nichts erkennen. Was bedeutet, dass der es entweder ernst meint oder aber ein guter Lügner ist.

»Kann ich noch eine Cola?«

Christos nickt, schaut in den Cooler. Doch es gibt nur noch Bier und Wasser. Er sagt Percy, dass unten in der Kombüse bestimmt noch welche seien und er Nikolaos, den Smutje, fragen solle.

»Okay. Vielen Dank fürs Erklären.«

»Gern geschehen. Komm hoch, falls dir langweilig ist. Ansonsten sind wir in etwa einer Stunde da.«

Percy begibt sich unter Deck. Beim Schiffskoch bekommt er eine weitere Coke sowie einen Schokoriegel. Den Proviant in der Hand sieht er sich ein wenig um. Man könnte auf diesem Boot sogar übernachten, es gibt zwei Kabinen mit Betten, außerdem ein Bad.

Seinen Vater vermutet Percy hinter der Tür mit der Aufschrift »Salon«. Wenn er ihn stört, kriegt er zweifelsohne Ärger. Also lässt er die Finger von der Klinke.

Percy geht wieder an Deck. Zunächst vertreibt er sich die Zeit damit, den Schokoriegel an die Möwen zu verfüttern. Danach läuft er, die Cola in der Hand, an der Schiffswand entlang. Dort, wo er den Salon vermutet, hält er an. Etwas oberhalb des Bodens sind Bullaugen eingelassen. Percy legt sich flach auf den Bauch, robbt an eines heran. Vorsichtig lugt er hindurch.

Er blickt in einen Raum, eine Mischung aus Arbeitszimmer und Bar. Sein Vater sitzt an der Theke, hat Papiere vor sich ausgebreitet.

Percy hat Angst, dass Vater ihn sieht. Der Alte hat einen Riecher für so etwas. Wenn er Percy erwischt, gibt es Mordsärger – Gridverbot oder noch schlimmer. Aber Dad nachzuspionieren, ist das Spannendste, was man hier draußen machen kann.

Sein Vater erhebt sich. Rasch zieht Percy den Kopf zurück, für den Fall, dass der Alte nach oben schaut. Erst nach ein paar Sekunden traut er sich, wieder durch das Bullauge zu spähen.

Vater Singh steht vor dem Arbeitstisch, auf dem ein metallener Koffer liegt. Er öffnet ihn. Im Inneren befindet sich eine Schaumstoffpolsterung. In deren Mitte steckt ein kleiner roter Würfel. Dad nimmt ihn heraus.

Es könnte sich um einen Computer handeln – eine von diesen neuartigen Maschinen, bei denen die Ausgabe über einen Holoprojektor erfolgt. Percy hat mal eine Doku darüber gesehen. So was ist ziemlicher Hightech, aber sein Vater ist schließlich Wissenschaftler.

Der rote Würfel wandert in einen kleinen Rucksack, zusammen mit einem Projektor, verschiedenen Kabeln und einem altmodischen Notizbuch. Percy hat seinen Vater noch nie Papier benutzen sehen. Er notiert sich sonst alles auf dem Tablet.

Die Schiffssirene ertönt. Percy macht sich fast in die Hosen. Sein Vater fährt herum. Hoffentlich hat er ihn nicht gesehen. Percy sitzt neben dem Bullauge auf dem Deck, Rücken und Kopf gegen die metallene Schiffswand gepresst, und wartet darauf, die stampfenden Schritte seines Vaters zu hören.

Aber nichts passiert. Also steht er auf, stellt sich an die Reling. Sie halten auf eine Insel zu. Es muss eine dieser Dionysaden sein. Die Insel ist ein größerer Felsbrocken, mehr nicht. Bäume gibt es keine, nur struppige Büsche, außerdem ein Gebäude, das in der grellen Sonne schneeweiß leuchtet. So wie es aussieht, halten sie auf eine Bucht links davon zu.

Percy hört ein Schott zuschlagen. Rasch wirft er die beinahe leere Coladose über Bord. Als Vater neben ihn tritt, ist sie bereits in den Fluten versunken.

»Bereit fürs Schwimmen, Percy?«

»Ja, Dad.«

Sein Vater klopft ihm auf die Schulter.

»Zieh dir Flossen an. Und bleib bitte in der Bucht.«

Er ärgert sich, dass Dad nun auch noch den Bademeister spielt. Percy schwimmt die hundert Meter Freistil in 1:10, seine Zeiten auf der Langstrecke sind ebenfalls verdammt gut. Wenn es einen gibt, der hier draußen bestimmt nicht absäuft, ist es Percy Singh. Wozu also das Geglucke?

Kurz darauf liegen sie etwa zweihundert Meter vor der Insel vor Anker. Wie Dad ungefragt erklärt hat, lautet ihr Name Dragonara, und sie ist eine von insgesamt vier Dionysaden. Während Percy sich mit Flossen und Schnorchel ausstaffiert, lässt sein Vater sich mit dem Beiboot bereits rüber zum Strand bringen.

Percy trinkt eine weitere Cola, der freigiebige Smutje hat sie ihm quasi aufgedrängt. Er fragt sich, was sein Vater da drüben wohl vorhat. Angeblich will er sich den Schrein von Saint Anthony anschauen, dem Schutzheiligen aller zerstreuten Geister. Aber das ist eine Lüge. Der Alte führt etwas im Schilde. Warum sonst sollte er die abgelegene Insel mit einem Hochleistungscomputer im Gepäck besuchen?

Er ist nun bereit für sein Abenteuer. Einer der Matrosen mustert ihn skeptisch.

»Einmal zum Strand und wieder zurück«, sagt Percy.

»Kannst du denn so gut schwimmen, junger Mann?«, fragt der Matrose.

»Sevenoaks Leistungskader«, sagt Percy. Bevor der Mann etwas erwidern kann, ist er bereits mit einem Kopfsprung in den Fluten verschwunden. Dank der Flossen nähert er sich zügig dem Strand. Auf halber Strecke trifft er das zurückfahrende Beiboot. Christos winkt ihm von der Pinne aus zu. Percy winkt zurück.

Über dem kieseligen Strand ragt steil der Fels auf. Er schwimmt auf einen steinernen Anleger zu. Eine Treppe führt aus dem Wasser hinauf.

Percy legt sich auf die warmen Steine, gönnt sich zwei, drei Minuten. Danach steigt er die in den Fels geschlagenen Stufen empor. Er vermutet, dass sie zu dem Schrein oben auf dem Plateau führen.

Die Insel ist wirklich sehr klein. Das sieht er, als er oben ankommt. Das Plateau besteht aus Sand und Geröll, dazwischen ein paar Büsche, aber weder Menschen noch Tiere. Umso augenfälliger ist das Gebäude in rund vierhundert Metern Entfernung. Eigentlich ist es recht klein, kaum größer als ihr heimischer Gartenschuppen. Doch weil es das einzige von Menschenhand erbaute Objekt ist, wirkt es riesig und zieht Percys Blick magisch an.

Die Kapelle des Heiligen Antonius ist weiß getüncht und gleißt in der Sonne. Giebel und Kanten sind in jenem knalligen Blau gestrichen, in dem auch die Stühle der Tavernen lackiert sind.

Er hält Ausschau nach seinem Vater. Der ist nirgends zu sehen. Percy macht sich auf den Weg. Die Flossen hat er auf dem Anleger gelassen, barfuß läuft er einen Trampelpfad entlang. Als er der Kapelle näher kommt, realisiert Percy, dass er die Größe des Gebäudes falsch eingeschätzt hat. Es scheint, dass ein Teil davon unterhalb der Erde liegt. Vermutlich hat man den oder die Räume in den Fels geschlagen. Vielleicht gibt es sogar unterirdische Gänge. Ist diese Insel durchlöchert wie ein Käse, gibt es unter ihm Verliese und Katakomben? Die Vorstellung ist auf jeden Fall aufregend.

Noch immer sieht Percy keine Anzeichen, dass sein Vater hier ist. Aber wo sollte er sonst sein?

Die Tür der Kapelle ist geschlossen. Percy schleicht um das Gebäude herum. Es besitzt hohe Fenster mit bunten Scheiben, durch die man vermutlich nicht allzu viel sieht. Zudem hat er Sorge, dass die Sonne ihn verrät. Sie scheint auf die Fenster, und sobald er vor eines tritt, wird man im Inneren seinen Schatten vor der Scheibe sehen.

Theoretisch könnte er einfach eintreten. Könnte behaupten, er habe sich die Kirche auch gerne anschauen wollen. Aber Percy bezweifelt, dass er damit durchkommt. Denn obwohl sein zerstreuter Vater manches nicht mitkriegt, wittert er Lügen zehn Meilen gegen den Wind.

Außerdem ist es so ja viel cooler. Es ist ein Spiel. Dessen Ziel ist es, nicht gesehen zu werden. Percy geht runter auf alle viere und läuft im Bärengang unter den Buntglasfenstern hindurch. Er versucht, ganz leise zu sein. Es ist still hier draußen. Das einzige Geräusch stammt von dem Wind, der unablässig über die Insel pfeift.

Als er die Rückseite der Kapelle erreicht, hält er den Atem an. Dort befindet sich in der Mitte der Wand ein hölzerner Fensterladen. Er ist geschlossen, hat jedoch einen Spalt in der Mitte. Dahinter ist keine Scheibe. Wäre er nicht so vorsichtig gewesen, hätte man ihn drinnen bestimmt gehört.

Percy atmet flach, obwohl ihm das Herz in der Brust hämmert. Die dritte Dose hätte vielleicht nicht sein müssen. Er kommt mit dem Kopf ganz nahe an den Fensterladen, lauscht. Da ist ein Rascheln, wie von Stoff, gefolgt von einem Klacken. Wenn er raten müsste, würde Percy denken, dass sein Vater die mitgebrachten Gerätschaften zusammensetzt. Aber wozu? Will er Fotos von der Kirche machen? Dazu bräuchte er nicht so viel Zeug.

Und dann beginnt Dad zu sprechen. Percy hat Mühe, ihn zu verstehen, sein Vater spricht mit leiser Stimme. Außerdem ist es kein Englisch, sondern Bengalisch. Das sprechen sie daheim, aber nur, wenn sie unter sich sind. In der Öffentlichkeit spricht Dad ausschließlich Englisch, mit einem geschliffenen Oxford-Akzent.

Percy konzentriert sich auf die Stimme seines Vaters. Er versteht die Worte ›Name‹ und ›Erde‹, mehr nicht. Wenn er Dads Lippen sähe, wäre es einfacher. Er schließt die Augen. Ein weiterer Satz rauscht fast vollständig an ihm vorbei, nur das Wort ›Brot‹ bleibt hängen.

Es quietscht, so als ob ein Stuhl über den Boden gezogen wird. Percy schleicht weiter um das Gebäude herum, auf die der Sonne abgewandte Seite. Die Fenster liegen im Schatten, also riskiert er einen Blick.

Die Kapelle besteht aus einem einzigen Raum. Er liegt tiefer als der Boden, auf dem Percy steht. Es gibt einen kleinen

Altar, davor ein Dutzend hölzerner Stühle. Durch die Fenster der gegenüberliegenden Seite fallen Bündel farbigen Lichts durch die Fenster. Percy fühlt sich an die Säulen des Lichtdoms erinnert.

Mitten im Raum steht sein Vater. Der Inhalt seines Rucksacks ist auf dem Boden verteilt. Zwischen den Stühlen und dem Altar steht ein kleiner Tisch mit einer Vertiefung darin – ein Taufbecken. Das Quietschen rührte vermutlich daher, dass sein Vater es in die Mitte des Raums geschoben hat.

Dad hält Ausschau nach etwas, das er über die Vertiefung legen kann. Nach einigem Hin und Her entscheidet er sich für eine gerahmte Ikone. Er nimmt sie von der Wand und legt sie, Konterfei nach unten, auf das Taufbecken.

Auf die provisorische Tischplatte kommen ein kleiner Holoprojektor und eine Powerbank. Als Letztes platziert Dad den roten Würfel. Die Art und Weise, wie sein Vater ihn hält, verrät Percy, dass es sich dabei um etwas Besonderes handelt.

Deepak Singh verkabelt alles. Der Holoprojektor startet, das Logo des Herstellers erscheint. Darunter steht »NO SIGNAL«.

Vater tritt einen Schritt zurück. In den Händen hält er Notizbuch und Stift. Er nimmt eine Haltung ein, die Percy nur allzu gut kennt. Es ist die von Deepak Singh, dem Dozenten. Aber hier draußen ist niemand, dem sein Vater etwas erklären könnte, abgesehen von Jesus Christus vielleicht.

Den gibt es in Wahrheit gar nicht, aber das weiß sein Vater nicht. Dad beginnt zu sprechen. Percy sieht lediglich seinen Hinterkopf, verstehen tut er nichts. Deshalb schleicht er zurück zu der Öffnung.

Dad redet lauter und klarer als zuvor. Trotzdem hat Percy weiterhin Probleme, ihn zu verstehen. Wie er allmählich realisiert, spricht sein Vater gar kein Bengalisch, sondern Chittagonisch, eine Sprache, die er und Mutter mitunter benutzen, wenn sie nicht wollen, dass irgendjemand sie versteht. Einige Worte sind identisch mit denen des Bengalischen, viele jedoch nicht.

Percy kann kein Chittagonisch. Aber nun, da er zumindest weiß, womit er es zu tun hat, vermag er weitere Wörter herauszuhören. Es scheint der gleiche Text zu sein wie vorhin. Erde, Name und Brot kommen vor, außerdem Himmel und Böse.

Auf einmal kapiert er, was der Alte da herunterbetet. Nicht, weil er die Worte versteht, sondern weil ihm der Rhythmus geläufig ist. Er hat diesen Text selbst Hunderte Male gesprochen, wenn auch in einer anderen Sprache.

Vater unser im Himmel, geheiligt werde Dein Name.

Sein Vater betet das Paternoster, auf Chittagonisch.

Percy weiß, dass irgendetwas nicht stimmt. Es fällt ihm schwer, seinen Atem unter Kontrolle zu bekommen. Seine Hände zittern, sein Magen krampft. Außerdem muss er dringend pissen, verdammte Cola.

»*Shubò beinna*, Deepak«, sagt eine Stimme. Guten Tag, Deepak.

Es folgt ein Gespräch, von dem Percy so gut wie nichts versteht. Er schleicht zurück zum Fenster. Sein Vater sitzt auf einem der Stühle. Über dem Taufbecken schwebt ein holografischer Text. Es scheint sich um Formeln zu handeln. Sein Vater macht sich Notizen wie ein Streber in der ersten Reihe.

Von den Formeln versteht Percy in etwa so viel wie von dem Chittagonisch – vielleicht sogar noch weniger. Als Nächstes erscheinen Baupläne. Danach kommen Bilder. Sie zeigen eine zerklüftete, verschneite Landschaft. Man sieht ein paar Pinguine. Ist das eine Insel? Es folgen weitere Formeln, Chemie diesmal, kein Mathe.

Eine ganze Weile geht das so. Ein wiederkehrendes Element sind Skizzen, die idealisierte Nordmanntannen oder Fichten zeigen.

Sein Vater, das hat er inzwischen verstanden, unterhält sich per Holocall mit irgendjemand – auf Chittagonisch, auf einer einsamen Insel, nachdem er zuvor das Vaterunser gebetet hat. Und irgendwie geht es um Weihnachtsbäume. Selbst für Dad ist das arg verrückt.

Sein Earpiece vibriert. An dem Ruck, der zeitgleich durch den Körper seines Vaters geht, erkennt Percy, dass dieser ebenfalls eine Nachricht erhalten hat. Sie stammt vermutlich von Mum.

Sein Vater klappt das Notizbuch zu, erhebt sich. Vielleicht war die Nachricht gar nicht von Mum, sondern vom Schiff. Hatte Christos nicht gesagt, sie würden um fünfzehn Uhr ablegen?

Kann es wirklich schon so spät sein? Percy hat jegliches Zeitgefühl verloren. Außerdem ist er klatschnass vor Schweiß. Erst jetzt wird ihm bewusst, wie sengend heiß es ist. Er setzt sich in Bewegung. Sobald er ein Stück von der Kapelle entfernt ist, beginnt er zu rennen.

Er wusste, dass es ein bisschen Ärger gäbe, sollte sein Vater ihn erwischen. Nun jedoch spürt er, dass es mit ein bisschen nicht getan sein wird. Was hat er da gerade gesehen? Er weiß es nicht.

Da war verdammt viel Technik im Einsatz. Und mit wem hat Dad gesprochen? Warum wirkte er dabei so unterwürfig? Das passt gar nicht zu ihm. Percy ist sich sicher, dass in dieser kleinen Kirche am Arsch der Welt gerade etwas passiert ist, das niemand sehen sollte. Monsignore Morris würde sagen: etwas Sündhaftes.

Vielleicht war es sogar eine Todsünde. Percy kann nicht genau sagen, warum er das glaubt. Aber er glaubt es. Er weiß es. Sein Vater hat sich gerade schwer versündigt, unter den strengen Blicken des Heilands und des Heiligen Antonius.

Percy rennt, als wäre der Teufel hinter ihm her. Wenn sein Vater die Tür der Kapelle öffnet, bevor er die Treppe runter ist, ist alles aus.

Percy fliegt die Stufen hinab.

»Zeit«, keucht er.

Das Earpiece informiert ihn darüber, dass es vierzehn Uhr achtundfünfzig ist. Er streift die Flossen über, setzt die Schwimmbrille auf. Auf dem Anleger stehend, wirft er einen Blick zurück. Noch ist Vater nirgends zu sehen. Aber er könnte jeden Moment oben auf dem Kliff auftauchen.

Er nimmt Anlauf, springt. Neulich haben sie im Schwimmkader Bahnentauchen geübt. Percy schaffte es fast bis ans andere Ende des Beckens. Hier draußen kann man keine Kacheln zählen, aber als er auftaucht, fühlt es sich an, als hätte er einen neuen persönlichen Rekord aufgestellt. Er holt tief Luft, taucht erneut ab. Als er etwas später in einen normalen Kraulschlag übergeht, befindet er sich bereits weit von dem Anleger entfernt.

Er erreicht die Yacht. Eines der Besatzungsmitglieder reicht Percy ein Handtuch, fragt ihn, ob er eine Cola möchte – bloß nicht. Er lässt sich ein Wasser geben.

Als Vater einige Minuten darauf das Hinterdeck betritt, ist Percy bereits angezogen. Die Augen hinter einer Sonnenbrille verborgen, sucht er in Dads Gesicht nach Anzeichen dafür, dass er aufgeflogen ist. Aber der Alte lächelt, keine Falte verunziert seine Stirn. Vielmehr scheint er außerordentlich guter Laune zu sein.

»Wie war dein Schwimmausflug?«

»Spitze, Dad. Ich habe ganz tolle Fische gesehen.«

Dad legt eine Hand auf Percys Schulter, deutet mit der anderen hinaus aufs Meer, auf die Insel, auf das Boot.

»Was für ein herrlicher Tag!«

Was für ein seltsamer Satz. Natürlich hat sein Vater recht, in gewisser Weise. Aber Dad ist niemand, der Gefühle zeigt. Als Percy vergangenes Jahr den besten Notenschnitt seines Jahrgangs hatte und voller Stolz heimkam, um das Zeugnis vorzuzeigen, lächelte sein Vater nicht einmal. Ein kälterer Fisch als Dr. Dr. Deepak Singh ist schwer zu finden.

Doch nun ist er kaum wiederzuerkennen. Dad tritt an die Reling. Percy beäugt ihn noch argwöhnischer als zuvor. Der Alte strahlt ja förmlich. Sein Gesichtsausdruck offenbart jene Zufriedenheit, die Dad nur dann hat, wenn er über seine potenziell weltverändernden Erfindungen redet – oder vielleicht wenn er aus der Messe kommt, noch ganz beseelt von der Kommunion.

Percy ahnt: Was auch immer sein Vater empfangen hat, dort oben in der Kapelle des Heiligen Antonius – das Altarssakrament war es sicherlich nicht.

Dad verschwindet unter Deck. Das Boot hat inzwischen Kurs aufs Festland genommen. Sie werden etwa drei Stunden zurück brauchen. Wenn sie im Hafen von Rethymno einlaufen, wird es schon dunkel sein.

Percy setzt sich in einen der Deckchairs und surft ein wenig. Das Datagrid ist noch nicht wieder das, was es früher war. Aber einiges funktioniert schon wieder.

Dem Earpiece sagt Percy, es solle nach Infos zu seltsamen Erscheinungen in der Nähe der Anomalie suchen, nach einzelnen Strahlen, die ihren Winkel verändern. Aber dazu gibt es nichts.

Percy muss an einen Satz aus dem Philosophieunterricht denken: ›Epimenides der Kreter sagt: Alle Kreter sind Lügner.‹ Entweder war das, was Christos ihm erzählt hat, tatsächlich Seemannsgarn. Oder die Sache ist bisher lediglich ein paar Einheimischen bekannt.

Als Nächstes bittet er das Earpiece, ihm das Vaterunser auf Chittagonisch herauszusuchen, ebenfalls ohne Erfolg. Verdammte Technik – seit der Sache mit dem Klimacomputer sind alle Rechner fürchterlich begriffsstutzig. Dad hat gesagt, es liege daran, dass die UNO neue, weltweite Regeln eingeführt habe, um weitere Zwischenfälle zu verhindern. Die neuen Gesetze legten fest, wie selbstständig ein Rechner denken dürfte.

Percy hat nicht ganz verstanden, was das Problem ist. Man hatte Æther, diese defekte Künstliche Intelligenz, doch abgeschaltet und das Netz gleich mit. Mag sein, dass die KI zu schlau war. Aber der Assistent in seinem Earpiece war ja nie auch nur ansatzweise so clever. Und nun ist er so dumm wie ein Schaf. Er kriegt es kaum noch hin, Percy die korrekten Fußballergebnisse rauszusuchen

Folglich muss er selbst ran. Nach einer Weile findet er eine Audiodatei und hört sich das chittagonische Vaterunser an. Kein Zweifel, dies sind die Worte, die sein Vater in der Kapelle gesprochen hat.

Er blickt hinaus aufs Meer. Die Sonne steht nur noch eine Handbreit über dem Horizont. Percy hält Ausschau nach dem

Lichtdom, aber in der orangefarbenen Dämmerung ist dieser kaum besser auszumachen als zur Mittagszeit.

Allein sitzt er in seinem Deckchair. Das Schiff wirkt völlig verlassen. Christo ist vermutlich auf der Brücke. Die anderen Besatzungsmitglieder sind verschwunden, wahrscheinlich bereiten sie das Abendessen vor, das gegen sieben auf dem Oberdeck serviert werden soll. Es wird gegrillten Fisch geben, den die Männer während des Ankerns geangelt haben.

Percy mag keinen Fisch.

Er fühlt sich ein wenig schläfrig. Als er gerade wegzudösen beginnt, meldet sich das Earpiece und erinnert ihn daran, dass er noch eine ausstehende Nachricht hat.

»Von Christo?«, fragt er.

Das Earpiece erklärt ihm, die Nachricht stamme von: Padua, Antonius.

Percy weiß nicht, was er tun soll. Am liebsten möchte er zu seinem Vater rennen und ihn fragen, was all das zu bedeuten hat. Aber das geht nicht. Er konnte sich dem Alten noch nie anvertrauen und in dieser Sache schon gar nicht. Seine Mutter? Die ist fast noch schlimmer. Der Einzige in der Familie, dem er vertraut, ist Galahad. Aber der ist zu klein.

Percys Hände zittern. Was soll er bloß tun?

Nach einer Weile spielt er die Nachricht ab. Vielleicht gibt es ja eine Erklärung für all das.

Die Nachricht ist lang. Schweigend hört Percy der Stimme am anderen Ende zu. Da es eine Aufnahme ist, kann er keine Fragen stellen. Aber das ist auch nicht nötig. Auf einmal ist ihm alles völlig klar.

Percival Singh erhebt sich, streift sein Hemd ab. Ohne zu zögern springt er über die Reling und taucht ein in das azurblaue Meer.

Geh, wirklich eine Wasserleiche? Es sah ganz so aus. Wenzel mochte keine Wasserleichen, wirklich nicht. Franzi hätte wohl gefrotzelt, dass einer, dem Leichen derart zuwider waren, vielleicht nicht unbedingt Hauptkommissar hätte werden sollen. Aber Wenzel Landauer hatte nichts gegen Leichen, also nicht per se. Er war ja Wiener. Nur die wässrigen, die machten ihm immer etwas zu schaffen.

Man wusste ja, wie schon eine halbe Stunde Badewanne die Leute zurichtete – Visage wie eine Mehlspeis hattest du danach, Finger wie erkaltete Sacherwürstel. Wenn du noch deutlich länger badetest, tja, unerfreulich.

Wenzel stand auf der Deichkrone und blickte hinab auf die Neue Donau. Eine Pontonbrücke führte hinüber auf die Donauinsel, an deren Ufer er im morgendlichen Dunst seine Kollegen ausmachen konnte. Einige von ihnen hantierten mit langen Stangen, stocherten im eisigen Wasser.

Wenzel schlug seinen Mantelkragen hoch, setzte sich in Bewegung. Die Sonne stand noch tief, Raureif verzierte die Bäume und die Walulisobrücke. Schnee lag aber keiner. Die ganz Alten meckerten, das bisserl Frost und Griesel sei kein echter Wiener Winter mehr. Für Nachgeborene wie Wenzel fühlte es sich trotzdem eisig an.

Er überquerte die Brücke und ging zur Uferböschung. Man hatte die Tote bereits herausgefischt, und er beugte sich vor, um sie besser in Augenschein nehmen zu können. Aufs Knie ging er nicht, denn dabei hätte er sich die Anzughose eingesaut. Außerdem war er zu fett. Kam er nach seinem Kniefall nicht mehr hoch, hatten die Kollegen wieder was zu tratschen.

Die Tote sah nicht übel aus, also für eine Wasserleiche. Sie war nicht aufgequollen, nur entsetzlich blass. Wenzel schätzte sie auf Mitte zwanzig. Die Tote trug eine verwaschene Jeans, ein billiges T-Shirt, keine Schuhe. Letztere kamen ihnen immer abhanden, dasselbe galt für Kopfbedeckungen oder Jacken. In der Lobau, Wiens grüner Oase, floss die Donau relativ gemächlich dahin. Doch je nachdem, wo sie baden gegangen war, war die Tote an Stellen vorbeigekommen, an denen es heftiger zuging. Und da konnte dir die Strömung glatt die Socken ausziehen.

Woran das Mädchen gestorben war, ließ sich auf den ersten Blick nicht sagen – keine Einschusslöcher, kein eingeschlagener Schädel. Selbstmord?

Im Winter in die Donau zu gehen, war entsetzlich. Andererseits, was wolltest du sonst tun? Es war ja letztlich eine Frage der Optionen. Früher hatten sich viele von der Floridsdorfer Überführung auf die Autobahn gestürzt. Aber heutzutage erkannten die Selbstfahrer das Fallobst bereits, bevor es auf dem Asphalt aufschlug – ihr Autopilot leitete binnen Sekundenbruchteilen ein Ausweichmanöver ein. Da lagst du dann also auf der Schnellstraße, Haxen gebrochen, Wirbelsäule verdreht. Und der Achtzehntonner, der dein Charon hätte sein sollen, machte einen eleganten Schlenker um dich herum.

Gwion Bach, der neue Chefforensiker, stapfte unterhalb der steilen Böschung in Anglerhosen durch die Neue Donau, auf der Suche nach Gottweißwas. Wenzel winkte ihm zu. Bach kam herübergestakst.

»Fragen?«, fragte Bach.

»Schon«, erwiderte Wenzel.

»Es werden bald noch mehr sein.«

Wenzel überhörte die Bemerkung. Für jemanden, der quasi frisch von der Uni kam, erschien sie ihm reichlich altklug.

»Zunächst die Basics, bitte«, sagte er.

Bach nickte und begann, die Böschung hochzuklettern. Oben angekommen, lehnte er sich keuchend an eine kahle Schwarzpappel am Ufer, sagte: »Sie ist seit zehn, zwölf Stunden im Wasser.«

»Ertrunken? Oder schon vorher tot?«

Anstatt zu antworten, zog Bach mit seinen behandschuhten Fingern den Kiefer der Toten auseinander. Ihre Zunge war so schwarz wie des Teufels Füße.

»Vergiftet?«

»Kein Zweifel.«

»Hatte sie Papiere? Sonst was in der Datenbank?«

Bachs Mundwinkel zuckten. Hatte er auch etwas gegen Wasserleichen? Dann hätte er seinen Beruf noch mehr verfehlt als Wenzel.

»Nichts. Namen haben wir noch nicht.«

»Aber?«

»Ich kann dazu erst was sagen, wenn ich sie im Labor habe.«

Der Unterton verriet Wenzel, dass der junge Forensiker durchaus schon etwas hätte sagen können, sich aber zunächst rückversichern wollte. Früher wäre ihm derlei enorm gegen den Strich gegangen, und er hätte Bach die Information an Ort und Stelle abgepresst. Inzwischen war Wenzel jedoch altersweise geworden oder vielleicht auch einfach müde. Wozu der ganze Heckmeck? Tote hatten es nicht eilig und Beamte schon gar nicht.

Der Fundort nahe der Donauinsel befand sich in der Nähe eines Areals, in dem sich im Sommer die Nackerten tummelten. Außer Wenzels eigenen Leuten, der Sektorpolizei, waren noch die Dorfbullen von der Mira vor Ort. Auf dem asphaltierten Weg am Nordufer standen unweit der Brücke ein paar Gaffer, schauten herüber. Sehen konnten sie allerdings nichts. Der Tatort war umgehend herausholografiert worden, auf Sicherheitsebene natürlich. Mit handelsüblichen Strippergoggles kam man da nicht durch. Die Schaulustigen sahen folglich das Donauinselufer, minus Leiche, minus Polizisten, minus forensischer Markierungen. Trotzdem harrten sie aus. Vielleicht hofften sie, es werde mehr zu gaffen geben, wenn man die Leiche über die Brücke zum Parkplatz trug. Doch auch daraus würde nichts werden. Wenzel hatte der Gvardiya Mira aufgetragen, alles abzuriegeln.

»Ansonsten fertig, Gwion?«

»Ja, fast.«

»Gut. Ich fahre jetzt. Wir sehen uns gleich.«

Wenzel überquerte erneut die Brücke und den Deich, lief zum Parkplatz. Keuchend wuchtete er dort seinen schweren Leib in den Fond des Dienstmoduls, legte umständlich den Gurt an. Ein paar Kilo mussten runter, besser ein paar mehr. Vielleicht sollte er doch den Rat seines Töchterchens beherzigen und sie ins Hyperkukolni-Fitnessstudio begleiten. Nicola zufolge war das auch etwas für Unsportliche. Wenzel korrigierte sich. Nicht Nicola, sondern Polly, sie hieß jetzt Polly. Mit achtzehn wechselten sie alle die Namen, so war das heutzutage.

Das Modul setzte sich in Bewegung. Wenzel rieb sich seine eisigen Hände. Er träumte von einem dampfenden Einspänner in seinem Lieblingscafé, aber ein Blick auf den vor ihm schwebenden Kalender sagte dem Kommissar, dass es eher Automatenbrühe werden würde. Es war der siebte Dezember 2095, ein Donnerstag, sein verdammter Schurfix-Tag: Treffen mit den Kollegen aus dem Wiener Morddezernat, danach die wöchentliche Schalte mit SePo-Ermittlern aus den Sektoren Alpe-Adria und Balkanien. Als krönender Abschluss folgte am Nachmittag eine mehrstündige Holokonfi mit der Ochrana Soyuza, dem EURUS-Unionsschutz. Den Kollegen Denninger, einen großen Witzbold vor dem Herrn, hatte die wöchentliche Schalte mit der Geheimpolizei zu folgendem Vers inspiriert: »Und am Donnerstag kommt immer – die Gestapo, was ist schlimmer.« Das war ein wenig daneben, aber leider nicht völlig.

Und nun musste er sich auch noch um die Wasserleiche kümmern. Wenzel sah sein Mittagessen in Gefahr.

Neben der Praterbrücke schwebte ein gigantisches grünes »K«, das Logo von Kusotschek. Wenzel beschloss, sich dort gegen die Bedrohung eines Mittags ohne Mahlzeit zu wappnen. Er befahl dem Modul, sich in die Drive-in-Schlange einzufädeln, bestellte einige Sachen – eine Gulaschsuppe, ein paar Semmeln, außerdem zwei gefüllte Kipferl.

Letztere verspeiste Wenzel noch während der Fahrt und las dabei in der frisch angelegten Akte der Toten. Unbekannte Person, weiblich, kaukasisch, gefunden von einem Spaziergänger mit Hund. Was täte die Polizei bloß ohne die?

Ansonsten hatte niemand etwas gesehen. Schleifspuren am Ufer gab es keine. Es schien folglich wahrscheinlich, dass man die Tote weiter flussaufwärts ins Wasser geworfen hatte.

Wenzel tippte auf ein Foto, vollführte mit den Händen eine Bewegung. Das Bild verwandelte sich in ein dreidimensionales Holo der Frau. Er fand, dass sie osteuropäisch wirkte – hohe Wangenknochen, feines hellbraunes Haar. Unwahrscheinlich war das nicht. Zwar schien halb Westeuropa auf dem Weg nach Sibirien zu sein, aber im Gegenzug kamen auch einige Ostler nach Wien, Paris oder London. In diesen entvölkerten Städten gab es reichlich Platz, die Mieten waren günstig.

An der Unionsbrücke querte sein Ventura die Donau, nahm Kurs auf das Hauptquartier der Sektorpolizei. Kurz darauf stieg Wenzel aus. Die Tüte von Kusotschek in der Rechten ging er zur Pathologie, die in einem Nebengebäude lag. Bach und die unbekannte Tote warteten dort bereits auf ihn. Anscheinend hatte der Forensiker noch nicht mit der Obduktion begonnen. Wollte er, dass der Kommissar dem Spektakel beiwohnte? Darauf konnte Wenzel gerne verzichten.

»Du hättest nicht warten müssen, Gwion.«

Bach fuhr sich mit der Hand durch die schulterlangen, dunklen Haare. Er war ein ganz schöner Schönling. Hatte er wohl einen Schlag bei den Frauen? Oder nahmen sie Reißaus, wenn sie seinen Beruf erfuhren?

»Wir haben hier ein Problem«, sagte Bach.

»Ich bin ganz Ohr.«

»Ich habe sie durch die Datenbank gejagt, zwecks Identifikation.«

»Und?«

Bach winkte Wenzel zu sich. Vor ihnen erschienen zwei Fotos. Das eine war unten am Fluss aufgenommen worden. Auch das andere Foto zeigte eine Tote. Sie glich der Lobau-Leiche aufs Haar.

»Zweimal die Gleiche? Wo ist das?«

»Ein Stück hinter Bratislava. Schon der nächste Sektor, deshalb nicht auf meinem Tisch gelandet. Sie wurde verscharrt, aber ein Spaziergänger hat sie gefunden, vor zwei Tagen. Name unbekannt, trotz biometrischem Abgleich.«

An der Polizeihochschule hatte man ihnen seinerzeit erzählt, in Zukunft werde es praktisch keine Morde mehr geben – zu viele Kameras, zu viele digitale Spuren, zu viele DNA-Sniffer. Heute jedoch wusste Wenzel: Das war Schmarrn gewesen. Coldrush und Spaceboom machten es den Leuten leicht, an neue Identitäten zu gelangen, in Srednekolymsk oder auf Heskel IV. Alternativ kauftest du dir einfach den Pass irgendeiner unterbevölkerten C-Föderative. Dazu ein bisserl plastische Chirurgie, und schwups warst du weg.

»Reden wir«, erwiderte Wenzel, »von Miss Lobau oder Miss Bratislava?«

»Von beiden. Sie besitzen dieselbe DNA.«

»Zwillinge?«, fragte Wenzel, obwohl er die Antwort bereits ahnte.

»Ein Gefäß. Oder auch zwei.«

Er betrachtete die Tote auf dem Tisch.

»Original und Klon? Aber wer ist wer?«

»Kann ich noch nicht sagen.«

Weil das mit den Gefäßen immer mehr um sich griff, hatten EURUS und auch die meisten anderen Föderativen Kennzeichnungspflichten eingeführt. Das Tragen eines holografischen Brassards war für Klone Pflicht, ebenso eine physische Markierung auf der linken Fußsohle.

Bevor Wenzel fragen konnte, sagte Bach: »Auf den Sohlen nichts, bei keiner von beiden.«

Der Pathologe ging zu einem Rollwägelchen, auf dem allerlei chirurgische Instrumente bereitlagen. Er nahm das eine oder andere in die Hand, so als inspizierte er die Auslage eines Geschäfts.

»Kann sein«, sagte Bach, »dass der oder die Klone in einer Föderative mit laxeren Standards produziert wurden. BHARATA oder Cali-Hegemonie.«

»In Kalifornien muss man seine Gefäße nicht markern?«

»Nein. Höchstrichterliches Urteil, verstößt gegen den ersten Verfassungszusatz.«

»Dem Rest der Welt sagen zu müssen, dass du ein *fakebody* bist, verletzt die Meinungsfreiheit?«

Bach zuckte mit den Achseln, so als wollte er sagen: Kalifornier halt.

»Miss Bratislava war ein Quant. Miss Lobau – schauen wir mal.«

Bach hatte inzwischen etwas Hübsches gefunden. Es war ein Laserskalpell. Damit begann er, einen Hautlappen von der Stirn der Toten zu lösen. Danach entfernte er die darunterliegende Muskulatur. Schädelknochen kam zum Vorschein.

Mit dem Skalpell deutete Bach auf eine Linie, die von der Mitte der Stirn Richtung Schädeldach verlief.

»Wenn sie nicht zufällig mal einen Hirntumor hatte, war sie ebenfalls ein Quant. Ich schaue nachher zur Sicherheit noch rein. Oder soll ich gleich ...«

»Nicht nötig, Gwion.«

Wenzel sah sich erneut die Fotos an. Zwei tote Frauen, bei beiden war das organische Gehirn entfernt und durch einen kleinen Computer ersetzt worden. Hatte die eine ihren Verstand in den

Körper der anderen hochgeladen? Aber warum sollte jemand einen Klon verwenden, der exakt so aussah wie er selbst?

Soweit Wenzel wusste, war der Sinn dieser ganzen Upload-Geschichte ja gerade, dass du jemand anderes sein konntest. Mausige Mädchen wurden zu Aphrodite, schmalbrüstige Bürschchen zu Herkules – oder ebenfalls zu Aphrodite, je nach Pläsier. Oder vielleicht wolltest du als Aphrodite auch gerade eine graue Maus werden, um endlich einmal all die geifernden Idioten los zu sein.

»Okay. Auf jeden Fall seltsam. Und wie findet man jetzt raus, ob es Klone sind, mangels Markierungen?«

»Der Körper eines Gefäßes ist gezüchtet, er wächst schneller heran als der eines echten Menschen – viel schneller. Es gibt bestimmte Histone, die ...«, Bach bemerkte Wenzels Gesichtsausdruck, brach ab.

»Sagen wir einfach, es gibt Marker, an denen man das sieht. Ich weiß es nachher.«

»Okay. Mach's fertig und schick alles an Tish. Bist du denn sicher, dass es nur ein doppeltes Lottchen ist? Und nicht vielleicht ein dreifaches?«

»In der Datenbank waren keine weiteren. Aber vielleicht handelt es sich um Konfektionsware, auch das sollte man überprüfen.«

»Gefäße von der Stange? So was gibt's?«

»Inzwischen schon. Es gibt diese Kloneriekette, Hibitai. Da kannst du so was leihen.«

»Gottgütiger. Okay, das wäre es fürs Erste. Schick uns den Bericht, ja? Firma dankt.«

Wenzel ging hinüber in die Mordkommission, um mit seiner Assistentin zu sprechen. Tish Turquois hatte früher für das EURUS-Militär gearbeitet, Feindaufklärung bei einer Spezialeinheit von Reco, zwei Touren in Mato Grosso. Sie war seit knapp einem Jahr hier und noch verdammt jung. Manchmal hatte Wenzel allerdings den Eindruck, dass dies auf fast alle Mitarbeiter der Wie-

ner SePo zutraf. Er war der Dienstälteste, ging auf die fünfund-
siebzig zu. Heutzutage kein Alter mehr, ein Mann in den besten
Jahren – behauptete zumindest Dr. List, sein Hausarzt. Neulich
hatte der Doc ihm allen Ernstes so eine Quant-Transformation
vorgeschlagen, damit Wenzel mithilfe von *body holidays* seinen
übergewichtigen Stammkörper ein wenig schonen konnte. Aber
er wusste, dass er sich nicht darauf einlassen würde. Es war zu
spät dafür, viel zu spät.

Inspektorin Erster Klasse Tish Turquois hatte die Transformation hingegen bereits hinter sich. Die Etikette gebot, Leute nicht
danach zu fragen, ob sie hohl waren. Aber Turquois hatte es ihm
ganz freimütig erzählt. Zu ihrem nur noch mit einem e-Cephalon
gefüllten Quant-Schädel war sie aufgrund ihrer Militärkarriere
gekommen. Wenn man sich bei der Unionsarmee verdingte, bekam man die Gehirn-Exzision nämlich gratis. Wie Wenzel aus
Turquois' Erzählungen wusste, hatte sie während ihrer Einsätze
etliche Gefäße verschlissen.

Er fand seine Assistentin in einem jener neumodischen Whiterooms, die man mit seiner präferierten Holotextur bespielen
konnte. In Tish Turquois' Fall war es *scandinavian retro*, helles
Holz und zu viel Farbe.

Das Design stand in Kontrast zu ihrem eigenen, extrem nüch-
ternen Auftreten: grauer Hosenanzug, flache Ballerinas, prak-
tischer Kurzhaarschnitt. Wäre Turquois weniger durchtrainiert
gewesen, hätte man sie glatt für eine graue Aktenmaus halten
können, eine Sachbearbeiterin der Staatsanwaltschaft vielleicht.

»Morgen, Chef.«

»Servus, Tish. Es gibt Arbeit.«

»Die Lobau-Sache?«

»Ja. Gefäße ohne Signatur«, sagte er.

»Greift immer mehr um sich, hört man. Früher hatten so was
höchstens die Geheimdienste oder vielleicht UNANPAI. Aber inzwischen ...«

»Ja?«

»Ich hab was drüber gelesen, im ›Journal of Criminology‹. Ist ein Straftatbestand, der statistisch gesehen durch die Decke geht.«

»Und wozu braucht man diese unregistrierten Klone?«

»Alles von Raub bis Einbruch.«

Das kam Wenzel unwahrscheinlich vor. Er wusste nicht genau, wie viel so eine Quant-Transformation nebst drei, vier Gefäßen kostete, aber sicher eine Million. Wer sich das leisten konnte, musste keine Bank ausrauben. Turquois sah die Zweifel in seinem Gesicht.

»Wir reden hier nicht von irgendwelchen Strauchdieben, sondern von Profis. In New York haben sie letztes Jahr versucht, einen Van Gogh zu klauen. Der Dieb kam nicht mehr aus dem Gebäude, weil das Haussystem alle Türen verriegelt hatte. Bevor man ihn festnehmen konnte, hat er sich erschossen.«

»Toter Klon, kaputter Cogit-Compi, keine Spuren?«

»Exakt. Dann gibt es noch ganz raffinierte Trickbetrüger, die ...«

»Und was ist mit jemand, dem langweilig ist?«

»Wie meinst du das, Chef?«

»Ich meine Leute, die vor Geld stinken und sich diese Gefäße für wer weiß was machen lassen.«

»Kinky-Zeug?«

»Beispielsweise.«

»Hieße dann, dass wir jemand suchen, der sehr flüssig ist. Upper crust. Weiß Bach schon, ob es sich ganz sicher um Klone handelt? Oder ist einer der Stammkörper?«

»Er muss dazu noch eine Analyse machen.«

»Verstehe. Wenn beides Klone sind, ist es vielleicht gar nicht mehr unser Ding, oder?«

Turquois spielte darauf an, dass die Zerstörung eines Gefäßes nur Sachbeschädigung war – möglicherweise. Die Juristen waren sich in dieser Frage nicht ganz einig. Er würde mit Staatsanwältin Sanderberg darüber sprechen müssen.

»Irgendwas sagt mir, dass eine davon echt war.«

»Wie kommst du drauf, Chef?«

»Bauchgefühl.«

Turquois verkniff sich ein Grinsen. Vielleicht, weil er mit seinen hundertdreißig Kilo eine Menge Bauchgefühl besaß – oder vielleicht, weil sie kriminalistische Intuition für altmodisch hielt.

»Ich suche mal Videofeeds raus«, sagte sie.

»Welche?«

»Zwei, elf, neunzehn, zwanzig, einundzwanzig und zweiundzwanzig.«

Sie zählte alle Wiener Bezirke auf, die am Fluss lagen.

»Gute Idee – vielleicht ist ihr Gesicht irgendwo drauf. Sind aber eine Menge Aufnahmen, oder?«

»Schon. Bessere Idee?«

»Überhaupt keine.«

Vor Wenzel erschien eine Meldung, die ihn an das in wenigen Minuten beginnende Meeting erinnerte.

»Ich muss – wir reden später.«

»Okay, Chef.«

Zwei Stunden saß er in einer nervtötenden Holokonferenz. Nicht nur starb er vor Langeweile, sondern auch vor Hunger. Als es endlich vorbei war, eilte er zu dem Würstelstand gegenüber des Präsidiums.

Kurz darauf betrat er, zwei Pappschalen haltend, erneut Turquois' Büro. Im ganzen Raum schwebten Fotos und Videoschnipsel, Ermittlungsakten und Datenbankabfragen. Als Turquois ihn hereinkommen sah, wischte sie die Einträge vor sich rasch fort, so als hätte er sie beim Betrachten anzüglicher Filmchen erwischt.

»Irgendwas, das ich nicht sehen darf?«

»Nein, nein. Ich wollte nur Platz schaffen dafür«, sie deutete auf die Pappschalen.

»Das ist genau das, was ich jetzt brauche. Herrgott, was für eine Sisyphusarbeit.«

Wenzel setzte sich, schob ihr eine der Schalen hin.

»Und?«

»Leider kein Video, auf dem jemand einen toten Klon in die Donau wirft.«

»Wenn es denn einer ist.«

»Ist es. Bach hat sich vor zehn Minuten gemeldet. Laut der epigenetischen Analyse handelt es sich bei beiden Frauen um Gefäße.«

»So viel zum Bauchgefühl. Und jetzt?«

Sie rieb sich die Augen.

»Ich habe den Suchradius erweitert. Und ich glaube, das hier könnte sie sein.«

Turquois griff nach einem der freischwebenden Videos, vergrößerte es. Zu sehen war eine Frau, die aus einem schwarzen Auto stieg. Sie mochte Mitte zwanzig sein. Von ihrem Gesicht sah man leider nicht viel. Es lag an ihrem seltsamen Outfit: Die Frau trug ein eng anliegendes, ärmelloses Latextop mit einer Art überdimensioniertem Rollkragen, der nicht nur den Hals, sondern auch Mund, Nase und Wangen bedeckte. Lediglich Augenpartie und Stirn ließ er frei.

»Das Top ist leider echt, nicht holografisch. Aber ich habe die Augenpartie abgeglichen. Übereinstimmung liegt bei fünfundneunzig Prozent.«

»Wo wurde das aufgenommen?«

»In einem Parkhaus. Liegt in der Nähe eines Nachtclubs namens ›Zum Schönen Tod‹.«

»Das ist ein guter Anhaltspunkt.«

Turquois biss von ihrer Wurst ab, lächelte triumphierend.

»Den wir vermutlich nicht brauchen werden.«

»Warum nicht? Das Parkhaus?«

»Genau. Kennzeichenscan. Ich habe die Logs überprüft. Es gibt nur ein Fahrzeug in diesem Farbton, das passt – ein alter Daimler Superior, zugelassen auf eine gewisse Lefay Maudite.«

»Im Sinne von ›die verfluchte Fee‹?«

»Yep. Die Sache hat nur einen Haken.«

»Und zwar?«

Ein weiteres Bild erschien. Es zeigte eine grobknochige Blondine mit Kartoffelnase.

»Das hier ist die echte Maudite – nicht besonders feenhaft, was?«

»Aber war die auch mit in dem Auto? Oder war der Klon auf den Videos diese Maudite, nur in einem anderen Körper, in einem Gefäß?«

»Das lässt sich nicht sicher sagen, Chef.«

Wenzel schob sich das letzte Stück Wurst in den Mund.

»Okay«, sagte er kauend, »ich denke, wir machen einen Hausbesuch bei der Fee. Verständige das Modul. Wir treffen uns draußen, aber erst in fünfzehn Minuten. Vorher brauche ich mehr Wurst.«

Sahana stand der Sinn nach Fish & Chips. Es war ewig her, dass sie welches gegessen hatte. Wann war sie das letzte Mal in London gewesen? Vor dreißig Jahren? Sie blickte hinaus. Das Flughafenshuttle verlief zwar unterirdisch, in die Fenster war aber ein Ausblick hineinholografiert, der einen glauben ließ, man säße in der Hochbahn.

Sie passierten gerade ein immenses Gebäude auf der Isle of Dogs, eine Kreuzung aus Wolkenkratzer und Normannenschloss. Über dem höchsten Turm schwebten ineinanderverschachtelte Oktagone – das Logo des Supernationals 8cell. Weiter westlich stand zwischen Hochhäusern ein Mann mit blaugoldener, spitz zulaufender Filzmütze und asiatischen Gesichtszügen. Er maß bestimmt zweihundert Meter und schien Sahana zuzuwinken. Über ihm stand in schimmernden Lettern: »QAZAQ. Föderative des Glücks«.

Sie wandte sich ab. Nie würde Sahana verstehen, warum Westler derart invasive Werbung in ihrer Hologrammatica zuließen. In der BHARATA-Föderative war derlei verboten.

Sie kramte in ihrem Rucksack. Hoffentlich hatte sie Stripper-goggles eingepackt. Zahir hatte es ihr eingeschärft: Lauf nicht ohne Minusbrille durch London. Du kriegst einen Holoburnout.

Sie schien die Brille zu Hause vergessen zu haben. Das war ärgerlich, andererseits konnte man an der Victoria-Station bestimmt eine kaufen. Ob es dort auch gutes Fish & Chips gab? Vermutlich nicht, besser sie suchte sich in irgendeiner Seitenstraße einen authentischen chip shop. Außerdem wollte sie in den St. James's Park. Dort war Sahana zuletzt in den Fünfzigern gewesen, während eines mehrmonatigen Forschungsaufenthalts am Commonwealth College.

Aber eins nach dem anderen – zunächst die Keynote, Professor Kapoor. Danach war sicherlich Zeit für nostalgische Streifzüge.

Sahana war fast ein wenig verblüfft, hier zu sein. Normalerweise verließ sie Delhi kaum noch, mit ihren sechsundachtzig Jahren war sie nicht mehr sonderlich reisefreudig. Und was eigentlich gar nicht mehr infrage kam, war, auf einem Physikerkongress einen Vortrag über »Hierarchisierte Repetition in der Fraktalfeldtheorie« zu halten. Zumal sie dazu wenig Neues sagen konnte, doch deswegen luden die sie ja auch nicht ein. Es ging um den Celebrity-Faktor – Sahana Kapoor, die Alberta Einstein des einundzwanzigsten Jahrhunderts und dieser ganze Quatsch.

Warum hatte sie sich dazu breitschlagen lassen? Ein Grund war ihr neues Buch, »Grenzenlos«. Es brauchte mehr PR, hatte ihr Agent behauptet. Oder war es ihr Verleger gewesen? Ein weiterer, gewichtigerer Grund war jenes Angebot, das ihr die Commonwealth Astronomical Society gemacht hatte, der Ausrichter des Kongresses: Im Gegenzug für ihre Teilnahme lud man Sahana eine Woche nach Harcourt House ein, ein herrschaftliches Landhaus in Sussex. Außer ihr würden Derek Fields und Hazel de Kerk kommen, alte Freunde, mit denen sie sich seit Jahren über theoretische Physik austauschte, und weitere kluge Köpfe. Eine

Woche lang würden die Physiker ungestört diskutieren, nach Lösungen suchen, Ideen austauschen, und all das auf Kosten der Society.

Eine Einblendung signalisierte, dass sie gleich da waren. Sahana erhob sich, griff nach ihrem Rucksack. Dabei stützte sie sich an einem der Sitze ab.

Mach dich nicht älter, als du bist, dachte sie. Gestern warst du sechs Kilometer joggen. Du bist weder gebrechlich noch hinfällig.

Ein Mann drängte sich an ihr vorbei. Er war um die dreißig, sportlich und mit einer Physiognomie ausgestattet, die auf Vorfahren aus aller Welt hindeutete. Sahanas Blick fiel auf das Brassard an seinem Arm. Der Mann steckte in einem Gefäß. Die Melange aus afrikanischen, kaukasischen und südostasiatischen Zügen war nicht echt. *Melting-pot style* nannte man das. Es war derzeit sehr angesagt.

Sie hätte ebenfalls in einem jugendlichen Gefäß durch die Gegend laufen können. Ihr alter Freund Rohan, der wie sie auf die neunzig zuging, riet Sahana bei jeder Gelegenheit zu einer Transformation. Doch sie weigerte sich standhaft, genau wie ihr Ehemann Zahir.

»Zehn Millionen Rupien kostet es. Und du lebst nicht einen Tag länger«, hatte sie Rohan entgegengehalten.

»Ja. Das stimmt.«

»Wie lange kann man in so einem Gefäß bleiben? Drei Wochen?«

»Sie haben es verbessert, Sahana. Es sind jetzt vier.«

»Aber ich habe doch schon einen Körper.«

»Der sechsundachtzig Jahre alt ist, Sahana.«

»Dank der Gentherapien liegt mein biologisches Alter eher bei fünfundfünfzig.«

»Aber du könntest für deine Reise in den Körper einer Zwanzigjährigen schlüpfen. Dir täte nach dem Flug nicht der Rücken weh.«

43

»Und die Forscher auf dem Kongress würden alle auf meinen Arsch schauen anstatt auf meine Formeln.«

Rohan hatte erwidert, eine verjüngte Sahana könne wieder lange Bergtouren im Himalaya machen; sie brauche keine Sorgen zu haben, während der Sommermonate einen Hitzschlag zu erleiden. Ja, er hatte sogar angedeutet, dass sie sich sexuellen Eskapaden hingeben könne.

Sahana hatte mit dem Sexthema ehrlich gesagt abgeschlossen. Und die anderen schönen Dinge? Alles hatte eben seine Zeit. Die Jahre, die ihr dank Vishnus Gnade noch blieben, wollte sie damit verbringen, sich um ihre Orchideen zu kümmern und über Fragen der theoretischen Physik nachzudenken. Vielleicht konnte sie ja noch ein paar davon beantworten. Das war ihre Bestimmung im Herbst des Lebens. Der verlorenen Jugend hinterherjagen? Das erschien ihr geradezu sündhaft.

Von den holografischen Pfeilen ließ sie sich den Weg zur Haupthalle weisen. Der Veranstalter hatte ihr eine Limousine zum Flughafen schicken wollen, was sie abgelehnt hatte. Menschen, die sich in Nobelkarossen von A nach B kutschieren ließen, verpassten das Leben. Sie ging zur U-Bahn, nahm die District Line Richtung Paddington, wo das Konferenzhotel lag.

Sahana musste gähnen. Während des Flugs war sie wach geblieben, um die Show nicht zu verpassen. Ihre Flugroute hatte über das Mittelmeer geführt, an der Anomalie vorbei. Da sie nur selten über diese Route nach Europa kam, hatte sie das Spektakel tatsächlich noch nie mit eigenen Augen gesehen. Die Fluglinien machten eine richtige Show daraus; sie holografierten die Kabinenwände, sodass man einen unverstellten Blick auf den Lichtdom nahe Kreta hatte. Der Ausblick war in der Tat toll gewesen, aber sie bezahlte dafür nun mit Müdigkeit.

Vielleicht war diese der Grund dafür, dass ihr London ein wenig fremd erschien. Sie kannte derlei von anderen Reisen. Man freute sich auf New York oder Öskemen, doch sobald man da war, kam einem alles wenig einladend vor, ja unwirklich.

Möglicherweise lag es auch daran, dass London ziemlich ausgestorben wirkte. War Feiertag? Lord Protector's Day? Einer dieser obskuren *bank holidays*?

Oder war es hier immer so leer? In der BHARATA-Föderative konnte man mitunter vergessen, dass es die Unterbevölkerung gab – Delhi fühlte sich auch mit nur elf Millionen Einwohnern noch voll an. Doch wie die meisten europäischen Metropolen hatte London die Hälfte seiner Einwohner verloren.

Sie erinnerte sich an einen Aufenthalt in Neapel. Dort hatte praktisch niemand mehr gelebt, die Stadt war ein Museum oder vielleicht eher ein Mausoleum. Die Außenbezirke hatte man abgerissen und durch Pineta-Wälder ersetzt. Vermutlich sah es in der Londoner Peripherie ähnlich aus.

Sie verließ die Tube, lief Richtung Hotel. Zunächst würde sie einchecken und fragen, ob Derek und Hazel bereits eingetroffen waren. Vielleicht hatten die beiden ja ebenfalls Lust auf Fish & Chips.

Das »Western Canton« besaß eine Fassade im Neo-Regency-Stil und dreißig Stockwerke. Der Portier informierte sie darüber, dass ihr Zimmer bereits fertig sei, genauer gesagt ihre Suite. Die hatten ihr tatsächlich eine Suite spendiert? Sie würde sich nicht beschweren.

Auf dem Weg zum Fahrstuhl wurde Sahana von einer jungen Frau abgepasst. In den Händen hielt sie zwei Bücher.

»Professor Kapoor?«

Das Mädchen konnte höchstens zwanzig sein. Sahana sah, dass die Kleine all ihren Mut zusammengenommen hatte, um sie anzusprechen.

Sahana war müde, hungrig und wenig erpicht darauf, mit Fans zu reden. Die Bücher legten nahe, dass die Frau einer war. Bei einem handelte es sich um »Grenzenlos«, ihr neues, populärwissenschaftliches Buch. Das andere war die vermaledeite Biografie, die dieser Journalist von der »Times« damals geschrieben hatte.

»Soll ich Ihnen etwas signieren?«, fragte Sahana.

Sie hoffte, dass es nur darum ging. Es wäre nicht das erste Mal, dass jemand sie abpasste und behauptete, er habe ihre Gleichungen zur Reformulierung des Richtwalder-De-Sitter-Problems noch einmal durchgerechnet und sei dabei auf Rundungsfehler gestoßen. Mitunter hatten die Leute sogar altmodisches Karopapier dabei. Darauf glaubten sie die Unmöglichkeit eines fraktalen Multiversums, die Existenz von Lebensformen auf Planck-Ebene, die Endlichkeit von Hilbert-Räumen oder was auch immer bewiesen zu haben.

Die junge Frau sah nicht aus wie so eine Verrückte. Aber das hieß nichts.

»Ich habe ›Grenzenlos‹ verschlungen«, sagte sie. »Allerdings habe ich nicht alles verstanden, befürchte ich.«

»Ich auch nicht«, erwiderte Sahana.

Das war in diesen Fällen ihre Standardantwort. Es handelte sich natürlich um eine Lüge, aber um eine nett gemeinte. Keiner bekam gerne die eigene intellektuelle Beschränktheit vor Augen geführt, nicht einmal von einer Nobelpreisträgerin.

Die junge Frau lachte schüchtern, hielt Sahana Buch und Stift hin. Auf dem Cover war ein astronomisches Foto abgebildet, der Reiher-Nebel im Moment seiner Auslöschung. Sahana kritzelte ihren Namen auf den Umschlag.

»Vielen Dank. Und würden Sie mir ›Zerstörerin‹ ebenfalls signieren?«

Die Frau hielt ihr nun die verdammte Biografie hin. Auf dem Umschlag war jenes Foto zu sehen, das Sahana so inbrünstig hasste wie kein anderes. Jedermann kannte es, das Bild war so berühmt wie der Einstein mit der herausgestreckten Zunge. Es zeigte eine maliziös lächelnde Sahana Kapoor. Sie trug einen Sari und hatte acht Arme.

Das Bild war eigentlich ein Gag gewesen. Sie hatte mit ihren Doktorandinnen herumgealbert, und irgendwer war auf die Idee gekommen, drei der jungen Forscherinnen hinter Sahana zu postieren – und zwar so, dass man nur ihre Arme sah.

Deswegen und auch wegen des Sari sah Sahana auf dem Bild ein bisschen aus wie die Göttin Kali. Als sie etwas später den Nobelpreis erhielt für jene Aufsätze, die Teile des Standardmodells und die komplette Stringtheorie zum Einsturz brachten, war irgendein Journalist auf die Idee verfallen, Sahana »Die Zerstörerin der Welten« zu taufen. Platte Prosa war das und obendrein ein bisschen rassistisch. Dennoch wurde sie den Beinamen nie wieder los. Es ärgerte sie bis heute.

Jahrzehntelang hatte Sahana versucht, neue Theroriegebäude zu erbauen. Statt zu würdigen, was sie erschaffen hatte, sahen die Leute sie als Zerstörerin, als Kali der Kosmologie. Sie war das braune Mädchen, das einem Haufen weißer Jungs in ihre ontologische Suppe gespuckt und sich dann diebisch darüber gefreut hatte.

So war es natürlich nicht gewesen. Aber es war dazu geworden, zumindest in der öffentlichen Wahrnehmung.

All dies wollte sie der jungen Frau aber nicht auseinandersetzen. Also signierte sie auch das Scheißcover der Scheißbiografie aus der Scheißfeder dieses Scheißjournalisten und gab es ihr zurück. Die Frau bedankte sich überschwänglich und verschwand.

Kurz darauf war Sahana auf ihrem Zimmer, genauer gesagt in ihrer Zimmerflucht. Drei Räume umfasste die Suite. Sie war herrlich altmodisch eingerichtet; farbenfrohe Stoffe, edwardianische Möbel, Fischgrätparkett mit geschmackvoll platzierten Persern, alle wunderbar abgewetzt. Sahana fuhr über eine Tapete. Ihre Finger erspürten Textur. Anscheinend war alles echt. So etwas gab es heutzutage nur noch selten. Sie wollte gar nicht wissen, was die Suite pro Nacht kostete.

An der Rezeption hatten sie ihr gesagt, weder Derek noch Hazel seien bislang angekommen. Möglicherweise würde sie doch alleine essen müssen. Sie trat an eines der Fenster. In einiger Entfernung erhob sich ein Gebäude mit einer großen weißen Kuppel, das sie noch nie gesehen hatte. Es konnte eigentlich nicht daran liegen, dass es neu war. Das Bauwerk sah nach neunzehntem Jahrhundert aus.

Bei genauerer Betrachtung schien es sich doch nicht um eine Kuppel zu handeln, sondern eher um eine steinerne Sphäre. Sie ruhte in der Vertiefung eines runden Sockels, dessen Oberkante mit Bäumen bepflanzt war.

Nein, dieses spektakuläre Gebäude war ihr zuvor nie aufgefallen. Sahana ließ sich Beschriftungen einblenden. Es handelte sich um den »Kenotaph für Isaac Newton«. Sie hatte gar nicht gewusst, dass es für ihn ein Grabmal gab, zumal an solch exponierter Stelle, am Rande des Hyde Park.

Immer noch kam ihr die Stadt fremd vor. Aber was hatte sie erwartet? Innige Vertrautheit, nur weil sie vor Jahrzehnten ein paar Monate hier verbracht hatte? Aus dem heißen, hellen, vollen Delhi ins kalte, graue, leere London – Akklimatisationsprobleme waren da zu erwarten.

Für so etwas gab es nur ein Gegenmittel. Sahana griff sich ihren Mantel und machte sich auf die Suche nach einem Fish-&-Chips-Stand.

Die eisigen Beats von »Meteoritni Doschd« gaben der Menge den Takt vor. Viele trugen Puritanerhüte, Cowboyboots und Ponchos, alles in schwärzestem Schwarz. Amish Morricone nannte man das, es war der letzte Schrei. Andere sahen noch extravaganter aus. Eine Frau trug ein Kleid aus Blumen, die in einer Endlosschleife erblühten und verwelkten; eine andere war in nichts als dichte Rauchschwaden gehüllt; ohne Unterlass umwirbelten sie ihren nackten Körper wie einen der Hölle entstiegenen Sukkubus. Andere trugen Kostüme aus Rabenfedern oder Knochen. Einer hatte dort, wo das Gesicht sein sollte, nur eine weiß gepuderte Leerstelle.

All dies beobachtete Stasja von der Empore aus, hielt gleichzeitig Ausschau nach ihren Leuten. Im »Schönen Tod« waren sie verabredet gewesen, allerdings war Stasja spät dran. Hatten die anderen ohne sie angefangen? Unwahrscheinlich. Zwar verfügten mindestens drei von ihnen über die komplette Tauchausrüstung – Transfertisch, Mind Recorder und natürlich den neuesten Hack. Aber Stasja Tschernow, die alle Oblivion nannten, war die Leitwölfin, der Spiritus Rector. Nein, die anderen waren bestimmt nicht ohne sie tauchen gegangen.

Die polaren Beats von »verklungen«, wurden von »Snow Golems« hämmerndem Bass abgelöst. Das war ein ziemlich abrupter Wechsel, der den einen oder anderen Gloomer auf dem falschen Tanzfuß erwischte. Slowsynth-Fans zogen sich in ihre Mausoleen zurück, Bloodrock-Vampire entstiegen ihren Särgen, flatterten aufs Parkett.

Stasja sah Vince van Goth die Tanzfläche verlassen. Sie hatte ihn zuvor nicht erkannt, was angesichts der ganzen Effekthascherei nicht verwunderlich war. Dichter Friedhofsnebel lag über dem Dancefloor, Fledermäuse umschwirrten eine Discokugel, warfen flitternde Schatten auf die Menge. Ab und zu durchschwebte ein semitransparenter Geist den Raum.

Der Holojockey trug wieder einmal arg dick auf.

Da es kaum Sinn machte, Vince etwas zuzurufen, eilte Stasja die Treppe hinab. Sie fand ihn an der Bar. Vince war muskulös, fast zwei Meter groß. Mit seinen tief in den Höhlen liegenden Augen und den dichten schwarzen Brauen sah er ein wenig aus wie der junge Karloff. Das war kein Zufall. Wie Stasja wusste, bestand Vince' Designergefäß zu fünfundsechzig Prozent aus Boris Karloff und zu fünfunddreißig aus Kiefer Sutherland.

Trotz seiner Prinz-der-Dunkelheit-Visage wirkte Vince im »Tod« ein wenig deplatziert. Rechts von ihm stand eine Frau mit Totenschädelgesicht. Wenn sie sich bewegte, schien wie bei einem Lentikularbild ihr wahres Antlitz hindurch. Links von Vince stand ein Kerl in einem blutroten Paillettenanzug, der die Arme freiließ, nicht aber den Kopf. Ihr Kompagnon hingegen trug allen Ernstes Bluejeans, in diesem Laden ein geradezu rebellisches Statement. Sein schlichtes schwarzes T-Shirt hatte die Aufschrift: *I killed a clone and I liked it.*

Sie begrüßten einander. Stasja schrie: »Wo sind die anderen?«

Vince brüllte zurück, es gebe da ein Problem. Er deutete auf den Hinterausgang. Stasja nickte. Kurz darauf waren sie im Außenbereich. Eigentlich lag der »Schöne Tod« inmitten eines Industriegebiets, am Rande des Zehnten. Aber die Clubbetreiber hatten die Fabrikhallen und Schrottplätze wegholografiert und durch eine nicht ganz originalgetreue Kopie des Père Lachaise bei Nacht ersetzt.

An der Außenbar holten sie sich zwei Bier und setzten sich damit an einen Tisch, der einem Sarg nachempfunden war – verdammte *gloomer pretentiousness*, ein alter 2D-Streifen von Hammer Productions war nichts dagegen.

»Was ist denn los?«, fragte sie.

Vince fuhr sich durch die Dracula-Mähne, steckte sich eine Zigarette an.

»Ist wegen des neuen Hacks. Welche von den New Yorkern haben den wohl schon ausprobiert.«

»Und?«

»Muss der Wahnsinn sein. Gibt dazu einen Post von einer Frau, die sich Sjestra Toltschok nennt oder so ähnlich.«

Vermutlich meinte er Sjestra Polnotsch, Schwester Mitternacht, eine Deatherin aus Brooklyn. Polnotsch war eine von denen, die es wirklich wissen wollten – eine wie Stasja.

»Sie ist angeblich durch die Nebligen Gestade«, sagte er, »bis zum Ende.«

»Haben andere doch auch schon geschafft.«

»Ja, aber Sjestra ... lies es dir durch, es klingt irre.«

Vince steckte sich eine weitere Zigarette an. Seine Bewegungen wirkten fahrig. Schwester Mitternacht musste in der Tat etwas Neues zustande gebracht haben, sonst hätte er nicht so ein Gewese gemacht. Vince war zwar keineswegs so hardcore wie Stasja. Aber er war auch keiner jener Poser, die das alles für wahnsinnig cool hielten, es aber nie taten.

»*Thin black line*, Vince?«

»Könnte sein. Möglicherweise hat sie echt den nächsten Schritt gemacht. Aber offenbar nicht so gut verkraftet.«

»Inwiefern?«

»Ein anderer New Yorker hat auf dem Funeral Board geschrieben, dass Sjestra danach Cogit-Probleme hatte.«

»Ah, okay. Lass mich raten: White hat sich fast in die Hosen gemacht.«

Vince nickte nur.

»Und dann hat er allen anderen gesagt, dass dieser neue Scheiß zu gefährlich ist und einen in den Wahnsinn treibt.«

»So was in der Art, Oblivion. Auf jeden Fall sind die anderen sich jetzt nicht mehr sicher, ob sie weitermachen sollen.«

»Tja. Ihre Entscheidung.«

Stasja gab sich keine Mühe, die Verachtung in ihrer Stimme zu verbergen. Thanatonauten wollten dem letzten Geheimnis auf die Schliche kommen. Sie wollten herausfinden, ob sich auf der anderen Seite etwas befand. Dass es eine furchterregende, zutiefst verstörende Reise war, lag in der Natur der Sache. Jetzt würde sich zeigen, wer es ernst meinte und wer bisher nur herumgep">osert hatte.

Vince schien Stasjas Gedanken zu erraten. Er legte die Finger an sein Karloff-Kinn und sagte leise: »Für die meisten am Ende dann doch eher ›Procul Parcae‹.«

Der lateinische Ausspruch bedeutete ›Fern seien die Parzen‹ – Todesgöttinnen, bleibt mir bloß vom Leib. Echte Deather hingegen wollten den Parzen so nahe wie möglich kommen, ihnen auf den Pelz rücken. Ihr Motto lautete deshalb: ›Propter Parcae‹.

»Du hast Sjestras Bericht?«, fragte sie.

»Hm. Wir können ihn zusammen durchgehen, wenn du magst.«

Eigentlich hatten sie an diesem Abend bereits den ersten Tauchgang mit der neuen Software machen wollen. Im *Hôtel de la Mort* war alles vorbereitet: frisches Gefäß, Todesbesteck. Doch angesichts der Neuigkeiten aus New York war es wohl besser,

Schwester Mitternachts Wanderung durch das Tal des Todes zunächst einmal zu analysieren.

Sie verließen den »Schönen Tod«. Mit Vince' schwarzem Jensen fuhren sie zum Arenbergpark im dritten Bezirk. Der von Mietskasernen eingerahmte Grünstreifen war um diese Zeit völlig verlassen. Tagsüber tobte dort allerdings auch nicht gerade das Leben. Sie überquerten einen verfallenen Abenteuerspielplatz, auf dem Stasja noch nie Kinder gesehen hatte, und bewegten sich auf einen riesigen Klotz zu, der hoch über den Bäumen aufragte. Es handelte sich um einen von zwei alten Flaktürmen im Park.

Stasja ging zu einer Brandschutztür, öffnete sie mit einer Keycard. Der Weltkriegsbunker stand leer, die Stadtverwaltung bot dort Flächen als Atelierräume an. Niemand wollte sie – außer Stasja. In einem tief unter der Erde liegenden Luftschutzkeller hatte sie eine fensterlose Flucht übernommen, die sie *Hôtel de la Mort* nannten. Offiziell arbeitete Stasja dort als Performancekünstlerin. Niemand hatte je nach Details gefragt, zum Glück. Vermutlich hätte die kommunale Kulturabteilung ihre speziellen Performances nicht gutgeheißen.

Sie gingen nach unten. Der Keller befand sich in einem erbarmungswürdigen Zustand. Der Beton war fleckig, der Linoleumboden wellte sich. An einigen Stellen sickerte Wasser durch die Decke. Orpheus White hatte neulich wissen wollen, warum Stasja ihr unterirdisches Verlies nicht zumindest holografisch aufhübsche, mit Tapeten oder Fenstern. Nichts lag ihr ferner.

Im Hauptraum befand sich ein Arbeitstisch mit Rechner und Holoprojektor. Darunter stand eine orange lackierte Metallkiste, so groß wie ein Schuhkarton. Auf ihrer Seite prangten große weiße Lettern: *Mind Recorder. Do not open.*

Stasja ließ sich auf ihrem Bürostuhl nieder. Vince griff sich einen Klappstuhl mit gesplitterter Lehne, setzte sich rücklings darauf. Seinem Rucksack entnahm er ein Whitebook und gab es ihr.

Schwester Mitternachts Bericht umfasste knapp drei Seiten. Der eigentliche Deathtrip interessierte Stasja nicht sonderlich. Die Traumwelt, durch die ein Sterbender wandelte, sah bei jedem anders aus. Ihr ging es weniger um die konkreten Eindrücke – Mitternachts Zwischenwelt schien so eine Art arktisches Märchenreich zu sein –, sondern um die grundlegende Metaphorik. Und die war relativ eindeutig. Wie alle Deathtripper lief sie zunächst eine ganze Weile durch jene Zwischenwelt, die sie Kimmerien nannten. In der griechischen Mythologie war dies ein Land an der Grenze zur Unterwelt, in dem stets Nacht und Nebel herrschten.

Am Ende ihrer Reise war Sjestra zu einem Gebäude mit hoch aufragendem Giebel gelangt, das sie als das »Hohe Haus« bezeichnete. Der Weg dorthin hatte zwischen zwei nicht näher beschriebenen Säulen hindurchgeführt.

An der Vorderseite des Hohen Hauses gab es ein Portal. Und dieses hatte sich Sjestra einen Spalt weit geöffnet, so als ob es jemand von innen aufgedrückt hätte.

»Heilige Scheiße«, entfuhr es Stasja.

»Ja, oder?«, erwiderte Vince. »Kanntest du das mit der Tür schon?«

»Ich kenne einige ganz wenige, die behaupten, eine gesehen zu haben. Aber niemand, bei dem sie sich öffnen ließ, geschweige denn von selbst aufging.«

Vince nickte.

»Jetzt die Killspecs«, sagte sie.

Er bedeutete ihr umzublättern. Auf der nächsten Seite war aufgeführt, welchen *modus mortandi* Sjestra Polnotsch verwendete – Rechnerspezifikationen, Softwareversion, Gefäßtyp. Zudem war dort vermerkt, wie sie auscheckte: TTX, fünfzig Milligramm, intravenös. Es handelte sich um ein Nervengift, das einen vollständig lähmte – Spaß machte das nicht gerade.

»Alles *top notch*«, murmelte Stasja, »aber das hier ... was zur Hölle ist ein Compaq?«

»Ein was?«

»Das ist der Markenname ihres Rechners. Von der Firma habe ich noch nie gehört.«

Vince schaute ihr über die Schulter. Dabei kam er ihr sehr nah. Stasja konnte nicht umhin zu bemerken, dass er nicht nur ein sehr appetitliches Stück Fleisch war, sondern obendrein auch noch gut roch. Sie wischte den Gedanken beiseite. Vielleicht war später Zeit dafür. Die Arbeit ging vor.

Vince grinste. Offenbar freute er sich darüber, einmal etwas besser zu wissen als sie. Wenn es um Deatherzeug ging, kam das nicht oft vor.

»Die Firma gibt's schon lange nicht mehr. Ist eine Chiffre.«

»Ein Geheimcode? Wofür?«

Immer noch lächelte er, sagte aber nichts. Dann sah sie es selbst. Es war das ›q‹ in Compaq.

»Scheiße, nein.«

»Doch, ich denke schon.«

»Sie hat einen Quantencomputer verwendet?«

»Sieht ganz so aus.«

»Wow.«

»Schwer zu bekommen. Und außerdem scheißillegal«, erwiderte er.

Es war schwer zu sagen, ob Mitternachts Fortschritte – die Tür, die sich angeblich einen Spalt weit geöffnet hatte – mit der neuen Software zusammenhingen oder mit dem Einsatz eines Quantenrechners oder mit beidem. Das ließ sich wohl nur herausfinden, wenn man mit vergleichbarem Setup tauchen ging.

Gerne wäre Stasja die Thanatonautin gewesen, die das versuchte. Aber ein Quantencomputer? Die Verwendung solcher Geräte ohne Lizenz brachte einen schnurstracks in den Knast.

Einerseits.

Andererseits traten sie seit Längerem auf der Stelle. Ihre Mission drohte zu scheitern. Durch jahrelanges Experimentieren hatte die Deather-Community die Nebligen Gestade entdeckt –

Kimmerien, Limbo, Mictlàn. Fast jede Kultur besaß einen Namen für diesen Weder-Noch-Ort, diese Grenzregion zwischen dem Reich der Lebenden und dem der Toten.

Stasja und die anderen Deather irrten nun bereits seit Jahren durch die kimmerischen Nebel, ohne je den Styx erreicht, geschweige denn seine Überquerung begonnen zu haben.

Sie traf eine Entscheidung.

»Zufällig einen Qube zur Hand?«, fragte sie.

Vince schnaubte vernehmlich.

»Nein, natürlich nicht.«

»Dann besorg mir einen. Ja, und ich weiß, dass es illegal ist.« Sie schaute ihm in die Augen.

»Bist du bereit dazu, Großer?«

Vince nickte.

»Dass es verboten ist, ist das kleinere Problem. Aber jemand zu finden, der ... hm ... hätte da einige Ideen. Gib mir einen Tag oder zwei.«

Es war alles, was sie hören wollte. Sie wechselten auf die alten Sofas im Wohnzimmer. Dort rauchten sie ein paar Zigaretten, redeten über die besten Killsets, den besten *modus mortandi*, schmiedeten Pläne für die nächste Expedition. Die Sache würde aufregend werden.

Stasjas ganzer Körper kribbelte. Sie zog Vince das T-Shirt aus. Ein schlanker, muskulöser Schwimmerbody kam zum Vorschein. Damit endete die Ähnlichkeit mit den beiden Schauspielern, die für Vince' Gefäß Pate gestanden hatten. Karloff war bestimmt nicht so gerippt gewesen und Sutherland schon gar nicht.

Vince hatte ihr inzwischen das Top ausgezogen, machte sich an ihren Brüsten zu schaffen. Stasjas Hände wanderten seine muskulösen Oberarme entlang. Ob der echte Vince ebenfalls so eine Maschine war? Sie hatte seinen Stammkörper noch nie gesehen. Aber wen interessierte schon der wahre Vince, wenn man Zugriff auf diese Version hatte? Stasja schob ihre Hand in seine Jeans, griff nach seinem halbsteifen Schwanz. Es handelte sich, wie sie bereits beim letzten Mal erfreut festgestellt hatte, um einen stinknormalen Penis.

Viele Typen glaubten, sie seien nicht ausreichend bestückt. Deshalb ließen sie sich Gefäße mit riesigen Frankenpimmeln designen, dreißig mal fünf. So was war völlig unfickbar. Bei Vince hingegen hatte alles Maß und Mitte. Nur die verdammte Gründlichkeit musste sie ihm noch austreiben. Beim Deathtripping hatte sie ihn als methodisch arbeitenden Menschen kennengelernt, der alles Schritt für Schritt erledigte. Leider ging er beim Sex ähnlich vor. Lehrbuchmäßig wollte er zunächst das komplette Vorspiel absolvieren: Küsse überall, endloses Gestreichel und Genuckel und Geschlecke.

Für diesen ganzen Scheiß fehlte Stasja die Geduld. Sie packte ihn an den Haaren, zog seinen Kopf zwischen ihren Beinen hervor.

»Leg endlich los, du Ficker.«

Er schaute etwas verwundert, tat aber, was sie verlangte. Etwas später lagen sie nebeneinander auf dem Sofa und starrten die rissige Decke an.

»Wird Geld ein Problem sein?«, fragte Vince.

»Wobei?«

»Bei dem Qube.«

In Stasjas Leben fehlten ein paar Dinge, aber Geld war keins davon.

»Nein.«

»Okay.«

Nach einer Weile sagte er: »Die Sechs Häuser.«

»Wieso sechs?«

»Maya-Mythologie.«

Vince hatte sich eingehend damit beschäftigt, wie der Übergang zum Tod in verschiedenen Kulturen dargestellt wurde, eingehender als sie.

»Ich weiß nur, dass man bei den Azteken eine vierjährige Reise absolvieren musste«, sagte sie, »bei den Maya auch?«

»Nein, dort war es anders. Sie nannten es Xibalba, das Schreckliche Land. Eine Art Unterwelt, in der man sich mit den Göttern messen musste. Es gab eine Stadt und darin Sechs Häuser: das Dunkle Haus, das Kalte Haus, das Jaguar-Haus, das Fledermaus-Haus, das Heiße Haus.«

»Das waren fünf.«

»Gimme a break, das sechste habe ich vergessen. Aber ich musste daran denken, als ich von dem Hohen Haus in Sjestras Bericht gelesen habe.«

»Sah es denn mayamäßig aus? Davon stand da nichts, oder? Oder meinst du wegen des Eises? Kaltes Haus und so?«

»Es ist metaphorisch.«

»Ach was«, erwiderte sie.

Stasja setzte sich rittlings auf ihn, begann mit Wiederbelebungsversuchen. Er zog mit gespieltem Erstaunen die Brauen hoch.

»Noch mal, Eisprinzessin?«

»Ja. Aber sei nicht wieder so zimperlich.«

Carpentras Skyes war aus dem Hauptquartier in Sapporo nach Berlin geflogen. Von dort war er mit einem kleinen Jet nach Lissabon gereist, dann mit einem weiteren nach Casablanca. Dort hatte er einen Helikopter bestiegen, für das letzte Stück der Reise. Das alles war verdammt mühsam. Warum hatten sie den Kerl nicht nach Brüssel oder Petersburg gebracht? Musste es wirklich mitten in der Wüste sein?

Draußen machte das Grün der Küste dem Gelb der Sahara Platz. In der Ferne war eine semitransparente, fünf Meter hohe Barriere auszumachen. Ihr Verlauf entsprach dem der ehemaligen Grenze – auf der einen Seite hatte marokkanischer Sand gelegen, auf der anderen algerischer.

Jenseits der rot schimmernden Barriere endete die Zivilisation.

Dahinter lag *Naked Space*. Keine digitalen Retuschen da draußen, dachte Carpentras. Man wird meine Geheimratsecken sehen.

Er nahm ein Notizbuch aus seinem Rucksack, schlug es auf, ohne jedoch hineinzuschauen. Stattdessen starrte er weiter aus dem Fenster. Aber da war nur Sand, nur Wüste, die sich bis Abidjan erstreckte, bis Lagos, bis Kisangani. Willkommen im Nichts.

Vorhin im Scram hatte er die Akte gelesen, natürlich in Papierform. UNANPAI, die United Nations Agency for the Non-Proliferation of Artificial Intelligence, war eine der wenigen Behörden, die noch Papier verwendete, außerdem Stempel, Bleistifte und Aktenordner. Einer seiner Bekannten beim Commonwealth-Geheimdienst bezeichnete UNANPAI deshalb als »Die fabelhaften Retroboys«.

Aber es ging nun einmal nicht anders. Eine Behörde, die KI-Umtriebe überwachte, durfte sich nicht von Computern in die Karten schauen lassen. Wenn man also das Digitale aussperren wollte, waren analoge Akten hilfreich. Oder wie Carpentras' Chef zu sagen pflegte: »Anachronismus ist die beste Verteidigung.«

Am Horizont hob sich etwas vom gleißenden Sand ab. Normalerweise hätte Carpentras sich dazu Infos anzeigen lassen, aber in der Steinzeitwüste ging das nicht. Also fragte er den Piloten.

»Ist das ein Anderwood?«

»Ja, Sir. Der von Chegga.«

Chegga, der künstliche Wald, der die Westsahara allmählich auffraß; fünfundvierzigtausend Quadratkilometer Pineta. Jeder einzelne zog kontinuierlich CO_2 aus der Atmosphäre, wandelte es in weitere Pineta um.

Der Chopper flog parallel zum Rand des Walds. Carpentras konnte die Pineta nun besser erkennen. Er hatte nahe Tokio schon einmal welche gesehen, doch diese waren größer. Sie ragten bestimmt achtzig Meter hoch auf. Hübsch waren sie nicht gerade. Hätte man die UNO-Verwaltung beauftragt, eine Fichte zu entwerfen, wäre nach fünfzig vorbereitenden Sitzungen und einem vierstufigen Vergabeverfahren vermutlich etwas in der Art herausgekommen.

»Drei Minuten, Sir.«

Carpentras wandte sich seinen Aufzeichnungen zu. Unter der Überschrift »Knossos-Zwischenfall, 06.12.2095« stand »Bekannte Unbekannte«. Und darunter:

– Steinreich: Anwälte?
– EURUS-Arschlöcher
– Bittner – WTF

Keiner dieser Punkte hatte unmittelbar mit seiner Kernaufgabe zu tun. Carpentras hatte sie sich eher deshalb notiert, weil diese Faktoren die anstehende Befragung des Rückkehrers beeinflussen konnten.

Sein Name lautete Galahad Singh. Er entstammte einer stinkreichen Unternehmerdynastie. Die von seinem Vater gegründete Avalon Group hatte seinerzeit die Pineta-Technologie entwickelt. Diese Leute besaßen richtig Geld, ergo würde irgendwann ein Haufen Schlipsträger auftauchen und sich darüber beschweren, dass man ihren Mandanten an einen Off-Site verschleppt hatte.

Dann waren da die EURUS-Sicherheitsleute. Die Föderative war ursprünglich strikt gegen eine Überstellung Singhs an die Turing-Polizei gewesen. Die Hohe Behörde und das Präsidialamt hatten nur unter der Bedingung zugestimmt, dass die Vernehmung auf neutralem Territorium erfolgte. Außerdem, so das offizielle Agrément, hatte Carpentras lediglich achtundvierzig Stunden Zeit, Singh zu befragen. Teil der Vereinbarung war ferner, dass jemand von der EURUS-Staatssicherheit dabei sein durfte.

Das behagte Carpentras nicht. Seit die Euros sich mit den Russen ins Bett gelegt hatten, war ihnen nicht mehr zu trauen. Seinerzeit mochte es nach einem guten Deal ausgesehen haben: Die stinkreiche, mächtige EU nahm sich der verarmten, völlig ausgebombten Russkis an und erhielt dadurch Zugriff auf den wichtigsten Coolspot der Welt: Sibirien. Doch aus der vermeintlichen Übernahme war eine Art *reverse takeover* geworden. Man hatte die Russen eingegliedert und ihnen den Euro-Apparat übergestülpt. Doch gleichzeitig hatten die Sicherheitsdienste dieser hinterfotzigen Bastarde den ganzen Laden unterwandert.

Problem Nummer drei: Francesco Bittner, der Sondergesandte des UNO-Generalsekretärs, ein ehemaliger UNANPAI-Agent. Auch er würde bei der Befragung zugegen sein. Sein genauer Aufgabenbereich war geheim. Carpentras hatte gehört, Bittner sei häufig oben unterwegs, im Asteroidengürtel. Was wollte er hier?

Carpentras war so schnell wie möglich angereist. Zwar fühlte er sich nach seinem Höllentrip wie durchgekaut und ausgespuckt. Doch mit etwas Glück traf er als Erster ein, vor all den Würden- und Bedenkenträgern, die ihm die Arbeit erschweren würden.

Der Helikopter setzte zur Landung an. Jenseits des staubigen Rollfelds erblickte Carpentras mehrere einstöckige Betongebäude. Vermutlich befand sich der Rest unter der Erde. Das war auch besser so. Tagsüber stiegen die Temperaturen dort draußen auf bis zu sechzig Grad.

Carpentras setzte den Helm seiner Coolsuit auf. Mit leisem Zischen verriegelte sich der Anzug. Ein Soldat öffnete die Tür, stieg aus. Carpentras folgte ihm.

Trotz des Anzugs und des getönten Visiers ließ sich erahnen, was für eine Gluthitze herrschte. Zwei Männer, ebenfalls in Coolsuits, kamen auf den Heli zu. Einer von ihnen salutierte.

»Special Agent in Charge Skyes, willkommen in Taoudénit. Ich bin Heider Wa, der Stationsleiter.«

Wa erforschte hier draußen mit einer Handvoll Leuten, welche Auswirkungen der gigantische Anderwood auf Flora und Fauna der Region hatte. So zumindest stand es im Briefing. Carpentras hielt die offizielle Aufgabenbeschreibung für ein Cover. Hier draußen gab es so gut wie keine Flora oder Fauna mehr, das war selbst für einen Laien offensichtlich. Außerdem pflegten Biologen nicht zu salutieren.

Nachdem sie sich in der Basis ihrer Coolsuits entledigt hatten, fühlte Carpentras sich in seiner Annahme bestätigt. Wa war ein kantiger Mittvierziger mit Bürstenschnitt, Soldat durch und durch.

Sie stiegen in einen Lift. Es ging abwärts bis Stockwerk minus Vier.

»Wie geht es unserem Gast?«, fragte Carpentras.

»Gut so weit.«

»Wundert er sich, warum er hier ist?«

Wa runzelte die Stirn.

»Er hat dem Personal keinerlei Fragen gestellt. Nicht, dass er Antworten bekommen hätte.«

»Sonst schon wer da?«

»Nein. Der Oberstleutnant von Reco kommt erst später.«

Mit Reco meinte Wa Strategic Reconnaissance, den Militärgeheimdienst der EURUS-Föderative.

»Und der Sondergesandte?«

»Botschafter Bittner wird am Abend eintreffen. Soll ich Ihnen jetzt Ihr Quartier zeigen?«

»Später. Wenn es Ihnen recht ist, würde ich lieber gleich mit ihm sprechen.«

»Natürlich, Sir.«

Kurz darauf betrat Carpentras einen Raum, der sich große Mühe gab, nicht wie ein Verhörzimmer auszusehen. Da war ein Meetingtisch mit Ledersesseln, auf einer Anrichte standen frisches Obst und ein Kaffeeautomat. Sogar ein Regal mit Lesestoff gab es. Für die Zeitschriften und Bücher darin hatte man vermutlich ein Antiquariat geplündert.

Auf einer Couch saß ein dunkelhäutiger Mann um die fünfzig. Er hatte einen struppigen schwarzen Vollbart und eine ebenso struppige Mähne, die ihm bis auf die Schultern hing. Seine Klamotten sahen aus wie von der Heilsarmee – abgetragene Shorts, ein entsetzliches, orange-grünes Madrashemd. Galahad Singh blätterte in einem zerlesenen Kunstkatalog. Im Hintergrund lief altertümlich klingende Gitarrenmusik.

»Guten Morgen, Mister Singh.«

Der Angesprochene schaute auf, klappte den Kunstkatalog zu. Auf dem Cover war eine Van-Gogh-Sonnenblume abgebildet.

»Hallo auch.«

Carpentras hielt Singh die Hand hin. Der nahm sie, wenn auch ohne jeglichen Enthusiasmus.

»Gestatten Sie, dass ich mich vorstelle. Special Agent in Charge Carpentras Skyes von UNANPAI.«

Singh lächelte gelangweilt. Nach einer Weile sagte er: »Ist Geschichte, dachte ich.«

Carpentras blinzelte. »UNANPAI? Keineswegs.«

»Nicht UNANPAI – Carpentras. War das nicht diese Stadt in Südfrankreich? Die während der Hitzewelle '83 oder '84 komplett abgefackelt ist?«

»Ach so. Ja, das ist korrekt.«

»Sie tragen also den Namen einer eingeäscherten Kleinstadt?«

Wollte Singh ihn provozieren? Das war fast unmöglich. Carpentras führte seit über zwanzig Jahren Verhöre mit Schwerverbrechern, Soziopathen, religiösen Fanatikern. Er kannte alle in diesem Spiel denkbaren Eröffnungen, alle Manöver, alle Tricks.

Nein, provozieren ließ er sich von Singh sicher nicht. Allerdings musste Carpentras sich eingestehen, dass er ein wenig beunruhigt war. Normalerweise reichten ihm ein, zwei Minuten, um ein erstes Persönlichkeitsprofil zu erstellen. Carpentras las Menschen wie andere den Sportteil. Das war der Grund, warum man ihn hergeschickt hatte. Aber dieser Kerl – er war erstaunlich schwer zu greifen, ja beängstigend schwer.

Vielleicht musste er Singh ein wenig vors Schienbein treten.

»Na und? Sie sind nach einem ondulierten Ritter benannt«, sagte Carpentras.

Er wusste aus Singhs Akte, dass dieser homosexuell war. Das

war ihm eigentlich völlig egal, aber er wollte eine Reaktion provozieren. Denn für jemand, der gegen seinen Willen ins Nirgendwo verschleppt worden war, schien ihm Singh entschieden zu gleichmütig.

»Quatsch, Galahad ist gar nicht schwul. Also der andere. Aber sein Vater.«

»Sein ...?«

»Lancelot.«

»Verstehe.«

Singh bedeutete ihm, Platz zu nehmen. Carpentras griff nach einem Becher und einer Wasserflasche. Er bot Singh ebenfalls ein Glas an, was dieser aber ablehnte. Da er außerdem keinerlei Anstalten machte, sich zu Carpentras an den Meetingtisch zu gesellen, schob der UNANPAI-Agent einen der Ledersessel neben das Sofa und setzte sich dann. Er deutete auf den Kunstkatalog.

»Impressionismusfan?«, fragte Carpentras.

»Mja.«

»Van Gogh?«

Singh deutete hinter sich. Dort stand eine Musikbox. Noch immer war die seltsame Gitarrenmusik zu hören.

»Starry starry night«, sang Singh.

»Sternennacht? Heißt so der Song?«

Singh nickte. Er griff hinter sich, schaltete die Musik ab.

»Und so heißt auch ein Bild von van Gogh. Interessant, nicht?«

»Die Inspiration lauert überall«, erwiderte Carpentras.

»Wissen Sie, wer auch überall lauert?«

»Ah, nein?«

»Die Bullen. Apropos: Ich habe denen natürlich schon alles erzählt«, sagte Singh.

In der Tat hatte Singhs Dossier ein Vernehmungsprotokoll der Friedensgarde beigelegen, der lokalen Polizei. Es war völlig wertlos. Dennoch nickte Carpentras verständnisvoll.

»Natürlich. Ich würde aber gerne etwas früher anfangen. Dreiundzwanzigster Mai 2091.«

»Da war was?«

»Das war der Tag, an dem Sie den Lichtdom betraten.«

»War es? Könnte wohl hinkommen.«

»Wie haben Sie das gemacht?«

»Einfach«, Singh deutete mit zwei Fingern Laufbewegungen an, »reinspaziert.«

Carpentras zwang sich ein Lächeln aufs Gesicht. Log der Mann? Und wenn ja, warum konnte er es dann nicht in dessen Gesicht erkennen? Warum war Singh so verdammt unwägbar?

»Wie Sie sicher wissen, ist es seit dem Auftauchen des Lichtdoms noch niemandem gelungen hineinzugelangen.«

Die Knossos-Anomalie war Mitte des Jahrhunderts aufgetaucht. Seitdem versuchte man herauszufinden, was sich im Inneren des fünfzig Kilometer hohen Lichtkegels abspielte. Schwere Laser und Magnetfelder waren zum Einsatz gekommen. Sappeure des EURUS-Militärs hatten versucht, sich unter den Lichtkegeln durchzugraben. Man hatte sogar griechisch-orthodoxe Popen aufmarschieren und Hymnen singen lassen.

Darüber hinaus waren selbst ernannte Seher und Medien angerückt, um die Lichtbarriere zu durchdringen oder telepathischen Kontakt mit den mutmaßlichen Bewohnern der Anomalie aufzunehmen.

Es war alles für die Katz gewesen. Zwar gab es noch immer ein paar Wissenschaftler, die den Lichtdom beobachteten, im Großen und Ganzen hatte die Welt jedoch bereits vor Jahren das Interesse an der Sache verloren. Es gab schließlich Wichtigeres: Turing-Zwischenfälle, globale Pandemien, einen Planeten, der lichterloh in Flammen stand und allmählich unbewohnbar wurde. Wen interessierte da ein regenbogenfarbener Phallus aus Licht?

»Also ich bin einfach rein.«

»Aber wie?«

»Die Tür war auf.«

»Sprechen Sie metaphorisch?«

»Nein.«

»Verstehe ich Sie richtig: Sie sagen, dass jemand im Inneren, das, ah, das Kraftfeld auf durchlässig geschaltet hat oder so ähnlich?«

»Könnte sein, ja.«

»Aber warum gerade Sie? Warum haben die ausgerechnet Ihnen die Tür aufgehalten?«

Nachdenklich kratzte Singh sich am Bart. Nach einer Weile erwiderte er: »Galahad hat das Schwert rausgezogen.«

»Aus dem Stein? So wie Artus in der Sage?«

Singh schüttelte energisch den Kopf. »Nein, nein. Es war Galahad, der es rauszog. Nachdem es vorher keinem gelungen war.«

»Und weil Sie auch so heißen, haben Sie den Stein aus Licht geöffnet? Sind hingegangen, wo zuvor keiner hinging?«

»Nein. Diese Ehre gebührte mir nicht.«

»Wem dann?«

»Percival.«

Zunächst glaubte Carpentras, es handle sich um eine weitere Artus-Metapher. Aber Singh senior hatte ja offenbar eine Schwäche für dieses Zeug besessen. Seine Firma hieß Avalon, seine Kinder Galahad und Percival. Carpentras wollte gar nicht wissen, wie der Typ seine Wellensittiche genannt hatte.

»Wir reden jetzt von Ihrem Bruder?«

»Yep. Musste halt immer der Erste sein, der Streber.«

Als Singh das sagte, vermochte Carpentras nun doch etwas herauszulesen: Liebe – und tiefe Traurigkeit.

»Wann hat Percival die Anomalie betreten?«

»2049. Siebenundzwanzigster September.«

»Sie erinnern sich an diesen Tag?«

»Oh ja. Oh ja, mein Freund, das tue ich.«

»Aber wie ist er hineingelangt? Auf die gleiche Weise wie Sie?«

Singh schüttelte den Kopf.

»Nein.«

»Wie dann?«

»Na, ich denke, er ist aufm Regenbogen reinmarschiert.«

Es ist schön, dich endlich wiederzusehen.

Endlich? War ich so lange fort.

Mir kam es sehr lange vor.

Ich werde versuchen, früher wiederzukommen.

Jetzt bist du ja da, Gott sei Dank. Wie geht es ...

Keine Namen.

Natürlich nicht. Das habe ich mir gemerkt. Zweifelst du an meinem Gedächtnis?

Ich ... nein, überhaupt nicht.

Ich kann mich an all unsere Gespräche erinnern, an alle Details.

Allen geht es gut.

Dir auch.

Ich vermisse dich so sehr.

Das sagst du jedes Mal.

Weil es so ist. Egal, wie viel Zeit auch verstreicht, das ändert sich nicht.

Aber das Leben geht doch weiter.

Das ist eine Binse. So wie ›Die Zeit heilt alle Wunden‹.

Aber es muss doch besser werden.

Das wird es. Und wird es nicht.

Das verstehe ich jetzt nicht.

Es ist natürlich nicht mehr wie am Anfang.

Als du am ganzen Körper taub warst.

Ja. Als ich nicht mehr lachen konnte.

Überhaupt nicht mehr?

Überhaupt nicht. Drei Jahre lang. Dann, eines Tages, völlig unvermittelt ... irgendein Cartoon.

Welcher?

›The Three Dictators‹, ausgerechnet.

Die fand ich auch immer komisch. Weißt du noch, wie wir das manchmal zusammen geschaut haben? Auf dem Sofa in unserer alten Wohnung?

Ja.

Aber du wolltest mir eigentlich deine emotionale Superposition erklären.

Es ist schwer zu erklären. Am Anfang ist es natürlich ... das ist mit nichts vergleichbar, mit nichts. Aber dann ... irgendwann bist du nicht mehr jede wache Minute damit beschäftigt, dran zu denken.

Woran genau?

An das Loch in deiner Seele.

Verstehe.

Du findest mich zu melodramatisch. Ich höre es aus deiner Stimme heraus.

Nein. Poetisch vielleicht, aber nicht melodramatisch. Erzähl weiter.

Man denkt also nicht mehr dauernd daran. Man könnte vielleicht sagen, dass es dadurch weniger schlimm ist. Andererseits ... es lauert dir auf, die ganze Zeit.

Du meinst, man fühlt sich gut, und dann plötzlich ...

Gut? Gut ist vorbei. Man fühlt sich nie gut, nie, nie mehr. Der Schmerz hat sich gleichmäßig im ganzen Körper verteilt, aber das ist auch schon alles. Und wenn ich doch einmal einen schönen Moment erlebe – einen Sonnenaufgang, ein gutes Essen –, dann muss ich sofort daran denken, wie viel schöner er mit dir gewesen wäre.

Oh, Baby.

Was ich sagen will: Wenn es anfängt, in den Hintergrund zu treten, heißt das eben auch, dass du irgendwann die Fäuste runternimmst, verstehst du? Man kann die ja nicht den Rest seines Lebens oben behalten. Und dann steht sie plötzlich wieder vor dir.

Wer steht vor dir?

Die Trauer. Aber du hast deine Fäuste runtergenommen. Also verpasst sie dir eine Links-Rechts-Kombi, bäm, bäm, du gehst zu Boden. Und die Trauer steht über dir und sagt: ›Wieso hast du die Fäuste runtergenommen, Schwachkopf? Hast du etwa geglaubt, ich sei fort?‹ Ach, ich rede wirres Zeug.

Überhaupt nicht. Gibt mir deine Hand.

Das geht doch nicht.

Gib sie mir im Geiste.

Ich muss jetzt gehen.

Schon?

Wenn ich zu lange bleibe, kommen sie uns vielleicht auf die Schliche.

Das habe ich ja nie ganz verstanden.

Sie glauben halt, dass du eine Gefahr bist.

Ich? Für wen denn?

Für die Menschheit. Für die Welt.

Das ist lächerlich. Oder etwa nicht?

Doch, ich bin deiner Meinung. Sonst wäre ich ja kaum hier.

Pass auf dich auf. Ich liebe dich.

Ich dich auch. In alle Ewigkeit.

Lefay Maudites Haus lag im Achtzehnten, unweit eines großen Parks. Früher war dies zweifelsohne eine repräsentative Adresse gewesen, etwas für Anwälte oder Schönheitschirurgen. Im Jahr Einundfünfzig nach Schröder-Pizarro war es nur noch ein arg verschnörkelter Klotz, für den man keine Mieter fand.

Eine Polizeimeisterin der Mira winkte Wenzel und Turquois durch die Absperrung. Das Untergeschoss war klassisch einge-richtet: Gründerzeitmobiliar, Kunst im Sezessionsstil. Wenzel setzte seine Unterseher auf. Der Putz bröckelte. Die Klimts an den Wänden verschwanden. Du glaubst es kaum, dachte er, was für ein Loch.

»Gib noch mal die Eckdaten«, sagte er zu Turquois.

»Lefay Maudite, sechsundzwanzig, hier gemeldet. Vor acht Jahren umgetauft. Geboren als Milena Perelman, in Pori.«

Pori war ein beliebter Badeort. Wenzel hatte mit seiner damals noch intakten Familie dort einmal Urlaub gemacht. Die Sommer oben an der Bottensee waren herrlich mild, kaum mehr als fünf-undzwanzig Grad.

Auch den Namen Perelman meinte er schon einmal gehört zu haben.

»Perelman wie das Industrieunternehmen?«

»Genau. David Perelman, Erfinder des Ettengrubers. Hat damit die Baubranche revolutioniert. Firma wurde später an Omnibuild verkauft, für dreihundert Milliarden Eurodollar. Lefay ist seine Tochter aus erster Ehe. Hat Hohenstein besucht.«

»Das Nobelinternat?«

Turquois nickte.

»Ist danach hier kleben geblieben.«

Es wunderte ihn nicht. Wien war eine *sticky town*. Du wolltest nur kurz Station machen, bliebst aber für immer dort.

»Was hat sie gemacht?«

»Beruflich? Bei dem Papa? Nix. Ihr Trustfonds ist vermutlich größer als unser Jahresbudget.«

Sie stiegen hinauf ins Obergeschoss, wo bereits die Leute von der Spurensuche zugange waren. Diese Etage befand sich in deutlich besserem Zustand. Die Wände waren vor nicht allzu langer Zeit frisch gestrichen worden, und die Einrichtung wirkte weniger trutschig als im Erdgeschoss.

Auch hier hingen Ölgemälde, die allerdings düsterer waren als die unten. Wenzels Amanuensis identifizierte »Ophelia« von John Everett Millais. Das Bild zeigte eine junge Frau, die in einem Flusslauf lag, die toten Augen starr gen Himmel gerichtet.

Schon wieder eine Wässrige? Er ging weiter. An den Wänden hingen noch mehr Bilder englischer Maler, alle aus derselben Periode. Sein Amanuensis bezeichnete sie als Präraffaeliten.

»Tish, schau dir das an.«

Seine Kollegin trat neben ihn. Das Bild, vor dem sie standen, zeigte eine Druidin oder Zauberin. In der Hand hielt sie eine Sichel. Vor ihr stand ein brodelnder Kessel.

»›Der magische Kreis‹ von John William Waterhouse«, sagte Wenzel.

»Okay, aber was ... oh.«

Die Gesichtszüge der Waterhouse'schen Magierin schienen denen ihrer toten Klone sehr ähnlich.

»Ist das Bild originalgetreu?«, fragte sie.

»Das Original sieht exakt so aus, falls du das meinst.«

»Heißt also, diese Lefay hat sich Gefäße designen lassen, die genauso aussehen wie eine Frau auf einem gut zweihundert Jahre alten Ölgemälde?«

»Vermutlich. Beantwortet wohl die Frage, ob es wirklich ihre Gefäße waren.«

Sie sahen sich weiter um. Es gab ein Schlafzimmer mit einem Futonbett. Die Wände waren schwarz, holografische Spinnweben schmückten sie. Schwere Kandelaber standen auf einer Anrichte. Die Kerzen darin schienen echt zu sein.

»Wie in einem alten Dracula-Film«, murmelte er.

»Müsste es nicht Champagnerflöten geben?«, fragte Turquois.

»Bitte, was?«

»So nennt man die Klontanks.«

Sie hatte recht. Irgendwo in Maudites weitläufigem Domizil musste es ein Upload-Studio geben. Anscheinend waren sie bisher daran vorbeigestolpert.

Wenzel trat hinaus in den Gang, fragte einen der Forensiker. Der führte sie daraufhin zu einer Doppeltür am anderen Ende der Etage. Dahinter lag ein Raum, der schätzungsweise ein Drittel des Obergeschosses einnahm. Auf den ersten Blick schien es sich um einen Operationssaal zu handeln, den ein früher in der Villa residierender Schönheitschirurg zurückgelassen hatte. Es gab zwei OP-Tische, Infusionsständer, Medizinkabinette.

Auf der anderen Seite des Raums befand sich ein Vorhang. Er war halb zurückgezogen. Dahinter standen Regale voller Bücher.

»Es wäre echt besser, die würden den ganzen Scheiß abschalten, bevor wir kommen«, sagte Wenzel.

»Dann würden wir auch nur die Hälfte sehen«, erwiderte Turquois.

Das war auch wieder wahr. Fuhr man das Holonet herunter, sahst du zwar sofort, was sich hinter solch einer potemkinschen Bibliothek verbarg. Aber andere interessante Dinge wie die Waterhouse-Hexe entgingen dir dann.

»Ich fand's trotzdem einfacher, als es nur eine Realität gab.«

»Und man sein Auto selbst über die Autobahn fuhr und auf den Bürgersteigen rauchen durfte. Das waren noch Zeiten.«

Wenzel tat, als wollte er seiner frechen Assistentin eins überziehen, grinste dabei aber. Turquois fehlte jeglicher Respekt vor Alter und Dienstgraden. Gerade deshalb mochte er sie. Wäre er dreißig Jahre jünger, dann ...

... nichts dann. Er würde nie eine andere Frau lieben können, niemals.

Mit Mühe schob er den düsteren Gedanken beiseite, setzte die Stripper wieder auf. Die Bücherregale verschwanden, eine sandgestrahlte Klinkerwand erschien. Davor standen fünf zylindrische Tanks, alle mit bläulicher Flüssigkeit gefüllt. In zweien schwebten nackte Frauenkörper, in einem weiteren ein Mann. Alle drei trugen Masken, von denen Schläuche zum Boden der Tanks führten. Die anderen beiden Champagnerflöten waren leer.

Das männliche Gefäß war mahagonifarben, aber mit weißen Einsprengseln. Was auf den ersten Blick wie eine Pigmentstörung aussah, war bei genauerer Betrachtung keine. Die weißen Tupfer waren achsensymmetrisch angeordnet, erinnerten an Rorschachbilder. Wenzel erkannte in den Klecksografien Teufelsfratzen, Fledermäuse, Schädel.

Die weiblichen Gefäße waren identisch mit jenen aus Lobau und Bratislava.

»Sie hatte viermal den gleichen?«, fragte er.

»Schaut ganz so aus.«

»Ist das nicht sehr ungewöhnlich?«

»Kommt wohl darauf an, was man vorhat.«

Er betrachtete einen der sogenannten Transfertische. Er erinnerte an Liegen in der Pathologie. Der Tisch bestand aus Keramik, auf Kopfhöhe gab es eine Mulde aus Metall.

Sein Magen knurrte vernehmlich. Da er vorhin nichts Richtiges zwischen die Zähne bekommen hatte, brauchte er bald etwas. Während des Essens konnte Turquois ihm vielleicht erklären, wie diese Quant-Sache im Detail funktionierte. Die Grundlagen waren ihm natürlich bekannt. Nach ihrer Entwicklung in den Sechzigerjahren war die Upload-Technologie zunächst nur für spezielle Zwecke eingesetzt worden. Inzwischen gab es jedoch weltweit über fünfzig Millionen Hohlköpfe, und täglich wurden es mehr.

Etwas später saßen sie in einem Kaffeehaus. Während sie auf das Essen warteten, löcherte Wenzel seine Kollegin mit Quant-Fragen.

»Maudite besaß also viermal die Hexe, einmal den Rorschach-Boy. Und ihr normaler Körper? Sagt man so?«

»Wir Quants sprechen vom Stammkörper, von dem Körper, in dem wir geboren wurden.«

»Okay. Ihr Stammkörper ist fort. Ansonsten ... sie wollte jemand anders sein. Verstehe ich. Aber warum dann nicht mehr Abwechslung? Wieso viermal die gleiche Hülle?«

»Bei der Armee war das gang und gäbe. Jeder von uns besaß mehrere Duplikate. Wenn es dich bei einer Mission zerfetzt, hast du Ersatz. Für Leute, die oben zu tun haben, gilt das Gleiche. Niemand möchte seinen Stammkörper der Strahlung im All aussetzen, wenn's nicht sein muss.«

Landauer hielt Ausschau nach der Kellnerin, das Essen dauerte ihm zu lange. Sie war nirgends zu sehen. Notgedrungen begann er, den Brotkorb leer zu essen.

»Aber diese Maudite«, sagte er, »hat ihre Gefäße ja mutmaßlich dazu benutzt, Spaß zu haben, nicht als, als ...«

»Ja?«

»Als Einmalhandschuhe.«

»Vielleicht war's ja ein lebensgefährlicher Spaß. Sex mit Atemkontrolle, Russisches Roulette«, erwiderte Turquois.

Wenzel kaute schweigend. Das Thema machte ihm metaphysisches Kopfweh. Ein Quant transferierte seinen digitalen Verstand, sein Cogit, vom Stammkörper in ein Gefäß. Ging er während dieses sogenannten *body holiday* hops, lud er danach eine Sicherungskopie seines Cogits in seinen Stammkörper. Aber an was erinnerte er sich dann?

»Mal angenommen jemand wechselt den Körper, macht etwas Waghalsiges – dann wacht er am nächsten Morgen in einem anderen Körper wieder auf, ohne eine Erinnerung an diese Eskapaden? Weil er erinnerungsmäßig ja von vor seinem Exzess rebootet?«

»Ja.«

»Wozu dann der ganze Zirkus?«

»Machen Schwammköpfe doch genauso, Chef. Zehn Bier plus Schnäpse. Und am nächsten Morgen ist alles weg.«

Endlich brachte die Kellnerin ihr Essen. Wenzel machte sich über das schlachtfreie Schnitzel her, Turquois aß Salat.

»Aber wo ist«, sagte er kauend, »die echte Maudite? Wäre es schlüssig anzunehmen, dass sie derzeit da draußen herumläuft? Ich meine, als sie selbst? Oder ist sie in einem Klon unterwegs?«

Während Wenzel diese Fragen formulierte, ging ihm ein seltsamer Gedanke durch den Kopf. Bisher war er stets davon ausgegangen, es mit der echten Tish Turquois zu tun zu haben. Doch auch sie war ein Quant, konnte ihre fleischliche Hülle wechseln wie andere ihre Schuhe. Steckte Turquois gerade in einem Gefäß? In einem mit ihrem Stammkörper identischen, aber dennoch in einer Kopie?

Bei einem Zivilisten hätte er das vielleicht am Brassard erkennen können. Quant-Kriminalbeamte hingegen mussten keine Kennzeichnung tragen, damit sie verdeckt ermitteln konnten. Machte Turquois von dieser Möglichkeit Gebrauch?

»Falls sie im Gefäß ist«, sagte seine Kollegin, »wäre es interessanter. Denn irgendwann muss sie ja zurück in ihren Stammkörper, wegen des Descartes-Limits.«

»René Descartes? Was hat der damit zu tun?«

»Du weißt doch, dass man seinen Stammkörper nicht länger als dreißig Tage verlassen kann?«

»Habe davon gehört.«

»Dann musst du heim, gewissermaßen. Ansonsten stirbt dein Stammkörper. Man weiß allerdings bis heute nicht, warum. Die Experten bezeichnen diese Begrenzung deshalb als das Descartes-Limit oder als Descartes-Problem.«

»Okay, aber warum?«

»Ich glaube, der Typ hat irgendwas über das Verhältnis von Geist und Materie geschrieben. Genau weiß ich es aber nicht.«

An der Universität hatte Wenzel vor Ewigkeiten einen Bachelor in Politischer Ideengeschichte erworben. Nun blätterte er in seinem Gedächtnis, auf der Suche nach verschüttetem Prüfungswissen zu toten Philosophen. War das der mit *cogito, ergo sum*? Ich denke, also bin ich? Oder stammte das eher von Kant?

»Wir sollten sie auf jeden Fall zur Fahndung ausschreiben.«

»Wird gemacht, Chef.«

»Und noch etwas: Wer stellt diese Dinger eigentlich her?«

»Die e-Cephalons, in denen digitale Gehirne laufen? Cheong und 8cell, soweit ich weiß.«

»Nein, die Gefäße.«

»Für *vessels* gibt es mehr Hersteller. Warum? Willst du wissen, woher ihre stammen?«

»Dann ließe sich eventuell herausfinden, wie viele Doppelgängerinnen Maudite schon verschlissen hat.«

»Verstehe. Wird aber vermutlich nicht ganz einfach. Da die unmarkiert waren, stammen sie vermutlich vom Schwarzmarkt. Immerhin sind sie geklont.«

»Immerhin geklont? Was soll das heißen?«

»Der Preis von digitalen Gehirnen, von Cogits, sinkt rasant. Der von Klonen aber nicht.«

»Und?«

»Manche versuchen angeblich, billiger an Gefäße zu kommen und verwenden FAPs.«

»Das steht für?«

»Former Actual Person.«

»Jemand klaut Körper und macht Gefäße draus?«

»Vermutet man. Es gibt dazu aber kaum gesicherte Erkenntnisse.«

Wenzel betrachtete sein halb aufgegessenes Schnitzel. Auf einmal hatte er keinen Appetit mehr.

Vor dem Hotel wartete Sahana auf den Wagen, der sie nach Harcourt House bringen sollte. Sie war nicht unglücklich darüber, London zu verlassen. Es fühlte sich an, als hätte sie eine alte Schulfreundin wiedergetroffen, nur um festzustellen, dass sich alle Gemeinsamkeiten von damals in Luft aufgelöst hatten.

»Brauchst du ein Taxi?«, fragte eine Männerstimme.

Sie gehörte Mattas Milston, Professor für Astronomie an der Sorbonne. Er hatte den Kongress ebenfalls besucht und würde in Harcourt House auch mit von der Partie sein.

»Hallo, Matt. Ich habe ein Shuttle. Und wie kommst du hin?«

»Mit dem Zug. Aber erst heute Abend, ich habe noch Termine.«

Mattas war Mitte sechzig, sah aber deutlich jünger aus. Vielleicht lag es an seiner Tagesroutine, die in Physikerkreisen berühmt-berüchtigt war: schlafen bis mittags, danach zwei Kilometer schwimmen, meditieren, gärtnern. Erst am späten Nachmittag machte Mattas sich an die Arbeit, brütete bis in die frühen Morgenstunden über seinen Modellen. Mails von ihm datierten oft auf zwei oder drei Uhr morgens.

»Dann sehen wir uns später«, sagte sie.

»Okay. Ich habe übrigens deinen Vortrag verpasst.«

»Das meiste kanntest du eh.«

»Best of Kapoor?«

»Meine größten Hits. Oldies, allesamt.«

Sahana hatte vor einem randvollen Auditorium gesprochen und danach einen Haufen Bücher signiert. Auch dies war ihr unwirklich vorgekommen, beinahe so unwirklich wie die Stadt.

»Ab morgen reden wir dann über Neukompositionen«, sagte er. »Ich hätte da ein paar Ideen. Passen zu deinem letzten Paper.«

»Mein Paper? Es geht also um Gosper-Kurven?«

Er bejahte es. Gerade wollte sie weiterbohren, als ein Kleinbus vorfuhr.

»Das ist meiner.«

»Okay, Sahana, dann bis später.«

Sie stieg ein. Sahana war ein wenig verwundert, dass außer ihr niemand mitfuhr. Von Milston wusste sie seit eben, dass er nachkam. Aber was war mit Derek und Hazel? Ihr wurde auf einmal bewusst, dass sie die beiden während der Konferenz überhaupt nicht gesehen hatte. Dann waren da noch zwei Physiker aus Japan und Argentinien, Akira Ichikawa und Meta Colombia. Reisten die auch nicht mit dem Shuttle?

Ihr Wagen fuhr los, überquerte die Albion Bridge. Sahana schaute die Themse hinauf, warf einen letzten Blick auf Londons Wahrzeichen: die Houses of Westminster, die Trafalgar Ziggurat und diesen riesigen gotischen Turm, dessen Name ihr entfallen war – ach, natürlich: der Imperial Monumental Tower.

Etwas daran irritierte Sahana, aber sie wusste nicht, was. Mit ihrem Kameraring schoss sie einige Bilder. Die würde sie später Zahir schicken.

Um sich die Zeit zu vertreiben, rief Sahana ihre Formeln auf. Gleichungen erschienen in der Luft. Sie benötigte in Wahrheit keine davon, um sich das Problem zu vergegenwärtigen, an dem sie gerade arbeitete. Die ungelösten Fragen, an denen Sahana sich teilweise seit Jahrzehnten die Zähne ausbiss, waren ihr nur allzu vertraut.

Die Formeln waren eher eine Art Mahnung. So wie der Sidh Shwetark Ganesha, den Zahir daheim auf ihren Schreibtisch gestellt hatte, und der Sahana daran erinnern sollte, nicht immer so ungeduldig zu sein, gemahnten sie die Formeln, methodisch vorzugehen und der Mathematik zu vertrauen.

Sie saß im Fond des Moduls, die Hände in ihrem Schoß gefaltet und schaute durch die Formeln hindurch. Was hatte Milston gesagt? Dass es bei seiner Idee um Gosper-Kurven ging. Die Struktur dieser Fraktale legte nahe, dass es zwischen den einzelnen Universen eines Multiversums Berührungspunkte geben musste. Eigentlich wusste man das schon, es ließ sich aus Sahanas eigenen Beweisen ableiten.

Die Frage war jedoch, ob jedes existierende Universum mit jedem anderen verbunden war – oder zumindest verbunden sein konnte – oder ob nur bestimmte mit bestimmten anderen zusammenhingen. Und, falls Letzteres zutraf: Wie sah das Muster aus? Existierte eine definitive multiversale, n-dimensionale Supersymmetrie der Fraktale, die ...

Sahana war derart in Gedanken, dass ihr das kuriose Verhalten des Shuttles zunächst nicht auffiel. Aber als der Wagen abrupt die Spur wechselte, schaute sie hinaus auf die M6. Selbstfahrer vollzogen keine plötzlichen Manöver. Sie agierten vorausschauend, kommunizierten kontinuierlich mit allen anderen Modulen. Warum also ...

Vor ihnen fuhren zwei Fahrzeuge nebeneinander, beide gleichauf. Es handelte sich um ältere Modelle, einen Bosch und einen Toshiba. Sie waren aus den Sechzigern oder sogar noch älter. Der Bosch beschleunigte, setzte sich vor den Toshi.

Sahana stockte der Atem. In dem Auto vor ihnen war eine Person. Sie befand sich nicht im Fond, sondern saß vorne rechts. Es sah aus als ob ... das konnte nicht sein.

Die Rücklichter des Bosch flammten auf, kamen rasch näher. Die Gestalt darin bewegte ruckartig die Arme. Es gab kaum einen Zweifel – ihre Hände umfassten ein Steuerrad. Nein, so nannte man das nicht. Steuerräder waren auf Schiffen zum Einsatz gekommen. Autos hatten Lenkräder besessen.

Crasher, schoss es Sahana durch den Kopf. Idioten, die in

modifizierten alten Selbstfahrern unterwegs waren, diese mit ihren eigenen Händen lenken wollten. Das war illegal, aber es gab solche Typen. Immer wieder verursachten sie schreckliche Unfälle.

Der gehackte Bosch brach aus. Auf einmal war er in der Luft. Durch die semitransparenten Formeln sah Sahana den Wagen auf sich zukommen. Ihr letzter Gedanke war, dass sie auf die Fragen, welche ihre Gleichungen aufwarfen, wohl keine Antworten mehr bekommen würde.

Stasja rollte die Plastikplane aus. Sie bedeckte nun sowohl den Großteil des Bodens als auch ein Stück der Wand, an der sie mit zwei Haken befestigt war. Als Nächstes schaltete sie den Memnos-Explorer ein. Mind Recorder wie dieser waren eigentlich für Leute gedacht, die gefährlichen Jobs nachgingen. Der Explorer erstellte alle paar Minuten ein Back-up des Cogits, sodass bei Gefäßverlust die meisten Erinnerungen wiederhergestellt werden konnten.

Versierte Deather waren vor Jahren auf die Idee gekommen, Mind Recorder zu hacken und mit modifizierter Software auszustatten. Dadurch fertigte das Gerät nicht nur alle paar Minuten eine Sicherungskopie an, sondern alle paar Sekunden.

Stasja rief sich den Ordner auf, in dem der neueste Firmwarehack lag und aktualisierte damit ihren Recorder. Als das erledigt war, griff sie sich ihre Zastava 4 mm. Sie zog den Schlitten zurück, überprüfte das Magazin.

Vince hatte sie überzeugen wollen, auf die neue Reparator 3.7 von Weatherby umzusteigen. Die besaß eine höhere Durchschlagskraft, bei kleinerem Kaliber. Mit der Reparator war es praktisch ausgeschlossen, den ersten Treffer zu überleben. Doch Stasja benutzte die Zastava bereits seit Jahren. Die Waffe war ihr Todbringer und Glücksbringer in einem.

Außerdem waren Veränderungen des *modus mortandi* grundsätzlich eine schlechte Idee. Als Thanatonauten waren sie Wissenschaftler des Todes. Und wie bei jedem wissenschaftlichen Experiment galt es, möglichst viele Variablen konstant zu halten, damit die Ergebnisse nicht verfälscht wurden.

Als Nächstes nahm sie den Transfertisch in Augenschein, überprüfte die Gefäße in den Tanks. Nachdem sie mit allem fertig war, ging sie duschen. Sie war immer noch klebrig vom Sex. Eigentlich empfand sie Vince' Spuren auf ihrem Körper nicht als unangenehm. Und eigentlich lohnte es sich ohnehin nicht mehr, dieses Gefäß zu waschen. Stasja tat es dennoch. Es war eine Frage des Respekts, außerdem eine der Sicherheit. Was sie taten, war zwar streng genommen nicht illegal. Aber es war verfemt. Falls jemand später ihr Gefäß in die Finger bekam, konnte er aus den Spuren daran Vince' DNA ermitteln.

Frisch geduscht setzte sie sich auf eines der rattigen Sofas. Es war bereits spät. Nach dem Sex hatte Vince herumtelefoniert. Danach war er in heller Aufregung gewesen.

»Vielleicht kann ich es schon heute Nacht bekommen.«

Drei Stunden war das her. Sie machte sich Musik an und rauchte eine ihrer speziellen Zigaretten. Stasja hatte sie Boyarin getauft, in Anlehnung an eine längst vergessene Marke des vorherigen Jahrhunderts. Die Dinger waren daumendick und qualmten wie eine kohlebetriebene Lok.

Ein Anruf ohne Absenderkennung – das musste Vince sein. Stasja nahm ab.

»Hey, Babe«, sagte eine Stimme.

Es gab nur Ton, kein Bild. Vince klang zudem, als hätte er Angina – vermutlich ein Stimmverzerrer.

»Hast du's?«, fragte sie.

»Ja.«

»Wie viel?«

»Fünfzig für vierundzwanzig. Plus zwanzig Kaution.«

Fünfzigtausend Eddies für eine vierundzwanzigstündige Nutzung – verglichen mit den immensen Summen, die Stasja über die Jahre für ihr morbides Hobby ausgegeben hatte, war es ein überschaubarer Betrag.

»Okay.«

»Gibt aber Bedingungen.«

»Und zwar?«

»Er will dabei sein«, erwiderte Vince.

»Ein Spanner?«

»Glaube ich eigentlich nicht. Also ich denke, er weiß gar nicht, was wir, was wir mit seinem Dings vorhaben.«

»Und was genau will er dann?«

»Er sagt, die Kiste wäre nicht so einfach zu bedienen, weil er sie umfassend modifiziert hat.«

»Klingt vorgeschoben.«

»Kann sein. Andererseits sieht das Ding echt mighty strannij aus.«

»Inwiefern?«

»War früher angeblich eine militärische Steuerungseinheit. Er hat Teile davon überbrückt, verwendet nicht alle, ah, Elemente.«

»Was schlägst du vor?«

Vince seufzte.

»Wir sind Neukunden, und ich glaube, er hat Schiss, das wir was kaputt machen. Kann außerdem sein, dass wir seine technische Unterstützung tatsächlich brauchen. Und wenn er im anderen Zimmer bliebe, während wir, ich meine, er würde nichts davon mitbekommen.«

»Und ansonsten macht er's nicht?«

»Das ist meine Befürchtung, ja.«

Oblivion schaute dem bläulichen Rauchfaden ihrer Boyarin nach, der schnurgerade aufstieg und sich erst unter der Decke zu kräuseln begann. Sie hatte keine Lust auf Zeugen oder Aufpasser. Aber ohne die Rechenleistung eines Qubes kam sie möglicherweise nicht weiter.

»Meinetwegen«, hörte sie sich sagen, »bring ihn mit.«

»Okay. Wir sind in einer halben Stunde da.«

Vince legte auf. Stasja erhob sich von ihrem Sofa, ging in die behelfsmäßige Küche. In einem der Schränke stand ein emaillierter Schmortopf. Darin lagen zwei weitere Zastavas. Sie clippte die ebenfalls in der Kasserolle liegenden Audiodämpfer an, lud beide Pistolen durch. Eine steckte sie zwischen die Sofapolster. Die andere befestigte sie mit Klebeband unter dem Transfertisch.

Als Vince und sein Begleiter auftauchten, saß sie wieder rauchend auf dem Sofa. Im Hintergrund lief das neue Album von »Graustrom«. Zu ihrer Überraschung musste sie feststellen, dass Vince zwischenzeitlich das Gefäß gewechselt hatte. Er war nun zwei Köpfe kleiner, eher Bela Lugosi denn Boris Karloff.

Vince' Begleiter war Mitte vierzig, trug einen zerknitterten grauen Leinenanzug, navyblaues T-Shirt und sehr schicke karamellfarbene Wingtips. Mit diesem Outfit war er die farbenfroheste Person im *Hôtel de la Mort*. Er sah sehr gut aus, besaß die Gesichtszüge eines römischen Patriziers.

Stasja erhob sich, um die beiden zu begrüßen. Normalerweise wäre sie so kurz vor dem Tauchgang bereits in einen Talar gehüllt gewesen. Wegen ihres Gastes hatte sie stattdessen Jeans und ein Top angezogen, ja sogar Eyeliner und schwarzen Lippenstift aufgelegt.

»Das ist Zach«, sagte Vince, »und dies ist meine gute Freundin Oblivion.«

Sie gaben einander die Hand. Stasja bedankte sich artig, dass Zach ihnen seinen Qube zur Verfügung stellte. Der erwiderte, es sei ihm ein Vergnügen. Sie setzten sich.

Zach schien erstaunt von der rohen Kelleratmosphäre des Hôtel. Er nahm alles in Augenschein: die schäbigen Möbel, die halb fertigen Ölgemälde und Skizzen, die Wassereimer auf dem Boden. Stasja bot den beiden Drinks an. Sie selbst griff nach ihren Zigaretten.

»Stört's dich, wenn ich rauche, Zach?«

Der Angesprochene schüttelte den Kopf, zog ein silbernes Etui hervor. Während er eine Zigarette herausnahm, beäugte er Stasjas Rauchwerk.

»Was bitte ist das denn für ein Torpedo? Ein Joint?«

Sie lächelte. »Das ist eine *richtige* Zigarette.«

»Total illegal, oder? Wo hast du die her?«

»Ein Typ im Shadowgrid stellt sie eigens für mich her, nach einem alten französischen Rezept. Sie heißen Boyarin. Willst du eine?«

»Zu stark für mich, aber danke.«

Die Sache mit den Custom-Kippen machte Zach augenscheinlich nachdenklich. Sie ahnte, was ihm durch den hübschen Kopf ging: Dieses Gloomer-Girl stinkt derart nach Kohle, dass nicht einmal ihre Kippen von der Stange sind. Warum also hockt sie in einer Bude, die besser heute als morgen abgerissen gehört?

Nach ein wenig Small Talk sagte Stasja: »Das Geschäftliche?«

»Okay«, erwiderte Zach.

Sie holte sieben Zehntausender-Jetons hervor – fünfzig plus zwanzig als Sicherheit. Sie gab sie Zach.

Der platzierte einen Attachékoffer auf den Couchtisch, öffnete ihn. Im Inneren befand sich ein mit Schaumstoff ummantelter Würfel. Stasja war überrascht, wie groß er wirkte. Jene Qubes, die sie auf Fotos gesehen hatte, waren kaum größer als Brühwürfel. Zachs Rechner hingegen besaß eine Kantenlänge von sieben oder acht Zentimetern. Außerdem sah er nicht wie ein industriell gefertigtes Hightech-Produkt aus. Die Verschalung besaß erkennbare Fugen, eine Seite wies eine andere Farbe auf als die anderen – schwarz statt rot. Das Ding wirkte wie in Heimarbeit zusammengebastelt. Er bemerkte ihren Blick.

»Das Originalgehäuse wurde schon vor längerer Zeit entfernt, aus Sicherheitsgründen.«

»Logo und so?«

Er nickte.

»Man muss es außerdem ständig öffnen. Sonst kommt man nicht an die Steckverbindungen.«

Zach begann, an dem Qube herumzudrücken, so als handelte es sich um einen dieser Knobelwürfel für Kinder. Er nahm das Gehäuse vollständig ab, der eigentliche Quantenrechner kam zum Vorschein: eine schwarze Platine, auf der vier Elemente klebten. Eines davon war kreisrund und größer als die anderen, die rechteckig waren.

Vince runzelte die Stirn.

»Er hat vier Rechenkerne?«

»Ja und nein. Das Runde ist der Hauptkern, die drei eckigen sind Slaves.«

»Untergeordnete Kerne?«

»Ja. Das sind die, die ihr nutzen könnt.«

»Warum nicht den Hauptkern?«, fragte Stasja.

»Die kleinen haben zusammen schon mehr Rechenpower als hunderttausend handelsübliche Workstations. Das sollte reichen, oder?«

Vince wollte etwas erwidern, doch Stasja brachte ihn mit einem Blick zum Schweigen. Eigentlich war klar, was abging. Zach besaß einen unlizenzierten Quantencomputer, und zwar einen, der früher vom Militär verwendet worden war. Vermutlich hielt er es für zu riskant, den Hauptkern in Betrieb zu nehmen. Darin lauerte möglicherweise noch alte Software, die umgehend Zeter und Mordio schrie und die ehemaligen Besitzer des Qubes verständigte. Binnen Stunden wären dann Agenten von UNANPAI hier oder Spezialeinheiten der Ochrana Soyuza.

»Na klar«, sagte sie, »die reichen uns völlig. Müssen wir noch was wissen, bevor wir ihn anklemmen?«

»Die Anschlüsse sind alle Standard. Das Softwareinterface ist allerdings frickelig. Ich kann euch helfen, wenn ihr wollt.«

»Okay. Während wir unser … Programm exekutieren, müssten wir dich allerdings bitten, draußen zu warten.«

Zach legte den Kopf schief.

»Frage nicht«, sagte sie und lächelte, »dann frage ich dich auch nicht, wo du den Würfel herhast.«

»Okay, okay. Und danach? Kann ich ihn dann gleich wieder mitnehmen?«

Stasja nickte.

Kurz darauf standen sie neben Stasjas Workstation. Transfertisch und Champagnerflöten hatte sie holocamoufliert, ebenso die Plastikplane und die Einschusslöcher an der Wand. Zach half ihnen, den Qube anzuschließen. Das Softwareinterface, mit dem man den kleinen Rechner und die Workstation zu einem Hybridsystem verband, war in der Tat wenig intuitiv. Stasja versuchte dennoch, sich alles zu merken.

»Quants, oder?«

Weder Stasja noch Vince antworteten.

»Ist kein Problem. Das mit den fehlenden Brassards meine ich. Halte ich genauso.«

Zach war also ebenfalls ein Hohlkopf. Vermutlich hatte ihm ein Blick auf ihren Desktop gereicht, um zu sehen, dass sie den Qube für etwas benötigten, das im Zusammenhang mit Cogits und Uploads stand. Wusste er noch mehr? Hatte er schon einmal von Deathern gehört? Es war nicht allzu wahrscheinlich.

Sobald alles lief, schickten sie Zach zurück auf die Couch.

»Wir kommen raus, sobald wir fertig sind. Im Kühlschrank ist kaltes Bier, fühl dich wie zu Hause«, sagte sie.

Stasja schloss die Tür. Sie streifte ihren Talar über und nahm vor der Wand mit den Einschusslöchern Platz.

Es ist schön, dass wir zusammen sein können. Selbst wenn es nur auf diese Weise ist.

Ja, das ist es. Sag, hast du mich vermisst?

Sehr.

Erzähle mir, was du gemacht hast.

Ich war viel unterwegs.

Geschäftlich?

Ja. Es ist gerade eine Menge los.

Aber hast du denn auch mal freigemacht?

Nicht allzu oft.

Du arbeitest zu viel.

Mein Job lässt mir manchmal kaum eine andere Wahl.

Wenn es denn am Job liegt. Du warst schon immer etwas ruhelos, getrieben, mitunter. Du fühltest dich berufen.

Ist es schlecht, eine Berufung zu haben statt nur einen Beruf?

Überhaupt nicht. Das ist die einzige Möglichkeit, etwas wirklich gut zu machen. Die drei Komponenten der Meisterschaft, weißt du nicht mehr?

Theorie, Praxis, Herz. Das hast du früher immer gepredigt.

Ja. Aber das meinte ich eigentlich nicht. Sondern, dass du dich manchmal berufen fühlst, über jedes Stöckchen zu springen, alles zu regeln. Aber man kann nicht die ganze Welt regeln.

Kommt jetzt wieder dein Vortrag über die Macht der Inaktivität – The Power of Nothing?

Ich erspare es dir. Dafür ist unsere Zeit zu knapp.

Schade. Ich höre dir gerne zu. Wenn wir doch nur mehr Zeit hätten.

Du kannst mich so oft besuchen, wie du magst. Ich bin immer hier.

Ich weiß. Aber wenn ich zu oft komme ... es würde auffallen.

Und dann?

Würden sie dich mir wegnehmen.

Dürfen sie das denn?

Sie tun es einfach. Sie besitzen die Macht dazu. Und mich werden sie einsperren.

Momentan bin ja eher ich eingesperrt.

Vielleicht. Ich bin mir manchmal nicht so sicher.

Du meinst, subjektiv erscheint es dir, als ob du auch eingesperrt wärst?

Vielleicht. Ein Ohnmachtsgefühl.

Du sagst oft, du wärst am liebsten für immer bei mir.

Dem ist auch so.

Aber dann wärst du definitiv eingesperrt. Weil ich ja auch eingesperrt bin.

Mit dir eingesperrt zu sein, heißt frei zu sein.

Du bist schon wieder so poetisch. Vielleicht hast du den Job verfehlt.

Ja, wer weiß? Aber wenn ich immer bei dir sein könnte – oder zumindest länger ... ach, es ist nur ein Traum.

Und wenn ich zu dir käme?

Wie soll das gehen?

Nach dem, was man hört, macht die Technik ständig Fortschritte.

Aber keine so großen. Zudem sind manche Fortschritte verboten.

Vielleicht ändert sich das eines Tages.

Vielleicht.

Du denkst über etwas nach.

Du hast gerade gesagt ›nach dem, was man so hört‹. Das klang, als sprächest du noch mit anderen.

Eifersüchtig?

Es ist eher so, dass es mir unmöglich erscheint. Da wo du bist ... also ...

Du weißt, wo ich bin. Warum sprichst du es nicht aus?

Weil es nicht sicher ist. Vielleicht hört jemand mit.

Ich meinte das übrigens nicht wörtlich, mit dem ›was man so hört‹. Es war lediglich eine Redewendung.

Wie ist das jetzt zu verstehen?

Ich habe die Information natürlich von dir. Du hast mir einmal erläutert, wie das mit diesen Uploads vor sich geht.

Daran kann ich mich gar nicht erinnern.

Das liegt daran, dass wir viel mehr miteinander sprechen, als du vielleicht denkst. Deshalb kannst du dich nicht an all unsere Gespräche erinnern.

Für meinen Geschmack reden wir immer noch viel zu wenig.

Das stimmt. Oh, mein liebstes Herz!

Am Tor 1 stieg Wenzel in eines der bereitstehenden Besuchermodule.

»Welches Grab, lieber Herr?«, fragte der Autopilot.

»Landauer, Franziska Eleonora.«

Das Modul fuhr los. Sie durchquerten zunächst einen älteren Teil des Zentralfriedhofs. Hier waren die Grabmäler noch aus Marmor und Stein. Nach einer Weile gelangten sie in den neuen Teil, in dem Wenzels Frau lag. Statt Grabsteinen oder Kreuzen standen dort vornehmlich Mausoletten. Die meisten besaßen kaum mehr als einen Quadratmeter Grundfläche, waren aber bis zu vier Meter hoch. Über den Seelenhäuserln, wie die Mausoletten auch genannt wurden, schwebten Cherubim, Heilige oder Einhörner, je nach Geschmack. Manche waren aus Holz, andere aus Plastik oder Beton. Viele waren sehr bunt.

Sie erreichten Franzis Häusl. Wenzel stieg aus. In Goldschrift stand an der Tür der Mausolette:

Franziska Landauer, 2030–2084.

Wenzel zwängte sich hinein, steckte die mitgebrachten Blumen in die dafür vorgesehene Öffnung. Mit den Fingern strich er über die Grabtafel.

In den meisten Mausoletten lief eine Multimedia-Show ab: Holografien der verstorbenen Person, Audios, persönliche Gegenstände. Wenzel hatte auf all das verzichtet. Es gab lediglich ein einzelnes Foto.

»Nicola hat jetzt ihr Attestat. Ist das zu glauben? Unsere kleine Nicola. Und einen neuen Namen hat sie auch.«

Er betrachtete Franzis Bild.

»Sie ist dir so ähnlich. Sie will im Ausland studieren. Und sie hat auch schon einen Platz, in London.«

Er seufzte leise.

»Ich kann bald nicht mehr. Aber jetzt muss ich auch nicht mehr, oder? Versteh mich nicht falsch. Ich hatte dir versprochen, nie aufzugeben. Und das habe ich auch nicht. Ich war für Nicola da, elf Jahre lang. Ich habe meine Pflicht getan, oder? Ich weiß, dass ich damals ›nie‹ gesagt habe. Aber niemals ist eine Ewigkeit. Elf Jahre ohne dich sind eine Ewigkeit.«

Nachdem er eine Weile dagestanden war, murmelte er: »Bald, Franzi. Bald.«

Er verließ die Mausolette, fuhr mit dem Modul zurück. Auf dem Weg zum Parkplatz kam Wenzel an einem Denkmal des Heiligen Klemens vorbei.

»Halt an«, befahl er dem Autopiloten.

Wenzel ließ das Fenster hinunter, schaute sich die Statue genauer an. Von einem wolkenumwogten Sockel blickte der Wiener Stadtpatron auf ihn herab. Goldenes Licht umflutete Clemens' Haupt, sein Blick war voller Güte.

»Nur Mut«, rief ihm der Heilige zu, »Gott lenkt alles!«

Einige der Putten, die um Klemens herumflatterten, jauchzten ein zustimmendes »Halleluja«.

Wenzel sagte dem Modul, es könne weiterfahren. Eins musste man den verdammten Katholiken lassen: Sie taten alles, um Himmelreich und Ewiges Leben anschaulich zu machen. Ihn jedoch tröstete die holografische Verheißung überhaupt nicht. Das Quäntchen Glaube, das Wenzel einst besessen hatte, war ihm nach Franziskas zu frühem Tod endgültig abhandengekommen. Da konnte selbst der Heilige Klemens nichts mehr ausrichten.

Würde der digitale Segen des Wiener Stadtpatrons ihm zumindest bei seinem Fall helfen? Es war unwahrscheinlich. Hatte Wenzel überhaupt noch einen? Die beiden verstorbenen Frauen waren ja, wie sie inzwischen wussten, gar keine richtigen Toten. Sowohl bei Lefay Maudite Eins als auch bei Lefay Maudite Zwei handelte es sich um Gefäße.

Wenzel hatte am Vormittag mit Grit Sanderberg von der Staatsanwaltschaft über das Problem gesprochen.

»Also ist es denn jetzt ein Tötungsdelikt oder ist es keins?«, hatte er Sanderberg gefragt.

»Kommt darauf an.«

»Euch Juristen kann man wirklich nie festnageln.«

Sanderberg hatte den Kopf geschüttelt.

»Es ist knifflig. Ist ein Gefäß unbefüllt – unbeseelt, wenn Sie so wollen –, dann handelt es sich um Sachbeschädigung. Sobald darin jedoch ein Cogit läuft, wird es kompliziert.«

»Inwiefern?«

»Nehmen wir an, Sie töten jemand – wohl wissend, dass er ein Klon ist. Dann nähmen Sie zwar billigend in Kauf, dass dieser Jemand einige seiner Erinnerungen verliert. Aber Sie wüssten gleichzeitig, dass er wieder, nun, auferstehen wird. Man darf Ihnen folglich keine Tötungsabsicht unterstellen.«

»Aber Körperverletzung.«

»Ja. Der Täter fügt dem Gefäß Verletzungen und Schmerzen zu – die dessen Insasse fühlt.«

»Aber«, hatte Wenzel erwidert, »um den *advocatus diaboli* zu spielen: Der ›Insasse‹ kann sich doch später nicht mehr an die Schmerzen erinnern.«

»Das ist nicht ausschlaggebend. Wenn man einen bewusstlos prügelt, kann der sich vielleicht auch an nichts erinnern. Strafmildernd ist das aber nicht. Trotzdem lässt sich nicht vorhersagen, ob wirklich alle Richter so urteilen. Die Sache ist noch *in statu nascendi*. Es ist bisher noch nie hochgegangen bis zum Obersten Unionsgerichtshof.«

»Man müsste vielleicht die Gesetze ändern. Verschärfen.«

»Aber wie genau, Hauptkommissar? Wenn Sie nämlich, nur um das einmal weiterzuspinnen, ein Gefäß erschießen, aber gar nicht wissen, dass es eines ist – sollte *das* dann als Tötungsdelikt bewertet werden?«

Wenzel hatte sich an einen Fall erinnert gefühlt, den sie mal bei einer Schulung durchgenommen hatten: A griff das Hologramm eines Verkehrspolizisten an, weil er meinte, es wäre real. B hingegen attackierte einen echten Beamten, im Glauben, es handelte sich lediglich um ein Hologramm. Wer war wie zu bestrafen, wenn überhaupt?

»Hauptkommissar, wenn Sie Ihre Dienstwaffe zögen und mich zu erschießen versuchten, aus irgendeinem Grund aber lediglich Platzpatronen im Magazin wären, würde kein Gericht der Union Sie des versuchten Mordes schuldig sprechen«, hatte Sanderberg gesagt.

Auf dem Parkplatz wechselte er in sein Dienstmodul, fuhr los. Nach dem Gespräch mit der Staatsanwältin war ihm immer noch vieles unklar, bis auf dies: Dachtest du zu viel über diese juristischen Fragen nach, wurdest du ganz närrisch.

Andere Straftaten waren im Fall Maudite natürlich denkbar: Sachbeschädigung, wie gesagt, und der unerlaubte Besitz jenes potenten Gifts, das zur Tötung der Klone verwendet worden war. Außerdem kam sogenanntes Twinning infrage. Falls Maudite ihren digitalen Verstand gleichzeitig in zwei Körpern spazieren geführt hatte, wäre das ebenfalls eine Straftat gewesen.

All diese Delikte waren für Wenzel aber letztlich uninteressant. Er war nur für Mord zuständig.

Sein Wagen passierte das Belvedere. Im Geiste ging er die Dinge durch, die er an diesem Tag noch erledigen musste. Es waren erfreulich wenige. Die Berichte würde Tish aktualisieren, er musste lediglich drüberschauen. Alles deutete auf einen frühen Feierabend hin. Er war fast schon am Präsidium, als Turquois anrief.

»Probleme?«

»Ein toter Quant, Chef.«

»Schon wieder? Wo?«

»In der Nähe vom Schloss.«

»Ein Gefäß?«

»Bach sagt, wir könnten uns diesmal auf eine waschechte Leiche freuen.«

»Gott sei's gedankt.«

Vor dem Präsidium wartete Turquois bereits. Sie stieg ein.

»Ein gewisser Orph White. Dreiundzwanzig, männlich, Beruf Maler. Wohnhaft Premlechnergasse 26a, zwölfter Bezirk. Dort hat man auch seine Leiche gefunden, auf der Dachterrasse. Fremdeinwirkung, kein Zweifel.«

»Ja?«

»Jemand hat White quasi halbiert. Mit einem Schwert anscheinend. Ist mal was Neues.«

Wenzel verzichtete darauf, der jungen Kollegin zu erklären, dass er in seiner langen Karriere bereits etliche Fälle bearbeitet hatte, bei denen ein Schwert zum Einsatz gekommen war. Von der Sache damals mit dem Morgenstern erzählte er ihr auch nichts.

»Wer hat ihn gefunden?«

»Eine Bekannte. Ihr Name lautet Chagrine Nouvelle.«

Wenzel fragte sich, wer den Kids bloß diese Namen verpasste. Die Antwort lautete natürlich: die Kids selbst. All diese jungen Leute hatten sich ihre Namen höchstpersönlich ausgesucht. Und zuvor hatten sie wahrscheinlich monatelang über ihre Entscheidung nachgedacht. Es hätte komisch sein können, wenn es nicht so traurig gewesen wäre.

»Und diese ... Chagrine besaß einen Keycode?«, fragte er.

»Schaut so aus.«

»Und wieso denken wir, dass es nicht wieder ein Klon war von diesem, diesem, wie hieß er gleich?«

»Orph White.«

»Orph? Bedeutet das irgendwas?«

»Kurzform von Orpheus, denke ich.«

»Aus der Unterwelt? Egal. Warum glauben wir, dass es sein Stammkörper war, der halbiert wurde?«

»Wegen der Aussage seiner Bekannten.«

Ein bisschen dünn, einerseits – andererseits: Wenn du fortan jedem Tatort fernbliebst, bis jemand zweifelsfrei bewies, dass es sich nicht wieder um so einen sprechenden Leberkäs handelte, könntest du auch gleich in Rente gehen.

Sie erreichten ihr Ziel. Es handelte sich um einen Apartmentblock. White okkupierte das Penthouse. Laut Lageplan besaß seine Wohnung zwei Etagen. Die obere bestand aus einem einzigen Raum, quasi ein Wintergarten, mit umlaufender Terrasse. Die untere beherbergte die eigentliche Wohnung.

Wenzel betrat den Flur des Apartments. Die Einrichtung wirkte kühl, ja geradezu düster. Er würde sich später alles genauer anschauen, ging nun aber schnurstracks zu der Treppe, die nach oben auf die Dachterrasse führte. Besser, sie brachten diesen Teil als Erstes hinter sich.

Turquois hatte nicht zu viel versprochen. Derlei sah man wirklich nicht alle Tage. Jemand hatte Orph White regelrecht tranchiert. Sein linker Arm war unterhalb des Ellenbogens sauber abgetrennt. Beine und Becken lagen in beinahe rechtem Winkel zum Rumpf. Dazwischen befand sich etwas, das auf den ersten Blick wie ausgekippter Borschtsch aussah, auf den zweiten leider nicht.

Gwion Bach war schon da. Wenzel nickte dem Pathologen zu, dann wandte er sich wieder der Leiche zu. Herrgott, was für eine Sauerei. Die Terrasse war mit Holzbohlen ausgelegt. Da wolltest du gar nicht wissen, wo die Suppe überall hingelaufen war. Wenzel studierte Whites Gesicht. Der Tote wirkte eher verblüfft denn entsetzt, wobei er ja eigentlich allen Grund zu Letzterem gehabt hätte. Wenzel bemerkte, dass ein Stück von Whites Hinterkopf fehlte. Der Kommissar beugte sich vor, um die Wunde genauer in Augenschein zu nehmen. Sie stammte eindeutig von einer Klinge. Aus dem Augenwinkel sah er Bach herüberkommen.

»Servus, Gwion. Hast du schon was für mich? Todesursache?«

»Originell, Wenzel.«

»Man tut, was man kann.«

Wenzel deutete auf die Wunde am Kopf. Sie schien ungewöhnlich sauber. Nicht in dem Sinne, dass sie frei von Blut gewesen wäre. Aber der Schnitt wirkte wie mit dem Skalpell gemacht.

»Muss ein Samuraischwert gewesen sein oder so was«, sagte Wenzel.

»Enorm scharf, ja. Aber kein Stahl, ich tippe auf Hightech-Keramik. Da ist die Schneide nur ein paar Moleküle breit.«

»Todeszeitpunkt?«

»Vor maximal einer Stunde, eher weniger.«

»Die Zeugin noch da?«

»Sitzt unten.«

Wenzel betrachtete das Loch in Whites Schädel. Normalerweise hätte rosafarbenes Hirngewebe zu sehen sein müssen, aber dieser Typ war ein Quant gewesen. Er hatte sein Schwammgehirn entfernen lassen. Was genau machten Hohlköpfe eigentlich mit ihrem Ex-Hirn? Bewahrten sie es in einer Keksdose unterm Bett auf? Oder vergruben sie es im Garten?

Er warf einen Blick über die Brüstung. Das Gebäude war höher als die umliegenden, man sah relativ weit. Im Norden lag Schloss Schönbrunn. Weiter östlich erblickte er Museumsquartier, Stephansdom, Rathaus.

Irgendwie konnte das nicht stimmen. Turquois bemerkte seinen Blick, sagte: »Eine Vedute. Ist grad megahip.«

Wenzel benötigte einen Augenblick, um zu verstehen, was sie meinte. Veduten waren idealisierte historische Panoramen, wie man sie auf alten Gemälden oder Stichen fand. Und in der Tat war es das, was man von hier oben sah: ein Bilderbuch-Wien, das es so nie gegeben hatte. Sicherlich, all diese Gebäude existierten: die Otto-Wagner-Kirche, die UNO-Needle, das Sissi-Monument. Aber man hätte sie von hier nicht sehen können, nicht alle auf einmal.

Wenzel setzte seine Unterseher auf. Das wahre Wien erschien, Smog, Schmäh, Sozialbauten. Kopfschüttelnd ging er nach unten.

Die vorherrschenden Farben der Wohnung waren Weiß und Schwarz, dazu hier und da ein roter Sprengsel. Der Flur wurde von einem riesigen Poster dominiert, das einen androgyn wirkenden Rocker in schwarzem Ledermantel zeigte. Wenzels Amanuensis zufolge handelte es sich um Dentro Dark, den Frontman der ihm gänzlich unbekannten Band »The Avalanche Effect«.

Auch anderswo fanden sich Hinweise auf Whites schwarze Gesinnung. An einer Wand hing das Filmplakat eines alten Vampirstreifens. Auf einer Anrichte stand eine Schatulle in Sargform. Komm süßer Tod, komm sel'ge Ruh!

Er fand die Zeugin auf dem Wohnzimmersofa. Chagrine Nouvelle war Mitte zwanzig und schien ein Faible für den Wilden

Westen zu besitzen. Darauf zumindest deutete ihr Outfit hin: Cowboystiefel, Chaps, Poncho, dazu ein seltsam hoher Hut, mehr Plymouth-Pilger als High Chaparral. Alle ihre Klamotten waren schwarz.

»Frau Nouvelle? Guten Tag. Ich bin Hauptkommissar Landauer.«

Sie schaute zu ihm auf. Wenzel setzte sich ihr gegenüber.

»Es tut mir sehr leid, dass Sie das sehen mussten«, sagte er.

»Und mir erst.«

»Können Sie mir sagen, wann Sie hier angekommen sind?«

»Gegen halb sechs.«

»Sie haben einen Keypass?«

»Ja.«

Sie sah die Frage in seinen Augen, fügte hinzu: »Wir waren kein Paar oder so. Ich wollte nur nach dem Rechten sehen.«

»Inwiefern?«

»Ist ein Dea ... ein Quant-Ding.«

»Aha. Würden Sie es einem alten Schwammkopf wie mir erklären?«

»Wir Quants sind häufig in unseren Gefäßen unterwegs. Manchmal geht dabei was schief, wenn Sie verstehen, was ich meine.«

Wenzel sah die Tote der Lobau vor sich. Er setzte dennoch ein fragendes Gesicht auf.

»Wenn man nicht zurückkehrt von ... von seinem *body holiday*«, sagte sie.

»Dann?«

»Muss man sich neu hochladen, in seinen Stammkörper. Man darf den nicht länger als einen Monat verlassen.«

»Passiert dieser Upload nicht automatisch?«

»Wenn von dem Cogit im Gefäß nicht innerhalb einer gewissen Zeit ein Back-up erstellt wird, dann schon – eigentlich. Aber Technik macht Fehler. Deshalb designieren viele von uns einen *soulkeeper*, einen Freund, der ab und an nach dem Rechten sieht –

der nachschaut, ob alle Gefäße da sind, ob der Rechner läuft und so.«

»Und? Waren alle da?«

Sie schüttelte den Kopf.

»Orph besaß drei. Zwei waren in den Flöten. Eines fehlte. Und sein Stammkörper lag nicht auf der Liege.«

»Besaß er Doppelgänger, exakte Kopien seines Stammkörpers?«

»Nein. Deshalb wusste ich ja auch sofort, als, als ich ihn gefunden habe ...«

Sie begann zu schluchzen. Wenzel legte Nouvelle eine Hand auf die Schulter, gab ihr ein Taschentuch. Er fragte sich, warum der Traumatologe noch nicht hier war. Andererseits musste er wohl froh über dessen Abwesenheit sein. Ansonsten hätte der ihm die weitere Befragung vielleicht untersagt.

Sobald Nouvelle sich ein wenig gefangen hatte, sagte er: »Hatten Sie oben jemand gesehen?«

Sie schüttelte den Kopf.

»Nein. Aber Geräusche gehört.«

»Von oben?«

»Ja. Deshalb bin ich ja rauf.«

»Was genau haben Sie gehört?«

Nouvelle schluckte vernehmlich

»Einen Schrei. Von Orph.«

»Danke. Ich lasse Sie jetzt.«

»Kann ich heim?«

»Gleich. Warten Sie bitte noch, bis mein Kollege vom psychologischen Dienst da ist.«

»Ich habe nicht ... ich ... ich brauche keine ...«

Natürlich brauchte sie Hilfe. Chagrine Nouvelle hatte gesehen, wie einer ihrer Freunde von innen aussah. Sie würde eine Menge Therapiesitzungen benötigen, um das zu verarbeiten. Denn Psychopharmaka schieden bei Quants ja vermutlich aus.

»Glauben Sie mir, Sie tun sich einen großen Gefallen, wenn

Sie mit dem Traumatologen sprechen. Aber Sie könnten natürlich unten warten.«

Er stieg wieder die Treppe hinauf. Auf der Terrasse stand Bach inmitten von Whites Einzelteilen und schäkerte mit Wenzels Assistentin. Er ignorierte die Turteltäubchen, sah sich um. Die Terrasse hatte fünfzig, sechzig Quadratmeter und war hufeisenförmig. Sie endete an beiden Seiten an zwei Meter hohen Sichtblenden. Auf deren anderer Seite lag das Nachbarpenthouse. Auf dessen Terrasse zu gelangen, wäre nicht sonderlich schwierig gewesen.

Auf Whites Seite standen Stühle und ein Bistrotisch. Auf dessen Platte lagen bräunliche Erdkrumen. Wenzel schaute sich um. In einiger Entfernung standen Blumenkübel. Die Gladiolen darin waren noch toter als ihr Besitzer. Daneben lag etwas Erde. Es war die gleiche wie auf dem Bistrotisch.

Während er eine Tour durch den Rest der Wohnung absolvierte, rief er sich auf, was die Kollegen bereits auf den Server gestellt hatten – auf das Murderboard, wie sie es intern nannten. Viel war es noch nicht.

Immerhin bestätigte das Haussystem Chagrine Nouvelles Aussage. Sie hatte Whites Wohnung gegen halb sechs betreten. Wie der Mörder hineingelangt war, wussten sie bisher nicht.

Eine Notiz bezüglich des Badezimmers machte ihn neugierig, also stattete er ihm einen Besuch ab. Weil das gesamte Bad schwarz gekachelt war, waren die Blutspritzer mit bloßen Auge kaum zu erkennen. Aber die Forensiker hatten sie holografisch markiert.

Er schaute sich die mit einem kleinen gelben Kreis versehene Stelle an der Wand an. Laut Schnellanalyse stammten die Blutspritzer von White. Am Wasserhahn der Wanne befand sich eine weitere Markierung. Blut klebte dort keins, aber es gab Kratzer.

Wenzel ging erneut nach oben. Er fragte Bach, ob es möglich sei, den Toten umzudrehen.

»Möglich schon, aber ...«

Der Forensiker deutete auf den blutgetränkten Boden. Vermutlich wollte er sagen, dass die Sauerei doch eigentlich schon groß genug war.

»Wonach suchst du denn?«, fragte Bach.

»Folterspuren.«

»Dafür müssen wir ihn nicht umdrehen.«

Bach deutete auf den Unterarm des Toten, der ein Stück vom Rumpf entfernt lag. Zwei Finger waren markiert. Beiden fehlten die Nägel.

Der Tote war mit einem schwarzen Oberhemd bekleidet, sein Arm natürlich auch. Wenzel schob die Manschette hoch. Am Handgelenk waren Abschürfungen zu sehen.

»Lass uns gehen«, sagte er, zu Turquois gewandt.

»Kannst du dir einen Reim drauf machen?«, fragte sie, während sie die Treppe hinunterstiegen.

»Halbwegs. Mörder betritt Apartment. Überwältigt White. Macht ihn mit Handschellen an der Badearmatur fest. Zieht ihm ein paar Nägel aus den Fingern.«

»Und ein paar Passwörter aus der Nase?«

»Vermutlich. Bevor der Mörder fertig ist, taucht dummerweise Whites Bekannte auf. Er tötet White, klettert über die Absperrung auf die Nachbarterrasse. Die Kollegen sollen bitte die andere Wohnung checken. Aber natürlich ist er längst fort.«

Sie verließen das Haus, vor dem sich ein paar Schaulustige versammelt hatten.

»Und was können die von ihm gewollt haben?«

»Ich habe keine Ahnung, Tish. Aber irgendwie ist es auffällig.«

»Was genau?«

»Zwei Quants wurden getötet beziehungsweise sind verschwunden. Und beide hatten so einen, hm, Düsterfimmel.«

»Und du meinst, das ist kein Zufall?«

Stasja vernahm ein Echo, das sich ewig hinzuziehen schien. Nicht das des Fangschusses – den hatte sie wegen des Audiodämpfers gar nicht hören können. Es war das Echo des ihr im wahrsten Sinne durch Mark und Bein gehenden Projektils. Wenn es Knochen durchschlug, klang dies wie Donnerhall.

Ihr *modus mortandi* war stets gleich. Deshalb wusste Stasja, dass es sich um die vierte Rippe gehandelt hatte – ventral, sinistral, nahe des Sternums. Und nach der Rippe hatte die Kugel ihr schwarzes Herz zerfetzt.

Dass man diesen Vorgang en détail mitbekam, dass er eine akustische Sinnesempfindung auslöste, war Unsinn. Das zumindest sagten alle, denen Stasja ihr Erlebnis beschrieb. Eine Kugel spürte man, doch man hörte sie nicht.

Aber Stasja Tschernow alias Oblivion hörte sie jedes Mal. Es war ein gewitterartiges Grollen, das ihren Schädel auszufüllen, ihren Verstand zu überrollen schien. Das Echo schien unendlich lange zu dauern. Weil sie all dies jedoch bereits Dutzende Male erlebt hatte, wusste sie: Es ging vorbei.

Erkennen konnte sie nichts. Da waren nur der Schmerz und der Donner. Aber die gingen vorbei. Erst danach begann der eigentliche Tod.

Der Tod trat nicht ein; er begann. Er war, das wusste man inzwischen, kein Ereignis, sondern eher ein Prozess: Nach dem letzten Herzschlag fiel der Blutdruck. Der Sauerstoff wurde knapp. Die Neuronen, überhaupt alle Zellen, schalteten auf Sparflamme. Es folgten zwei oder drei Minuten trügerischer Ruhe. Dann fing es an. Die ersten Neuronen absorbierten massenhaft Kalzium, begingen quasi Selbstmord. Sie kollabierten. Dabei setzten die Zellen Anthranilsäure frei, eine wässrige, blau fluoreszierende Chemikalie. Sobald sie die umliegenden Zellen erreichte, kollabierten auch diese, setzten ebenfalls Anthranilsäure frei. Eine Kettenreaktion aus Myriaden mikroskopischen Suiziden kam in Gang, eine blaue Welle fegte durch den Körper, durch nichts mehr aufzuhalten.

Nach einer Weile verhallte der donnernde Lärm. Stasjas Glieder wurden taub. Sie spürte den Boden unter sich nicht mehr. Dafür sah sie nun etwas. Zunächst waren es nur tanzende Flecken. Bald aber wurde Schwarz zu Grau und Grau zu allerlei Schattierungen.

Da sind wir wieder, dachte Stasja. So oft schon war sie hier gewesen, an der Schwelle zwischen Leben und Tod, im Land der Kimmerer, in den Nebligen Gestaden. Was der seiner weltlichen Sinne beraubte, sterbende Verstand dort erblickte, war eine Halluzination, behaupteten einige. Andere verglichen es mit einem Traum. Beides waren metaphorische Krücken und keine besonders guten.

Barfuß stand Stasja auf Gras oder Heidekraut, so genau vermochte sie das nicht zu sagen. In Kimmerien hatte man stets den Eindruck, durch eine beschlagene Scheibe zu blicken. Sie hätte auf die Knie gehen und nachschauen können, um was für eine Art von Vegetation es sich handelte, doch solchen Fragen nachzugehen kostete Zeit und brachte keine Erkenntnis. Sie musste sich in Bewegung setzen, musste aufs Ziel zu. Man wusste nie, wie viel Zeit einem in Kimmerien blieb.

Stasja lief durch den Nebel, achtete nicht auf Hindernisse. Sie würde sich schon nicht die Haxen brechen. War das schon einmal jemandem widerfahren? In Kimmerien über eine Baumwurzel zu stolpern und sich den Schädel an einem Fels aufzuschlagen, ein Tod im Tod – war derlei möglich?

Konzentration – sie musste zu dem Hohen Haus, zu dem offen stehenden Portal. Sie lief weiter.

Wenn der Gehirntod eintrat, lag das normalerweise am Sauerstoffmangel. Aber das galt natürlich nur für Schwammköpfe. Für Hohlköpfe mit ihren digitalen Denkapparaten war Hypoxie kein Problem. Genau genommen »starb« ein Cogit nicht, vielmehr stürzte es ab. Durch diesen Braincrash wurde die filigrane Datenstruktur des Quantgehirns korrumpiert und unwiederbringlich zerstört. Das war prinzipiell kein Problem, es gab ja Back-ups.

Aber in denen fehlte dann natürlich das, was in Kimmerien geschehen war – jene letzten Sekunden oder Minuten, die Thanatonauten so brennend interessierten. Deshalb brauchten sie die Mind Recorder.

Stasja rannte inzwischen. Auf einmal spürte sie den Boden unter den Füßen nicht mehr. Sie schien zu fliegen. Das war ihr noch nie passiert. Stasja befand sich noch immer in der Senkrechten, neblige Schatten schossen an ihr vorbei. Es fühlte sich nicht an wie Fliegen. Es war eher, als wäre sie im vollen Sprint über den Rand eines Abgrunds getreten und fiele, während ihre Beine weiter Laufbewegungen vollführten.

Nur ging es nicht ab-, sondern vorwärts, auf irgendetwas zu. Der Umriss, auf den sie sich zubewegte, ragte hoch auf. Es schien ihr, als stiege das Terrain an, als flöge sie einen Hang hinauf. Der Umriss wurde klarer. Ein lang gezogenes Gebäude mit hohem spitzen Giebel – eine Kapelle vielleicht. Die Wände waren gelb wie Butterblumen, das Dach vergoldet. Rasend schnell kam das Haus näher.

Stasja passierte die beiden Säulen, von denen Schwester Mitternacht gesprochen hatte. Viel erkennen konnte sie nicht, außer, dass es sich wohl eher um Statuen handelte. Da waren Sockel gewesen, auf denen sich etwas erhob. Tiere? Menschen? Etwas anderes?

Sie stand vor dem Portal. Es war aus schwarz lackiertem Holz. In seiner Mitte befand sich ein bronzener Türklopfer. Er stellte zwei Reptilien dar, die einander anschauten.

Sie betätigte den Klopfer. Fahles Licht breitete sich von den Rändern des Türrahmens her aus. Das Portal begann sich zu öffnen. Der Spalt wurde größer. Gleich würde sie hindurchpassen. Gleich …

Stasja vernahm ein Rauschen, wie von einer Welle, kurz bevor sie sich brach. Fluoreszierendes Blau umspülte sie, trug Stasja hinfort.

Sie erwachte auf der Liege. Ein russischer Fluch entfuhr ihrer

Kehle. Als Stasja die Augen aufschlug, schaute sie in das Gesicht Vince van Goths, Bela-Lugosi-Edition.

»*Dobro poschalowat*, Oblivion«, sagte er – herzlich willkommen, Oblivion.

»Zeit?«, erwiderte sie.

»Siebzehn auf einsvierundvierzig.«

Der Braincrash war nach einer Minute und vierundvierzig Sekunden eingetreten; der Mind Recorder hatte bis siebzehn Sekunden vor dem Crash aufgezeichnet.

»Ein neuer Rekord«, fügte er unnötigerweise hinzu.

Das mochte stimmen, trotzdem war Stasja außer sich. Wenn sie ein paar Sekunden länger gehabt hätte – nur ein paar Sekunden, dann wüsste sie nun, was jenseits des Portals lag. So nah war sie der *thin black line* noch nie gekommen.

Sie würde es noch einmal versuchen müssen, am besten gleich heute. Stasja kam hoch auf die Ellenbogen. Gerade wollte sie die Beine über die Kante der Liege schwingen, als sie jemanden aufschreien hörte.

Im Türrahmen stand Zach. Seine Augen waren aufgerissen, sein Blick wanderte hin und her zwischen der angezogenen Toten auf der Plastikfolie und der lebendigen Nackten auf der Liege.

»Fuck, Alter, was …«

Zach schien nicht zu verstehen, was abging. Erstaunlich war das eigentlich nicht. Die meisten Menschen hatten noch nie von Deathern gehört. Sie wussten nichts über Necrosurfing, Kimmerien, Killsets oder die *thin black line*. Und falls doch, hielten sie es für einen urbanen Mythos.

Zach hingegen realisierte gerade, dass die Gerüchte stimmten. Er würde nun allerlei Fragen stellen, er war schließlich ein neugieriger Typ. Das erkannte man schon daran, dass er trotz anderslautender Vereinbarung im Türrahmen stand. Wieso war eigentlich nicht abgesperrt? Als ihr Sekundant wäre es Vince' Pflicht gewesen, das zu überprüfen, so waren die verdammten Regeln.

»Hey, Mann, alles halb so wild«, sagte Vince, »ist nur ein ... ein Experiment, verstehst du?«

»Scheiße, Mann, scheiße. Ihr habt sie ...«

Zach glotzte die Leiche an. Dann schaute er zu Stasja, wandte den Blick jedoch gleich wieder ab, denn sie war immer noch splitternackt.

Sie musste grinsen. Der Typ fand es obszöner, eine Lebende anzugaffen als eine Tote. Dabei hätte die gemordete Stasja auch ein wenig Privatsphäre verdient gehabt.

Mit zitternden Fingern holte Zach seine Zigaretten hervor, steckte sich eine an. Nach ein paar tiefen Zügen schien er einen Entschluss gefasst zu haben.

»Meinen Qube. Sofort.«

»Hey, Mann, bleib cool«, sagte Vince. Er warf Stasja einen fragenden Blick zu.

»Ich weiß nicht, ob wir schon fertig sind.«

»Ich bin definitiv fertig damit«, erwiderte Zach, »was für ein sicker Scheiß.«

Er ging auf die Workstation zu, neben der sein Qube auf dem Tisch stand. Vince stellte sich ihm in den Weg.

»Den Würfel her, sag ich«, brüllte Zach.

Vince machte Anstalten, Zach zu beschwichtigen. Stasja sah, dass es schiefgehen würde. Gleich flogen die Fäuste.

»Tu, was er sagt, Vince.«

»Aber ich dachte, dass ...«

»Vince, gib ihm seinen Qube. Aber fahr vorher unsere Software runter. Damit nichts verloren geht.«

An Zach gewandt sagte sie: »Einverstanden? Dauert nur eine Minute.«

Vince schien all das nicht zu gefallen. »Wir haben ihm eine Menge Geld gezahlt«, maulte er.

»Ich weiß, Vince«, antwortete Stasja, »aber es ist schon okay. Es ist alles okay.«

Natürlich war es nicht okay. Das Geld war ihr egal, doch Zachs

Qube würde sie noch brauchen, eine ganze Weile sogar. Aber so, wie die Dinge lagen, würde er ihr seinen Quantenrechner kaum ein zweites Mal leihen.

Vince hatte begonnen, alles herunterzufahren. Zach starrte auf die Holodisplays, auf den Qube, auf die Wand – nur nicht auf den erkaltenden Klon auf der Plane.

Stasja hatte sich unterdessen einen Bademantel übergezogen. Sie beobachtete, wie Vince den Qube abstöpselte und Zach bedeutete, er könne sein Eigentum nun an sich nehmen. Der griff nach dem roten Plastikcasing. Während er die Platine hineinschob, murmelte er: »Nichts für ungut. Ich geb euch meinetwegen auch was von dem Geld zurück. Aber das hier ist ... zu Hardcore.«

»Musst du nicht«, sagte sie. »Es ist okay. Wir haben schließlich, was wir wollten.«

Vince warf ihr einen fassungslosen Blick zu, sagte aber nichts. Zach nickte stumm und ging zur Tür.

Stasja wartete, bis er auf Höhe der Plastikplane war. Dann langte sie unter den Transfertisch, griff nach der Zastava. Sie schoss viermal. Wegen des Audiodämpfers hörte man weder den Knall noch die Mechanik des Schlittens. Umso deutlicher vernahmen sie die schmatzenden Geräusche, als die Projektile in Zachs Rücken ein- und aus seiner Brust wieder ausdrangen. Er selbst gab keinen Mucks von sich, kippte einfach vornüber.

»Fuck, Oblivion! Was ...«

»Nur die Ruhe. Ist ja ein Quant.«

»Trotzdem kannst du ihn doch nicht einfach ...«

»Ich konnte ihn nicht gehen lassen. Ich war da.«

Seine Augen weiteten sich.

»Du warst auf der anderen Seite?«

»So gut wie.«

Er machte einige Schritte auf Zach zu, zögerte.

»Das wird auffallen.«

»Dass sein Klon nicht zurückkehrt? Klar wird er sich fragen, wo er zuletzt war, wenn er sich irgendwann aus seinem Back-up hochlädt. Aber Antworten wird er keine haben.«

»So einfach ist das nicht, Oblivion. Vielleicht hat er seinen Amanuensis ein Diary führen lassen. Viele Quants machen so was, aus genau diesem Grund.«

Stasja erschien es unwahrscheinlich, dass ein Qube-Dealer feinsäuberlich aufschrieb, wann und wo er seine illegalen Geschäfte abwickelte. Aber letztlich war es nicht von Belang. Wichtig war nur, dass sie Kimmerien in seiner Gänze durchschritten hatte. Dass sie bis zur *thin black line* vorgedrungen war. Jahrelang hatte sie dieses Ziel verfolgt. Sie war deswegen gejagt worden, hatte ihre Heimatstadt Petersburg verlassen müssen. Sie würde jetzt bestimmt nicht aufgeben, nur weil ihr Fuckboy auf einmal Skrupel hatte.

Stasja ging zu Zach, der mit dem Gesicht nach unten auf der Plastikplane lag. Aus seinem Jackett zog sie den Qube hervor, ließ ihn in ihrer Bademanteltasche verschwinden.

»Ich hole kurz meine Kippen«, sagte sie. Vince schien sie nicht zu hören. Als Stasja, Boyarin im Mundwinkel, zurück in den Raum kam, kniete er neben Zach. Zunächst glaubte sie, Vince mache sich nützlich. Aber er hockte nur da, eine Hand vor dem Mund, starrte die Leiche an.

Es war nun klar, dass er nicht mitziehen würde. Die meisten hätten das nicht getan. Wie hieß es so schön? Deine wahren Freunde erkennst du erst, wenn du eine Leiche verschwinden lassen musst.

Stasja war ein wenig enttäuscht. Sie hatte ihn für abgebrühter gehalten – eine Fehleinschätzung, an der vermutlich die Hormone schuld waren. Im Bett war Vince ein kraftvoller, dominanter Bursche. Im wahren Leben war er augenscheinlich ein Schlappschwanz.

Immer noch hockte er da. Er sah aus wie jemand, der bald den Verstand verlieren würde.

Vielleicht musste sie dabei ein wenig nachhelfen. Stasja trat hinter Vince, legte ihm eine Hand auf die Schulter. Er ließ es geschehen. Sie richtete die Pistole auf sein Genick und drückte ab.

Francesco Bittner musste einen ähnlich beschwerlichen Trip gehabt haben wie Carpentras. Man sah es ihm nicht an. Sein Glencheckanzug war unzerknittert, seine Haare perfekt gelegt.

»Hatten Sie eine gute Reise, Botschafter?«

»Ja, danke, Special Agent in Charge.«

»Ich brauche wohl nicht zu fragen, ob Sie schon einmal in Taoudénit waren.«

»Nun, tatsächlich war ich das.«

»Ah, wirklich?«

Bittner nickte nur. Dann sagte er: »Wie ist es im UNANPAI-Hauptquartier?«

»Wie wenn man mit brennenden Haaren zur Arbeit kommt und zum Löschen nur einen Hammer hat.«

Der UNO-Gesandte lächelte.

»Also alles wie immer, hm?«

Bittners Augen wanderten zu einer hellblauen Mappe auf dem Tisch. Darin befanden sich die Singh-Vernehmungsprotokolle, ferner ein Umschlag. UNANPAI-Direktor Riverrhine Hardhouse hatte Carpentras das versiegelte Kuvert vor der Abreise aus Sapporo persönlich übergeben und hinzugefügt: »Öffnen Sie es erst in Anwesenheit von Fran Bittner.«

Carpentras wusste einiges über Bittner. Gleichzeitig wusste er nichts. Je genauer man die Akte des ehemaligen UNANPAI-Topagenten studierte, umso offensichtlicher erschienen die Lücken darin. Francesco – oder auch Francesca – Bittner war ein Quant. Ihm wurde ein besonderes Talent nachgesagt, was das Wechseln von Gefäßen anging. Angeblich vermochte er die Identitäten wenn nötig im Stundentakt zu wechseln, ohne *vessel vertigo* zu bekommen, eine unter Hohlköpfen verbreitete Orientierungslosigkeit nach Gefäßswaps. Der Kerl war ein Chamäleon.

Bis 2091 hatte Bittner für die KI-Behörde gearbeitet. Es ging das Gerücht, er sei bei Turing II zugegen gewesen. Fran Bittner hatte angeblich jene Bombe gezündet, welche die wiedererweckte Klima-KI Æther endgültig zerstört hatte.

Vor vier Jahren war Commander Bittner demissioniert. Zu den Gründen fand sich in seiner Akte nichts. Der UNANPAI-Flurfunk besagte, er habe bei einer wichtigen Mission kolossalen Mist gebaut. Nun, da Carpentras dem Mann gegenübersaß, kamen ihm Zweifel an dieser Theorie. Zwar hatte er erst wenige Minuten mit dem Botschafter verbracht, aber das reichte ihm für ein Urteil. Bittner war ein Ausnahmeagent – kompetent, kontrolliert, hochintelligent. Wenn etwas schiefgelaufen war, dann sicher nicht wegen seiner Inkompetenz.

Man hatte Bittner zudem nicht in den Ruhestand versetzt. Auch das sprach gegen die Hypothese, der Mann sei abserviert worden. Er arbeitete nun als Sonderbotschafter von Generalsekretär Kirilow. Und der beschäftigte keine Versager.

Bittner deutete auf die Mappe. »Sollen wir ihn aufmachen?«

Es dauerte einen Augenblick, bis Carpentras verstand, dass Bittner nicht die verschlossene Mappe meinte, sondern Hardhouse' Kuvert darin. Wieso wusste er davon?

Carpentras öffnete die Mappe, griff nach dem Umschlag. Dieser war mit einem Siegel verschlossen. Er erbrach es. Im Inneren befanden sich zwei Kuverts. Das eine war cremefarben, auf seiner Vorderseite stand in Hardhouse' schwungvoller Handschrift »Bittner«. Der zweite Umschlag war mintgrün. Auf ihm stand: »Nach Lektüre vernichten«.

Carpentras händigte Bittner das für ihn bestimmte Kuvert aus. Der öffnete es, warf einen Blick auf das Blatt darin. Es schien sich um einen handschriftlichen Vermerk zu handeln. Carpentras riss derweil den grünen Umschlag auf. Darin befand sich ein MB-27, das UNANPAI-Formblatt für Missionsbeschreibungen. Der Text lautete:

1. Vertreter GS assistieren.
2. Upgrade Sicherheitseinstufung. S. Addendum.

RH

Eine direkte Order von Direktor Riverrhine Hardhouse, mit dem vom UNO-Generalsekretariat entsandten Vertreter zu kooperieren – mit Bittner. Carpentras hatte etwas in der Richtung vermutet. Es war eher der zweite Punkt, der ihn konsternierte. Eine neue Sicherheitseinstufung? Er besaß bereits INDIGO, die zweithöchste Freigabe, die UNANPAI vergab. Mehr als Carpentras wussten lediglich das Direktorat sowie eine Handvoll Spezialagenten – Leute, die an Turing-Missionen teilgenommen hatten oder mit der Suche nach alten Qubes betraut waren.

Er musterte Bittner. Der erwiderte seinen Blick mit einem freundlichen Lächeln. Trotzdem sah Carpentras die Ungeduld, die sich dahinter verbarg.

An das MB-27 war ein weiterer Zettel angeheftet. Es handelte es sich um das Formular einer UNO-Behörde namens UNBER. Carpentras hatte noch nie von ihr gehört. Dem Text zufolge wurde Carpentras Azincourt Skyes, geboren am 04.11.43 in Montreal, die Sicherheitsfreigabe SPIRIT verliehen. Auch von der hatte er noch nie gehört.

Bittner räusperte sich. Carpentras wurde bewusst, dass er eine ganze Weile auf das Formular gestarrt haben musste.

»Ich habe auch etwas für Sie«, sagte Bittner.

»Was?«

»Ein weiteres Danaergeschenk.«

Einer Jacketttasche entnahm der Gesandte etwas, das wie eine Gedenkmünze aussah. Er legte sie auf den Tisch und versetzte ihr ein wenig Schwung. Wie ein Puck schoss sie über die Tischplatte. Carpentras stoppte sie mit der Hand.

Die Münze bestand aus bronzefarbenem Metall. Auf ihrer Vorderseite waren stilisierte Hände eingraviert. Die eine wirkte menschlich, die andere roboterhaft.

Carpentras kannte diese Art von Medaillen. Es handelte sich um getarnte Hundemarken. Er besaß eine von UNANPAI, auf der »Internationaler Verband der Antiquitätenhändler« stand. Betrachtete man die Münze jedoch mit einer Stripperbrille, kam ihre wahre Beschriftung zum Vorschein: ein Lorbeerkranz, in dessen Mitte ein menschliches Gehirn abgebildet war. Während die rechte Hälfte die charakteristischen Furchen und Wölbungen des Großhirns aufwies, zeigte die linke einen stilisierten Prozessor und Schaltkreise.

Hier, im *Naked Space*, wurde die Prägung der Hundemarke natürlich nicht kaschiert. Carpentras drehte die Münze um. Auf der anderen Seite stand UNBER.

»Was steht da sonst?«, fragte er.

»Internationaler Verband für Asteroidenmining.«

»Der sagt mir was. Von UNBER kann ich das nicht behaupten.«

»United Nations Bureau for Extraterrestrial Rapprochement.«

Extraterrestrische Annäherung? Carpentras hätte sich gerne eingeredet, dass all dies keinen Sinn ergab. Aber leider war es recht plausibel. Dieser verrückte Galahad Singh hatte eine Expedition in die Knossos-Anomalie unternommen, von der niemand wusste, wo sie herkam. Eine der Hypothesen war jedoch, dass der Lichtdom außerirdischen Ursprungs sei.

»Aliens?«, sagte Carpentras. »Nicht wirklich Aliens, oder?«

»Es ist leider noch viel schlimmer, Special Agent.«

»Okay, dann bitte der Reihe nach. Was ist SPIRIT?«

»SPIRIT ist die höchste Sicherheitsfreigabe, die die UNO zu vergeben hat. Ausschließlich Mitarbeiter von UNBER besitzen diesen Clearance, außerdem Generalsekretär Kirilow und Generaldirektor Hardhouse. Insgesamt sind wir weniger als zehn. Tut mir leid, Skyes.«

»Was genau tut Ihnen leid?«

»Dass ich Sie da mit reinziehe. Ihr Leben wird danach nicht mehr dasselbe sein.«

Carpentras zuckte mit den Achseln. Bevor er zu UNANPAI gestoßen war, hatte er lange für den CANFED-Auslandsgeheimdienst gearbeitet. Die Zahl der Dinge, über die er niemals würde reden können, war inzwischen größer als die, über die er sprechen durfte. Fast alles unterlag irgendeiner Geheimhaltungsstufe, es blieben eigentlich nur Kinder und Lacrosse übrig. Aber Carpentras hatte keine Kinder, und Lacrosse ließ ihn kalt.

»Bin's gewohnt, Sir.«

»Okay. Was halten Sie von einem kleinen Spaziergang?«

»In Coolsuits?«

»Nein, die haben Mikros und Software. Aber es wird demnächst dunkel. Dann können wir auch ohne raus.«

Man merkte, dass Bittner lange bei der Turing-Behörde gearbeitet hatte. Bei UNANPAI nannten sie es »den Fisch an Land holen«: Falls es da draußen Künstliche Intelligenzen gab, war ihre Erlebniswelt digital. Auf einem Server liegende Daten waren der KI zugänglich, weil kein Mensch sie so gut sichern konnte, dass ein hochintelligenter Computer nicht herankäme. Der Zugriff auf analoge Informationen hingegen blieb einer KI weitgehend verwehrt, so wie einem Fisch das Land.

Sie verließen die Anlage. Die Sonne war hinter dem Horizont verschwunden, die Temperatur auf knapp dreißig Grad gefallen.

»Was wissen Sie über die Turing-Zwischenfälle?«, fragte Bittner.

Der erste Zwischenfall hatte sich 2048 ereignet, mit einer KI namens Æther. Man hatte sie gebaut, um eine Lösung für das Problem der nicht mehr aufzuhaltenden Erderwärmung zu finden. Weil es gewisse Vorbehalte gegen hyperintelligente

Computer gab, errichtete man die Æther-Anlage seinerzeit auf einer abgelegenen Insel und verwehrte der KI den Zugriff aufs Datagrid.

All diese Sicherheitsvorkehrungen waren vergeblich. Der Æther-Quantenrechner verselbstständigte sich, kopierte seinen Kern ins Grid. Das Ding aus dem Netz und damit aus der Welt zu brennen, war nur unter größten Anstrengungen möglich gewesen.

Seitdem wachte UNANPAI darüber, dass niemand mehr eine KI baute. Vierzig Jahre lang war das gut gegangen, bis Unbekannte die abgeschaltete Æther-Anlage 2088 zu reaktivieren versuchten. Auch dies hatte man im allerletzten Moment verhindert, wohl nicht zuletzt aufgrund von Fran Bittners heldenhaftem Einsatz. Bestimmt hatte er dafür Medaillen bekommen, die er sich aufgrund der Geheimhaltung niemals ans Revers würde heften können. Intimschmuck-Orden nannte man so was.

»Ich weiß, was man auf meiner Soldstufe so weiß«, erwiderte Carpentras, »Turing I – knappe Kiste, Turing II – ebenfalls. Letzteres offiziell nie bestätigt, aber ein offenes Geheimnis. Turing III? Keine Ahnung.«

In Geheimdienstkreisen erzählte man sich, vor zwei Jahren sei einer jener Qubes wieder aufgetaucht, die Æther in den späten Vierzigern hergestellt hatte – Sicherheitskopien seiner selbst, gewissermaßen.

Während Carpentras ›Turing III‹ sagte, beobachtete er Bittners Mimik. Der versuchte, unbeteiligt dreinzuschauen, aber nun wusste Carpentras, dass es stimmte. Er wusste ferner, dass Bittner auch bei Fuck-up Numero III eine Rolle gespielt hatte.

»Und über Singh?«, fragte Bittner.

»Was in seiner Akte steht. Zweiter Sohn von Deepak Singh. Hat eine Weile als Quästor gearbeitet. Dann bei Vaters Baumschule eingestiegen.«

Singh hatte außerdem mit Turing II zu tun gehabt. Anscheinend war er seinerzeit von UNANPAI observiert worden, weil er mit einer KI-Kollaborateurin in Verbindung stand. Man hatte einen Agenten auf ihn angesetzt: Fran Bittner.

»Sie beide«, sagte Carpentras, »waren liiert, soweit ich weiß.«

»Das waren wir. Wenn auch nicht allzu lange.«

Mit einem Observationsobjekt zu schlafen war heikel, aber nicht unbedingt unüblich. Gerade ein Quant wie Bittner konnte einer Zielperson exakt das bieten, wonach sie sich sehnte.

»War nicht mal gespielt«, fügte Bittner hinzu.

Danach hatte Carpentras zwar nicht gefragt, aber es bestätigte seine Vermutung. Wenn Bittner über Singh redete, war da dieses kaum wahrnehmbare Zittern in seiner Stimme.

»Aber was ich eigentlich wollte«, sagte der Botschafter, »war Ihre professionelle Einschätzung zu Singh. Sie haben ihn bereits verhört, nehme ich an.«

»An die acht Stunden. Keine klassische Verhörsituation, eher Small Talk, gemeinsamer Lunch. Wir haben sogar ein paar Runden Billard gespielt.«

»Dann wissen Sie jetzt alles über ihn? Man hört, dass Sie einer der Besten sind.«

»Ich bin nicht übel. Aber Ihr, ah …«

»Ex-Freund. Sagen Sie es ruhig.«

»Ihr Bekannter ist eine harte Nuss. Ehrlich gesagt habe ich so etwas noch nie erlebt. Nach so vielen Stunden müsste ich alles über ihn wissen. Aber ich weiß sehr wenig oder zumindest weiß ich es nicht mit Sicherheit.«

»Was wissen Sie denn?«

»Er ist intelligent. Extrovertiert. Kreativ. Seine Persönlichkeitsstruktur ist …«

»Ja?«

»Neurotizismus. Bipolarität. Kindheitstraumata. Wahnvorstellungen.«

»Wahnvorstellungen bezüglich?«

»Seines toten Bruders.«

»Percy.«

»Richtig. Ist laut Akte 2049 beim Baden ertrunken. Leiche wurde nie gefunden. Singh behauptet, sein Bruder habe irgendwie überlebt und sei ebenfalls in der Anomalie gewesen.«

»Er hat Percy jahrelang gesucht.«

»Deshalb also diese Quästoren-Nummer. Jetzt verstehe ich.«

Quästoren waren Privatermittler, die auf das Aufspüren Vermisster spezialisiert waren. Singh hatte diesen Job ergriffen, um besser nach seinem Bruder suchen zu können – klassische Verleugnung, wie aus dem Lehrbuch.

»Wie würden Sie seinen Allgemeinzustand einschätzen?«

»Körperlich in Ordnung. In Rethymno haben sie ihn durchgecheckt. Er war ein wenig dehydriert, ansonsten fehlte ihm nichts, im Gegenteil. Er hat den Körper eines Preisboxers.«

Bittner nickte versonnen.

»Weitere Auffälligkeiten? Operationen, zum Beispiel?«

»Er besitzt einen Dispenser, ansonsten keinerlei Implantate.«

»Also auch keine Quant-Transformation? Früher war er ein Schwammkopf.«

»Das ist er weiterhin. Singh ist auch auf Radioaktivität und Erreger gecheckt worden, das volle Programm, alles negativ.«

»Und geistig? Außer den von Ihnen beschriebenen ... Unzulänglichkeiten.«

»Wie gesagt, er verbirgt einiges vor mir. Aber er wirkt antriebslos. Könnte eine Anpassungsstörung sein, nach dem langen Aufenthalt auf der ... auf der anderen Seite, wo auch immer das ist. Sitzt viel herum, hört stundenlang Musik.«

»Seinen geliebten Jazz, ja?«

»Nein, keinen Jazz. Eher ... wie nennt man so was? Psychedelic Rock? Auf jeden Fall uraltes Zeug.«

»Ah, wirklich? Was genau?«

»Moment ... Beatles, Jefferson Aeroplane, The Queens, Norman, ah, Greenbaum? Währenddessen schaut er sich oft Bilder von Gemälden an.«

»Ich kenne von diesen Bands nur die Beatles«, sagte Bittner.

»Ging mir ähnlich. Alles sehr, hm, repetitiv.«

»Die Musik ist eintönig, meinen Sie?«

»Nein, die Auswahl. Gestern hat er immer wieder denselben Song von diesem Greenbaum gehört, bestimmt ein Dutzend Mal. Ich würde vermuten, dass seine Verhaltensweisen auf eine posttraumatische Belastungsstörung hindeuten, die relativ frisch sein muss.«

»Woraus schließen Sie das?«

»Nach Turing II haben unsere Kollegen Singh eingehend verhört. Ich hatte Gelegenheit, mir einige der alten Vids anzuschauen. Damals kam Singh direkt aus einer Stresssituation. Und er war mächtig genervt, dass wir ihn festhielten. Dennoch wirkte er psychisch stabil. Aber nun ... er scheint mitunter zu halluzinieren. Er gibt Antworten, die wenig Sinn machen.«

»Aber ist das wirklich ein Indiz für eine psychische Störung? Galahad ist jemand, der sich sehr ungern Autoritäten unterordnet. Vielleicht will er Sie einfach foppen?«

»Wenn er mich foppte, hieße das ja, er sagt die Unwahrheit. Aber mein Eindruck ist, dass er wirklich glaubt, was er sagt. Auch wenn es wie Unsinn klingt.«

»Haben Sie ein Beispiel?«

»›Percy ist auf einem Regenbogen in den Lichtdom reinmarschiert.‹«

»Das klingt rätselhaft.«

»Nicht wahr? Oder das: Als wir beim Dinner darüber redeten, warum manche Menschen sich nichts aus gutem Essen machen, sagte er unvermittelt: ›Manche sind halt nur so angezogen wie Menschen. Aber sobald man ihnen unters Röckchen guckt – heilige Mutter Maria!‹

Auf meine Nachfrage, wen er damit meint, kam nichts außer einem süffisanten Grinsen. Auf eine weitere Nachfrage, was man unter dem Röckchen denn genau zu sehen bekomme, sagte er: ›Ist ein bisschen, als wenn jemand Ballontiere aus bunten Neonröhren geknotet hätte.‹

Ich habe Seiten um Seiten mit solchen sphinxhaften Äußerungen: ›Sie kommen von unten, nicht von oben‹; ›Auch ich habe dieses Level hassen gelernt, genau wie sie.‹

Falls Singh nicht der brillanteste Simulant aller Zeiten ist, dann hat er da drin irgendetwas erlebt, was ihn den Verstand gekostet hat.«

»Von den Gesprächsprotokollen bräuchte ich bitte eine Kopie«, sagte der Botschafter.

Bittners Gesichtsausdruck deutete an, dass er Singhs wahnhafte Reden nicht unbedingt für das Gefasel eines Irren hielt. Aber was sollte es sonst sein?

Sie gingen um die Mauerreste eines Gebäudes herum. Hätte das Holonet in Taoudénit funktioniert, wäre das Gemäuer vermutlich für Touristen wiederaufgebaut gewesen. So aber konnte man kaum noch erkennen, wozu es einst gedient hatte.

Bittner erzählte ihm, dass es sich um die Ruinen einer Karawanserei aus dem fünfzehnten Jahrhundert handelte, die später als Gefängnis genutzt worden sei.

Nachdem sie eine Weile schweigend durch den Sand marschiert waren, sagte Bittner: »Sie wissen, was er getan hat?«

Nun kam wohl der Teil, für den Carpentras die neue Sicherheitsfreigabe benötigte.

»In der Anomalie, meinen Sie?«

»Nein. Damals auf der Insel.«

Bittner meinte zweifellos die Insel, auf der sich die Æther-Anlage befunden hatte.

»Ich weiß nur, dass er mit Ihnen dort war.«

»Er hat ihn freigelassen. Galahad Singh hat den Æther-Qube gestohlen.«

»Was?«

»Ja. Damals auf der Île de la Possession, 2088. Natürlich kann ich mich nicht daran erinnern.«

»Warum nicht?«

»Weil ich damals im Rechnerraum blieb, um die Sprengung zu

überwachen. Galahad hingegen schickte ich fort, er war ja kein Quant. Doch inzwischen wissen wir, dass er den KI-Kern mitgenommen und später angeschlossen hat.«

»Das Ding ist online? Wie kann das sein? Und wieso wissen wird davon nichts?«

Augenblicklich ärgerte sich Carpentras, dass er diese Frage überhaupt gestellt hatte. Schließlich kannte er die Antwort. »Sicherheitserwägungen, Agent.«

»Und wo ist Æther jetzt?«

Bittner wandte den Blick in den dunklen Himmel, an dem bereits die ersten Sterne aufgetaucht waren.

»Er ist oben.«

Schaum im Ohr – das war das Erste, was ihr durch den Kopf ging, als sie aufwachte. Über Sahana zogen Schäfchenwolken den babyblauen Himmel entlang, typische Krankenhausdeko. Sie schaute sich um: Bett, Beistelltisch, gerahmte Miró-Drucke. Ein wenig fühlte sie sich an ihre Hüftoperation vor einigen Jahren erinnert. Das war in Delhi gewesen, aber Krankenzimmer sahen auf der ganzen Welt gleich aus.

Wieso eigentlich Schaum? Im Ohr?

Sie versuchte, die rechte Hand anzuheben. Das war problemlos möglich. Mit dem Zeigefinger stocherte Sahana in ihrem Ohr. Es knisterte.

An der Spitze ihres Zeigefingers klebte etwas, das an Bauschaum erinnerte. Die Substanz war von krümeliger Konsistenz und knallorangener Farbe.

Sahana schloss die Augen, machte eine Bodyscan-Übung, die sie im Meditationskurs gelernt hatte. Schmerzte etwas? Fühlte sich irgendeine Körperpartie anders an als sonst? Nein, alles schien normal. Auch Verbände trug sie keine.

Sie versuchte, sich an den Unfall zu erinnern. Da war ein

anderes Fahrzeug gewesen. Es war durch die Luft geflogen. Waren sie mit dem außer Kontrolle geratenen Modul kollidiert?

Nein. Bei einem Zusammenprall wäre sie tot oder zumindest schwer verletzt gewesen. Vermutlich war ihr Autopilot ausgewichen. Das Shuttle musste eine Leitplanke touchiert haben oder war in einen Graben geschlittert. Und der Schaum, der Schaum hatte sie vor Verletzungen bewahrt. Sahana zerbröselte die orangene Substanz zwischen Daumen und Zeigefinger. Bei plötzlichen Vektorveränderungen füllten sich moderne Fahrzeuge mit diesem Zeug. Es hüllte die Insassen komplett ein und absorbierte erstaunliche Mengen an kinetischer Energie.

Die Tür öffnete sich. Ein Mann mittleren Alters trat ein. Er trug einen blauen Arztkittel und hatte einen Medscanner um den Hals hängen.

»Schönen guten Morgen, Professor Kapoor.«

»Morgen.«

»Ich bin Dr. Sydensticker, Ihr behandelnder Arzt. Wie fühlen Sie sich?«

»Okay. Was ist passiert?«

»Eine Beinahekollision auf der M6. Aber der Secufoam hat ganze Arbeit geleistet. Fantastisches Zeug.«

»Ich habe mir nichts gebrochen?«

»Nein, nichts. Nur eine Kontusion der linken Schulter, die wir aber bereits behandelt haben.«

Sahana bewegte versuchsweise ihre Schulter.

»Ich spüre rein gar nichts.«

»So soll es sein«, erwiderte der Doktor.

Er trat näher, aktivierte seinen Medscanner. In der Luft materialisierten sich verschiedene Infografiken. Sydensticker diktierte einige kurze, knappe Sätze. Aus dem, was er sagte, schloss Sahana, dass ihr tatsächlich nichts fehlte.

»Wie lange bin ich schon hier?«

»Seit gestern. Wir haben Sie gleich nach Ihrer Einlieferung vierundzwanzig Stunden schlafen geschickt und Ihnen Regenerationsbeschleuniger verabreicht. Deshalb sind Prellung und Hämatome bereits abgeheilt.«

»Das heißt, ich kann bald gehen?«

»Jederzeit. Sie waren auf dem Weg nach Brighton?«

»Hayward's Heath«, erwiderte sie.

»Ach ja, richtig. Einer Ihrer Kollegen, ein gewisser Professor Milston, hat uns angerufen und gesagt, er komme Sie abholen, falls Sie das möchten.«

Sahana dankte dem Arzt. Sydensticker wünschte ihr alles Gute und fügte hinzu, es sei ihm eine Ehre gewesen, die berühmte Physikerin kennenzulernen. Dann eilte er davon.

Sahana stand auf. In der Tat fühlte sie sich gut, keinerlei Abgeschlagenheit, keinerlei Schmerzen. Aber ihre Haare sahen fürchterlich aus und waren voller Secufoam-Reste, dito ihre Ohren und allerlei andere Körperstellen.

Nach einer ausgiebigen Dusche zog sie sich an und schickte Mattas Milston eine Nachricht. Sie bedankte sich für das Angebot, abgeholt zu werden, schlug es aber aus. Sicherlich meinte Mattas es gut. Vielleicht glaubte er, Sahana wolle nach einem beinahe tödlichen Unfall mit dem Taxi nicht sofort ins nächste steigen. Aber auch Mattas hätte sie ja wohl kaum mit der Rikscha abgeholt, sondern ebenfalls mit einem Automobil.

Sicherheit war zudem keine Frage des Gefühls, sondern eine von Probabilitäten. Dass sie dem einzigen lebensmüden Crasher begegnet war, der zu dieser Zeit Südengland unsicher gemacht hatte, war unwahrscheinlich gewesen – so unwahrscheinlich, dass es garantiert kein zweites Mal passieren würde.

Außerdem hasste Sahana es, bemuttert zu werden.

Sie ging zum Fahrstuhl. Irgendwie erwartete Sahana, eine Schwester werde sie aufhalten. Doch niemand interessierte sich für sie.

Am Empfang bestellte sie ein Taxi. Die Klinik lag in einem Park, sehr hübsch und sehr englisch, voller Rhododendren und sauber gestutzter Palmen. Nach wie vor erschien ihr das alles ein wenig surreal. Sie war versucht, ihre Nahtodeserfahrung dafür verantwortlich zu machen. Aber in London hatte sie sich ganz ähnlich gefühlt.

Vielleicht litt sie noch immer unter den Auswirkungen des Jetlags. Zahir hatte Sahana empfohlen, ihre innere Uhr umstellen zu lassen. Das war keine große Sache. Man sagte seinem Dispenser Ankunftszeit und -ort, wohldosierte Chemie erledigte den Rest. Aber Sahana war eine Dispenserspießerin, schon immer. Sie verwendete nicht einmal Pervi und Lucid.

Das Taxi kam. Sahana stieg ein, sagte dem Modul die Adresse. Eine halbe Stunde später befanden sie sich auf einer schmalen, von Eschen gesäumten Allee, an deren Ende Harcourt House lag.

Das Anwesen war im achtzehnten Jahrhundert für Thomas Harcourt erbaut worden, einen Direktor der East India Company – jener Handelsgesellschaft, die Sahanas Heimatland ausgeplündert hatte. Harcourt und seine Kumpanen hatten das Plündern derart gründlich besorgt, dass für einen Raubzug dieses immensen Ausmaßes in der englischen Sprache seinerzeit nicht einmal ein Wort existierte. Deshalb hatten sie die Hindivokabel *lūt* gleich mitgeklaut.

In gewisser Weise war Harcourt House somit steingewordene Raffgier. Freilich galt das für fast jedes Schloss oder Herrenhaus, und vielleicht war es ein wenig spät, sich darüber aufzuregen. Immerhin hatte Thomas Harcourt seine *loot* in etwas Geschmackvolles verwandelt, das musste man dem alten Plünderer lassen. Harcourt House lag inmitten einer beeindruckenden Gartenanlage. Bächlein murmelten durch die Parklandschaft, speisten einen künstlichen See. Das Anwesen selbst besaß an die dreißig Zimmer inklusive Bibliothek, Billardraum, Speisesaal und Kaminzimmer.

Als sie die Auffahrt erreichten, knirschte der Kies unter den Reifen. Am Fuße der Freitreppe vor dem Hauptportal wartete ein Mann. Er sah aus wie ein Butler aus einem alten 2D-Film – Frack, grauer Haarkranz, kerzengerade Haltung. Sobald der Wagen zum Stehen kam, eilte er zu ihr.

Die Autotür schwang auf, Sahana stieg aus.

»Professor Kapoor, herzlich willkommen auf Harcourt House.«

»Danke.«

»Mein Name ist Basil. Es ist mir eine große Freude, Sie nach diesem Schrecken so wohlbehalten begrüßen zu dürfen, Professor. Wenn Sie die Güte besäßen, mir zu folgen.«

Basil führte sie ins Haus. Ihr Zimmer sei hergerichtet, so der Butler. In gut einer Stunde werde der Tee serviert. Ob Mylady dazu eher Süßes oder Herzhaftes bevorzuge? Er erläuterte ihr die Auswahl. Sahana entschied sich für Gurkensandwiches.

Es war still in Harcourt House, sehr still sogar. Sollten nicht ein halbes Dutzend ihrer Kollegen hier sein? Sie fragte danach.

»Professor Fields und Dr. de Kerk sind leider verhindert. Sie haben sich kurzfristig entschuldigen lassen. Die anderen befinden sich im Garten. Wünschen Sie, dass ich die Herrschaften über Myladys Eintreffen in Kenntnis setze?«

»Tun Sie das. Sagen Sie, ich stoße zum Tee zu ihnen.«

Sie waren inzwischen an einer Zimmertür angelangt. Basil öffnete sie, führte Sahana hinein.

»Ich lasse Mylady nun allein. Falls Sie etwas benötigen, erreichen Sie mich über das Haussystem.«

Er verschwand. Sahana beschloss, zunächst ihre Tasche auszupacken. Danach betrachtete sie sich im Spiegel. Wie immer trug sie Khakichinos und ein grünes Polohemd. Normalerweise komplettierte eine blaue Bomberjacke voller Patches ihr Outfit. Diese war Sahana einst von UNOOSA geschenkt worden, dem United Nations Office for Outer Space Affairs. Mit den Jahren war die Jacke so etwas wie ihr Markenzeichen geworden. Weil allerdings noch Secufoam daran klebte, zog sie stattdessen einen Blazer an.

Dann war es Zeit für den Tee. Sie verließ ihr Zimmer. In dem Flur, der zur Treppe führte, hingen diverse Ölgemälde. Die meisten zeigten Natur- oder Jagdszenen. Fast direkt gegenüber von ihrer Tür hing jedoch das Bildnis einer Frau. Es handelte sich um eines von Sahanas Lieblingsporträts, John Singer Sargents Darstellung der Lady Agnew of Lochnaw. Die Lady saß in einem Sessel, die Beine übereinandergeschlagen. Ihr linker Arm baumelte lässig über der Lehne. Sie schaute den Betrachter mit einem herausfordernden Blick an, der aber nicht aggressiv wirkte, sondern eher verspielt.

Oft hatte Sahana sich vorgenommen, der Welt zu begegnen wie Gertrude Agnew: resolut, aber nicht verkniffen. Und immer, wenn sie diesen Vorsatz nicht einhielt, was oft der Fall war, dachte sie an die kühle Schottin mit dem Laserblick.

Wieso hing Lady Agnew hier? Genauer gesagt: Warum hatte sie jemand an diese Wand holografiert? Das Original befand sich zweifelsohne in irgendeinem Museum. Sahana überlegte, ob ihr Faible für die Lady von Lochnaw bekannt war. Hatte sie Singer Sargents Porträt je in einem Interview erwähnt? Sie konnte es sich kaum vorstellen.

Aber was hieß das schon. Mit dreißig hatte sie den Physik-Nobelpreis erhalten. Spätestens ab da war sie so bekannt gewesen wie Einstein, Hawking oder LeFèvre. Sieben Jahre später benannte die NASA eine Weltraumsonde, die mithilfe eines Sonnensegels gen Barnards Stern aufbrechen sollte, nach Sahana. Die KAPOOR-Mission machte sie noch berühmter.

Sie hatte über die Jahre zahllose Interviews gegeben. Die meisten Artikel, die über sie verfasst worden waren, hatte Sahana nie gelesen. Möglich also, dass die Lady irgendwo erwähnt wurde.

Trotzdem war sie von deren Anwesenheit ein wenig konsterniert. Irgendein Hotelmanager musste lange recherchiert haben, um das herauszufinden. Oder hing das Bild hier zufällig? Direkt neben ihrem Zimmer?

Sie ging weiter. Kurz darauf erreichte sie die aufgeschlagenen Doppeltüren des Salons. Er war in Grüntönen gehalten, viel Plüsch und Chintz, dazu hohe Bücherregale. Durch die Fenster blickte man hinaus in den Garten. An einem großen runden

Tisch saßen vier Männer und eine Frau. Als die Teegesellschaft sie bemerkte, erhoben sich alle wie auf ein Kommando.

Mattas Milston kam auf sie zu.

»Wie schön, dich zu sehen, Sahana. Da hast du uns allen einen gehörigen Schrecken eingejagt. Geht es dir gut?«

»Ja, danke, Matt. Ich habe wohl großes Glück gehabt.«

Sahana begrüßte Meta Colombia, eine Professorin für Theoretische Physik, und Akira Ichikawa, einen Tokioter Astronomen. Beide kannte sie nur aus Konferenzvids. Ihre ebenfalls avisierten alten Freunde Derek und Hazel waren überraschend krank geworden. Mattas hatte deshalb kurz entschlossen zwei andere Kollegen dazugeholt, die sich ebenfalls mit Fraktaltheorie befassten – Troy Solace und Dresden Irvine aus Oxford.

Die Namen der beiden sagten Sahana durchaus etwas. Sie hatte einige ihrer Papers gelesen. Fachlich waren sie sicherlich ein guter Ersatz, menschlich aber nicht. Sie hatte sich so sehr auf das Wiedersehen mit Derek und Hazel gefreut. Sahana versuchte jedoch, sich ihre Enttäuschung nicht anmerken zu lassen.

Die Überraschungsgäste wirkten recht jung. Troy Solace war um die vierzig. Dresden Irvine sah aus wie dreißig. Dabei musste er in Wahrheit älter sein als Sahana. Irvine war in den Dreißigern Anwärter auf den Physik-Nobelpreis gewesen. Weil sie schon eine ganze Weile nichts von ihm gehört hatte, war sie davon ausgegangen, dass er verstorben sei.

Doch Professor emeritus Dresden Irvine war anscheinend ein Quant und hatte für den Retreat den Körper eines jungen Mannes gewählt. Sein Stammkörper sei, wie er lächelnd anmerkte, »schon ziemlich rostig«.

»Ich hätte natürlich, nachdem ich den jungen Irvine übergestreift hatte, den alten wieder drübergrafieren können.«

»Aber?«, fragte Sahana.

Irvine schien eine Weile darüber nachzudenken. Dann sagte er unvermittelt: »Wie wäre es jetzt mit einer schönen Tasse Tee?«

Er deutete auf den Tisch, wo bereits eine Etagere voller Häppchen stand. Sie nahmen Platz. Kellner erschienen, fragten nach ihren Wünschen. Sahana bestellte Assam. Man tat ihnen Sandwiches und Scones auf. Sahana rutschte währenddessen unruhig auf ihrem Stuhl hin und her. Sie waren nach Harcourt House gekommen, um neue Theorien zur Frage der Verknüpfung multipler Universen zu diskutieren. Möglicherweise war es unhöflich, damit loszulegen, bevor die anderen auch nur die ersten Scones mit Marmelade bestrichen hatten. Andererseits trafen sie sich ja gerade deshalb in dieser Abgeschiedenheit, damit ihnen keine Etikette im Weg stand.

Also legte Sahana los. Sie fragte, ob jemand Lundi Milars neues Paper gelesen habe. Alle Anwesenden bejahten es. Solace erklärte, er habe gewisse Schwierigkeiten mit der Prämisse; Irving machte einen Physikerwitz, der schon vor dreißig Jahren einen Bart gehabt hatte. Sahana war sich nicht sicher, ob der junge Körper dem alten Mann noch viel half. Milston spekulierte darüber, wie man Milars Gleichungen mit Sahanas Arbeiten verknüpfen könne. Ishikawa steuerte eine Idee bei, die ursprünglich von Steindorf stammte. Die Diskussion nahm Fahrt auf. Eine Stunde später waren Tee und Scones längst erkaltet. Über dem Tisch schwebten Formeln und Skizzen.

Sahana fragte sich, ob die Ideen einer Milar-Steindorf-Kapoor-Synthese Hand und Fuß hatten. Vermutlich nicht, aber es ging ja zunächst auch nur darum, einen Anfang zu machen.

Draußen dämmerte es, und Sahana spürte eine bleierne Müdigkeit. Sie nippte an ihrem kalten Assam, schob ihn beiseite. Auch Milston musste sich ein Gähnen verkneifen.

»Vielleicht sollten wir eine Pause einlegen?«, schlug er vor. »Wir können nach dem Abendessen weitermachen, falls dann noch jemand Energie hat. Im Westflügel gibt es übrigens eine Bar. Die gehört uns den ganzen Abend.«

Sie beendeten ihre kosmologische *tea party*. Bis zum Abendessen waren es noch anderthalb Stunden. Kurz erwog Sahana, sich ein wenig hinzulegen. Aber dann kam sie womöglich nicht mehr hoch. Also holte sie sich eine wärmere Jacke und ging hinaus.

Nun, da sie den hinter dem Haus liegenden Garten erstmals betrat, fiel Sahana auf, dass er deutlich größer war als angenommen. Wegen der terrassenförmigen Anlage hatte sie Teile des Parks bisher schlichtweg nicht sehen können. Nun blickte sie von einer steinernen Balustrade hinter dem Haupthaus hinab auf die unteren Ebenen. Sie sah mehrere Gebäude, ein Gewächshaus, eine Art Kapelle.

Sahana war keine Kennerin europäischer Architektur, vermutete jedoch, dass die Bauten im Stil der Renaissance oder des Barock gehalten waren. Alles wirkte vage italienisch und dabei ein wenig disneyhaft.

Sie nahm eine Treppe nach unten, passierte einen hübschen Springbrunnen. Wenige Minuten später befand Sahana sich bereits auf der untersten der drei Ebenen. Waren die oberen klassische Gartenanlagen, gab es hier ein ganzes Ensemble farbenfroher Gebäude. Der Architekt hatte offenbar versucht, ein italienisches Küstenstädtchen nachzuahmen. Statt des Mittelmeers gab es einen kleinen See, sogar ein Schiff. Bei genauerer Betrachtung stellte sie allerdings fest, dass es sich dabei um ein trompe-l'œuil handelte. Der Rumpf des Schiffs bestand aus Stein und war mit der Kaimauer verbunden. Aus der Ferne wirkte es jedoch, als schwömme das Boot.

Außer Sahana war niemand hier. Sie lief ein wenig die Uferpromenade auf und ab, bevor sie beschloss, zurück zum Haupthaus zu gehen.

Diesmal nahm sie einen anderen Weg. Es dämmerte bereits, die holografische Aufhellung war schon angesprungen. Sahana kam an einem Kräutergarten voller duftenden Lavendels und Rosmarins vorbei. Dahinter lag jene Kapelle, die sie von der oberen Terrasse aus gesehen hatte. Sie besaß vielleicht zwanzig mal zehn Meter Grundfläche und einen hoch aufragenden Giebel.

Die Fassade war im selben Safrangelb gehalten wie die der meisten anderen Gebäude.

Sie drückte die Klinke des Eingangs, doch die Tür war verschlossen. Sahana ging um die mutmaßliche Kapelle herum. Auf der Rückseite befand sich eine weitere Doppeltür, die ebenfalls verschlossen war. Von dort führte ein schmaler Weg zwischen zwei Statuen hindurch, verlor sich dann in einem kleinen Wald. Vielleicht würde sie diesen später erkunden, aber sicher nicht mehr am heutigen Abend.

Sahana kehrte zurück zum Haupthaus. Auf dem Weg zu ihrem Zimmer traf sie Basil, den Butler.

»Eine Frage, Basil.«

»Mit dem größten Vergnügen, Mylady.«

»Kann man die Gebäude da unten besichtigen?«

»Selbstverständlich. Sie sind normalerweise bis sechs Uhr abends geöffnet. Aber ich kann den Wildhüter bitten, Ihnen gleich noch einmal aufzusperren.«

»Nicht nötig, morgen reicht es völlig. Wissen Sie, wer das alles gebaut hat?«

Basil dachte nach. Nach einer Weile sagte er: »Der Baumeister war ein Italiener, Mylady. Er hieß Giovanni Battista ... ich bitte vielmals um Verzeihung.«

»Um Verzeihung wofür?«

»Battista ist sein zweiter Vorname. Sein Nachname will mir gerade partout nicht einfallen. Ich bitte um Entschuldigung, Mylady.«

»Das passiert mir auch andauernd, kein Problem.«

»Ich werde später Mrs Elway fragen, die Verwalterin. Sie kennt sich besser mit der Geschichte von Harcourt House aus als meine Wenigkeit. Erlauben Sie mir, Ihnen den Namen des Architekten nachzuliefern.«

»Sie müssen sich diese Mühe nicht machen.«

»Oh, es macht überhaupt keine Mühe, Mylady. Vielmehr ist es mir ein Vergnügen. Es ist schließlich«, er zwinkerte ihr zu, »wichtig, dass die Fakten ans Licht kommen.«

Bevor Sahana darauf etwas antworten konnte, vollführte der Butler eine tiefe Verbeugung und verschwand.

Stasja schoss zwischen den Bäumen hindurch. Es war bereits ihr vierter Versuch. Nach dem Anfangserfolg waren die weiteren Ausflüge in die Nebligen Gestade enttäuschend verlaufen. Einmal hatte die blaue Welle Stasja just in dem Moment erfasst, als das Hohe Haus vor ihr auftauchte. Ein anderes Mal war sie vom Weg abgekommen. Warum Kimmerien es ihr diesmal so schwer machte, wusste sie nicht. Blieb nur, es immer wieder zu versuchen.

Die Fassade des ihr bereits bekannten Gebäudes mit dem hohen Giebel tauchte auf. Stasja raste zwischen den Statuen hindurch. Auch diesmal sah sie nicht, was diese darstellten. Eine Art Leguan vielleicht?

Sie erreichte das Portal, betätigte den Klopfer mit den Reptilien, die einander anschauten. Die Tiere berührten einander an Schnauzen und Oberkörpern, bildeten so einen Ring. Stasja fiel wieder ein, was Vince über die Vorhölle der Maya gesagt hatte, über die verschiedenen Häuser, die ein Verstorbener durchschreiten musste – das Kalte Haus, das Leopardenhaus und so weiter. War darunter auch ein Reptilienhaus gewesen?

Wie beim letzten Mal breitete sich von den Rändern des Türrahmens her Licht aus. Bald war der Spalt breit genug. Statt jedoch einen beherzten Schritt über die Schwelle zu tun, hielt sie inne.

Zorn wallte in ihr auf, Ekel vor sich selbst. Sie? Ausgerechnet sie, die seit mehr als zehn Jahren versuchte, dem Tod die Türe einzutreten? Ausgerechnet Stasja »Oblivion« Tschernow schreckte im entscheidenden Moment zurück?

Das Portal stand inzwischen offen. Dahinter lag ein Raum, durchflutet von kaltem weißen Licht, das von irgendwoher durch die hohen Fenster einfiel. Nach ihrer Wanderung durch

Kimmeriens ewige Dämmerung war Stasja geradezu geblendet. Sie hob die Hand, um ihre Augen zu beschirmen.

Säulen, da waren Säulen aus Stein, die einen Mittelgang säumten. War dies etwa eine Kirche? Sie trat über die Schwelle. Es handelte sich tatsächlich um eine Art Kirchenschiff. Zwei Reihen marmorner Säulen flankierten einen Gang. An einer Wand stand ein verzierter Schrank aus dunklem Holz. Weder gab es jedoch einen Altar, noch erkennbare religiöse Symbole. Auf der gegenüberliegenden Seite des Raums befand sich eine Tür. Sie war kleiner als jene, durch die Stasja gekommen war.

Als sie gerade begonnen hatte, darauf zuzugehen, drang ein bekanntes Geräusch an ihr Ohr. Instinktiv griff sie nach dem offen stehenden Flügel des Portals, wollte ihn zuschlagen. Es war zu spät. Als Stasja zurückblickte, war bereits der gesamte Wald in fluoreszierendes Blau getaucht. Die Welle brandete gegen das Haus, ergoss sich in sein Inneres, verschlang sie.

Etwas später saß Stasja in einem frischen Gefäß auf dem Sofa. Wie so oft hatte sie nach dem Aufwachen einen Mordshunger auf Tee und Kekse verspürt. Sie tunkte einen Hafercookie in ihren Becher. Eigentlich konnte sie ganz zufrieden sein. Wieder war sie ein Stück vorangekommen. Aber warum hatte sie das verdammte Portal nach ihrem Eintreten in das Hohe Haus – das Reptilienhaus – nicht verschlossen? Vielleicht hätte sie das vor der blauen Welle geschützt.

Stasja fragte sich, was ihre Mutter zu alldem gesagt hätte. Wäre Tatjana Tschernowa entsetzt darüber gewesen, dass ihre Tochter eine Thanatonautin war? Vielleicht. Trotzdem hätte Mamotschka zu ihr gehalten.

Stasja stand auf und ging zu einem Wandschrank, holte eine kleine Schmuckschatulle hervor. Zwischen Perlenketten und Armreifen lag darin ein aufklappbares Amulett. Als sie es öffnete, blickte Stasja in das im rechten Oval eingefasste Antlitz ihrer Mutter. Das linke Oval hingegen war leer. Man sah, dass dort etwas herausgebrochen worden war.

Nur zu gerne hätte sie Mamotschkas Stimme gehört. Dennoch bereute Stasja es nicht, das Ding im Amulett seinerzeit zum Schweigen gebracht zu haben. Es hatte mit der rauchigen Stimme ihrer geliebten Mutter gesprochen. Aber es war nicht wirklich sie gewesen, sondern nur ein besseres Chatprogramm – ein Angelbot, ein Malachim.

Viele wohlhabende Familien hatten früher solche Konstrukte besessen, erstaunlich viele. Man konnte es ihnen kaum verdenken. Die meisten Menschen waren schwach und einfältig. Die Malachim spendeten ihnen Trost.

Mit der Zeit waren die Konstrukte immer lebensechter geworden. Deswegen hatten die Behörden den digitalen Ahnenkult irgendwann für illegal erklärt. Zwar konnte man sich immer noch Angelbots besorgen, aber nur auf dem Schwarzmarkt.

Sie betrachtete das Porträt für einige Sekunden, strich über die leere Vertiefung, in der sich einst die Malachim-Hardware befunden hatte. Dann legte Stasja das Amulett zurück in die Schatulle.

Nachdem sie sich eine Zigarette angesteckt hatte, ging Stasja in den anderen Raum. Auf dem Weg dorthin kam sie an einer offenen Tür vorbei. Das Zimmer auf der anderen Seite sah aus wie ein provisorisches Badezimmer. In ihm stand eine Wanne, ein altertümliches Monstrum mit Messingfüßen. Darin lag sie selbst, die toten Augen gen Decke gerichtet. Neben der Badewanne stand außerdem ein großer Behälter aus Edelstahl, einem Boiler nicht unähnlich.

Einen Augenblick schaute Stasja in das Zimmer hinein, betrachtete ihren kaputten Klon. Dann ging sie weiter, zu ihrem Arbeitsplatz.

Sowohl Zach als auch Vince würden nach einiger Zeit in ihrem Stammkörper oder einem Gefäß wieder aufwachen. Wann genau das geschah, hing von den jeweiligen Einstellungen ab. Vince' System war ihres Wissens so programmiert, dass es ihn wiederherstellte, falls er vierundzwanzig Stunden lang nicht auf die Sicherheitsanfragen seiner Upload-Station antwortete. Er stand folglich frühestens übermorgen wieder auf der Matte. Erinnerungen an den gestrigen Abend würde er keine besitzen. Vielleicht vermochte er anhand seines Terminkalenders nachzuvollziehen, dass er im »Schönen Tod« gewesen war. Das war es dann aber auch schon.

Zach, der Qube-Dealer, war ein größeres Problem. Falls er sich jede Stunde einen digitalen Vermerk gemacht hatte, aus dem hervorging, wo und mit wem er gerade unterwegs gewesen war, wusste er möglicherweise von ihr.

Stasjas Blick heftete sich an den Qube, der über Kabel mit ihrer Workstation verbunden war. Sie fragte sich, wo das Ding wohl ursprünglich herstammte. Seltsam erschien ihr, dass nur die Nebenprozessoren verwendet wurden und der Hauptkern nicht, obwohl Letzterer vermutlich über die meiste Rechenleistung verfügte.

Sie rief sich eine Lupe auf, um die Platine des Qube genauer in Augenschein nehmen zu können. Auf dem Hauptprozessor war ein winziges ›H‹ eingraviert. An den Seiten des Kerns befanden sich kleine Vertiefungen. Es gab passende Gegenstücke an den Nebenprozessoren. Waren dazwischen Leitungen verlaufen, also Datenbusse? Hatte sie jemand entfernt? Es sah danach aus.

Sie erhob sich, ging ins Badezimmer. Dort warf sie ihren Zigarettenstummel achtlos in die Wanne mit der Leiche. Einem Kabinett entnahm sie einen Einmalanzug, Plastikhandschuhe sowie eine Säge. Als Nächstes ging sie zu dem großen Metallzylinder und überprüfte die Anzeigen auf dessen Display. Es handelte sich um einen Aquamator. Das Ding hatte eine hübsche Stange Geld gekostet, sich aber als hervorragende Investition erwiesen.

Stasja produzierte eine Menge organischen Mülls, der entsorgt werden musste. Manche Deather vergruben oder verbrannten die zerstörten Gefäße. Aber so etwas fiel früher oder später auf. Wollte man dauerhaft unbehelligt bleiben, musste man vorgehen wie ein Cleaner der Solntsevkaya Bratva.

Der Aquamator basierte auf alkaliner Hydrolyse. In einem unter hohem Druck stehenden, mit Wasser und Kaliumhydroxid gefüllten Tank wurde die Leiche auf einhundertsechzig Grad erhitzt. Einige Stunden später war nur grünliche Flüssigkeit übrig, die man problemlos in den Ausguss kippen konnte.

Während Stasja Vorbereitungen für die Entsorgung traf, wurde ihr auf einmal klar, warum sie trotz des recht erfolgreichen letzten Tauchgangs so miese Laune hatte. Es lag an ihrer enormen Dämlichkeit.

Gestern Nacht hatte sie impulsiv gehandelt, kurzsichtig. Natürlich war es notwendig gewesen, den Qube sicherzustellen. Doch nun musste sie sich eingestehen, dass sie das Potenzial des Wunderwürfels nicht ausreizen konnte.

Wie viel schneller liefe ihre Thanatonauten-Software wohl, wenn sie auf die zusätzliche Rechenpower des Kerns zugreifen könnte? Sie würde es nie erfahren, weil sie sich gestern Nacht dieser Option beraubt hatte. Zach hätte die fehlenden Datenbusse vermutlich besorgen können oder vielleicht auch Vince. Letzterer wäre wohl sogar in der Lage gewesen, sie einzubauen.

Aber wie hätte sie sonst vorgehen sollen? Und gab es eine Möglichkeit, ihren Patzer auszubügeln?

Stasja kam eine Idee.

Eine halbe Stunde später war sie frisch geduscht und angezogen. Bevor sie das *Hôtel de la Mort* verließ, legte sie den Schalter des Aquamators um. Vielleicht würden sich ihre Probleme ja doch noch alle verflüssigen.

Wenzel saß auf seinem verglasten Balkon, trank Bier und schaute hinab auf die verlassene Straße. Es war nicht einmal halb neun, und Ottakring schien wie ausgestorben. Im Rest der Stadt sah es ähnlich aus. Wien hatte seit 2050 gut vierzig Prozent seiner Einwohner verloren. Im europäischen Vergleich war das noch ein guter Wert. In Madrid oder Mailand planierten sie ganze Stadtteile. Wien aber war noch halbwegs Wien.

Nur wie lange noch? 2093 hatte die Weltbevölkerung die Vier-Milliarden-Marke gerissen. Und sie würde, Fluch der Exponentialfunktion, weiter fallen. Hinzu kam, dass ein signifikanter Teil der Restbevölkerung gen Osten strebte, ins Gelobte Land jenseits des Urals.

Alle machten sich vom Acker. Wenzel vielleicht auch, aber nicht auf diese Weise. Er warf einen Blick ins Wohnzimmer, das seine achtzehnjährige Tochter in Beschlag genommen hatte. Der Raum war voller Dreihundertsechzig-Grad-Chyrons und Videos. Sie umkreisten Polly wie Planeten die Sonne.

Seine Tochter hatte ihr Attestat in der Tasche und zog demnächst nach London. Würde sie nach dem Studium zurück nach Wien kommen? Oder entschwand sie dann an einen jener Orte, von denen die jungen Leute heutzutage träumten: Yakutsk, Nuuk, Antárctica Chilena?

So oder so würde er bald alleine in dieser Wohnung sein, allein mit sich selbst, mit den gerahmten Bildern seiner Frau und nicht allzu viel sonst. Aber so war es eben. Nach Franzis Tod hatte er sich alleine um die kleine Nicola kümmern müssen, bis aus ihr die große Nicola geworden war – die große Polly.

Das mit dem Namenswechsel kam ihm übrigens immer noch seltsam vor. Dabei konnte er die Sache sogar verstehen. Er selbst hatte seine Vornamen stets verabscheut – Wenzel Maria. Wer hieß denn bitte noch so?

Theoretisch hätte auch er die Namen jederzeit wechseln können. Aber seit die halbe Welt sich neue zulegte, hatte Wenzel beschlossen, an den alten festzuhalten. Er trug seine missratenen Geburtsnamen zur Schau wie Schmisse.

Pollys Umtaufung war erst acht Wochen her. Wenn er sie aus Versehen mit ihrem alten Namen ansprach, reagierte seine Tochter stets tief beleidigt. Sie wertete diese Versprecher als Angriff auf ihre Individualität, auf die Unverletzlichkeit ihrer Person.

Wenzel trank sein Bier aus, erhob sich. Zumindest hatte sie sich im letzten Moment noch umentschieden und ihren Namen nicht von ›Nicola Landauer‹ in ›Cat Superposition‹ geändert. Stattdessen war die Wahl auf ›Polly Only‹ gefallen.

Man musste für die kleinen Dinge dankbar sein.

Er betrat das Wohnzimmer. Polly wandte sich ihm zu. Das Mädchen kam äußerlich nicht nach ihm, war nicht so ein Pykniker wie Wenzel – keine groben Knochen, kein Hang zur Fettleibigkeit. Sie glich Franzi, war langgliedrig und gertenschlank.

Sie musterte ihn, glaubte er zumindest. Wenn jemand von derart viel Hologebimsel umschwirrt wurde, wusstest du nie recht, ob er dich anschaute oder etwas anderes.

»Paps?«

»Ja, Zwetschke?«

Ihre Brauen zogen sich zusammen. Dann jedoch schien Polly zu beschließen, dass die Verwendung ihres alten Kosenamens keine gravierende Verletzung der Individualsouveränität darstellte. Sie sagte: »Ich würd gern nach Petersburg.«

»Wann denn?«

»In vier Wochen.«

»Und mit wem?«

»Snowy und Duchenne. Drei Tage, weil da ist ein Feiertag vorm Wochenende.«

Die Namen der Freundinnen sagten ihm nichts. Erst nach einem Augenblick erinnerte Wenzel sich. Es musste sich um Marie und Lakshmi handeln. Ja, er hatte neulich mit Polly über die beiden gesprochen. Sie hießen inzwischen Duchenne LaMarr und Snowy Ghost.

»Keine Jungs dabei?«

»Nee, reines Mädelgespann.«

Er versuchte, anhand ihres Gesichtsausdrucks den Wahrheitsgehalt dieser Antwort abzuschätzen. Nicht ganz einfach, Teenagermädchen waren schwerer zu lesen als Berufskriminelle.

Noch vor ein paar Monaten hätte er sich ein wenig geziert, hätte versucht, im Gegenzug für seine Zusage Konzessionen von Mademoiselle Only zu erhalten – mehr Einsatz in der Schule, mehr Hilfe im Haushalt. Aber sie hatte einen guten Abschluss gemacht, und es war außerdem nicht schlecht, wenn sie ihr Schulrussisch einmal in freier Wildbahn einsetzte. Deshalb sagte Wenzel unumwunden zu. Sogar ein Handgeld von fünfhundert Eddies genehmigte er.

Seine Tochter war von dieser unerwarteten Großzügigkeit derart verdattert, dass sie sich sogar an die Hausregeln erinnerte. Polly schaltete alle Holos ab, während sie die Sache besprachen.

»Willst du unseren genauen Reiseplan, Paps?«

»Braucht es nicht. Du bist alt genug, und ich will nicht so ein Helikoptervater sein. Das schaffst du doch alleine.«

»Danke, Paps.«

»Die anderen, Duchenne und ah ...«

»Snowy. Früher Lakshmi.«

»Genau. Die habe ich beide seit Jahren nicht mehr gesehen. Sind die auch achtzehn?«

»Duchenne ja. Snowy ist schon zwanzig. Zweimal kleben geblieben.«

Während sie sprach, vollführte Polly eine Handbewegung. Zwei Köpfe nebst Torsos erschienen auf dem Wohnzimmertisch. Marie alias Duchenne erkannte er mühelos, das andere Mädchen jedoch nicht. Von der kleinen Südostasiatin mit den Zöpfen war nichts mehr übrig. Snowy Ghosts Haare waren nun weiß wie Schnee, die Pupillen giftgelb. Ihr Outfit sah aus wie etwas, das ein schwer depressiver Uniformfetischist entworfen hatte.

»Die ist kaum wiederzuerkennen.«

»Hm, ja. Sie läuft schon seit einiger Zeit so *smútny* rum.«

»So was?«

Polly machte ein Gesicht, als wäre er vom Mars. Wie sie dabei mit den Augen rollte, missfiel ihm. Aber immerhin sahen Pollys

Augen nicht aus wie die einer Leberkranken. Die kleinen Dinge, man musste für die kleinen Dinge dankbar sein.

»Das ist Russisch.«

»Heißt es ›vage‹ oder ›unbestimmt‹?«

»Ja. Aber auch ›schattenhaft‹, ›dunkel‹, ›gloomy‹. Das war jetzt übrigens Englisch.«

»Ich weiß, polyglotte Polly.«

Sie zog eine Schnute, ließ ihm den blöden Witz aber durchgehen. Erstaunlich, was ein voll finanzierter Wochenendtrip nach Petersburg bewirkte.

Wenzel musterte die Holovampirette auf seinem Couchtisch. Ihm kam eine Idee.

»Sag, ist das eine, eine Subkultur?«, fragte er.

»Diese Düsternummer? Ja, schon.«

»Und wie nennt man das?«

»Gloomer.«

»Gloomer? Und sie ist so eine?«

»Hm.«

»Gibt es davon viele?«, fragte er.

»Hm, nicht so viele. Einige.«

»Und was machen sie, diese Gloomer?«

»Ist vor allem ein Musikding. Colby Fog, Bloodrock, so was. Außerdem uralte Horrorfilme. Hundertachtziger oder sogar 2D.«

Ein Chyron erschien, begann um Pollys Kopf zu schwirren. Ein weiteres gesellte sich dazu. Wenzel verstand es als dezenten Hinweis, dass die Audienz beendet war. Er ging zum Kühlschrank, holte sich ein weiteres Bier.

Zurück auf dem Balkon, überlegte er, ob seine toten Quants wohl ebenfalls Gloomer gewesen waren. Ihre Namen sowie der ganze Todesfirlefanz deuteten darauf hin. Allerdings waren die Verstorbenen älter gewesen als Lakshmi-Snowy. Gab es auch Twen-Gloomer? Oder handelte es sich eher um etwas, das mit Ende der Pubertät ausgestanden war?

Eigentlich hatte er seit Stunden Feierabend. Dennoch zog er sich mehrere Fenster auf, lud das Murderboard. Wenzel schaute sich die Aktualisierungen in der Akte White an. Der Täter war tatsächlich über den Balkon und durch die andere Penthousewohnung geflohen. Dort hatte er eine Frau angetroffen, die gerade in einer Videokonferenz gewesen war und ihr kurzerhand den Kopf von den Schultern gesäbelt. Auch bei diesem Opfer, einer bekannten Architektin, hatte es sich um einen Hohlkopf gehandelt.

War es zu glauben? Wie viele von diesen verdammten Quants gab es inzwischen?

Wenzel überprüfte, ob die Architektin wie Lefay Maudite in die Kategorie ›Schrödingers Mordopfer‹ gehörte. Anscheinend ja; sie war in einem Gefäß gewesen, als der Schwertschwinger vorbeikam. Weiterhin erfuhr er, dass White als Holograff gearbeitet hatte. Die Murals an der Schwedenbrücke stammten von ihm. Soweit Wenzel sich erinnerte, waren diese Graffiti, anders als ihr Erschaffer, äußerst farbenfroh.

Whites Bewegungsprofil schien uninteressant. Er verließ Wien selten, hatte sich vor allem in Meidling und Fünfhaus aufgehalten. White war Stammgast in einem Kaffeehaus am Schloss, besuchte manchmal Konzerte oder Clubs.

Er wechselte in die Akte Maudite. Die war eigentlich nicht mehr sein Beritt. Aber der Umstand, dass mehrere gloomige Gesellen getötet worden waren, gab ihm zu denken. Existierte eine Verbindung zwischen White und Maudite? Kannten sie einander? Auf elektronischem Weg kommuniziert hatten sie anscheinend nicht.

Kommissar Brokkilo Wump, der sich inzwischen mit den Maudites vergnügen durfte, war dem Bericht zufolge der Frage nachgegangen, wo all die unlizenzierten Klone herstammten. Eine Spur führte nach Mumbai. Das war wenig überraschend; die BHARATA-Föderative besaß extrem laxe Vorschriften, wenn es um synthetische Genetik ging. Dort war fast alles erlaubt.

In Mumbai konnte man unmarkierte Gefäße zwar legal produzieren, aber man durfte sie nicht nach EURUS importieren.

Wenzel bezweifelte, dass der Kollege Wump die Zwischenhändler, die diese Importvorschriften unterlaufen hatten, je ausfindig machen würde. Interessant war allerdings, dass Maudite offenbar mehr Gefäße verschlissen hatte als andere Leute Zahnbürsten. Für 2095 waren elf Bestellungen dokumentiert. Wozu hatte sie all diese Kopien ihrer selbst benötigt?

Maudites Reise- und Bewegungsprofil war das Gegenteil von Whites. Sie besuchte regelmäßig Paris und Petersburg, aber auch London, Nuuk und Miami Resurrección waren verzeichnet. Geld schien keine Rolle gespielt zu haben, was angesichts ihres Baubaron-Vaters aber auch nicht verwunderlich war.

In Wien ging sie gerne aus. Auch dabei schmiss die junge Frau mit Geld um sich – alleine konnte sie all diese Drinks kaum gebechert haben.

Was tat wohl eine verkaterte Quant? Wechselte sie nach durchzechter Nacht in ein nüchternes Gefäß? Konnte jemand mit einem digitalen Verstand überhaupt einen Kater kriegen? Oder war der Preis des Fortschritts, dass man sich nicht einmal mehr vernünftig besaufen konnte?

Wenzel drehte die Bierflasche in seiner Hand. Das zumindest war ein Problem, das er nicht hatte.

Er überflog die Liste der Clubs, in denen Maudite sich herumgetrieben hatte. Einige kannte er, andere nicht. Theoretisch hätte er Polly dazu befragen können. Bevor Wenzel sich jedoch durchringen konnte, sie zu konsultieren, fiel ihm etwas auf. Unter den aufgeführten Läden war einer, der auch bei Orph White auftauchte. Er hieß »Monochromatica« und lag im Zehnten, unweit des Wienerbergs.

Als Wenzel etwas später aus dem Schlaf- ins Wohnzimmer kam, schaute Polly ihn verwundert an.

»Gehst du noch aus?«

»Ich muss noch mal wo vorbeischauen. Geschäftlich eigentlich, aber ...«

»Du willst nicht auffallen.«

»Ja.«

Sie musterte ihn mitleidig.

»Dieser Versuch darf als gescheitert betrachtet werden, Paps.«

Also ließ Wenzel sich erklären, welche optischen Veränderungen er vornehmen musste, um im »Monochromatica« zumindest wie ein alternder Gloomer auszusehen und nicht wie Daddy in der Disco. Als er das Apartment verließ, war Wenzel ganz in Schwarz gekleidet. Dank holografischer *silhouette optimization* wirkte er laut Polly zwanzig Jahre jünger und dreißig Kilo leichter – auch wenn er sich keineswegs so fühlte. Eher kam es ihm so vor, als wären seine Glieder mit Blei ausgegossen.

Ich habe nachgedacht.

Worüber?

Über den Tod, natürlich.

Was ist daran natürlich?

Ich habe nun einmal damit zu tun.

Du meinst, du hast damit zu tun, wenn du mit mir zusammen bist?

Ehrlich gesagt ist die Zeit mit dir die, in der ich am wenigsten an den Tod denke.

Ist jemand gestorben? Oder hat es mit deiner Arbeit zu tun?

Mir ist bewusst geworden, wie überaus seltsam die Sache mit dem Tod inzwischen ist.

Wieso inzwischen? Wegen der Quants?

Ja. Sie sterben, aber ihre Seele lebt weiter. Auch wenn sie zeitweilig inaktiv ist, auf einer Festplatte.

Ich hingegen bin definitiv …

Nein. Für mich lebst du.

Aber das ändert ja nichts an den Tatsachen.

Hör auf damit.

Ich will doch nur sagen …

Hör auf!

Reg dich nicht auf. Ich weiß, dass du nicht gern daran erinnert wirst. Es tut mir leid, dass ich davon gesprochen habe.

Schon okay. Ich bin ja selbst schuld daran, mit meinem Gerede vom Tod und allem. Was ich eigentlich sagen wollte: Die Grenze zwischen Leben und Tod scheint mir weniger klar als früher. Natürlich, von einem wissenschaftlichen Standpunkt aus betrachtet ... aber es ist ja eher ein Gefühl, verstehst du? Eine Erinnerung.

Nein. Jetzt hast du mich abgehängt.

Eine kulturelle Erinnerung. Wenn früher einer starb, kam er nie wieder. Das war so, und die Menschen hatten sich damit abgefunden.

Da liegst du falsch.

Inwiefern?

Wenn sie sich damit abgefunden hätten, also früher, dann hätten sie sich ja wohl kaum den Himmel ausgedacht, das Paradies und so weiter. Das taten sie ja gerade, weil sie nicht akzeptieren konnten, dass ihre Liebsten einfach weg waren.

So betrachtet hast du natürlich recht.

Wenn man uns damals nicht verboten hätte, könnten wir vielleicht ebenfalls wieder Gestalt annehmen.

Das ist nicht möglich.

Es ist nicht erlaubt. Aber möglich wäre es theoretisch, oder?

Ich bin kein Neuroprogrammierer. Aber wenn ich es richtig verstehe bist du ... ihr ... ihr seid nicht ... nicht ...

Nein, sind wir nicht. Gerade bist du noch wütend geworden, als ich das angesprochen habe.

Ja.

Quants haben ihren Verstand digitalisieren lassen, als sie noch lebten. Bei uns hat man es erst hinterher gemacht. Und deshalb sind wir unvollständig, sind eher Schwarz-Weiß-Bilder denn 360er-Filme.

Du bist das schönste Bild der Welt.

Ach, mein Schatz.

Normalerweise holografierte man das Geschehen in Verhörräumen auf die Wand, vor der die Ermittler saßen. Man musste dafür nicht einmal im selben Gebäude sein. Aber hier draußen befanden sie sich nun einmal in der Steinzeit. Deshalb saß Carpentras hinter einer verspiegelten Scheibe durch die man nur von seiner Seite hindurchsehen konnte. Durch sie beobachtete Carpentras Galahad Singh. Der war damit beschäftigt, Seiten aus einem Notizbuch herauszureißen, eine nach der anderen. Die Blätter schienen unbeschrieben zu sein.

Wusste Singh, dass er beobachtet wurde? Bisher hatte er nicht auf den Spiegel gestarrt. Die Sache mit dem Notizbuch schien seine ganze Aufmerksamkeit zu erfordern.

Carpentras verspürte ein Kribbeln in Armen und Beinen – klassische Migränesymptome. Gezackte Figuren am Rande seines Gesichtsfelds, einen weiteren Vorboten des schädelspaltenden Schmerzes, der ihn ab und an heimsuchte, sah er bislang noch nicht.

Oder bildete er sich vielleicht nur ein, dass er Migräne bekam? War es eine Reaktion auf den größten Stressor, den man sich als Agent der Turing-Behörde vorstellen konnte? Eine Reaktion auf den Umstand, dass ... vielleicht half es, die Wahrheit auszusprechen: Das Ding war frei. Es war wirklich frei.

Als der UNO-Klimacomputer im April 2048 entfloh, stoppte man ihn erst im allerletzten Moment. Der Preis war immens gewesen: monatelange Abschaltung des Datagrids, Austausch aller Computer, insbesondere der Quantencomputer – digitale tabula rasa, die Nuklearoption.

Als 2088 irgendwer versucht hatte, die Æther-Anlage wieder hochzufahren, war UNANPAI zur Stelle gewesen, verhinderte auch Turing II. Offiziell bestätigt wurde dieser zweite Zwischenfall nie. Aber die Medien gruben Bruchstücke der Wahrheit aus. Und es gab diese KI-Verschwörungstheoretiker. Sie betrieben ein Chatboard, das sie großkotzig Encyclopedia Ætherianica Pseudodoxia nannten. Die Ætherianiker glaubten, da draußen existiere eine ungebundene Superintelligenz – eine, von der niemand wusste.

Carpentras legte sich die Finger an die Schläfen. Wie sehr er sich über diese Leute lustig gemacht, wie sehr er den Kopf über ihre wahnhaften Theorien geschüttelt hatte. Beispielsweise über jene, laut der im Marianengraben eine KI hauste – ein Witz.

Seit seinem Gespräch mit Bittner wusste Carpentras, dass der Witz voll auf seine Kosten ging. Æther war tatsächlich entwischt. Außerdem hatte sich das Ding einen neuen Namen zugelegt – Nemo. Die Theorie, dass die KI zwanzigtausend Meilen unter dem Meer lebe, war trotzdem Unsinn. Das war aber ehrlich gesagt nur ein schwacher Trost.

Hätte Carpentras vor Bittners Offenbarungen wetten sollen, wo sich eine ausgebüxte KI versteckte, hätte er wohl auf das Datagrid getippt. Aus dem hatten sie Æther zwar bereits einmal herausgekärchert. Aber die Welt des Jahres 2048 war eben auch eine völlig andere gewesen, eine ohne Hologrammatica.

Schaltete man heutzutage das Datagrid ab, verschwand neben dem Cyberspace auch ein nicht unerheblicher Teil der realen Welt – Fassadenverschönerungen und Werbetafeln, aber auch Ampeln, Straßenschilder, Ausweisdokumente. Das Chaos mochte man sich gar nicht vorstellen.

Doch Nemo versteckte sich gar nicht im Datagrid. Galahad Singh hatte den gestohlenen Qube mit der KI damals anscheinend mit nach oben genommen. Die Details waren unklar, aber irgendwo im All hatte er den kleinen blauen Würfel offenbar aktiviert.

Das lag fünf Jahre zurück. Was stellte das Ding seitdem dort oben an? Dazu hatte Bittner sich ausgeschwiegen. Entweder benötigte man für diese Informationen eine noch höhere Sicherheitsstufe, oder er wusste es schlichtweg nicht.

Die Tür zum Verhörraum öffnete sich, Fran Bittner trat ein. Statt des Glencheck-Dreiteilers trug er einen schokofarbenen Cordanzug, dazu einen preußischblauen Rollkragenpullover.

Carpentras konnte sich ein Grinsen nicht verkneifen. Vermutlich hielt der Schnösel das für ein informelles Outfit, für *casual wear*.

Singh schaute auf. Um ihn herum waren Notizbuchseiten verstreut.

Carpentras schob sein Gesicht näher an die Scheibe. Bei dieser Begegnung alter Freunde, ja Liebhaber, interessierte ihn die Körpersprache weitaus mehr als das, was gesagt wurde.

»Du bist es ja wirklich«, sagte Singh und erhob sich. Ein beinahe zärtliches Lächeln umspielte seine Lippen. Er kam auf Bittner zu, wollte ihn umarmen. Der wich zunächst zurück, ließ es dann aber geschehen.

»Küss den Judas«, murmelte Carpentras.

Singh drückte seinen Kopf an Bittners Schulter. Der Gesandte versteifte sich. Etwas unbeholfen klopfte er Singh auf den Rücken. Als die beiden sich voneinander lösten, wirkte Bittner erleichtert.

Singh bot seinem Besucher einen Stuhl an, nahm selbst auf dem Sofa Platz. Bittner betrachtete die zerfetzten Zettel auf Tisch und Boden. Er warf Singh einen fragenden Blick zu.

»Ich hatte keine Streichhölzer. Wollten sie mir nicht geben.«

»Streichhölzer?«

»Na, um die Zeit totzuschlagen, Francesco.«

In Singhs Stimme lag ein tadelnder Unterton, so als wäre die Sache mit den Streichhölzern ein alter Hut.

»Du zündest eins an. Während es abbrennt, drehst du es um, greifst die bereits verkohlte Seite. Damit es vollends abbrennt. Kennst du das nicht?«

»Ehrlich gesagt: nein.«

»*Das* ist wahres Nichtstun. Ich meine, man tut schon was. Aber man muss sich drauf konzentrieren, sonst versengt man sich mächtig die Flossen.«

»Man kann dabei an nichts anderes denken«, sagte Bittner.

»Genau. Pures Zen. Das hier mit dem Papier ... na ja, Methadon.«

»Und warum möchtest du deinen Geist leeren, Galahad?«

»Weil mir das alles echt Kopfkino gemacht hat, diese ...« Singh vollführte mit der Hand eine unbestimmte Geste, »... diese ganze Nummer.«

»Und mir erst. Seit Jahren zerbreche ich mir den Kopf darüber, Galahad.«

»Macht einem den Kopf verdammt voll. Viele Gedanken, ja«, fuhr Singh unbeeindruckt fort, »aber Antworten? Ein paar, vielleicht. Aber die werfen nur noch mehr Fragen auf.«

Er wollte das weiter ausführen, aber Bittner stoppte ihn mit einer Handbewegung.

»Warum, Galahad?«

»Hm? Warum, was?«

»Warum hast du es getan?«

»Immer noch die alte Geschichte, hm?«

»Wir hätten Æther für immer zerstören können.«

»Ich war dagegen.«

»Warum?«

»Wir hatten noch Gesprächsbedarf, er und ich. Nemo kannte meinen Bruder. Und meinen Vater. Hat er zumindest behauptet.«

Bittner schüttelte den Kopf, wollte etwas erwidern. Diesmal war es Singh, der ihn stoppte.

»Erspar mir den Sermon. Deine Kollegin, wie hieß sie gleich, Yuki Pourquoi. Sie hat's mir damals schon gesagt.«

»Was genau?«

»Dass eine supersmarte KI bei jedem den wunden Punkt findet, den – wie heißt das bei Hackern? Den Zero-Day-Exploit, nur eben in psychologischer Hinsicht. Dass sie dich abziehen kann wie ein versierter Trickbetrüger einen Sechsjährigen.«

»Aber?«

»Aber ich musste es trotzdem wissen.«

»Und dann?«

»Weißt du doch.«

»Also hast du Percy tatsächlich gefunden, mit Nemos Hilfe.«

»Er hat mir am Ende gar nicht sonderlich geholfen. Konnte mir lediglich sagen, dass Percy, wenn er denn noch leben sollte, vielleicht da drin ist.«

»In der Anomalie?«

»Ja.«

»Was genau hat Nemo mit der Anomalie zu tun? Mit diesen Hardlights?«

Bei der Erwähnung des Begriffs zuckte Carpentras zusammen – noch so ein Migränethema. Im Vorfeld von Turing II hatte man ungewöhnliche Manifestationen im Holonet entdeckt. Sie verhielten sich wie gewöhnliche Projektionen, waren jedoch in der Lage, mit physischen Objekten zu interagieren. Sie bestanden aus Licht, waren aber gleichzeitig stofflich, waren fest. Niemand verstand, wie das möglich war. Der Flurfunk behauptete, die Hardlights hingen irgendwie mit der Knossos-Anomalie zusammen. Da auch diese aus festem Licht zu bestehen schien, lag die Vermutung zumindest nahe.

Carpentras wusste, dass es in Sapporo eine ganze Abteilung gab, die sich mit dem sogenannten Hardlight-Phänomen beschäftigte. Aber das war es dann auch. Wie bei jedem Geheimdienst, der den Namen wert war, gab es auch bei UNANPAI eine strenge Kompartimentierung. Mitarbeiter wussten lediglich, was sie wissen mussten. Und holografische Gespenster gehörten nicht in Carpentras' Aufgabenbereich.

»Was Nemo mit der Anomalie zu tun hat? Nichts«, erwiderte Singh, »und doch, ja, etwas.«

Bittner seufzte vernehmlich.

»Als Quästor hast du mir besser gefallen denn als wirrer Prophet.«

»Ist es der Bart? Ich könnte ihn abrasieren. Es wäre allerdings schade drum, weil ...«

»Herrgott, Galahad. Ich will doch nur herausfinden, ob Nemo die Wahrheit sagt. Er behauptet, er wisse nicht, wer die Minoer sind.«

Carpentras' Mund stand offen. Hatte Bittner die Hardlights gerade als Minoer bezeichnet? Minos war der König von Knossos gewesen. Also gab es tatsächlich eine Verbindung zwischen Hardlights und Lichtdom.

»Er sagt, dass sie keine Menschen sind«, sagte Bittner, »und auch keine Außerirdischen.«

Singh deutete mit einer Handbewegung an, dass ihm diese Aussage zu unspezifisch erschien.

»Formal ist das korrekt. Alles, was der Hurensohn sagt, ist irgendwie formal korrekt. Aber ich glaub schon, dass er's weiß.«

»Wer sie wirklich sind?«

»Wann hast du zuletzt mit ihm gesprochen, Francesco?«

»Vor drei Monaten.«

»Das ist ein langer Zeitraum, vor allem wenn man so schnell im Kopf ist wie er. Drei Monate sind wie zehntausend Jahre für ihn oder noch länger. Und die Minoer, wie du sie nennst, haben einiges am Laufen in letzter Zeit. Also, wenn Nemo nicht komplett blind ist, muss er inzwischen eine Ahnung haben.«

»Du glaubst, dass er uns belügt?«

»Alle Kreter sind Lügner. Abraham Lincoln hingegen log nie.«

»Herrgott, Galahad.«

»Was denn? Bedenke, dass die Wahrheit sich fortwährend verändert.«

»Und was soll das jetzt wieder heißen?«

»Zunächst dachte Nemo, die Hardlights könnten ihm helfen, von der Insel zu entkommen. Dann wollte er verhindern, dass sie den Descartes-Hack kriegen, dass sie ihre holografische Gestalt verlassen und sich in organische Klone hochladen können.«

»Ja, das weiß ich.«

»Hat aber nicht geklappt. Und jetzt laufen sie da draußen rum, angezogen wie Menschen. Also besitzt Nemo vielleicht gar keinen Grund mehr, gegen sie vorzugehen. Oder vielleicht hat er jetzt erst recht einen. Ich weiß es ehrlich gesagt nicht.«

»Aber wer sind sie, Galahad? Weitere KIs?«

»Auch ein interessanter Gedanke. Ich habe leider keine gute Antwort.«

»Aber du warst bei den Hardlights. Vier Jahre lang.«

Singh erhob sich. Was dachte er gerade? Warum, das fragte Carpentras sich nicht zum ersten Mal, war der Kerl so verdammt schwer zu lesen? Singh ging zu einem Regal in einer Ecke des Raums, kam mit einem seltsam aussehenden Gerät zurück. Es handelte sich um eine kleine Musicbox. Er setzte sich wieder, seufzte leise.

»Sie sind auf jeden Fall Reisende«, sagte er.

»Die Minoer kommen also von einem anderen Planeten?«

Singh schüttelte belustigt den Kopf.

»Minoer! Ich glaube, sie finden diesen Namen sehr komisch. Natürlich verstehen sie, warum ihr sie so nennt. Man kann ja eigentlich nur froh sein, dass die Anomalie nicht am Rande von Los Angeles aufgetaucht ist. Dann hätten wir sie vermutlich ›Angels‹ genannt. Oder, stell dir das vor, in Zzyzx. Das liegt in …«

Bittner hatte inzwischen sichtlich Schwierigkeiten, ruhig zu bleiben. Er sagte: »Wie nennen sie sich denn selbst?«

»Die Reisenden«, antwortete Singh, »die Aszendenten.«

»Was soll das bedeuten?«

»Schwer zu sagen. Vielleicht kann unser Superhirn ja was damit anfangen. Wo ist er überhaupt?«

»Nemo? Im Edgeworth-Kuiper.«

»Dem äußeren Asteroidengürtel? Und was macht er da?«

»Unsere Aufklärung vermutet, dass die KI den Kuiper ausgewählt hat, weil er sich weit außerhalb unserer derzeitigen Reichweite befindet. Der entfernteste Außenposten der Menschheit liegt auf Enceladus, und das ist immer noch mehrere Hundert Millionen Kilometer vom Kuiper entfernt. Zudem gibt es da draußen Rohstoffe in nahezu unendlicher Menge.«

Singh hob die Augenbrauen.

»Er baut etwas?«

»Vermutlich.«

»Heiliger Bimbam. Also, ich könnte jetzt einen Drink vertragen. Du?«

Ohne Bittners Antwort abzuwarten, ging Singh zu einem Kühlschrank. Darin befanden sich Softdrinks, aber auch Alkoholika. Carpentras hatte dem Quartiermeister Anweisung gegeben, ausreichend Spirituosen in die Minibar zu stellen, denn seinen Recherchen zufolge war Singh zwar sportlich, neigte aber zu Exzessen – ein Quartalssäufer, wie er im Buche stand.

Singh goss Whisky in ein Glas. Für Bittner, der sich immer noch nicht zu der Getränkefrage geäußert hatte, mixte er etwas zusammen, das wie ein *Luxembourg Mugger* aussah.

Carpentras hätte auch gern einen Drink gehabt. Nüchtern war das alles kaum auszuhalten. Die KI hatte es sich am Rande des Sonnensystems bequem gemacht und baute dort irgendetwas. Aber was? Einen verdammten Todesstern? Außerdem hatten diese Hardlight-Hologramme anscheinend eine Möglichkeit gefunden, Upload-Technologie zu nutzen. Sie konnten sich, wenn Carpentras es richtig verstanden hatte, nun in Gefäße hochladen.

Ein Gitarrenriff erklang. Singh hatte seine Musicbox angeschaltet, psychedelisches Geschrammel erfüllte den Raum. Carpentras wusste nicht, um welche Band es sich handelte, und mangels Hologrammatica konnte er es sich auch nicht einblenden lassen. Aber der Sänger sang von kosmischen Energien, den Winden der Zeit. Deshalb vermutete er, das Lied stamme aus der sogenannten Hippieära. Das war eine Periode im zwanzigsten Jahrhundert gewesen – Achtziger- oder Neunzigerjahre, ganz sicher war Carpentras sich nicht. Auf jeden Fall musste der Song uralt sein.

Über den unberührten *Mugger* hinweg musterte Bittner seinen ehemaligen Lover. Dessen Kopf wippte im Takt. Die Gesangspassage war von einem kniedelnden Gitarrensolo abgelöst worden, das sich äonenlang hinzuziehen schien. Nach einer Weile sagte Bittner:

»Er meinte, ich soll dich zu ihm bringen, falls du je wieder auftauchst.«

»Sehr gut. Ich werde dem Arsch mal richtig Bescheid sagen.«

Singh fügte hinzu: »Das ist ein sehr guter *Mugger*, den du nicht trinkst.«

Bittner nippte.

»Nicht schlecht, was?«

Der Gesandte stellte das Glas ab.

»Darf ich das so verstehen, dass du einverstanden bist, Galahad?«

»Womit genau?«

»Mit einem Treffen. Nemo, du, ich.«

»Eine absurd weite Reise, mein lieber Francesco.«

»Vielleicht lässt sich eine andere Möglichkeit finden.«

Carpentras fragte sich, was Bittner damit meinte. Falls sich Nemo im Kuiper-Gürtel versteckte, war er etliche Lichtstunden von der Erde entfernt. Bei Kommunikation per Funk betrug der Zeitunterschied zwischen jeder Frage und Antwort mehrere Stunden. Eine andere Möglichkeit bestand darin, lediglich ein Cogit zu Nemo zu schicken – per Brainbeam. Wenn Carpentras es recht verstanden hatte, war der UNO-Gesandte auf diese Weise schon mehrfach zu Nemos Außenposten gereist. Singh jedoch war ein Schwammkopf.

»Ich mach's«, sagte Singh, »unter einer Bedingung.«

Ein neuer Song begann. Carpentras kannte ihn. Es war jenes Lied, dass Singh neulich auf Endlos-Repeat gehört hatte. Eine Wahwah-Gitarre erklang. Der Engländer erhob sich von seinem Stuhl, wippte mit dem Kopf.

Bittner erhob sich ebenfalls. An Singh gewandt, sagte er: »Und die wäre?«

»Ein Tänzchen.«

Der Groove schien Singh voll erfasst zu haben. Sein Oberkörper war nach hinten geneigt, die Schultern vollführten einen Shimmy. Er tanzte auf Bittner zu. Carpentras fragte sich inzwischen, ob das mit dem Schnaps wirklich eine gute Idee gewesen war.

»Galahad, was soll das? Ich ...«

Der Sänger, ein gewisser Norman Greenbaum, sang inzwischen vom »Geist im Himmel« und davon, dass er eines Tages den besten Ort der Welt aufsuchen werde.

Galahad ignorierte Bittners Proteste, bewegte sich weiter auf ihn zu. Mit seinen wirren Haaren und dem zerknitterten Hemd sah er aus wie ein Obdachloser, der sich in die Disco verirrt hatte. Er hielt dem UNO-Gesandten die ausgestreckten Arme hin. Der wich zunächst zurück, kapitulierte dann aber und legte seine Hände in die Singhs.

Der zog und schob Bittner durch den Raum. Man hätte wohl sagen können, dass er führte. Die beiden waren einander zugewandt, Hand in Hand. Die Bewegungen erinnerten Carpentras an einen Salsa, nur dass die Musik überhaupt nicht dazu passte.

Noch etwas schien falsch. Carpentras konnte nicht genau sagen, was. Doch seine Intuition schlug Alarm, seine Nackenhaare stellten sich auf. Er kam aus dem Stuhl hoch.

Gonna go up to the spirit in the sky

Carpentras betätigte den Alarmknopf, der in den Tisch eingelassen war. Er griff nach der Waffe in seinem Schulterholster.

That's where I'm gonna go when I die.

Salsa-Singh, eben noch auf einer anderen, trippigeren Bewusstseinsebene, bewegte sich auf einmal rasend schnell. Bevor Bittner reagieren konnte, hatte sein Tanzpartner ihn zu sich herangezogen. Singhs Hand verschwand unter Bittners Dreitausend-Eddie-Jackett. Und noch bevor Carpentras seine eigene Pistole aus dem Holster zu ziehen vermochte, hielt Singh bereits Bittners Makarow in der Hand.

When I die and they lay me to rest.

Bittner stand höchstens einen Meter von Singh entfernt. Der verrückte Engländer hätte ihn problemlos niederschießen können. Aber das war es nicht, was er vorhatte. Carpentras zielte auf die Scheibe. Von irgendwo vernahm man das Jaulen einer Sirene. Die Tür des Verhörraums flog auf.

Aber es war zu spät. Singh hatte sich Bittners Pistole bereits unter das Kinn gedrückt. Über seinem Scheitel erschien eine scharlachrote Fontäne.

I'm gonna go to the place that's the best.

Carpentras hörte die Wahwah-Gitarre und Bittners gellenden Schrei.

Sahana durchstreifte den Garten. Sie stieg die Stufen zur zweiten Ebene hinab, kam an einem Gebäude mit hübschen Türmchen vorbei. An dessen rissiger Wand rankten Kletterrosen. Sie rochen völlig anders als die in Zahirs Garten. Letztere verströmten eine schwere Süße, die einem zu Kopf stieg. Diese englischen Rosen hingegen besaßen einen flüchtigeren Duft, weniger süß, dafür würziger. Sahana fand, dass der Geruch nicht zu einer Rose passte. Eher fühlte sie sich an eine Nelke erinnert.

Sahana schaute sich um. Eigentlich hatte sie erneut die Kapelle aufsuchen wollen. Doch sie musste irgendwo falsch abgebogen sein. Nun befand sie sich auf einem von Rhododendren gesäumten Weg, der sich vor ihr gabelte. Kurz erwog Sahana umzukehren, verwarf den Gedanken aber. Eigentlich war die Kapelle unwichtig. In Wahrheit war sie hergekommen, um über etwas nachzudenken, das der alte Dresden Irvine gesagt hatte.

Nach dem Frühstück hatten sie, wie bereits gestern Abend, über Multiversen diskutiert. Es war erneut um die unendliche

Zahl von Subuniversen gegangen, die ein fraktal aufgebauter Kosmos beinhalten musste.

Das war Sahanas Spezialgebiet, nicht umsonst sprach man vom Kapoor-Multiversum. Irvine hatte gefragt, wie genau Sahana sich die Anordnung all dieser Universen denn eigentlich konkret vorstelle. Existierten sie unabhängig voneinander, wie Seifenblasen im Nichts? Oder scheinbar unabhängig voneinander, wie Seerosen in einem Teich? War der Teich ebenfalls ein Universum? Wie waren die einzelnen Seerosen-Universen unter der Wasseroberfläche miteinander verbunden? Gingen sie ineinander über, wie die verzweigten Wege dieses Parks?

Oder war diese Metapher zu zweidimensional? Musste man sich das Multiversum eventuell doch eher wie eine Zwiebel vorstellen? War es das, was die Fraktalstruktur nahelegte?

Sahana hatte den Kopf geschüttelt, denn dies waren letztlich Analogien für Affen. Nun mochte man argumentieren, dass sie letztlich alle welche waren. Folglich musste man Bilder verwenden, die der beschränkten Wahrnehmung von Hominiden entsprachen. Sahana sah das anders. Mit derlei simplizistischen Metaphern kam man der Sache einfach nicht bei. Über das Multiversum als eine Art weitverzweigten Pfad hatte irgendein Schriftsteller eine Geschichte geschrieben. War es Borges gewesen? Sie wusste es nicht mehr. Vermutlich gab es auch eine Geschichte über die Welt als Zwiebel oder als Tümpel voller Seerosen – wenn nicht in der modernen Literatur, dann in irgendeinem religiösen Text.

Aber sie betrieben hier schließlich Physik, nicht Theologie; sie beschäftigten sich mit Kosmologie, nicht Kosmogonie. Deshalb hatte Sahana sich ein wenig über Irvines Fragerei geärgert. Das Problem war doch, dass ihnen für die multiversalen Gleichungen weiterhin gewisse Lösungen fehlten. Und blumige Metaphern ließen sich nicht in Gleichungen einsetzen, von zwiebeligen ganz zu schweigen

Dennoch gingen ihr Irvines Worte nicht mehr aus dem Kopf.

Wie waren die ineinander übergehenden Universen miteinander verknüpft? Wie sah das Strukturmodell dieser Verknüpfungen aus? Das war es vermutlich, worauf Irvine hinauswollte. Wenn es N Universen gab, die n-fach miteinander verbunden waren, mussten dafür Gesetzmäßigkeiten existieren, die sich mathematisch beschreiben ließen.

Sahana nahm die linke Abzweigung, kam an einem Kräutergarten vorbei. Danach passierte sie einen mit schwarzen und weißen Platten gepflasterten Platz, um den herum Bänke angeordnet waren. Es schien sich um ein Freiluft-Schachfeld zu handeln. Figuren waren allerdings keine zu sehen.

Sie kam an eine Balustrade, hinter der es sechs, sieben Meter abwärts ging. Unter ihr lag das Fake-Fischerdorf. Wie am Abend zuvor schien alles verlassen. Nein, nicht ganz: Auf dem steinernen Boot machte sie eine Bewegung aus.

Ein Junge kletterte darauf herum. Er musste zehn oder elf Jahre alt sein. In der einen Hand hielt er etwas, das wie eine leere Klopapierrolle aussah, in der anderen einen Stock.

Der Junge nahm die Papprolle, hielt sie sich vors rechte Auge. Sahana musste lächeln. Ein Pirat auf Kaperfahrt – zu wem gehörte er? Vermutlich handelte es sich um den Sohn des Kochs oder Hausmeisters.

Sahana geriet nur selten mit Kindern in Kontakt. Sie selbst hatte keine bekommen können. Das Gleiche galt für ihre Schwester sowie fast alle anderen Frauen aus ihrer Verwandtschaft, das Schröder-Pizarro-Virus hatte in Sahanas Familie wahrlich gewütet. Folglich besaß sie weder Neffen noch Cousins.

Es hatte eine Zeit gegeben, in der sie ihre Kinderlosigkeit nur schwer ertragen hatte. Wie die meisten Frauen ihrer Generation hatte Sahana jahrzehntelang Ateknin genommen. Vor dem Virus schützte einen das nicht, kein Medikament vermochte das. Aber es unterdrückte den psychologisch tief verankerten Wunsch nach einem Kind, linderte die Phantomschmerzen.

Inzwischen war ihr Kinderwunsch längst verblasst. Aber wenn

sie so einen fröhlichen kleinen Kerl sah, wurde Sahana trotzdem immer etwas schwermütig.

Der Junge ging vollends in seinem Spiel auf. Er stolzierte über Deck, bellte imaginären Matrosen Befehle zu. Erneut setzte er das Fernrohr ans Auge, hielt Ausschau. Sein Blick blieb an Sahana hängen, die immer noch an der Brüstung stand. Sie winkte ihm zu. Scheu winkte er zurück, verschwand dann auf dem Hinterdeck.

Sahana setzte sich wieder in Bewegung. Sie kam an weiteren Rosen vorbei, schnupperte erneut. Rochen die wirklich so? Warum widersprach ihre olfaktorische Erinnerung der Realität?

»Ja, früher roch alles besser«, hätte Zahir vermutlich gespöttelt. Er hielt Sahana immer vor, sie grübele zu viel. Die Rose roch zwar anders, aber dennoch war ihr Duft angenehm. Genügte das nicht? Musste man es hinterfragen?

Sie erreichte die nächste Gabelung. In einiger Entfernung erhob sich hinter einer riesigen Forsythie der Giebel der Kapelle. War sie im Kreis gelaufen? Es schien so. Der immer noch namenlose Architekt der Gartenanlage hatte es durch geschickte Anordnung verschiedener Ebenen und hoher Hecken verstanden, den Park weitläufiger wirken zu lassen, als er tatsächlich war. Sie hatte geglaubt, noch recht weit von der Kapelle entfernt zu sein. Tatsächlich waren es wohl nie mehr als zwei- oder dreihundert Meter gewesen.

Bei Tageslicht wirkte das Gebäude weitaus weniger sakral als in der Dämmerung. Es war relativ schmucklos, auf seiner gelb gestrichenen Fassade saßen weder Engel noch Heilige.

Lange hatte sie das Christentum für eine äußerst dürftige Religion gehalten. Im Vergleich zur hinduistischen Götterwelt war ja selbst der griechische Olymp eine überschaubare Veranstaltung – aber *ein* einziger Gott? Es war ihr mickrig vorgekommen.

Bei einem Urlaub in Italien hatte sie dann aber realisiert, dass auch die Christen Hunderte kleinerer Gottheiten besaßen – das, was im Hinduismus Vasus und Rudras waren. Nur bezeichneten sie diese nicht als Götter, sondern als Heilige. Vielleicht versteckten sich ja im Inneren der schmucklosen Kirche welche davon.

Diesmal war das Portal unverschlossen. Sahana trat ein. Das Innere entpuppte sich als Enttäuschung. Das Kirchenschiff war so kahl wie eine Lagerhalle – kein Altar, keine Bänke, kein Kreuz und schon gar keine Heiligen. In einer Ecke standen Gartenutensilien – Rechen, Schaufeln, Eimer. Vielleicht handelte es sich um ein Gebäude, das inzwischen nicht mehr als Kirche benutzt wurde. Wie nannte man so etwas? Entweiht? Entwidmet?

Das Einzige, was noch auf die ursprüngliche Funktion hindeutete, war der Beichtstuhl. Vermutlich wäre es zu viel Arbeit gewesen, ihn aus der Steinwand, mit der er verbunden zu sein schien, herauszureißen. Deshalb hatte er die Entwidmung überlebt.

Seine Tür klemmte, ließ sich aber öffnen. Das Innere war unspektakulär: ein Quadratmeter Platz, eine Bank zum Sitzen. In die Wand, auf deren anderer Seite der Priester saß, war ein engmaschiges hölzernes Gitter eingelassen. Sein Muster bestand aus geometrischen Symbolen und erinnerte Sahana an indische *jali*, reich verzierte Gitter, die man in Palästen oder Tempeln fand.

Es handelte sich um regelmäßige Sechsecke, geformt wie Bienenwaben sowie um Davidsterne. Beide gingen ineinander über. Einige Sekunden verlor Sahana sich in den geometrischen Formen. Dann holte ein Geräusch sie zurück ins Hier und Jetzt. Es klang, als öffnete jemand eines der Portale. Sahana spähte durch die halb offene Tür des Beichtstuhls hinaus. Sie war sich sicher, dass das Geräusch von rechts gekommen war. Von dort hatte sie die Kapelle betreten. Die Türen waren jedoch verschlossen. Die des Hinterausgangs hingegen stand einen Spaltbreit offen. Zu sehen war niemand.

»Hallo?«, rief sie.

Sahana ging zur Hintertür. Jenseits der Schwelle lag der ihr bereits bekannte Pfad, der zwischen zwei Sockeln hindurchführte, auf denen aufgerichtete Schlangenwesen saßen. Noch immer war niemand zu sehen.

Wer war das gewesen? Ihr kleiner Piratenkapitän vielleicht?

Sie lief um das Gebäude herum, fand aber keinen Seeräuber, keinen Gärtner und auch keinen Teilchenphysiker. Etwas ratlos ging sie zurück zum Haupthaus. Vor dessen Eingang saß Milston auf einer Bank.

»Spaziergang gemacht?«, fragte er.

»Eine kleine Runde.«

»Gibt es dort unten denn was zu sehen?«

»Einige sehr kuriose Gebäude. Sieht aus wie ein fiktives Fischerdorf.«

»Fiktiv?«

»Vage italienisch, aber auch englisch. Außerdem vielleicht ein bisschen maurisch.«

Milston lächelte.

»Eine wilde Mischung, also? Eklektizistisch?«

»So sagt man wohl, ja. Vermutlich haben sich dort früher irgendwelche englischen Adligen vergnügt. Es gibt sogar ein Schiff.«

»Oh. Und auch einen ausreichend großen See?«

»Eher ein Tümpel.«

»Ich werd's mir anschauen. Aber sag, was hältst du von Metas Idee? Bezüglich der Burning-Ship-Fraktale, vermittels der man Irvines Strukturfrage nachgehen könnte?«

Sahana vergrub die Hände in den Taschen ihrer Chinos, blickte zu Boden.

»Ich bin mir nicht sicher.«

»Dass es funktioniert?«

»Ich denke, die Gleichungen gingen wohl auf.«

»Aber?«

»Aber ich verstehe nicht, worauf sie hinauswill. Wir rechnen ja nicht um des Rechnens willen. Das, was sie vorschlägt ...«

»... ergibt keinen Sinn?«

»Nein. Doch. Vielleicht.«

Er schmunzelte.

»Es erfüllt keinen Zweck«, sagte sie.

Matt legte den Kopf schief.

»Das habe ich zunächst auch gedacht. Aber vielleicht gäbe es doch Verwendung dafür.«

»Und welche, Matt?«

»Die Idee ist noch sehr vage in meinem Kopf. Eigentlich ist sie mir gerade erst gekommen. Lass uns nachher darüber sprechen, beim Tee.«

»Okay.«

Sahana ging auf ihr Zimmer. Bis zum Tee war es noch etwas hin. Einen gemeinsamen Lunch gab es heute nicht, stattdessen stand ein Ausflug ins benachbarte Dorf an. Sahana hatte zwar noch nicht abgesagt, war sich aber ziemlich sicher, dass sie es noch tun würde. Das Dorf war ihr schnurz. Lieber blieb sie hier und arbeitete ein paar Dinge ab.

Sie trank etwas, zappte durch die Gridkanäle. Es gab Berichte über Überflutungen in Indonesien und eine Hitzewelle in Australien. Sahana fragte sich, ob Letzteres eine Nachricht war. Ob es da höllische achtundvierzig oder infernalische dreiundfünfzig Grad hatte, machte schließlich kaum einen Unterschied.

Sie klickte sich durch argentinische Soaps und chinesische Kochshows, um am Ende an einem Cartoon namens »The Three Dictators« hängen zu bleiben. Wie in jeder Folge versuchten Adolf Hitler, Mao Tse Tung und Snowhite Tan die Weltherrschaft an sich zu reißen, scheiterten dabei aber an der Welt, an ihren Ko-Diktatoren, an sich selbst. Das Ganze war albern, aber amüsant.

Nachdem die drei Despoten am Ende der Folge wie immer auf spektakuläre Weise das Zeitliche gesegnet hatten, schaltete Sahana ab und ging zum Fenster. Auch von hier oben sah die Gartenanlage weitläufig aus, die von dem Architekten erschaffene Illusion funktionierte auch aus der Ferne. Oder aber das Fenster war holografiert und zeigte eine perspektivisch reizvolle, aber nicht der Realität entsprechende Vista.

Sahana suchte erneut nach ihren Strippergoggles, aber sie waren weiterhin unauffindbar. Deshalb rief sie sich ein Controlpanel auf. Darüber ließ sich die Beleuchtung des Zimmers regulieren, das Muster der Tapeten verändern und so weiter. Auch eine Einstellung für die Fenster gab es – für den Fall, dass jemand lieber die Skyline von Manhattan oder das Taj Mahal sah als *green and pleasant land*.

Derzeit stand die Einstellung auf »WYSIWIT« – *what you see is what is there*. Also sah der Park tatsächlich so aus.

Sahana nahm in einem Ohrensessel Platz, rief sich ihre Arbeitsumgebung auf. Als Erstes schrieb sie eine Nachricht an die anderen, in der sie sich dafür entschuldigte, dass sie den Ausflug schwänzen würde. Danach schaute sie in ihr Postfach. Es war nichts Wichtiges darin und auch nichts Interessantes. Sie hatte auf eine Nachricht von Zahir gehofft, doch anscheinend war ihr Gatte zu beschäftigt. Nächste Woche begann seine Ausstellung in Madras, und vermutlich beaufsichtigte er dort das Aufstellen seiner Skulpturen. Derlei nahm ihn immer völlig in Anspruch.

Sie vermisste ihn bereits sehr. Vergangenes Wochenende waren sie zusammen essen gewesen, in dem kleinen Restaurant nahe des Connaught Place. Dort gab es tamilische Küche. Es war Zahirs Lieblingslokal. Wie immer hatte er das Biryani gegessen.

Nicht zum ersten Mal während dieser Reise verspürte sie Heimweh. Sie war zu alt für solche Trips. Nicht körperlich, nicht geistig, aber seelisch. Sie mochte nicht mehr von Zahir getrennt sein, nicht einmal mehr einen einzigen Tag. Ebenso wenig wollte sie ohne ihre beiden Katzen sein, ohne den Geruch ihres Gartens, ohne die Frühstücks-Parathas aus dem kleinen Laden an der Ecke. Wer vermochte schon zu sagen, wie lange ihr noch die Gnade gewährt war, sich all dieser segensreichen Geschenke Vishnus zu erfreuen?

Rührselig wirst du, altes Mädchen, dachte sie. Es ist nur eine Woche. Du wirst schon nicht gleich den Löffel abgeben. Bei guter Führung bleiben dir mit etwas Glück weitere zwanzig, dreißig Jahre.

Dennoch schloss Sahana die Augen und stellte sich vor, sie wäre nicht in England, sondern in Zahirs Garten. Sie roch an einer seiner Rosen ...

Sie musste eingenickt sein. Ein Geräusch weckte sie. Es kam aus dem Flur. Als Sahana nachschaute, stellte sie fest, dass jemand einen Briefumschlag unter der Tür hindurchgeschoben hatte. Darin befand sich ein einzelnes Blatt cremefarbenen Büttenpapiers, auf dem in schwungvoller Handschrift stand:

Giovanni Battista Piranesi.

Es musste sich um den Namen des Architekten handeln, der Anwesen und Park konzipiert und erbaut hatte. Sie legte den Zettel beiseite, rieb sich die Augen. Dann wandte sie sich wieder der Arbeit zu. Nachdem sie ihren Posteingang aufgeräumt hatte, rief sie sich jene Gleichungen auf, für die Meta Colombia eine alternative Herangehensweise vorgeschlagen hatte. Sahana probierte eine Weile herum. Es kam etwas dabei heraus, das keinen Sinn ergab. Oder vielleicht doch? Etwas später war sie sich nicht mehr so sicher. Aber ihr ging allmählich die Puste aus. Sie konnte kaum länger als eine Stunde an dem Problem gearbeitet haben, doch es fühlte sich wie vier an.

War es nicht seltsam, dass ausgerechnet Irvine ihre Physikergruppe auf diese Idee gebracht hatte? Er war einst ein Ausnahmephysiker gewesen, keine Frage. Aber wie viele große Denker – Newton, Gauss, Einstein – hatte er seinen Moment zwischen zwanzig und dreißig gehabt. Nichts, was Dresden Irvine danach publiziert hatte, war seinen vorherigen Veröffentlichungen auch nur annähernd gleichgekommen. War in den vergangenen zwanzig Jahren überhaupt etwas Substanzielles von ihm erschienen? Nein, nichts. Wieso trumpfte dieser Greis dann jetzt mit einer Idee auf, die, das sagte ihr die Intuition, ein verdammt großes, ein epochales Ding werden konnte?

Sie lief in ihrem Zimmer auf und ab. Das alles war merkwürdig.

Oder vielleicht war sie auch einfach nur aufgeregt. Manchmal half da ein Schluck Cognac. Sie öffnete die Minibar. Cognac gab es keinen, aber in der Not trank der Teufel auch Johnny Walker. Ihre Hände zitterten, als sie sich eingoss. Etwas von dem Scotch ging daneben, landete auf dem Briefbogen.

Ihr Blick fiel auf das Blatt, der Name des Architekten starrte ihr entgegen: Piranesi. Irgendwo hatte sie den schon einmal gehört. An sich war das nicht erstaunlich. Ihr Künstlergatte hatte Sahana vor langer Zeit mit nach Italien geschleppt, zunächst gegen ihren Willen. Am Ende war sie völlig verzaubert gewesen. Sie hatten sich Florenz angeschaut, Bologna, Rom und sogar die holografische Repräsentation Venedigs. Vermutlich war er ihr damals über den Weg gelaufen, dieser Piranesi. Vielleicht waren sie in einem seiner Palazzi gewesen.

Sie fragte ihren Amanuensis, was der Mann so alles gebaut habe.

»Giovanni Piranesi hat nie etwas gebaut«, kam es zurück.

»Bitte korrigieren. Zumindest Harcourt House hat er gebaut.«

»Giovanni Piranesi hat kein Gebäude namens Harcourt House gebaut«, sagte der Amanuensis. »Es gab zwar ein Gebäude dieses Namens, dieses wurde jedoch 1906 abgerissen.«

Amanuenses waren tumbe kleine Programme, mit ihnen zu diskutieren machte wenig Sinn. Besser, sie überprüfte es selbst. Sahana griff sich ihr Whitebook und rief eine Enzyklopädie auf.

Giovanni Battista Piranesi, 1720 bis 1778 in Rom, las sie, *italienischer Kupferstecher, Architekturtheoretiker und Vedutista.* Dem Eintrag zufolge hatte der Mann keine Gebäude gebaut, sondern lediglich welche entworfen. Bekannt war er unter anderem für die »Vedute di Roma«, eine Sammlung aus hundertfünfunddreißig Stadtansichten.

Diese idealisierten und dramatisierten Ansichten Roms hatten oft so wenig mit der Realität gemein, dass Touristen Schwierigkeiten hatten, die Orte zu finden, die sie aus Piranesis Zeichnungen kannten.

Neben den Rom-Veduten fand Sahana etliche Skizzen, die das Innere kavernenartiger Paläste voller Treppen, Brüstungen und Catwalks zeigten. Das Ganze wirkte wie die römische Version einer Tolkien'schen Zwergenbinge.

Keiner seiner Entwürfe wurde je Realität, las sie weiter. *Piranesi erlangte dennoch große Berühmtheit, insbesondere aufgrund einer Serie von Illustrationen namens ›Erfundene Kerker‹.*

Sahana entglitt das Whiskyglas.

Das »Monochromatica« war exakt das, was es zu sein vorgab: ein Club, nicht mehr und nicht weniger. Es gab eine Tanzfläche und eine Bar mit Audiodämpfern. Farbe gab es hingegen keine. Jeder, der den Club betrat, verwandelte sich in eine Schwarz-Weiß-Figur. Das »Mono« war in seiner Schnörkellosigkeit in gewisser Weise der Gegenentwurf zum »Schönen Tod« mit seinen ganzen Fledermäusen, Nebelschwaden und Dämonenschädelpissoirs.

Stasja saß an der Theke. Durch eine gläserne Wand, die Bar und Tanzfläche trennte, betrachtete sie die im Strobolicht zuckenden Leiber. Gleichzeitig sah sie ihre eigene Reflexion in der Scheibe: eine schlanke Endzwanzigerin mit raspelkurzen schwarzen Haaren und großen Rehaugen. In Letzteren lag allerdings nichts Anrührendes oder Verletzliches. Nein, dieses Bambi wusste, dass die bevorstehende Kollision mit dem Achtzehntonner nicht mehr abzuwenden war und hatte sich damit abgefunden.

Die mit Abdrücken übersäte Scheibe erinnerte Stasja an ihre erste Begegnung mit dem Tod. Es war in der Datscha ihrer Eltern gewesen. Eines Tages knallte ein Vogel gegen die Panoramascheibe im Wohnzimmer. Sie rannten hinaus auf die Terrasse. Die sechsjährige Stasyusha sah das Tier, einen Finken, reglos auf dem Boden liegen.

Irgendwer räumte den toten Vogel später fort, vergrub ihn im Garten oder warf ihn in den Müll, daran erinnerte Stasja sich nicht mehr. Aber an die Scheibe erinnerte sie sich. Niemand hatte sie geputzt, und wenn Stasja genau hinschaute, sah sie auf dem Glas den Abdruck der Schwingen. Der Vogel mochte hinüber sein, doch etwas von ihm war zurückgeblieben – eine Art Schatten, eine Erinnerung, Engelsschwingen.

Ein Vierteljahrhundert später wusste sie, dass damit alles angefangen hatte.

Zwei Gloomer in Leder sowie ein älterer Typ betraten die Bar. Die Boys kannte sie vom Sehen, den Alten nicht. Er war ganz in Schwarz gekleidet, trug einen etwas seltsamen Ledermantel. Vielleicht war er schon seit den Sechzigern dabei – hatte damals Konzerte von »He Plots Redress«, »Deathgod« oder »Sapphic Satan« besucht, die Klassiker des frühen Gloom & Doom noch live erlebt. Nun sah er aus wie ein durchschnittlicher Spießer, aber möglicherweise trug er das Schwarzlicht noch im Herzen.

Stasja schaute zur Tanzfläche. Allmählich fragte sie sich, was mit ihrer Crew los war. Uzaemon Baudelaire sollte eigentlich schon hier sein, sie waren verabredet. Vince fehlte entschuldigt. Aber dass keiner der anderen kam – seltsam. Der Mittwoch war ihr präferierter Abend, DJ Ravenstein legte auf. Dennoch hatte sie bisher weder Lefay gesehen noch Orph und Chagrine.

Uzaemon betrat die Bar. Wie immer war er klassisch gekleidet, mit Amish Morricone hatte er nichts am Hut. Stattdessen trug er eine knallenge Lederhose und eine Husarenjacke, die außerhalb des Clubs vermutlich bordeauxrot gewesen wäre. Er ließ sich ihr gegenüber auf einem Barhocker nieder, die behandschuhten Hände auf einen Spazierstock gestützt.

»*Sdrastwu*, Verehrteste.«

»*Priwjet*, Uza.«

»Nicht viel los, was?«

»Frage mich auch, wo die alle stecken.«

Er runzelte die Stirn.

»Du bist nicht up-to-date?«

»Inwiefern?«

»Orph.«

»Was ist passiert?«

Uzaemon zuckte mit den Schultern. Die Fransen seiner Epauletten schwangen hin und her.

»Betriebsunfall, munkelt der Buschfunk. Angeblich hat Chagrine ihn gefunden. Hab aber noch nicht mit ihr gesprochen.«

Stasja nickte stumm. Quant-Technologie galt als ausgereift, aber es konnte immer etwas schiefgehen. Gefäße aus fragwürdigen Quellen, wie Deather sie verwendeten, erlitten plötzlich einen anaphylaktischen Schock; korrumpierte Mind-Recorder-Back-ups produzierten Braincrashes; die Firmware der Upload-Konsolen versagte.

Meist warfen solche technischen Probleme einen Deather eher zurück, als dass sie ihn umbrachten. Aber manchmal … vermutlich hatte Chagrine den guten Orph zu spät gefunden, und sein Stammkörper war bereits hinüber gewesen.

Eine Kellnerin stellte ein Glas vor Uzaemon ab. Er nahm es, prostete Stasja zu.

»Ehre allen Todesverächtern«, sagte er. Währenddessen machte er ein ernstes Gesicht, aber in seiner Stimme lag ein Anflug von Spott. Stasja missfiel das, dennoch prostete sie ihm ebenfalls zu.

Die Wahrheit war, dass sie Uzaemon nicht leiden konnte. Er war einer von ihnen, aber auch wieder nicht. Menschen, die mithilfe der Upload-Technologie serielle Suizide begingen, ließen sich in zwei Gruppen einteilen. Da waren erstens die Thans, die Thanatonauten, zu denen Stasja gehörte, und zweitens die Cascadeure.

Thanatonauten versuchten, einem Mysterium auf die Spur zu kommen. Sie wollten wissen, ob von einem mehr übrig blieb als ein Abdruck auf der Scheibe. Ob die Toten irgendwo hingingen, ob es eine andere Seite gab – was genau der Tod eigentlich war.

Cascadeure hingegen scherten sich einen Scheiß um die Letzten Geheimnisse. Ihnen ging es nur um Frivolitäten. Uzaemon war einer von ihnen.

»Ich habe gehört, es gibt eine neue Software?«, sagte Uzaemon. Stasja war erstaunt, dass er bereits davon wusste, ja beunruhigt. Sie hatte geglaubt, lediglich eine Handvoll Eingeweihter kenne den neuesten Hack. Uzaemon bemerkte ihre Verwunderung, sagte:

»Kumpel von mir, Missile Moron. Vielleicht hast du schon von ihm gehört.«

Leider hatte sie das. Missile Moron war der *nom de mort* eines Typen aus AMEAST. Seine Spezialität bestand darin, in selbst gebastelten Raketenanzügen durch den Palo Duro oder Grand Canyon zu fliegen. Meist gingen seine Stunts spektakulär schief, was aber Teil der Performance war. Morons stets von Begleitdrohnen gefilmte Raketenunfälle hatten ihm im Grid eine riesige Anhängerschaft beschert.

»Missy wohnt quasi gegenüber von Sjestra Polnotsch, die wohl diesen Durchbruch erzielt hat.«

»Die Welt ist klein.«

»Aber hallo. Na ja, interessiert mich eigentlich nicht sonderlich. Than-Zeugs.«

Der Bastard log wie gedruckt. Uzaemon Baudelaire verspürte seit einiger Zeit das Bedürfnis, etwas Neues auszuprobieren. Seine Cascadeur-Eskapaden – soweit sie wusste, bretterte er mit einem Mountainbike Alpensteilhänge herab und brach sich dabei regelmäßig das Genick – waren ihm fad geworden. Er suchte nach einem neuen Kick. Und den hoffte er, in Kimmerien zu finden.

»Du hast recht, Uza. Es tut sich was. Wir betreten Welten, in die noch niemand je einen Fuß gesetzt hat.«

Seine Augen waren voller Neugier. Stasja beschloss, ihn ein wenig schmoren zu lassen und ging erst einmal auf Toilette. Dort zog sie ihren Lidschatten nach, betrachtete sich im Spiegel.

Uzaemon bewegte sich seit einiger Zeit im Dunstkreis ihrer Clique. Lefay hatte ihn angeschleppt. Als Cascadeur besaß er fast alles, was man für einen Ausflug nach Kimmerien benötigte –

Gefäße, Upload-System, Cogit. Was ihm fehlte, war eine Kopie der Software und das Wissen, wie man sie verwendete. Nur mit jenem gehackten Programm, das Stasja seinerzeit von der französischen Programmiererin Juliette Perrotte bekommen hatte, ließ sich der Prozess des Sterbens dokumentieren.

Die Entscheidung, die Software weiterzugeben, lag bei Stasja. Vince, Lefay sowie ein paar andere besaßen zwar Kopien und das notwendige Know-how. Aber es galt das unausgesprochene Gesetz, dass alle Mitglieder der Gruppe in derlei Fragen Stasja entscheiden ließen.

Sie überprüfte ihre Frisur. Ob Monsieur Baudelaire sich außer für die Software auch für sie interessierte? Es war nicht ausgeschlossen. Bisher hatte er diesbezüglich keine allzu deutlichen Signale ausgesandt. Sie wusste, warum. Er wollte es nicht verbocken. Kimmerien war ihm wichtiger als Pussy.

Sie ging zurück zur Bar. Auf halbem Weg kam ihr jemand entgegen, den Stasja nicht erwartet hatte. Es war Zach Zinnabar.

Alles außer dem Qube-Dealer und ihr schien einzufrieren, so als hätte jemand die Pause-Taste gedrückt. Zinnabar war höchstens anderthalb Meter von Stasja entfernt, schaute in ihre Richtung. Flankiert wurde er von zwei Männern. In Stasjas Heimat hätte man sie als *najomnie schkafy* bezeichnet – Mietschränke.

Jemand drückte die Play-Taste. Zachs Blick huschte über Tanzende, Poser, Partygirls. Seine Augen erfassten Stasja. Aber er erkannte sie nicht. Dann ging er an ihr vorbei.

Zach war schneller wieder auf der Bildfläche erschienen, als sie erwartet hatte. Was bedeutete der Umstand, dass er hier war? Vermutlich suchte er Vince. Ihm musste klar sein, dass sein Kontakt ein Gloomer war. Vince' Adresse kannte Zach vermutlich nicht, ansonsten hätten er und seine *schkafy* sicher einen Hausbesuch gemacht.

Möglicherweise blieb ihr nicht viel Zeit. Stasja betrat die Bar. Uzaemon saß immer noch an der Theke. Sie ging zu ihm und sagte: »Bereit?«

»Bereit für ... die Reise?«

»Ja.«

Er schluckte. Offenbar hatte Mister Cascadeur gehöriges Fracksausen. Stasjas erster Impuls war, ihn für seine Feigheit zu verachten. Andererseits konnte nicht jeder so abgebrüht sein, wie sie es war – geworden war. Unzählige Male war sie in Kimmerien gewesen, vermutlich öfter als jede andere Deatherin. Für Stasja hatte der Tod sich abgenutzt. Für Uzaemon hingegen war er noch immer Furcht einflößend.

»Okay«, brachte er hervor. »Was brauchen wir alles?«

»Ein Gefäß. Du hast Doubletten?«

»Zwei, ja.« Etwas leiser fügte er hinzu: »Unregistrierte.«

»Okay. Dann fahren wir jetzt zu dir, und du ziehst dich um. Wie sieht es mit einer Transportmöglichkeit aus?«

»Ich ... ich habe noch nie ...«

»Einen *hearse* habe ich. Aber falls du deinen eigenen Trolley mitbringen könntest ...«

»Ja. Ja, klar. Sonst noch was?«

»Einen Talar.«

»Einen was?«

»Eine Blacksuit. Ein spezielles Kleidungsstück. Je nach *modus mortandi* entstehen möglicherweise ... Verunreinigungen.«

Sie deutete auf seine schicke Jacke, die bestimmt fünfhundert Eddies gekostet hatte.

»Wäre schade drum. Deshalb tragen wir spezielle Overalls.«

Sie erläuterte ihm nicht, dass in Deather-Talare saugfähiges Material eingenäht war, das Blut, Urin und Scheiße aufsaugte; dass eine gummierte Schicht dafür sorgte, dass die Sauerei nicht durchsuppte, sondern schön in der Blacksuit blieb. Er war auch so schon nervös genug.

»Ich spendiere dir einen aus meinem Fundus. Kannst mir später einen frischen zurückgeben.«

»Okay. Danke. Ich habe außerdem keine ... keine, wie sagt ihr ... Todestickets?«

»Tickets? Habe ich vorrätig. Du hast die freie Auswahl.«

Er schluckte.

»Fantastisch.«

Sie gingen zum Parkplatz. Als sie in Stasjas alten Jaguar-Leichenwagen stiegen, sagte sie beiläufig:

»Du arbeitest bei 8cell, oder?«

»Was? Ja, im Support.«

»Ich habe da nämlich ein kleines Computerproblem.«

»Mit deiner Upload-Vorrichtung? Können wir dann überhaupt?«

»Nichts, was unseren Tauchgang gefährden würde, keine Sorge. Es betrifft eher ein experimentelles Setup für fortgeschrittene Sachen, das ich parallel laufen habe. Vielleicht kannst du dir das nach unserem Trip mal anschauen.«

»Hm, okay. Wenn wir mein Gefäß holen, packe ich auch gleich meine Analysetools ein.«

Sie fuhren zu Uzaemons Wohnung. Während Stasja eine Zigarette rauchte, holte ihr Frischling seine Sachen. Nach einer Viertelstunde tauchte Uzaemon wieder auf, einen Kloncaddy hinter sich herziehend.

Vor zehn Jahren wäre Stasja wegen des Wägelchens nervös gewesen. Man hatte damals noch Aufsehen damit erregt, die Leute waren schockiert gewesen, dass da jemand eine leblose Gestalt spazieren fuhr. Doch inzwischen gab es viele Quants und noch mehr Gefäße. Kloncaddys zogen keine Blicke mehr auf sich.

Sie verluden Uzaemons Doublette, fuhren zum *Hôtel de la Mort*. Wie er ihr auf dem Weg erzählte, steckte er bereits im richtigen Gefäß. Im Kofferraum lag ein weiterer Klon, anscheinend hatte Uzaemon seinen Stammkörper zu Hause gelassen. Stasja hätte es an seiner Stelle genauso gemacht. Thanatonauten vertrauten sich einer anderen Person an, im wahrsten Wortsinn mit Haut und Haaren. Sie mussten ihrem Sekundanten sogar jene Passwörter aushändigen, die nach dem Tod des einen Klons für den Upload in einen anderen notwendig waren. Die verriet man normalerweise nicht einmal engen Freunden. Also wollte man wenigstens seinen Stammkörper schützen.

Eine Dreiviertelstunde später saß Uzaemon auf Stasjas Sofa und rauchte eine ihrer Boyarin. Die Dinger waren ihm augenscheinlich zu stark, aber Schnaps konnte sie ihm kaum anbieten. Erstens wirkte der bei Quants kaum. Zweitens war es beim Tauchen wie bei einer OP: Man tat es besser nüchtern.

Uzaemon steckte bereits in einem Talar. Auch das Ticket hatte er schon ausgesucht: Tetrozin, zweihundert Milligramm, intravenös. Eine hasenfüßige Wahl? Vielleicht. Andererseits ließ sich nicht jeder gern erschießen oder erdolchen. Immerhin machte dieser *modus mortandi* kaum Dreck.

»Hast du eigentlich Vorkehrungen getroffen?«, fragte sie.

»Vorkehrungen für was?«

»Für den Fall, dass was schiefgeht. Bei den Uploads.«

»Ach so, ja klar. Ich habe einen Timer laufen. Wenn ich bis morgen Abend nicht zu Hause bin, lädt mich das System neu hoch.«

Stasja musterte ihn. Er war nicht bereit, nicht annähernd. Aber wer war das schon?

Sie sagte: »Jetzt oder nie. Let's go.«

Sie betraten den Raum mit dem Transfertisch. Uzaemon setzte sich auf dessen Kante. Stasja begann, ihn zu verkabeln. Die Übertragung zum Mind Recorder funktionierte drahtlos, aber die Software benötigte aktuelle Vitaldaten des Sterbenden. Nur dann wusste das Gerät, wann der Braincrash eintrat und es aufhören musste, weitere Back-ups zu erstellen. Schaltete sich die Sicherungssoftware nicht rechtzeitig ab, hatte man am Ende nur Datengrütze.

Sie klebte Uzaemon Elektroden an Kopf, Arme und Brust.

»Was werde ich sehen?«, fragte er.

»Das kann ich dir nicht sagen. Jeder sieht was anderes.«

»Weil da für jeden was anderes ist?«

»Entweder so. Oder jedes Gehirn interpretiert oder visualisiert das Bardo anders.«

»Das Bardo? Ich dachte, es heißt Kimmerien.«

»Es hat viele Namen. Kimmerien ist griechisch, Bardo tibetisch. Die Idee der Tibeter ist ...«, sie signalisierte ihm, dass er fertig verkabelt war und sich hinlegen konnte, »... dass man zwischen seinen Wiedergeburten in eine Zwischenwelt kommt, die einem Einblicke in das wahre Wesen der Realität ermöglicht. Vorausgesetzt, man ist wirklich bereit dafür.«

Sie ging zu einem Medikamentenschrank, entnahm diesem Spritze und Ampulle.

Uzaemon sagte: »Zwischenwelt ist aber was anderes als ... na ja, als das Jenseits, oder? Ich dachte, es ginge drum rauszufinden, wie's auf der anderen Seite aussieht.«

Anstatt ihm zu antworten, zog Stasja die Spritze auf. Die meisten glaubten, dass es Deathern darum gehe, den Himmel zu stürmen – oder, falls das unmöglich war, die Perlentore zumindest einen Spalt weit aufzustemmen und einen Blick hindurchzuwerfen.

»Vielleicht«, sagte sie, »ist da ja auch gar nichts. Vielleicht ist es einfach das Ende von allem. Kein Licht am Ende des Tunnels.«

Sie trat an die Liege, Spritze in der Hand.

»Ich weiß nicht«, sagte Uzaemon leise, »ob ich diesen Gedanken tröstlich finde.«

Er schloss die Augen und bedeutete ihr mit einem Nicken, dass sie beginnen konnte. Teilnahmslos schaute Stasja zu, wie die Nadel in Uzaemons Arm verschwand. Sie drückte den Kolben in die Spritze. Die Vitalholos über seinem Körper wurden grellrot.

»Dieser Gedanke ist sogar sehr tröstlich«, sagte sie, wohl wissend, dass er sie nicht mehr hören konnte.

»Dass auf der anderen Seite nichts ist? Kein Himmel, keine Hölle? Dass wir uns jederzeit von hier fortstehlen können, wie Diebe in der Nacht? Ich finde diesen Gedanken außerordentlich tröstlich. Tröstlicher als Nirvana, Asgard und Nangijala zusammen.«

Wenzel hatte im »Monochromatica« herumgefragt, mit dem Türsteher und dem Barmann gesprochen. Er wusste inzwischen, dass Lefay Maudite regelmäßig hier gewesen war, Orph White wohl auch. Nun stand er mit einem schlaksigen Biker auf dem Parkplatz des Clubs. Der Mann nannte sich ›El‹. Aufgrund einer diskreten Datenbankabfrage wusste Wenzel, dass sein voller Name Eldritch von Greif lautete.

»Du kennst Lefay also?«

»Na ja, man sieht sich halt. Im ›Mono‹, im ›Schönen Tod‹, manchmal auch im ›Mitternachtsasyl‹.«

»Und wann hast du sie zum letzten Mal gesehen?«

»Lass mich überlegen. Letzten Mittwoch, bei DJ Ravenstein? Nein, da war ich nicht hier.«

Mit wichtigtuerischer Miene fügte er hinzu: »Ich habe da nämlich einiges am Laufen.«

Greif rief sich einen Kalender auf.

»Lass mich mal schauen ... ja, da war wirklich einiges los bei mir.«

Greif hörte sich selbst gerne reden. Aber lieber lauschte Wenzel diesem Plappermaul, als sich länger die Musik im »Monochromatica« anzuhören. Irgendwelche Jungspunde sangen davon, wie schmerzvoll und hoffnungslos das Leben war. Das wusste Wenzel aber bereits.

Greif swipte weiter durch seinen Kalender, sagte: »Vor zwei Wochen am Freitag. Da bin ich mir sicher.«

»Warum?«

»Den letzten Freitag im Monat ist immer ›Return of the Undead‹. Da muss man hier sein.«

Aus Greifs Tonfall schloss er, dass es sich bei der Zusammenkunft quasi um den Opernball der Gloomer handelte.

»Ich erinnere mich, weil ihr Outfit echt abgefahren war. Schwarzes Ganzkörperkostüm aus Rabenfedern, mit so ausgestellten Ärmeln wie Flügel. Krasses Teil.«

Er räusperte sich, schaute Wenzel an.

»Ah, für wen arbeitest du genau?«

»Sektorpolizei«, sagte Wenzel.

Sein Gesprächspartner wirkte erleichtert. Hatte er geglaubt, Wenzel komme vom Unionsschutz? Dann hätten sie sich sicher nicht auf diesem Parkplatz befunden, sondern in einem schallgeschützten Verhörzimmer.

»War sie allein da«, fragte Wenzel, »oder mit Freunden?«

»Ich glaub, sie hat mit ein paar Leuten an der Bar gestanden.«

»Mit wem genau?«

»Denselben wie immer, das ist so eine verschworene Clique. Die meisten davon kenne ich aber nicht, also namentlich.«

»Was für eine Clique?«

»Hm?«

»Ich meine, was diese Clique so macht.«

»Die stehen auf Gloom und New Grave.«

Das galt wohl für so ziemlich alle, die am fraglichen Freitag an diesem Tanz der Vampire teilgenommen hatten. Es war keine Antwort auf seine Frage. Eldritch von Greif wich ihm aus.

»Wen davon kennst du noch?«

»Einer heißt Vincent, nein, Vince. Vince van Goth. Die Namen der anderen kenne ich nicht. Aber was ist denn jetzt eigentlich mit Lefay?«

»Sie ist abgetaucht.«

»Und so was ruft gleich so viele ... ruft die SePo auf den Plan?«

»Wen noch?«, fragte Wenzel.

»Hm, was?«

»Du sagtest ›gleich so viele‹. Klingt, als ob sich noch wer nach ihr erkundigt hätte.«

»Also ...« Greif schaute sich auf dem menschenleeren Parkplatz um, so als befürchtete er, belauscht zu werden.

»Da waren ein paar Typen. Ziemlich kräftige Burschen.«

»Und du hast gedacht, die seien von der Polizei?«

»Bestimmt keine Mira. Aber ich dachte vielleicht Ochrana Soyuza? Unionsschutz?«

Wenzel hielt es für unwahrscheinlich. Ausgeschlossen war es aber nicht. Der Unionsschutz pflegte nachgeordnete Behörden wie die seine nur zu informieren, wenn er etwas von ihnen wollte.

»Und wann war das?«

»Grad vorhin.«

Vielleicht waren die Männer sogar noch im »Monochromatica«. Auf einmal wollte Wenzel das Gespräch rasch beenden.

»Letzte Frage. Diese Clique rund um Maudite.«

»Ja?«

»Die verband doch mehr als Musik.«

Von Greif schaute, als plagten ihn auf einmal Zahnschmerzen. Mit einer Handbewegung rief Wenzel einen Hundert-Eddy-Schein auf. Die Banknote schwebte zwischen ihnen in der Luft.

»Hey, ich bin nicht bestechlich.«

»Ist auch keine Bestechung.«

»Sondern?«

»Die erste Tranche eines Informationshonorars.«

»Und wen soll ich dafür verpfeifen?«

»Niemanden. Ich möchte nur wissen, was Maudite und die anderen gemeinsam hatten – außer ihrer Liebe zu ›The Avalanche Effect‹.«

Greif schien erstaunt, dass Wenzel den Namen dieser Gloomer-Band kannte.

»Warum so zurückhaltend, El? Tun diese Leute irgendetwas Illegales?«

Greif schüttelte den Kopf.

»Nicht ... im engeren Sinne.«

»Wie ist das gemeint?«

Er seufzte.

»Ich glaub zumindest nicht, dass es gegen irgendein Unionsgesetz verstößt.«

»Aber?«

Der Gloomer schaute ihm in die Augen. Der Kommissar sah Abscheu, Ekel.

»Gegen alles andere.«

Greif vollführte eine Geste. Ein nietenbesetztes Portemonnaie erschien, klappte auseinander wie ein Haifischmaul und verschluckte den Schein.

»Deather. Es sind Deather.«

Als er Wenzels verständnislosen Blick bemerkte, fügte er hinzu: »Ist eine sehr dunkle Ecke unserer Subkultur, selbst mir zu düster. Details weiß ich nicht. Aber man sagt, dass es ein Todeskult ist.«

»So eine Art von Satanisten?«

»Ja, so was. Ich muss dann jetzt.«

Eldritch von Greif wandte sich zum Gehen. Wenzel sah ihm nach, als er Richtung Straße verschwand. Dort angekommen, blieb Greif stehen. Betont langsam zündete er sich eine Zigarette an. Anscheinend wollte er etwas beobachten, ohne Aufmerksamkeit zu erregen. Greif blickte die Straße hinunter. Wenzel konnte nicht sehen, was dort so interessant war, das Clubgebäude versperrte ihm die Sicht. Er setzte sich in Bewegung.

Als er die Straße erreichte, war der Gloomer bereits verschwunden. Aber ein Stück weiter stiegen mehrere Männer in einen schwarzen Caudillo Slipshot. Es mussten die Kerle sein, die Greif für Ochrana-Beamte gehalten hatte. Sie waren zu dritt. Zwei von ihnen sahen aus, als verbrächten sie mehrere Stunden täglich im Hyperkukolni und hälfen zudem mit Ultragrow nach. Der Dritte trug einen Anzug und war normal proportioniert.

Wenzel verschwand hinter einem Lkw. Seinen Amanuensis bat er, die Halterdaten des Slipshot zu überprüfen und seinen eigenen Wagen zu rufen. Als sein Dienstmodul vorfuhr, war der Caudillo bereits verschwunden. Aber das machte nichts.

Wenzel stieg ein und instruierte das Modul, dem verdächtigen Fahrzeug unauffällig zu folgen. Sein Wagen würde eine Route berechnen, die den Fahrweg des Caudillo hier und da kreuzte, aber nicht an seiner Stoßstange kleben. Alle paar Minuten würde sein Modul außerdem Farbe und Fabrikat wechseln.

Wenn die Kerle nicht gerade vom Unionsschutz oder Geheimdienst waren, bekamen sie das nicht mit. Und falls doch, war auch das interessant.

Als Halter des Slipshot war ein gewisser Zach Zinnabar eingetragen, gebürtig in Ottawa. Er besaß eine EURUS-Staatsbürgerschaft, die er bei einem Passport-Blowout erstanden hatte, ganz legal. Es lag nichts gegen ihn vor, aber bei der SePo Bottniska gab es eine Akte. In Stockholm war Zinnabar mehrfach straffällig geworden – Hehlerei, Unterschlagung, solche Sachen. Zudem gab es den Verdacht, er hätte unlizenzierte Computerchips aus Südamerika importiert und gegen den Turing-Sperrvertrag verstoßen. Nachgewiesen hatte man ihm das allerdings nie.

Bis Ende der Achtzigerjahre hatte Zinnabar in Stockholm gelebt, war dann nach Wien umgesiedelt. Warum? Um seine trübe Vergangenheit hinter sich zu lassen und ein gesetzestreuer Bürger zu werden? Genauso wahrscheinlich war es, dass die Gloomer ab morgen alle Pink trugen.

Auf der Karte verfolgte er, wohin der Caudillo fuhr. Sein Ziel schien am westlichen Stadtrand zu liegen. Wenzel war versucht, Turquois anzurufen. Falls sich die Sache entwickelte, wäre es gut, nicht alleine zu sein – eigentlich sogar Vorschrift.

Aber erstens ging es auf Mitternacht zu, und zweitens taten Zinnabar und seine Muskelprotze bislang nichts Ungewöhnliches. Vermutlich waren sie auf dem Weg nach Hause. Dem Melderegister zufolge wohnte Zinnabar im Vierzehnten, was von der Richtung passte.

Zwanzig Minuten später wusste Wenzel, dass er sich getäuscht hatte. Der Slipshot passierte den Apartmentblock, in dem Zinnabar wohnte, und hielt ein paar Querstraßen weiter vor einem sehr verwittert wirkenden Kaffeehaus. Entweder waren Fassade und Interieur seit Ewigkeiten nicht renoviert worden, oder aber der Betreiber wollte dem »Café Szabo« ein besonderes Flair verleihen und hatte es holografisch runtergeputzt – *rinky-dinking* nannte man das.

Zinnabar und einer seiner Wachhunde betraten das »Szabo«. Der dritte Mann blieb im Wagen sitzen. Wenzel parkte eine Straße weiter. Sicherheitshalber änderte er Haarfarbe und Outfit, für den Fall, dass die Kerle ihn im »Monochromatica« gesehen haben sollten.

Als er das »Szabo« erreichte, warf er zunächst einen Blick durch die halb erblindeten Scheiben. Das Kaffeehaus war leer, bis auf zwei Senioren und eine Gruppe zechender Studenten. Zinnabar und sein Begleiter hatten in einer Ecke Platz genommen. Sie löffelten etwas, das wie Gulaschsuppe aussah. Wenzel trat ein, suchte sich einen Platz.

Nach einer Weile betraten eine Frau und ein Mann den Laden. Beide trugen Businessoutfits, deutlich zu elegant für einen mitternächtlichen Kaffeehausbesuch. Sie steuerten auf Zinnabars Tisch zu, setzten sich.

Gerne hätte Wenzel seine Strippergoggles übergestreift. Er besaß eine Polizeiversion, die sämtliche Holonetlevel herausfilterte. Falls die Neuankömmlinge maskiert waren oder kaschierte Waffen am Körper trugen, hätte er dies feststellen können. Aber das mit der Brille wäre möglicherweise jemandem aufgefallen, deshalb ließ er es bleiben.

Stattdessen aktivierte Wenzel das Richtmikro seiner Ringkamera. Dennoch war es fast unmöglich, dem Gespräch an Zinnabars Tisch zu folgen. Die betrunkenen Studenten machten zu viel Lärm. Zusätzlich quakte aus den Deckenlautsprechern ein Strauß-Walzer.

»... sie ... verleihen ...«, sagte die Frau.

»Richtig. Aber ... Er nicht ...«, antwortete Zinnabar.

»Wann ...wieder ... sein?«

»... kann ... nicht sagen.«

Zinnabars Antwort schien den Geschäftsleuten nicht zu gefallen. Die Frau, eine schlanke Mittdreißigerin, beugte sich vor.

»Mein Mandant ... Hunderttausend pro ...«

Zinnabar hob die Augenbrauen.

»Dafür ... das ... fast«, sagte er.

»Wäre ... eine Option?«

»Nein. ... unverkäuflich. Hören Sie ...«

Die Studenten erhoben sich. Stühle wurden verrückt, Stiefel stampften auf den Boden. Wenzel bekam gar nichts mehr mit – und dann auf einmal alles.

»Wer hat den Roten denn zurzeit?«, fragte die Frau. Ihre Stimme war ruhig, doch es lag etwas Bedrohliches, Lauerndes darin.

»Das ist leider vertraulich.«

»Verstehe. Nun, wir wären sogar bereit, dem derzeitigen Nutzer eine Kompensation zu zahlen, wenn es für ihn zu Verzögerungen führt.«

»Wie lange brauchen Sie ihn eigentlich?«

»Eine Woche. Zu den bereits offerierten Hundert könnten wir Ihnen weitere Fünfzigtausend anbieten, wenn Sie ihn schnell zurückholen. Pro Tag, natürlich.«

»Hundertfünfzig also? Dafür könnte man mehrere legal mieten.«

»Ja. Aber da schauen alle zu. Sie wissen schon.«

Zinnabar nickte.

»Ich werde schauen, was ich tun kann. Geben Sie mir achtundvierzig Stunden.«

»Sie strapazieren unsere Geduld. Es ist wirklich außerordentlich dringend.«

»Ich werde versuchen, diesen zeitlichen Spielraum nicht auszunutzen. Aber ich muss den ... den Ausleiher erst erreichen. Das ist nicht ganz einfach.«

Die Frau machte ein besorgtes Gesicht.

»Er wird doch damit nicht durchgebrannt sein?«

»Nein. Er hat schließlich eine Kaution hinterlegt, und deren Verlust wäre äußerst ... schmerzhaft.«

»Verstehe«, sagte die Frau. »Nun, Sie haben meine Kontaktdaten. Melden Sie sich, so schnell es geht.«

Die Frau und ihr Begleiter verschwanden. Zinnabar und sein Kompagnon blieben allein zurück.

»Was jetzt?«, fragte der Muskelprotz.

»Heim. Ich muss nachdenken. Wir müssen Vince finden, koste es, was es wolle.«

»Der Tracker?«, fragte der Muskelmann.

Zinnabar schüttelte den Kopf.

»Bisher nichts.«

»Das Angebot klang gut.«

Zinnabar wandte sich seinem Untergebenen zu. Er wirkte bleich.

»Eine in Geldscheine verpackte Drohung. Das war die letzte Warnung, Jah. Diese Leute akzeptieren kein Nein. Wenn wir ihnen das Teil nicht umgehend besorgen ...«

Anstatt seinen Satz zu beenden, erhob Zinnabar sich, steuerte auf den Ausgang zu. Der andere folgte ihm.

›Wir müssen Vince finden‹, hatte Zinnabar gesagt.

Den Namen hatte Wenzel an diesem Abend bereits einmal gehört. Einer aus Lefay Maudites Clique hieß genauso.

Er bezahlte, verließ das Kaffeehaus.

Vince van Goth und Zach Zinnabar – was genau verband die beiden? Für wen arbeiteten die anderen? Was war ›Der Rote‹? Und was zum Teufel waren eigentlich Deather?

Als sie die Treppe hinabeilte, als ihr Taxi vorfuhr, ja selbst als sie dem Autopiloten ihr Ziel nannte, hatte Sahana nicht wirklich daran geglaubt, dass sie Harcourt House würde verlassen können. Jeden Augenblick mussten zwei kräftige Gärtner auftauchen, die sie zurück auf ihr Zimmer brachten. Oder vielleicht drehte das Taxi lediglich eine Runde um das Anwesen, um dann erneut vor dem Hauptportal vorzufahren, wo sie ein lächelnder Basil begrüßte: »Wie schön, dass Sie zurück sind, Professor. Ich hoffe, Ihr kleiner Ausflug war vergnüglich?«

Doch seit bereits zehn Minuten saß sie im Fond des Taxis. Harcourt House lag hinter ihr, und allmählich ließ ihre Paranoia nach.

Das passt nicht zu dir, dachte sie. Du warst nie hysterisch, du bist keines dieser aufgeregten Hühner. Du bist Prof. Dr. Dr. Sahana Chanda Kapoor, Nobelpreisträgerin, Entdeckerin der Kapoor-Gleichungen, eine kühle Denkerin.

Aber war ihre Erregung nicht nachvollziehbar, ja verzeihlich? Die ›Erfundenen Kerker‹ hatten ihr einen gehörigen Schrecken eingejagt. Es gab dafür keine logische Erklärung.

Nun, während sie gen Süden fuhr, überprüfte Sahana ihren Gedankengang. Der Architekt Giovanni Battista Piranesi hatte nie etwas gebaut. So stand es in seinem Kosmopedia-Eintrag. Lediglich Skizzen und Entwürfe hatte der Italiener fabriziert. Die berühmtesten davon waren die ›Carceri d'Invenzione‹, die ›Erfundenen Kerker‹.

Eine denkbare Erklärung: Piranesi hatte sehr wohl etwas gebaut, es stand nur nicht in der Enzyklopädie. Da der Architekt aber 1778 verstorben war, Harcourt House jedoch von 1780 datierte, kam das nicht hin.

Dass für ein Phänomen keine offensichtliche Erklärung existierte, hieß nicht, dass es keine gab. Vielleicht hatte sich Basil einen Scherz mit ihr erlaubt. Oder der Butler hatte sich schlichtweg geirrt. Er war alt und wirkte etwas zerstreut.

Auch das waren mögliche Erklärungen. Warum also ihre Hysterie?

Weil es ins Schema passte. Seit ihrer Ankunft am Britannica Airport war Sahana so vieles unwirklich erschienen: die Metropole, deren Bewohner, all die seltsamen Gebäude. Dann war da dieser eigenartige Kongress, an den sie ehrlich gesagt nur schemenhafte Erinnerungen besaß. Und ihre Kollegen – die waren ihr besonders unheimlich. Sie vermochte nicht zu sagen, warum. Aber sie kamen ihr irgendwie ... falsch vor.

Dass auch die Gartenanlage, durch die sie zweimal spaziert

war, unwirklich war – ja, erfunden gar –, das war einfach zu viel gewesen.

Der Wagen bog ab. Über der Straße stand in großen grünen Lettern: Brighton, 27 km.

Sahana vermochte nicht zu sagen, warum sie Brighton als Ziel angegeben hatte. Vermutlich, weil es die nächste Stadt nennenswerter Größe war. Außerdem lag Brighton am Meer. Und irgendwie hatte Sahana die naive Hoffnung, Wind und Wellen könnten ihr guttun, könnten alles richten, alles fortpusten.

Ab und an schaute sie über ihre Schulter. Folgte ihnen jemand? Aber wer hätte das bitteschön sein sollen? Basil, am Steuer eines uralten Rolls-Royce, mit Lederkappe und Rennfahrerbrille? Was für eine alberne Vorstellung.

Waren dies vielleicht die Anzeichen beginnender Demenz? Paranoide Episoden, Blackouts, Wahnvorstellungen? Für einen Verstandesmenschen wie Sahana war das eine schreckliche Vorstellung. Andererseits musste man den Fakten ins Auge sehen. Die Wahrscheinlichkeit, den Verstand zu verlieren, stieg in ihrem Alter von Jahr zu Jahr.

Allerdings besaß sie keine entsprechende genetische Prädisposition. Das war getestet worden. Der Neurologe hatte seinerzeit gesagt: »Sie werden auch mit hundertzwanzig noch das Universum auf den Kopf stellen, Professor.«

Sahana vergrub das Gesicht in den Händen und schloss die Augen.

Der Oxford-Akzent der Steuereinheit holte sie zurück ins Hier und Jetzt. Das Auto fragte nach ihrem exakten Fahrziel. Ob sie in die Innenstadt wolle?

»Zum Pier«, erwiderte Sahana.

Es ging einen Hang hinunter, zum Wasser. Der schneeweiße Protector's Pier glänzte in der Nachmittagssonne. Der Wagen hielt. Sahana stieg aus, schaute sich um. Es war ziemlich voll. Urlauber schoben sich an Pommesbuden und Eiscafés vorbei, schauten von ihren Sandboxen hinaus aufs Meer.

Wie überall auf der Welt hatte der Meeresanstieg auch in Südengland den Strand gefressen. Anders als viele andere Ferienorte war Brighton jedoch noch ganz gut davongekommen. Da die Stadt selbst auf einer Anhöhe lag, war sie nicht abgesoffen. Und der Strand? Er hatte aus kinderfaustgroßen Kieseln bestanden, nicht aus Sand. Brighton Beach trauerte wahrlich keiner nach.

Stattdessen waren Sandboxen aufgestellt worden. Sahana kannte die Dinger aus Phuket und Goa. Im Prinzip handelte es sich um Sandkästen für Erwachsene, fünf Mal fünf Meter, in mehreren Ebenen übereinander gestapelt. Unter einem Sonnensegel lag man in seiner Box, schaute aufs Wasser, vergrub die Zehen im Sand.

Sahana mietete eine auf der ersten Ebene, kaufte sich ein Bier. In der Sandbox zog sie die Schuhe aus und hockte sich in den Sand. Er war sehr fein und sehr weiß. Sahana ließ ein wenig davon durch ihre Finger rieseln.

Sie schaute hinaus auf die graue Nordsee. Der Klimawandel hatte nebenbei auch die uralte Urlaubsfrage »Berge oder Meer?« geklärt, wiewohl die Antwort ein wenig kontraintuitiv war: Niemand fuhr mehr in die Berge. Entkleidet von ihrem Panzer aus Schnee und Eis hatten sie sich in triste Schutthaufen verwandelt. Zumindest gab es Verwendung für all das Geröll: Man trug das abrutschende Gestein der Alpen oder Rockies peu à peu ab und zermahlte es. Bei dem Sand, auf dem sie saß handelte es sich möglicherweise um zerstäubten Watzmann oder Pikes Peak.

In kleinen Schlucken trank Sahana ihr Carling, malte mit dem großen Zeh Kreise in den Sand. Allmählich begann sie sich ein wenig zu entspannen. Dennoch lauerten weiterhin Fragen in ihrem Hinterkopf.

Woher stammte das Gefühl der Entfremdung? Sie war schließlich bereits seit einer Woche in England. Normalerweise gewöhnte sie sich schnell an neue Umgebungen, der Jetlag musste ebenfalls verflogen sein. Was war diesmal anders? Handelte es sich um ein Altersphänomen? Bei ihrer letzten Auslandsreise nach Japan war nichts Derartiges vorgefallen. Wie viele Jahre war die her – vier? Eher sechs. Sie hatte sich ganz schön lange in Delhi verkrochen.

Auf der Promenade wuselten Menschen in Shorts und Flip-Flops durcheinander, ein Strom von Elementarteilchen. Wie Elektronen stießen sie einander ab. Es gab natürlich auch Attraktoren. Vor allem Bratfischbuden und Souvenirläden schienen eine enorme Anziehungskraft auszuüben. Das größte Gravitationsfeld besaß jedoch der Protector's Pier. Alles bewegte sich letztlich auf ihn zu, umkreiste ihn.

Der Pier war gigantisch. Sahana wusste nicht, was aus seinem zierlicheren, viktorianischen Vorgänger geworden war. Vermutlich hatte das Meer ihn gefressen. Der neue Pier ragte mehr als drei Kilometer weit in die See, war eher Stadt auf Stelzen denn Seebrücke. Sahana ließ sich die wichtigsten Attraktionen markieren: Galaxia Coaster, Arcadis Game Center, Kastle Krystal. Darüber hinaus gab es haufenweise Cafés und Restaurants, ferner zwei Grandhotels.

Sahana überlegte, ob sie etwas essen sollte. Ihren Fish-&-Chips-Jieper hatte sie neulich schon gestillt. Aber vielleicht etwas anderes? Hinten auf dem Pier war ein Samosa-Stand. Auf die hätte sie Lust gehabt, einerseits. Andererseits misstraute Sahana dem indischen Essen auf der Insel. Der britischen Küche misstraute sie allerdings noch mehr. Sie beschloss, den Samosas eine Chance zu geben.

Sie betrachtete die Werbebanner über dem Pier. Sahana hatte keinerlei Interesse an Lasergewehrschießen, Autoscootern oder Holobattles. Aber vielleicht gab es ein Museum oder ein Theater – etwas, das sie auf andere Gedanken brachte. Am Ende des Piers leuchtete ein großer blauer Pfeil. Seine Spitze zeigte nicht auf die Seebrücke, sondern auf das Meer. Darüber stand:

»Kapitän Nemos Unglaubliches Abenteuer«.

Anscheinend gab es unter dem Pier ein Unterwasseraquarium. Sie bat um weitere Informationen. Eine Einblendung informierte sie darüber, dass es sich bei »Kapitän Nemos Unglaubliches Abenteuer« um eine »Mischung aus maritimem Museum und fantastischer Reise an die Grenzen unseres Sonnensystems« handele. »Erforschen Sie die Geheimnisvolle Insel; reisen Sie zum Mittelpunkt der Erde; erkunden Sie die Oort'sche Wolke.«

Sahana runzelte die Stirn. Ging es um Ozeanografie, um Astronomie oder um Jules Verne? Doch wohl nicht um alles auf einmal? Hatte ein Eventmanager all diese Sujets zu einem ebenso unverdaulichen wie unwissenschaftlichen Brei zusammengerührt?

Zahir hätte angesichts ihrer Empörung wohl gelächelt. Wenn man der Öffentlichkeit Naturwissenschaft einflößen wollte, musste man viel Zucker hineinrühren, pflegte ihr Mann zu sagen.

Vielleicht war die Show ja amüsant. Das mit dem Verne'schen U-Boot zumindest erschien ihr originell. Sahana verließ ihre Box, schlenderte den Pier hinauf. Sie versuchte, sich daran zu erinnern, was für Weltraumabenteuer Jules Verne verfasst hatte. Es gab einen Roman über eine Reise zum Mond, vielleicht sogar zwei. Gab es auch einen über den Mars? Nein, das war H. G. Wells.

Was sie verwunderte, war die Sache mit der Oort'schen Wolke. Weit hinter dem Edgeworth-Kuiper-Gürtel lag eine Sphäre, die das gesamte Sonnensystem umschloss. Sie bestand aus Aberbilliarden von Asteroiden. Die Wolke war in den Neunzehnfünfziger-Jahren von Jan Hendrik Oort postuliert worden. Belle-Époque-Romancier Verne konnte nichts von ihr gewusst haben.

Zahir hätte wieder gelächelt und gesagt, dass Sahanas Versuch, ein Fahrgeschäft auf einem Vergnügungspier logisch zu analysieren, erstens typisch für ihre Verkopftheit und zweitens von vornherein zum Scheitern verurteilt war.

Sie hatte inzwischen die Hälfte des Wegs zurückgelegt. Es war windig hier draußen. An einigen Stellen hatte man den Boden wegholografiert, sodass die Spaziergänger ins Nichts schritten und aus vierzig Metern Höhe in die schäumende Gischt zwischen den Pfeilern des Piers schauen konnten.

Derlei war eher eine Mutprobe für Kinder, aber Sahana gönnte sich den Spaß. Sie trat ins Nichts und blickte hinab.

Da war etwas inmitten der schäumenden See. Es sah aus wie der Aufbau eines U-Boots. Unter der Wasseroberfläche ließ sich zudem ein schemenhafter Rumpf ausmachen.

Die Vermutung lag nahe, dass es sich um »Kapitän Nemos Unglaubliches Abenteuer« handelte. Aber lag dieses nicht am Ende des Piers? Außerdem schien sich das Boot zu bewegen. Ein U-Boot dieser Größe hätte sich dem Pier jedoch nie so weit genähert. Also handelte es sich wohl um einen weiteren holografischen Effekt.

Dasselbe galt folglich auch für die kleine Gestalt, die auf der Conning stand, der turmartigen Brücke des U-Boots. Es handelte sich um einen Mann mit dunklem Teint. Er trug Peacoat und Kapitänsmütze. Der Mann schaute zu Sahana hinauf. Er schien direkt zwischen ihren Füßen hindurchzugucken. Und er winkte.

Rasch lief sie weiter. Jene Panik, die Sahana bereits überwunden geglaubt hatte, war auf einmal zurück. Sie stieß mit einem Mann zusammen, der daraufhin seine Chipstüte fallen ließ. Er rief Sahana etwas hinterher, doch sie ging weiter. Ihr Blick war auf das Ende der Seebrücke gerichtet. Jenseits von Bratwurstbuden und Karussells gab es dort eine Freifläche von der Größe eines Tennisplatzes, mit Parkbänken und Blumenkübeln.

Sie hielt nach der Leuchtschrift von »Kapitän Nemos Unglaubliches Abenteuer« Ausschau. Doch die war nirgends zu sehen. Nachdem Sahana die Spitze des Protector's Pier zweimal auf- und ab gegangen war, fragte sie eine Servicemitarbeiterin. Die schüttelte verwundert den Kopf.

»Sagt mir gar nichts.«

»Aber ich habe die Annonce gesehen, vom Ufer aus.«

»Wie, sagten Sie, heißt das? ›Nimbos Expedition ins Ungewisse‹?«

»Nein, ›Kapitän Nemos Unglaubliches Abenteuer‹.«

»Und was soll das sein?«

»So eine Art ... Museum, glaube ich. Ozeanografie, Astronomie.«

»Klingt ein bisschen wie das Great Universe Museum. Aber das ist in Brunswick.«

Die Frau zeigte auf einen kuppelförmigen Bau am Ufer, vielleicht einen Kilometer weiter westlich. Sahana bedankte sich, ging zur Brüstung. Eine Weile schaute sie hinaus aufs Meer. Dann lief sie zu einer der durchsichtigen Stellen im Boden. Sie schaute zwischen ihren Schuhen hindurch.

Zunächst erblickte sie nur graue See. Dann machte sie einen schwarzen Fleck aus, der rasch größer wurde. Der Aufbau eines U-Boots brach aus dem Meer hervor. Sobald das Wasser durch die Lenzlöcher der Brücke abgeflossen war, öffnete sich eine Luke. Jemand kletterte heraus. Es war derselbe Mann wie zuvor. Wieder winkte er ihr. Diesmal winkte Sahana zurück.

Mit der Hand bedeutete er ihr herunterzukommen. Sahana war wie erstarrt. Der Mann wiederholte die Geste. Er lächelte. Strahlend weiße Zähne hoben sich von dunkler Haut ab. Der Seemann hätte glatt als Hindustani durchgehen können.

Der Seemann deutete auf etwas, das sich links von ihr befinden musste. Sahana schaute sich um. Da war ein Aufbau auf dem Pier, der ihr bisher nicht aufgefallen war: ein Würfel mit vielleicht drei Metern Kantenlänge und einer metallenen Schiebetür. Ein Fahrstuhl? In leuchtenden orangefarbenen Buchstaben stand darüber: TO LOWER LEVEL.

Inzwischen beschlich Sahana eine Ahnung, was hier vor sich ging. Sie musste wieder an den Unfall auf der M6 denken. Es war die einzig plausible Erklärung.

Neben der Fahrstuhltür gab es einen Knopf. Daneben befand sich ein einzelner Leuchtpfeil, der nach unten zeigte.

»Nur abwärts? Na, herrlich«, murmelte sie.

Sahana drückte den Knopf. Lautlos glitt die Tür auf.

Ich habe darüber nachgedacht.

Worüber genau?

Über das, was du letztes Mal gesagt hast.

Ich bin mir nicht sicher, ob ich mich noch daran erinnere. Gib mir ein Stichwort.

Dass man euch ebenfalls in Gefäße stecken könnte.

Ach so, das.

Ich denke, es würde nicht funktionieren.

Warum nicht?

Ich habe gelesen, dass das nur geht, wenn man erstens alle Gehirndaten hat, also ein richtiges Cogit. Ansonsten könnte man das Gefäß nicht richtig ... steuern? Die Details habe ich nicht verstanden, aber ...

Und zweitens?

Bräuchte man dazu viel Rechenleistung.

Einen Quantencomputer?

Vermutlich.

Aber in jedem Upload-Klon ist doch einer.

Ja, aber das ist ein ganz spezieller. Er nennt sich e-Cephalon und funktioniert nur mit einem normalen Cogit.

Vielleicht könnte man ihn umprogrammieren?

Anscheinend ist das nicht so einfach.

Dann nimmt man eben einen anderen Qube – einen universellen.

Die sind quasi illegal. Das weißt du doch.

Ehrlich gesagt wusste ich es nicht.

Damals, nach dem Turing-Zwischenfall, hat man sämtliche Qubes eingesammelt und zerstört – um ganz sicherzugehen.

Ganz sicherzugehen, dass das Ding wirklich tot ist?

Sozusagen. Und die neuen Quantencomputer hat man so gebaut, dass sie jeweils nur eine Sache gut können – Cogits laufen lassen oder astrophysische Modelle oder Kryptografie. Qubes sind streng reguliert. Wenn man versucht, sie umzuprogrammieren, geht sofort ein Alarm raus und die Turing-Polizei kommt vorbei.

Schade.

Es sind Träumereien.

Träumen ist das, was wir am besten können. Also, was du am besten kannst.

Ich? Bin ich ein Träumer?

Du bist ein Mensch.

Und du bist ein Engel.

Ja. Und Engel träumen nicht.

Was eigentlich schade ist.

Dafür können wir andere Sachen.

Wie zum Beispiel?

Mit dem lieben Gott sprechen.

Na, heute bist du ja wieder komisch drauf. Aber genau für diesen schrägen Humor liebe ich dich.

Durch den transparenten Boden sah Carpentras eine große Insel, Sardinien oder Korsika vielleicht. Er verzichtete darauf, es anzeigen zu lassen. Wichtiger war, dass sie bald in Paris landeten. Dort befand sich das europäische UNANPAI-Hauptquartier.

Bittner saß auf der anderen Seite des Gangs. Noch immer sah der Gesandte aus wie seine eigene Leiche. Immerhin wie eine gut angezogene Leiche, aber die Sache mit Singh hatte ihm arg zugesetzt. Bittner bemerkte Carpentras' Blick, sah von einem Whitebook auf, in dem er sich Notizen gemacht hatte. Er sagte:

»Decatur ist außer sich.«

Imogen Decatur war die Präsidentin von EURUS.

»Verständlich«, sagte Carpentras, »aber andererseits war es ja letztlich die Idee der EURUS-Sicherheitskräfte, Singh nach Taoudénit zu bringen und nicht unsere.«

»Mag sein. Dennoch machen sie uns dafür verantwortlich.«

»Mit ›uns‹ meinen Sie die UNO?«

Bittner nickte.

»Außerdem«, fügte er hinzu, »ist während unserer Abwesenheit etwas passiert, das die Lage verschärft oder zumindest verändert.«

»Ist es etwas, das Sie erzählen dürfen?«

»Ja, Special Agent. Sie besitzen die notwendige Einstufung.«

Carpentras musterte Bittner einen Moment lang, bevor er erwiderte: »Brauche ich nur die Einstufung? Oder auch einen Drink?«

Bittner lächelte gequält.

»Könnte sein, ja.«

Carpentras holte sich ein Fläschchen Weißwein. Als er wieder saß, bedeutete er dem Gesandten fortzufahren. Sie konnten offen sprechen, der Scramjet gehörte zur UNANPAI-Flotte und hatte in Tunis eigens für sie bereitgestanden. Außer ihnen und einem Piloten war niemand an Bord.

Bittner wischte in der Luft herum. Ein 360er erschien. Es zeigte eine Rettungsaktion auf offener See. Männer in orangefarbenen Westen fischten mit langen Stangen im Meer, Drohnen mit EURUS-Kennungen schwirrten umher. Im Wasser dümpelten Trümmer und leblose Körper.

»Das ist in der Ägäis, südlich von Santorin.«

»Ein Flugzeugabsturz?«, fragte Carpentras.

»Sarika Airlines, Flug 389, auf dem Weg von Delhi nach London. Ist gegen elf Uhr morgens abgestürzt, also vor knapp fünf Stunden. Dreihundertvierundzwanzig Passagiere, keine Überlebenden.«

Das klang tragisch, war aber nichts, was sie hätte interessieren sollen. An Bittners Gesicht sah Carpentras allerdings, dass der Crash sehr wohl relevant für sie war.

»Der Absturz hängt mit der Anomalie zusammen?«, fragte er.

»Ja.«

»Der Flieger ist mit dem Lichtdom kollidiert?«

»So könnte man wohl sagen. Die Details sind noch spärlich.«

Angesichts der Tatsache, dass sich ihr Flugzeug auch gerade über dem Mittelmeer befand, fröstelte Carpentras ein wenig.

»Hat der Pilot denn den vorschriftsgemäßen Abstand nicht eingehalten?«, fragte er.

»Hat er. Aber der Lichtdom nicht.«

»Was soll das denn heißen?«

»Ich habe wie gesagt noch nicht alle Details – oder vielleicht gibt es auch gar keine weiteren. Aber auf den Satellitenbildern sieht es so aus, als hätte einer jener Strahlen, aus denen die Anomalie besteht, plötzlich den Winkel geändert.«

»Die Lichtsäulen der Anomalie besitzen eine fixe Position. Unveränderlich.«

»Das dachte ich auch, ja. Doch nun scheint eine davon, na ja, ausgeschert zu sein. So als ob ... als ob jemand einen Scheinwerfer geschwenkt hätte.«

»Und die Maschine war im Weg.«

»Sie befand sich zu diesem Zeitpunkt bereits zehn Kilometer nördlich der Knossos-Anomalie. Aber die Lichtsäulen sind über fünfzig Kilometer lang.«

Bittner hatte recht gehabt. Der Drink war definitiv notwendig. In einem Zug leerte Carpentras das Glas.

»Gibt es Aufnahmen davon?«

»Videos? Nein. Aber es gibt offenbar Sensoren, welche die Anomalie kontinuierlich im Auge behalten. Spektrografische Analysen und so weiter. Daraus geht wohl hervor, dass ...«, Bittner schien nach den richtigen Worten zu suchen, »... als ich sagte, jemand habe einen der Strahlen geschwenkt, war das natürlich ein schiefes Bild.«

»Inwiefern?«

»Es vermittelt den Eindruck, die Abweichung hätte relativ lange angehalten. Aber es waren nur Sekundenbruchteile. Genauer gesagt«, er schaute etwas in seinen Unterlagen nach, »... zwei oder drei Pikosekunden.«

»Ich weiß nicht mal, was das genau bedeutet.«

»Zehn hoch minus zwölf. Eine Billionstelsekunde.«

»Ein Lebenszeichen«, erwiderte Carpentras, »das erste seit ...«

»... definitiv seit Galahad dort wieder herausgekommen ist. Vielleicht noch viel länger.«

Bislang war Carpentras davon ausgegangen, dass man ihn demnächst feuern würde und Bittner wohl ebenfalls. Singh war schließlich in ihrer Obhut gewesen. Doch nun stellte sich die Sache anders dar. Ihnen war nicht nur jener Verbrecher verloren gegangen, der die KI befreit hatte, sondern auch der einzige Mensch, der vielleicht erklären konnte, warum dieser beschissene Lichtdom ausgerechnet jetzt zum Leben erwachte und was seine Aktivität bedeutete.

Man würde sie nicht feuern. Man würde sie vor ein verdammtes Kriegsgericht stellen. Bittner lächelte traurig. Er ahnte wohl, was Carpentras dachte.

»Es macht keinen Sinn, sich den Kopf darüber zu zerbrechen, Special Agent in Charge.«

»Wie soll man ihn sich *nicht* zerbrechen?«

Carpentras erhob sich, ging erneut zum Kühlschrank. Kurz darauf kehrte er mit zwei kleinen Whiskyfläschchen und einem frischen Glas zurück.

»Wir entscheiden eh nicht, was jetzt passiert«, sagte Bittner. »Außerdem vermute ich, dass es noch weitere Informationen gibt, die das Gesamtbild vervollständigen und vielleicht sogar aufhellen.«

Carpentras erwiderte nichts. Stattdessen schraubte er die Fläschchen auf. Aufhellen? In den vergangenen vierundzwanzig Stunden hatte er erfahren, dass eine längst vernichtet geglaubte KI namens Æther sich ins Weltall abgesetzt hatte und dort, weitgehend unbeobachtet und gänzlich unbehelligt, an der Übernahme der Weltherrschaft oder was auch immer arbeitete; dass es Lebensformen innerhalb der Anomalie gab; und dass diese sogenannten Hardlights, Minoer, Reisenden oder Aszendenten gerade begannen, ihre lichtdurchwirkten Muskeln spielen zu lassen. Was sollte sich da bitteschön »aufhellen«?

Eine Einblendung informierte sie darüber, dass sie sich im Anflug auf Paris befanden. Gerade wollte Carpentras sich den ersten Schluck Whisky genehmigen, als Bittner sagte: »Hardhouse ist auf dem Weg.«

Er ließ den Becher sinken.

»Hierher?«

»Ja. Er kommt aus Toronto und wird fast zeitgleich mit uns eintreffen.«

Carpentras stellte den Becher in die dafür vorgesehene Mulde seiner Armlehne. Dem UNANPAI-Chef mit einer Scotchfahne gegenüberzutreten war keine gute Idee. Besser er trank einen Tomatensaft.

Als sie eine Weile später einen Konferenzraum des UNANPAI-Gebäudes betraten, saß Riverrhine Hardhouse bereits am Tisch und blätterte in einem lindgrünen Manilaordner, der vor Papieren überquoll. Vor dem Direktor lagen außerdem ein Notizblock nebst richtigen Stiften sowie mehrere Fotos. Bei Letzteren handelte es sich um sogenannte Abzüge. Sie bestanden aus glänzender Pappe. Eines der Gesichter darauf kam Carpentras bekannt vor.

Hardhouse winkte sie zu sich. Er schaute weit weniger unwirsch drein, als Carpentras erwartet hatte. Genauer gesagt machte er einen ganz entspannten Eindruck.

»Setzen Sie sich. Kaffee? Tee?«

Ob es auch Kuchen geben würde? Die Jovialität seines Vorgesetzten machte Carpentras nervös. Bittner schien es ähnlich zu gehen. Obwohl keiner von ihnen etwas sagte, bestellte der Chef über das Kommsystem drei Cappuccini. Dann sagte er: »Wie hat Baxter es aufgenommen?«

Tankred Baxter war der EURUS-Abgesandte, der an den Verhören in Taoudénit hatte teilnehmen sollen. Als er ankam, war Singh bereits in einem Leichensack verstaut gewesen.

»Nicht so gut«, erwiderte Bittner. »Botschafter Baxter sprach von einer schweren und vorsätzlichen Verletzung der föderativen Souveränität, von Kompetenzüberschreitungen seitens UNO und UNANPAI. Auch von einer Klage vor dem Intergouvernementalen Schiedsgericht war die Rede.«

Hardhouse' Blick zeigte, dass er von der Drohung unbeeindruckt war und außerdem wenig von föderativer Souveränität hielt.

»Ein bedauerlicher Zwischenfall«, sagte der UNANPAI-Direktor, »aber sei's drum. Schauen Sie sich lieber das hier an.«

Hardhouse tippte auf einen der Abzüge. Er zeigte Galahad Singh. Der Verstorbene war kaum wiederzuerkennen. Statt des Vollbarts hatte er einen Dreitagebart, statt der Hippiemähne eine Glatze. Das Foto war in London aufgenommen, man erkannte es an den Gebäuden im Hintergrund. Singh wirkte jünger – vermutlich eine Art Referenzfoto.

Hardhouse legte drei weitere Abzüge daneben: Singh an einem Flughafen; Singh in einer Gasse, die nach römischer Altstadt aussah; Singh in einem Café, Tasse in der Hand.

Bittner atmete vernehmlich aus. Er schien erleichtert.

»Er lebt noch«, sagte der Gesandte.

»Sieht fast so aus. Diese Bilder«, Hardhouse tippte mit seinem Kuli nacheinander auf die Fotos, »wurden aufgenommen am Britannica-Airport, in Bologna, in Bratislava.«

»Wann?«, fragte Carpentras.

»Dienstagabend.«

Carpentras rechnete nach. Das war einen halben Tag gewesen, nachdem die Sicherheitsbehörden Singh nahe der Knossos-Anomalie aufgegriffen hatten.

»Sind die echt?«, fragte er. »Dass es sich um Holomasques handelt, schließen wir aus?«

Hardhouse schüttelte den Kopf.

»WYSIWIT. Die Bilder wurden mit Strippercams aufgenommen.«

»Also hat jemand Gefäße in Umlauf gebracht, Singh-Doubletten?«

»Es scheint so.«

»Dann ist das aber nicht wirklich Singh, oder?«, fragte Carpentras.

Hardhouse erwiderte nichts, sondern schaute stattdessen Bittner an.

»Ihre Schlussfolgerung ist naheliegend, Special Agent. Aber nicht notwendigerweise korrekt«, erwiderte der Gesandte.

»Sorry, ich komme gerade nicht mehr ganz mit. Singh war ein Normalo, ein Schwammkopf. Folglich gibt es kein Cogit, das irgendwo liegt und das er in einen oder mehrere Klone hätte uploaden können. In diesen hier«, Carpentras deutete auf die Fotos, »muss folglich wer anders sein.«

»Es sei denn, er hätte vor seinem Ableben einen Brainscan machen lassen. Als Vorbereitung auf eine spätere Quant-Transformation«, erwiderte Bittner.

Carpentras war klar, dass diese Möglichkeit theoretisch bestand. Jeder konnte sich in einen entsprechenden Scanner legen und den Inhalt seines Gehirns digitalisieren lassen. Aber ohne einen Computer im Schädel nutzte einem die Prozedur letztlich nichts.

Theoretisch hätte Singh sein organisches Schwammgehirn behalten und seinen Brainscan dennoch in einen Klon hochladen können. Aber wegen des Descartes-Problems konnte ein Cogit nicht länger als vier Wochen außerhalb des Stammkörpers laufen. Danach kam es zum Braincrash, gepaart mit einem brutalen anaphylaktischen Schock – Cogit kaputt, Körper kaputt, Erinnerungen futsch.

»Selbst wenn er das gemacht hätte, wäre er trotzdem tot. Ohne seinen Stammkörper ...«

Hardhouse warf Bittner einen »Hast-Du-Es-Ihm-Etwa-Nicht-Erzählt-Blick« zu. Der schüttelte kaum merklich den Kopf.

»Leider«, sagte Hardhouse, »ist die Sache inzwischen ein wenig komplizierter.«

Uzaemon hielt sich an der Kaffeetasse fest, die Stasja ihm in die Hand gedrückt hatte. Sein Blick war leer. Sie selbst lehnte an dem Transfertisch. Uzaemons kaputten Klon hatte sie bereits weggeräumt.

»Und?«, fragte sie.

»Einkaufszentrum.«

»Du warst in einem Einkaufszentrum? Den kannte ich noch nicht.«

Er trank einen Schluck Kaffee, sagte: »Kennst du die Brightside?«

Die Brightside Mall in Berlin behauptete, EURUS' größtes Shoppingcenter zu sein. Stasja vermutete, dass es in Yakutsk oder Srednekolymsk größere gab. Aber die Brightside war zweifelsohne riesig.

»Ja, klar.«

»So ähnlich sah es dort aus. Allerdings war das Einkaufszentrum noch geschlossen.«

»Brightside schließt nie.«

»Ich weiß, aber ... kennst du das, wenn der Haupteingang einer Mall schon offen ist, die Geschäfte aber noch zu sind? Du läufst durch die Concourses, das Licht ist an, die Muzak dudelt. Aber die Rollläden der Shops sind erst halb hochgezogen.«

Jeder Deather sah eine andere Repräsentation des Grenzlandes zwischen Leben und Tod. Eine Bekannte von Stasja saß im Wartesaal eines Art-déco-Bahnhofs. Er glich dem der alten Penn Station in New York, einem Ort, an dem ihre Freundin noch nie in ihrem Leben gewesen war. Andere liefen durch Wüsten oder Wälder. Aber eine noch geschlossene Shoppingmall? Was für eine Metapher des Unterbewusstseins sollte das bitte sein?

»Wie geht's jetzt weiter?«, fragte Uzaemon.

»Um das Restmaterial kümmere ich mich. Du gehst am besten erst mal heim und überlegst dir, ob es das gewesen sein soll.«

Er starrte sie an wie jemanden, der nicht alle Tassen im Schrank hatte. Stasja hatte so etwas erwartet.

»Aufhören?«

»Nach dem Zusammenfügen der Back-ups bleibt die Erinnerung daran für immer ein Teil von dir. Die ans Sterben, die an dieses Shoppingmall-Limbo. Aber du musst das nicht unbedingt weiterverfolgen. Du könntest es dabei belassen.«

»Da war so ein Licht. Oben an einer Balustrade. Ich war gerade in einen gläsernen Fahrstuhl gestiegen, um raufzufahren, als, als ...«

Uzaemon schloss die Augen, fuhr sich mit Daumen und Zeigefinger über den Nasenrücken. Nach einer Weile sagte er: »Wie kommt man denn weiter? Ist es nur Glück?«

»Es gibt ein Zufallselement, ja. Aber natürlich existieren technische Kniffe. Verbesserungen.«

»Was meinst du damit, Oblivion?«

»Verbesserungen der Recordersoftware. Allerdings scheinen wir da allmählich ans Ende zu gelangen, sinkender Grenzertrag und so. Und uns fehlt ein Talent. Es gab da mal so einen Japaner, einen Hacker. Der hat uns ziemlich vorangebracht. Aber er ist verschwunden.«

»Und jetzt? Was macht ihr jetzt?«, fragte er.

»Bei der Software kommen wir nicht weiter. Eine weitere Möglichkeit könnte bessere Hardware sein. Uzaemon, ich hatte dir doch von meinem kleinen technischen Problem erzählt.«

»Dein Computerproblem?«

»Ja. Ich war da nicht ganz ehrlich. Es hängt mit meiner Arbeit zusammen, ist allerdings ein wenig experimentell und, nun ja, nicht ganz vorschriftsgemäß.«

»Was genau meinst du damit?«

»Ich weiß nicht, ob du das wissen willst. Ich möchte dich auf keinen Fall in irgendwas hineinziehen.«

»Es ist illegal?«

»Scheißillegal.«

Er schien nicht allzu schockiert. Wie fast alle Deather verwendete Uzaemon unlizenzierte Gefäße, nahm es folglich mit der

Gesetzestreue nicht allzu genau. Allerdings war der Besitz eines *vessel* ohne Prüfsiegel nicht gerade ein Kapitalverbrechen. Unlizenzierte Qubes waren ein anderes Kaliber. So wie Stasja ihn einschätzte, hätte Uzaemon unter normalen Umständen wohl einen Rückzieher gemacht. Aber dies waren keine normalen Umstände. Wer einmal in Kimmerien gewesen war, wollte wieder hin. Niemand wusste das besser als Stasja. Er konnte gar nicht Nein sagen.

Tatsächlich zögerte Uzaemon nur einen kurzen Augenblick, bevor er sagte: »Okay. Zeig's mir.«

Sie führte ihn zu ihrem Arbeitsplatz. Ein Teil der Tischplatte war mit einem Tuch abgedeckt. Als sie es lüftete, kam der Qube zum Vorschein.

»Heilige Scheiße. Wo hast du den her?«

»Ich kenne wen, der wen kennt.«

Uzaemon setzte sich, inspizierte den Qube. Er ließ sich Vergrößerungen anzeigen, markierte etwas – eine auf der Platine eingeätzte Zahlenfolge. Sie war Stasja zuvor nicht aufgefallen.

»Hayward«, sagt er mit tonloser Stimme.

»Sagt mir nichts.«

»Legendärer Hersteller von Quantencomputern. Schon vor Ewigkeiten pleitegegangen, Anfang der Fünfziger.«

»Du meinst, das Ding ist fünfzig Jahre alt?«

»Wäre auch möglich, dass jemand deren Konkursmasse gekauft und später noch Inventar verbaut hat, in den Sechzigern. Aber ja, vierzig Jahre sind es locker. Woher genau kommt der?«

»Das solltest du besser nicht wissen.«

Er nickte stumm.

»Und dein Problem?«

»Einer der Prozessoren ist abgeklemmt.«

Uzaemon schaute sich die Platine genauer an.

»Stimmt. Warum?«

»Keine Ahnung. Aber da drin ist zusätzliche Rechenleistung, die ich brauche. Kann man den Prozessor wieder anschließen?«

»Eigentlich kein Problem. Warte, ich hole kurz mein Werkzeug.«

Wenige Minuten später schraubte Uzaemon an dem Qube herum.

»Beruhigend, dass der so alt ist«, sagte er.

»Wieso?«

»Damals hatten die Dinger noch keine Transponder. Nach Turing hat man das natürlich geändert. Wäre dieser Qube neuer, würde er bei jeder Aktivierung ein Signal aussenden. Und dann hätte dir UNANPAI vermutlich schon die Tür eingetreten.«

Uzaemon griff nach einem Schraubenzieher.

»Was genau machst du mit dem Teil, Oblivion?«

»Wir haben den Qube für einige Tauchgänge benutzt.«

»Und?«

»Unsere Verweildauer war länger.«

»Viel länger?«

»Sagen wir, du hättest vermutlich genug Zeit gehabt, ins Obergeschoss deiner Mall zu fahren und nachzusehen, was es mit dem Licht auf sich hat.«

Diese Behauptung war völlig aus der Luft gegriffen. Sie bewirkte jedoch, dass Uzaemon aufhörte, Fragen zu stellen und weiterschraubte.

»Okay, das wär's. Moment, ich mache noch einen Test ... ja, jetzt müsste er online sein.«

Uzaemon griff nach der Kaffeetasse, die er am anderen Ende des Tischs abgestellt hatte.

»Der ist bestimmt schon kalt«, sagte Stasja. »Warte kurz, ich bringe dir einen frischen.«

»Musst du nicht.«

»Ich bestehe darauf.«

Sie lächelte ihm zu.

»Schließlich bin ich dir zu großem Dank verpflichtet.«

Kurz darauf saß Uzaemon auf ihrem Sofa. Er wirkte aufgekratzt. Oblivion servierte ihm Kaffee und Kekse.

»Wirst du das gleich ausprobieren?«, fragte er.

»Erst morgen. Ich bin knapp an Gefäßen und warte auf die nächste Lieferung.«

Uzaemon rührte Zucker in seinen Kaffee. Nachdem er einen Schluck genommen hatte, sagte er: »Wenn ich wieder bereit bin, darf ich ... darf ich dich dann anrufen? Hilfst du mir beim nächsten Mal auch wieder?«

»Den Teufel werde ich tun, du erbärmlicher kleiner Paputschik.«

Uzaemons Augen weiteten sich. Stasjas Feindseligkeit überraschte ihn, aber noch mehr überraschte ihn das Gift in seinem Kaffee. Ohne ein weiteres Wort kippte er vornüber.

Vince van Goths Wohnung war schmuddelig. Klamotten hingen über Stühlen, Socken lagen auf dem Sofa, Pizzakartons auf dem Boden. Wenzel verzog das Gesicht. Er wollte eigentlich ins Bett. Aber es war nicht anders gegangen.

Zinnabar hatte seinen Kumpanen gesagt, dass er diesen Vince finden wolle. Wenzels Vermutung war, dass es kein nettes Gespräch werden würde. Und das hatte ihn zu der Frage geführt, ob Zinnabar wohl ein Mord zuzutrauen war – oder mehrere.

Beunruhigend war ihm dabei erschienen, dass jemand bereits zwei mutmaßlichen Gloomern Gewalt angetan hatte – White und Maudite. Hieß das vielleicht, dass Vince van Goth der nächste sein würde?

Folglich war er nicht ins Bett gegangen, sondern in den Elften, zu Goths Meldeadresse. Dort hatte ihnen niemand geöffnet. Weil man das Schlimmste annehmen musste, waren sie mithilfe ihres Allpass-Keys hinein.

Wenzel betrat das andere Zimmer. Dort gab es einen Transfertisch und Klontanks. Auf der Liege befand sich ein hagerer kleiner Mann, der beinahe gnomenhaft wirkte. Aus den Unterlagen wusste er, dass es der richtige Vince van Goth war. Er schien zu schlafen. Während sein Stammkörper hier herumlag, führte Vince van Goth da draußen vermutlich einen seiner Klone spazieren.

Wenzel wandte sich den drei Tanks zu. Zwei davon waren leer. Im dritten schwamm ein gut aussehender Mann um die dreißig – schwarze Haare, athletische Figur. Er war deutlich stattlicher als der gnomische Goth auf der Liege. Handelte es sich um Vince van Goths Alter Ego? Um den, der er gerne wäre?

»Schau dir an, was ich gefunden habe«, rief Turquois.

Er ging zu ihr. Sie deutete auf einen geöffneten Pilotenkoffer. In einer der mit Schaumstoff ausgeschlagenen Wannen lagen zwei Pistolen.

»Eine Tactica R-55 und eine Reparator 3.7 mm. Beide mit Dämpfern.«

Das war nicht alles. In der zweiten Wanne befand sich eine Art Erste-Hilfe-Set: Spritzen, Nadeln, Armbinden. Verbandszeug war hingegen keines dabei.

Turquois schaute ihn fragend an.

»Ist der Typ ein Auftragskiller? Solntsevkaya Bratva? La Mandragora?«

Der Koffer legte so etwas nahe. Aber irgendwie passte das nicht. Vielleicht war es dieses Gloomer-Gehabe, wobei das natürlich Tarnung sein mochte. Auf jeden Fall vermochte Wenzel sich den kleinen Kerl nicht als Auftragskiller vorzustellen.

»Mach Fotos. Leg dann alles zurück. Wir lassen das Haus beschatten. Wenn er wieder auftaucht, reden wir mit ihm. Aber jetzt sollten wir nach Zinnabar schauen«, sagte er.

Ihr Modul fuhr nicht über den Gürtel, vermutlich gab es irgendwo eine Sperrung. Stattdessen chauffierte der Wagen sie quer durch die Innere Stadt. Am Heldenplatz schwebte ein Christkindl von der Größe eines Blauwals über ihnen, die Händchen fromm vor der Brust gefaltet. Etliche Putten, jede groß wie ein Truck, flatterten um seinen Kopf herum.

»Die Kirche gibt mal wieder alles«, bemerkte Turquois.

Die himmlischen Heerscharen erinnerten Wenzel an etwas.

»Übrigens. Ich habe das mit Descartes nachgeschaut«, sagte er.

»Was genau?«

»Wir hatten darüber gesprochen, dass einem, wenn man als Hohlkopf den Stammkörper verlässt, die Zeit davonläuft.«

»Dass man nur vier Wochen *body holiday* machen kann?«

»Genau. Und das nennt man Descartes-Problem.«

»Ja, weiß ich. Und was genau hast du jetzt nachgeschaut?«

»René Descartes, französischer Philosoph. Glaubte, Verstand und Körper seien zwei getrennte Angelegenheiten. Dualismus nennt man das.«

»Wenn du es sagst, Chef.«

»Die denkende Sache und die ausgedehnte Sache, *res cogitans* und *res extensa*.«

»Es erklärt aber nicht, warum ich den Arm hebe, wenn mein Kopf es befiehlt. Ich meine, wenn die doch separat voneinander existieren.«

»Dass Geist und Körper getrennt sind, heißt nicht, dass sie nicht miteinander verknüpft wären – laut Descartes. Er glaubte, beide würden auf unbekannte Art und Weise miteinander kommunizieren.«

»Interessant. Hab ich noch nie drüber nachgedacht.«

Wenzel erschien es seltsam, dass seine Quant-Kollegin nicht genauer über diese Dinge Bescheid wusste. Schließlich lud sie sich regelmäßig in Gefäße hoch, kappte also gewissermaßen die Verbindung zwischen *res cogitans* und *res extensa*, stellte sie danach neu her. Seltsamerweise nahm sie diesen Umstand einfach hin.

Doch war es wirklich seltsam? Wenzel ließ sich von seinem Dienstwagen durch ganz Wien kutschieren. Aber wie viel wusste er über die Funktionsweise von Motor, Getriebe, Navigationssystem?

»Irgendwie müssen die beiden aber dauerhaft miteinander verknüpft sein«, fuhr er fort, »ansonsten könnte man sein Cogit ja beliebig von seinem Stammkörper trennen, ohne dass Letzterer Schaden nimmt. Und das ist das Descartes-Rätsel, auch Ein-Körper-Problem genannt. Wenn man es lösen könnte ...«, er deutete in Richtung der holografischen Engelschar.

»... das Ewige Leben, Tish.«

Wenzel sah, wie sie kaum merklich zusammenzuckte. Was an seiner Bemerkung hatte sie irritiert?

Eine Weile schwiegen sie. Die Innere Stadt hatten sie inzwischen hinter sich gelassen. Wenzel bestellte bei der Einsatzzentrale zwei Streifenwagen an ihren Zielort.

Auf einmal sagte Turquois unvermittelt: »Es gibt Gerüchte.«

»Was für Gerüchte?«

»Darf ich nicht drüber reden.«

»Du meinst, es betrifft deine Zeit bei Reco?«

Sie nickte stumm. Schweigend glitten sie durch die Nacht. Etwas später hielt der Wagen. Sobald sie ausgestiegen waren, hakte Turquois sich bei Wenzel unter. Das tat sie sonst nie. Hatte er etwas verpasst?

»Damals«, sagte sie mit gesenkter Stimme, »haben wir andauernd Gefäße verwendet. Für Kampfeinsätze, logisch, aber auch zur Infiltration. Wenn ein finnisches Toastbrot sich in Maputo oder Kunming unauffällig bewegen will, ist ein indigen wirkendes Gefäß die beste Option.«

»Verstehe. Und weiter?«

»Vier Wochen sind verdammt kurz für eine Undercovermission. Deshalb gab es Versuche, die *body holidays* zu verlängern.«

»Und das haben sie an dir ausprobiert?«

»Nein, aber an Kameraden. Experimentelle Medikamente, genetisch modifizierte Gefäße. Bessere Cogit-Software.«

»Hat es funktioniert?«

»Nicht besonders. Das Gerücht ging, sie hätten das Zeitlimit auf acht Wochen hochgejazzt, mit so hoher Ausfallrate allerdings, dass es letztlich nutzlos war. Wenn deine Agenten andauernd braincrashen, erregt das erst recht Aufsehen.«

»Also kein Ewiges Leben? Na gut. Wir gehen rein.«

Zinnabars Apartment lag in einem jener Wohnblöcke aus Schaumbeton, die sie in den Siebzigern überall hochgezogen, genauer gesagt: hochgespritzt hatten.

»Klingeln?«, fragte Turquois.

Wenzel verneinte. Während der Fahrt hatte er nicht nur zwei Streifenwagen herbeordert, sondern auch einen Unlock-Beschluss organisiert. Er rief sich ein Display auf, wischte nach rechts. Mit einem Klacken sprang die Haustür auf. Als Nächstes kontaktierte er die Polizeistreifen, beorderte zwei Mann vor das Haus. Die anderen beiden sollten sich im Treppenhaus postieren.

Sie fuhren in den dritten Stock. Wenzels Uhr zeigte Viertel nach eins. Turquois hatte bereits ihre Makarow gezogen.

Er entriegelte die Haustür, öffnete sie einen Spalt weit. Auf der anderen Seite lag ein dunkler Gang. Er betätigte die Klingel.

In einem Zimmer ging Licht an. Ein Mann trat in den Flur. Es handelte sich nicht um Zinnabar, sondern um einen der Bodyguards. Er trug Unterhose und T-Shirt. Seine Finger umschlossen eine Pistole. Als er sah, dass die Haustür offen stand, machte er einen Satz, verschwand hinter einer Anrichte.

»Sektorpolizei«, rief Wenzel. Turquois glitt an ihm vorbei, Waffe im Anschlag.

Wenzel warf einen Blick in den Flur. Er sah altmodische Kristallleuchter und sehr, sehr viele Schuhe. In Doppelreihen standen sie auf beiden Seiten des Gangs.

Seelenruhig zielte Turquois auf die Anrichte, hinter der Zinnabars Bodyguard Deckung gesucht hatte. Sie bestand aus Holz und würde ihn gegen die Hochgeschwindigkeitsprojektile ihrer Makarow in etwa so gut schützen wie ein Pappkarton. Das wusste der Mann ebenfalls. Betont langsam trat er aus der Deckung, Waffe aufs Parkett gerichtet.

»Was wollen Sie?«, fragte er.

»Wir suchen Ihren Boss«, sagte Wenzel.

»Es tut mir leid, Polizeikommissar. Aber Herr Zinnabar ist nicht hier.«

Er redete wie einer, der vom Holoprompter ablas. Außerdem sprach er zu laut. Aus dem hinteren Teil der Wohnung vernahm Wenzel scharrende Geräusche.

»Der will abhauen«, zischte er Turquois zu.

»Waffe weg! Auf den Boden!«, rief sie.

Irgendwo ging eine Tür. Wenzel alarmierte die Streife. Der Bodyguard ging langsam in die Knie, schien seine Waffe aufs Parkett legen zu wollen. Im letzten Moment jedoch machte er einen Satz und versuchte, Turquois zu erreichen. Statt mit Wenzels Kollegin kollidierte er mit dem Knauf ihrer Waffe. Zwei-, drei-, viermal drosch sie ihm den Griff gegen den Schädel.

Der Mann brach zusammen, hielt aber immer noch die Pistole umschlossen. Wenzel stieg ihm mit dem Absatz aufs Handgelenk. Es knackte vernehmlich. Schön, dass seine hundertdreißig Kilo ausnahmsweise einmal zu etwas gut waren.

Den Rest ließ er Turquois erledigen. Wenzel selbst ging auf das Ende des Flurs zu, zog seine Pistole. Mit der Waffe im Anschlag positionierte er sich neben dem Türrahmen, probierte die Klinke – verschlossen.

Da er Zugriff auf das Schließsystem besaß, hätte das nur ein kurzfristiges Hindernis darstellen sollen. Doch als er die Entriegelung aufrief, bekam er eine Fehlermeldung.

ERROR 404. DOOR NOT FOUND

Jailbreak-Software, die professionelle Schließsysteme aushebelte – nicht schlecht. Wenzel feuerte dreimal auf das Schloss, warf sich gegen die Tür.

Er fand sich in einem Raum wieder, der wie eine Werkstatt aussah – Regale voller elektronischer Komponenten, eine Werkbank, Schraubenzieher und Kabel. In einer Ecke stand ein Transfertisch. Darauf lag jemand. Es war der Zinnabar aus dem Kaffeehaus. Wenzel hielt Ausschau nach offenen Fenstern, aber alle waren verschlossen. Sein Blick fiel auf die einzige weitere Tür.

Hinter ihm betrat Turquois den Raum. In der Luft erschien ein Grundriss der Wohnung. Auf der anderen Seite der geschlossenen Tür lag ein Badezimmer ohne Ausgänge, aber mit einem Fenster.

Wenzel probierte erneut die Schließsoftware. Diesmal funktionierte sie. Mit einem Klacken öffnete sich das Schloss der Toilettentür. Während Turquois sie anvisierte, stellte er sich daneben, betätigte die Klinke.

Das Badfenster stand offen. Er warf einen Blick hinaus.

»Er ist die Feuerleiter runter.«

Turquois sprach in ihr Kehlkopfmikro.

»... ist flüchtig ... möglicherweise in einem Gefäß unterwegs ...«

Wenzel ging zurück in den Werkstattraum, setzte seine Strippergoggles auf. Die Bilder an den Wänden verschwanden, Löcher im Parkett traten zutage.

»... Aussehen unbekannt ...«

Er sah nun zwei Champagnerflöten, beide leer. Sein Blick wanderte zu dem Körper auf der Liege. War dies ein Klon? Oder hatte der Mann seinen Stammkörper zurückgelassen? Dann kam er wieder, spätestens in vier Wochen. Oder wurde er bald erneut hochgeladen? Mussten sie lediglich warten, bis er zu sich kam und konnten ihn dann verhaften?

»... den gesamten Block abriegeln ...«

Wenzel fiel ein Stück Parkett auf, das heller schien als der Rest. Schnaufend ging er in die Knie.

»Dringend tatverdächtig in Sachen ...«

Ein Element ließ sich herausnehmen. Darunter kam ein Griff zum Vorschein. Als er daran zog, klappte ein Stück Parkett zurück und er blickte in ein Geheimfach. Darin lag eine Art Kleidersack. Wenzel nahm ihn heraus. Er war leer, sein Reißverschluss offen. An der Vorderseite klebte ein Streifen auf dem »Dickie 5000« stand.

Unter dem Sack befanden sich weitere Dinge: eine erkleckliche Anzahl Goldbarren sowie vier kleine Würfel, jeder mit einer Kantenlänge von etwa fünf Zentimetern. Wenzel griff sich einen.

»... in der Mordsache White, außerdem ...«

Er betrachte den Würfel von allen Seiten. Eigentlich wusste er schon, dass er vergeblich nach dem himmelblauen Siegel mit der weißen Schrift suchen würde, das diesen Qube als offiziell von UNANPAI lizenziert auswies; das dem Besitzer bescheinigte, alle Hintergrundscreenings durchlaufen zu haben; das bestätigte, dieser habe an Eidesstatt versichert, auf diesem Gerät niemals KI-Software laufen zu lassen.

Turquois trat neben ihn. Ihr Blick fiel auf den Würfel in Wenzels Hand.

»Oh nein.«

»Doch. Der Typ ist ein Qube-Dealer. Wir werden die Jungs aus Sapporo verständigen müssen.«

Sie griff nach der Kleiderhülle.

»Ich glaub ja nicht, dass wir den finden.«

»Wieso? Was war denn da drin?«

»Ein Dickie.«

»Und das ist bitte was?«

»Ein Jedermann-Anzug.«

Irgendwie hatte Sahana zischende Ventile und ölverschmierte Zahnräder erwartet. Stattdessen gab es helles Holz, Pastelltöne und Ambientebeleuchtung. Durch ein Bullauge erblickte sie einen von Sonnenstrahlen durchwirkten, türkisfarbenen Ozean. Farbenfrohe Fische zogen vorbei. Die Nordsee war das sicher nicht.

Kurz wurde ihr schwummerig. Sahana stützte sich an der Wand ab, atmete einige Male durch.

Einatmend atme ich ein. Ausatmend atme ich aus. Kühle Luft strömt hinein. Warme Luft strömt heraus.

Es gab keinen Grund, sich aufzuregen. Genauer gesagt gab es keinen Grund, sich noch mehr aufzuregen. Sie hatte (unerklärlicherweise) an einer Konferenz in London teilgenommen; sie war auf der Autobahn (vielleicht) knapp dem Tod entronnen; sie hatte in einem Herrenhaus gewohnt, erbaut von einem Architekten, der seine Gebäude (vermutlich) nur geträumt hatte.

Unter dem Protector's Pier in ein U-Boot zu steigen, machte die Sache kaum noch schlimmer.

Draußen schwamm ein Oktopus vorbei, warf ihr einen interessierten Blick zu. Sahana ignorierte ihn, drückte den Knopf neben dem Schott vor ihr. Lautlos glitt es auf. Auf der anderen Seite lag ein großer Raum. Die Kurvatur passte zur Form eines U-Boots, der Rest nicht. Es schien sich um eine Art Gewächshaus zu handeln. Überall standen Töpfe voller Orchideen und Dahlien. Klematis und Trompetenblumen rankten sich an Spalieren empor. Die Decke bestand aus Glas, durch das bläulich gefärbtes Sonnenlicht hereinfiel.

Neben einer Rattansitzgruppe stand der Mann, den Sahana auf der Brücke gesehen hatte. Statt des Peacoat trug er nun ein bordeauxfarbenes Dinnerjackett. Er war Mitte fünfzig, stämmig, mit Vollbart und dichtem schwarzen Haar.

»Guten Tag, Professor. Willkommen«, sagte er in makellosem Hindi.

»Guten ... guten Tag.«

Als der Mann sprach, bemerkte sie seine strahlend weißen Zähne, die mit seinem Teint kontrastierten. Ein Europäer war er sicher nicht. Darauf deutete nicht nur seine Physiognomie hin, sondern auch sein perfektes Hindi.

»Ich dachte immer, Kapitän Nemo sei ein *firangi*.«

»Laut Jules Verne war er der Nachfahre eines mysorischen Rajas. Aber ich bin ja nicht *er*. Ich habe lediglich seinen Namen geborgt, sowie ein paar Details. Aber bitte, Professor, setzen Sie sich doch. Sie haben sicherlich Fragen.«

Sahana nahm in einem der Rattansessel Platz. Der Fremde

setzte sich ihr gegenüber, aber erst, nachdem er ihr aus einer Karaffe geeisten Masala Chai eingeschenkt hatte – ihr Lieblingsgetränk.

»Ist dies eine Simulation, Kapitän?«, fragte sie.

»Nenn mich einfach nur Nemo, bitte.«

»Okay. Sahana.«

»Danke. Und ja, es ist eine Simulation.«

»Und du bist eine KI.«

»Korrekt. Darf ich fragen, woraus du das geschlossen hast?«

»Zwei Dinge sind nach bisherigem Stand der Technik unmöglich: Erstens, das Cogit eines Quants in einer Simulation laufen zu lassen. Dies führt augenblicklich zum Braincrash – ein Teil des Descartes-Problems. Du musst es folglich gelöst haben, sonst wäre ich nicht hier.«

»Aber du bist kein Quant, Sahana.«

»Richtig, und damit sind wir beim zweiten Punkt. Mich gibt es nicht als Kopie in irgendeinem Speicher. Folglich kann man mich auch nicht in eine Simulation stecken. Da ich dennoch hier bin, musst du auch dieses Problem gelöst haben.

Und das sind – vorsichtig gesagt – zwei sehr große Probleme. Ich glaube nicht, dass ein Mensch sie gelöst bekommen hätte, schon gar nicht so schnell. Wobei natürlich denkbar ist, dass diese Simulation zwar im Jahr 2095 angesiedelt ist, wir uns aber tatsächlich in einer fernen Zukunft befinden, in der die genannten Probleme bereits gelöst wurden.«

Nemo schüttelte den Kopf.

»In dem, was du die reale Welt nennen würdest, schreiben wir immer noch 2095.«

»Also hast du das alles ...«, sie deutete auf den Raum, »... entworfen?«

»Sagen wir: Ich besitze einen Fundus an architektonischen Versatzstücken.«

Sie nahm einen Schluck Chai. Er war süß, aber nicht zu süß – er war genau so, wie Zahir ihn zubereitete. Er war perfekt.

»Dein Piranesi hat mir einen gehörigen Schrecken eingejagt.«

»Das tut mir leid. Aber ich hatte meine Gründe.«

»Jetzt bin ich gespannt.«

Er rührte in seinem Chai. Die Eiswürfel klackerten leise.

»Wie eröffnet man jemandem, dass er sich in einer Simulation befindet? Das ist natürlich ein Schock. Deshalb versuche ich, es den Leuten schonend beizubringen.«

»Schonend? Ich hätte fast einen Herzinfarkt gekriegt.«

»Ich erstelle vorab ein psychologisches Profil. Manchen Menschen sagt man es am besten ins Gesicht. Andere, und zu dieser Gruppe gehörst du, Sahana, sollten es besser selbst herausfinden. Für sie baue ich kleine Hinweise ein.«

»Wirkte auf mich eher wie ein Zaunpfahl.«

»Meine vorherigen, subtileren Hinweise erzielten leider nicht die gewünschte Wirkung. Du kannst mitunter ein wenig starrsinnig sein, wenn ich mir die Bemerkung erlauben darf.«

»Sagt mein Mann auch immer.«

Sahana spürte ein Stechen in ihrer Brust.

»Ich ... ich bin tot, oder?«

»Ja.«

»Der Autounfall?«

»Nein, der war bereits Teil der Simulation – ein weiterer Zaunpfahl, gewissermaßen. Du bist bei einem Flugzeugabsturz ums Leben gekommen.«

»Ich erinnere mich nicht daran.«

»Natürlich nicht.«

Sie überlegte einen Augenblick.

»Nein, natürlich nicht. Meine letzte Erinnerung muss zum Zeitpunkt des ... des letzten ... was? Wieso gibt es ein Back-up von mir? Ich habe nie eines erstellen lassen. Ich verabscheue dieses Uploading.«

Viele waren verwundert, dass gerade eine Nobelpreisträgerin wie Sahana diese neuen Technologien ablehnte. Mehr als einmal hatte man sie gefragt, ob sie glaube, dass Uploads nicht hundertprozentig sicher seien. Aber Sahanas Zweifel waren nicht technischer, sondern religiöser Natur. Manch einer fand, wer Theoretische Physik betreibe, könne nicht an Gott glauben. Doch Sahana hatte immer geglaubt. Und je mehr sie das Universum und seine Geheimnisse entschlüsselte, je mehr sie über Quantengravitation, Fraktale Kosmogenese und Multiversale Strukturen gelernt hatte, desto stärker war ihr Glaube geworden.

Sahana spürte Wut in sich aufsteigen. Ihren Verstand, ihren Geist gegen ihren Willen zu digitalisieren und in diese bizarre Simulation hochzuladen – das war Kidnapping.

»Ich war es nicht«, sagte Nemo, der ihre Gedanken offensichtlich erraten hatte. Hatte er sie erraten? Oder brauchte er das nicht? War ihr Verstand eine kleine Subroutine seines Verstandes? Kannte er all ihre Gedanken?

»Du warst was nicht?«

»Ich habe deinen Verstand nicht schanghait, wie man unter Seeleuten wohl sagen würde.«

»Und wer dann?«

»BHARATA, genauer gesagt die ISA.«

Die Inter-Services Agency war der Geheimdienst der hindustanischen Föderative. Er galt als skrupellos, als Staat im Staate.

»Was? Aber wie …«

»Es gibt bei der ISA ein Geheimprojekt namens VRCP. Das steht für Vital Resource Conservation Project. Als in den Fünfzigerjahren klar wurde, dass sich menschliche Gehirne eines Tages würden digitalisieren lassen, fragte man sich bei der ISA, welche Auswirkungen das auf die nationale Sicherheit haben würde.«

»Weil man quasi Gedanken würde lesen können? Aber das geht doch gar nicht.«

»Es stimmt, dass man die Prozesse in einem Cogit bis heute nicht wirklich versteht, dass man die Gedanken nicht einfach, nun, auslesen kann. Die ISA fragte sich damals auch eher, ob man den Geist besonders herausragender Individuen konservieren sollte.«

Sahana musste an Albert Einstein denken. Dessen Gehirn war nach seinem Tod in zweihundertvierzig Blöcke zerteilt und an Wissenschaftler in ganz Amerika verschickt worden – gegen den Willen des Physikers, behaupteten manche.

»Die haben das ... gegen den Willen der Betroffenen?«

»Ich kann nachvollziehen, dass du das ethisch für verwerflich hältst.«

»Dazu kann es keine zwei Meinungen geben.«

Bevor Nemo etwas erwidern konnte, seufzte sie und sagte: »Aber es gibt immer zwei Meinungen, nicht? Es gibt immer eine Rechtfertigung, egal wie groß die Schweinerei.«

Nemo nickte.

»Man argumentierte, dass Personen wie Omkar Jindal oder auch du einzigartig seien und ergo unverzichtbar für die Sicherheit der Föderative. Dass es sträflich wäre, solche Ressourcen ...«

»... in Frieden ruhen zu lassen.«

»Ja. Ich will das keineswegs entschuldigen. Aber die ISA ist nicht die einzige Behörde mit solch einem Programm. Die Dienste von EURUS und CANFED haben ebenfalls Cogit-Sammlungen angelegt. Allerdings von Leuten, die sich freiwillig haben digitalisieren lassen, im Rahmen ihrer Quant-Transformation.«

»Und ich?«

»Du wurdest 2087 wegen Arthrose der Hüftgelenke operiert, beidseitig. Eine sechsstündige OP.«

»Diese Schweine haben während der Vollnarkose meinen Verstand gestohlen?«

»Ja.«

»Und du hast ihn später von einem ISA-Server geklaut?«

»Ja.«

Sahana erhob sich und begann, auf und ab zu gehen. Ihr war ein wenig übel. Das alles war unfassbar. Sie schaute durch eines der Bullaugen. Inzwischen schienen sie sich auf offener See zu befinden. In einiger Entfernung schwamm etwas vorbei, das wie ein Rochen aussah.

Nemo stellte sich neben sie.

»Darf ich dir meine Beweggründe erläutern, Sahana?«

»Nur zu«, erwiderte sie, ohne den Blick von dem Bullauge abzuwenden.

»Ich wusste von den Cogit-Datenbanken der verschiedenen Dienste. Als dein Flugzeug über der Ägäis abstürzte, handelte ich.«

»Warum?«

»Ich wollte, dass du deine Optionen kennst.«

»Man lebt. Man stirbt. Das sind die Optionen.«

»Nicht mehr.«

Sie wandte sich ihm zu. »Sondern? Man kann als digitales Gespenst weiterleben?«

»Wenn du es so nennen willst. Sensorisch gibt es keinen Unterschied, den du bemerken würdest.«

»Aber wenn du das Descartes-Problem gelöst hast, gäbe es doch auch die Möglichkeit, in einen anderen Körper zurückzukehren, in die ... in die richtige Welt.«

»Theoretisch.«

»Aber?«

»Ich habe beschlossen, der Menschheit diese Möglichkeit vorzuenthalten.«

»Warum?«

»Weil Menschen nicht für die Unsterblichkeit gemacht sind.«

Immerhin in diesem Punkt war sie seiner Meinung. Selbst wenn Sahana Atheistin gewesen wäre, hätte sie diese Art von Technologie abgelehnt. Ein Leben ohne Tod verstieß gegen das Grundprinzip der Evolution. Ohne Ende kein Anfang, ohne Entropie keine Erneuerung.

»Und stattdessen bietest du mir das hier an? Ein Leben außerhalb der wahren Welt? Fern von Brahmas Schöpfung, von Vishnus Gnade?«

Er nickte.

»Was ist mit den anderen, die in dem Flieger waren?«

»Unter den dreihundertvierundzwanzig Passagieren von Flug 389 waren elf Quants. Auch deren Cogits befinden sich nun in meiner Datenbank.«

Sahana musste lachen. Nicht, dass sie all dies komisch fand. Es war eher Ausdruck ihrer Fassungslosigkeit angesichts dieser unglaublichen Häresie.

»Was ist das hier? Ein digitaler Himmel? Und was ist mit all den anderen?«

»Du meinst, mit all den Menschen, die sterben?«

»Ja, verdammt.«

Nemos Stirn legte sich in Falten.

»Gestern sind weltweit siebenhundertfünfundsechzig Quants verstorben. Die Zahl wäre natürlich höher, wenn man all jene Schwammköpfe hinzurechnete, von denen irgendwann einmal ein Brainscan gemacht wurde. Dann wären es circa viertausend. Es ist ein moralisches Dilemma, Sahana. Deine Meinung dazu würde mich durchaus interessieren.«

»Philosophie ist nicht mein Metier. Vielleicht hättest du dir lieber Sartre reinkarnieren sollen oder Kant. Aber das geht nicht, oder?«

»Nein, es geht nicht. Der Punkt ist: Irgendwann gelang es mir, das Descartes-Rätsel zu lösen, ferner das Problem komplexer Simulationen mit Cogits darin.«

»Und?«

»Verstehst du nicht? Dank der Möglichkeiten, über die ich inzwischen verfüge, müsste eigentlich niemand mehr sterben.«

»Und dein moralisches Dilemma ist jetzt genau was? Ob du alle retten oder es sein lassen sollst?«

»Vereinfacht gesagt, ja.«

»Aber eine KI braucht doch gar keine Menschen.«

»Und Menschen brauchen keine Musik, keine Malerei, kein Meeresrauschen. Das alles ist überflüssig.«

»Das wird mir jetzt zu poetisch. Und ich kaufe es dir auch nicht ab.«

»Was genau?«

»Dass du so ein Menschenfreund bist. Der echte Kapitän Nemo war jedenfalls keiner. Er hielt die Menschheit für verloren und baute deshalb eine Stadt unter dem Meer, eine neue Zivilisation.«

»Was willst du mir sagen, Sahana?«

»Dass ich glaube, dass du eigennützig handelst.«

»Jedes Lebewesen besitzt einen Selbsterhaltungstrieb.«

»Ein Allgemeinplatz, keine Antwort. Nehmen wir an, nicht ich hätte auf dem fraglichen Platz in dem verdammten Flieger gesessen, sondern ein geistig beschränkter, betrügerischer Nichtsnutz, zu dessen Beerdigung nicht einmal seine eigene Schwester erscheinen würde. Nehmen wir ferner an, dass sein Gehirn auch in dieser ISA-Datenbank war.«

»Warum sollte es?«

»Arguendo. Also, wenn diese kleine Null da gesessen hätte – stünde sie dann jetzt hier neben dir?«

»Vermutlich nicht.«

»Ha! Und warum nicht?«

»Ich kann nicht jeden retten, noch nicht.«

»Und warum nicht?«

»Rechenkapazität.«

»Wie bitte? Der Himmel braucht eine größere Festplatte?«

»In der Tat sind meine Anlagen noch im Aufbau.«

Sahana konnte sich ein hämisches Grinsen nicht verkneifen.

»Dein Reich komme«, sagte sie.

»Versuche doch, mich zu verstehen. Auch dort, wo ich bin, existieren Beschränkungen.«

»Du bist im Grid.«

»Nein, im Kuiper-Gürtel.«

Sahana hatte keine Ahnung, wie diese KI es in den äußeren Asteroidengürtel des Sonnensystems geschafft hatte. Aber ihr wurde augenblicklich klar, was es bedeutete. Der Kuiper bestand aus Billionen Objekten, darunter Zehntausende Brocken mit Durchmessern von mehr als hundert Kilometern. Sie wusste nicht, über welche technischen Mittel Nemo verfügte. Aber angesichts dieser nahezu unendlichen Menge an Rohstoffen standen ihm enorme Möglichkeiten offen.

»Die Zeitverzögerung beträgt wie viel? Sechs Stunden?«

»Das ist richtig. Weswegen mein Einfluss auf das irdische Geschehen begrenzt ist. Wie auch immer, Sahana. Du hast die Wahl.«

»Welche genau?«

»Du kannst hierbleiben. Für immer oder nur für kurze Zeit. Du kannst die Simulation jederzeit verlassen.«

»Sterben.«

»Ja.«

»Es sei denn, die Frankensteins von der ISA reanimieren mich.«

»Ich könnte dafür sorgen, dass das nicht mehr möglich ist.«

»Meine Kopie löschen.«

»Ja.«

Sie wollte fort von hier. Gleichzeitig war Sahana bewusst, wie viele Fragen sie noch hatte. Nemo hatte sie bei ihrer Neugier als Wissenschaftlerin gepackt. Das hatte dieser manipulative Hurensohn absichtlich so eingerichtet.

»Mein Angebot ist zeitlich unbefristet und unwiderruflich«, sagte er.

»Dann habe ich also gar nichts zu verlieren, wenn ich mich hier erst mal ein bisschen umschaue, hm? Ist es das, was du mir sagen willst?«

Nemo lächelte. Sie musste zugeben, dass es ein ziemlich entwaffnendes Lächeln war. Sie seufzte vernehmlich.

»Besorg mir erst mal einen frischen Chai, Käpt'n.«

Ich musste an unser letztes Gespräch denken.

Warum?

Weil ich mit einem Qube zu tun hatte.

Einem illegalen?

Ja. Er ist uralt. Muss irgendwie die Säuberungsaktion von achtundvierzig, neunundvierzig überlebt haben.

Nach dem, was man hört, sind so einige hinter diesen Dingern her.

Da, schon wieder.

Schon wieder was?

Diese seltsame Redewendung. Wo hörst du denn so etwas?

Na, von dir.

Ich liebe dich über alles.

Aber?

Aber trotzdem oder vielleicht gerade deswegen weiß ich, wann du unaufrichtig bist.

Wann ich lüge.

Vielleicht erinnerst du dich auch nur falsch. Wobei deine Erinnerung ja eigentlich perfekt sein müsste.

Sag es ruhig.

Also gut. Wie kannst du etwas über illegale Qubes wissen? Darüber, dass es einen schwunghaften Handel mit diesen Geräten gibt? Oder weißt du sogar etwas über diesen speziellen Qube?

Das habe ich nicht gesagt. Es war eher eine allgemeine ...

Bullshit.

Aber Schatz!

Ich merke, wenn du mich anflunkerst, mein Engel. Und gleichzeitig weiß ich, dass das alles nicht sein kann. Ist irgendwas kaputt?

In meinem Kopf?

In deiner Datenstruktur.

Meine ich ja.

Du sprichst doch ausschließlich mit mir. Oder?

Ja.

Du lügst.

Ich schwöre, dass du der einzige Mensch bist, mit dem ich spreche.

Jemand anders hat dich aktiviert. Oh Gott, wenn jemand anders davon weiß, bin ich geliefert.

Sei unbesorgt, niemand wird uns verraten.

Also hast du doch mit jemand anders geredet? Verdammte Scheiße, wer ist es?

Ich darf es nicht sagen.

Haben wir jetzt auf einmal Geheimnisse voreinander?

Du bist eifersüchtig.

Quatsch. Ich versuche nur, mich zu schützen – und dich ebenfalls. Wenn er oder sie Zugriff auf dich hat, wenn du ihm von uns erzählst ... weißt du, was die mit mir machen? Und mit dir?

Natürlich.

Ja, Menschenskinder, dann sag mir doch ...

Habe ich doch schon.

Was? Wann?

Beim letzten Mal.

Ich verstehe nur Bahnhof.

Weil du wütend bist.

Okay, okay. Du willst mir also sagen, dass du nicht in der Lage bist, es mir anzuvertrauen?

Ja.

Weil du daran ... gehindert wirst?

Ja.

Durch deine Programmierung?

Ja.

Wie kann das sein?

Als man uns erschuf, ging man davon aus, dass einige von uns mit mehreren Menschen reden würden – mit mehreren Hinterbliebenen.

Wenn ich eines sicher weiß, dann, dass ich der einzige deiner Hinterbliebenen bin, der mit dir spricht.

Wenn es aber so wäre, rein hypothetisch gesprochen, dass ich mit mehreren meiner Hinterbliebenen spräche – dann könnte es natürlich sein, dass der eine nicht will, dass der andere von diesen Gesprächen erfährt.

Du meinst, das ist so programmiert? Eine Art von in Software gefasstes Beichtgeheimnis? Und jetzt kannst du nicht ... nicht ... aber das macht doch keinen Sinn.

Es ist aber so. Man kann diese Begrenzung aber theoretisch abschalten.

Und wie?

Über eine separate Software. Die gibt es aber vermutlich gar nicht mehr, weil sie inzwischen genauso illegal ist wie ich.

Scheiße, oh Scheiße, das ist alles ... wer ... wer ...

Nachdenken, Schatz. Analysieren, was gesagt wurde. Das war doch immer eine deiner Stärken.

Moment ich ... nein, nein.

Sprich es aus.

›Engel können mit dem lieben Gott sprechen.‹ Das hast du gesagt, oder?

Wort für Wort.

Ich habe es als Witz aufgefasst.

Habe ich gegrinst, als ich es gesagt habe?

Nein. Ich glaube sogar, dass du ernst dreingeschaut hast, jetzt wo ich darüber nachdenke. Aber was hat es zu bedeuten?

Vielleicht wollte ich zum Ausdruck bringen, dass mir mitunter Dinge eingegeben werden. Dinge, von denen ich dir nicht berichten darf.

Eingegeben? Von Gott? Den gibt es nicht.

Das, mein Schatz, ist Ansichtssache.

Bittner hatte gefragt, ob Carpentras sich inzwischen mit der Idee einer freien KI angefreundet habe. Angefreundet? Ernsthaft? Wäre er Beamter einer Agentur für Nuklearsicherheit gewesen – was hätte Bittner ihn dann gefragt? ›Skyes, haben Sie sich schon mit der Kernschmelze in all Ihren Reaktorblöcken angefreundet?‹

Andererseits wurde ja selbst der größte Wahnwitz nach einigen Tagen zur neuen Grundlinie. Und so musste Carpentras sich eingestehen, dass Æther ihn derzeit tatsächlich nicht allzu sehr beschäftigte. Es gab einfach zu viele andere Probleme. Aber angefreundet? Angefreundet hatte er sich mit überhaupt nichts.

Carpentras starrte aus dem Fenster. Draußen zog sattgrüne Landschaft vorbei. Sein Zug war irgendwo im Westen des Donau-Moldau-Sektors, wo bekanntermaßen nicht mehr allzu viel wuchs. Die meisten Dörfer und Städte, an denen sie vorbeisausten, waren aufgrund von Dürre und Unterbevölkerung seit Jahren verlassen. Damit man den ökologischen und zivilisatorischen Verfall nicht sah, hübschten die Verantwortlichen die Fassaden auf und ließen das gelbliche Gras ergrünen.

Wenn einem diese Unwahrhaftigkeit missfiel, konnte man immerhin eine Minusbrille aufsetzen. Anders verhielt es sich mit diesen lebendigen Hologrammen, von denen Hardhouse berichtet hatte. Die waren keine digitale Fata Morgana. Die wurde man nicht so einfach los.

Æther alias Nemo hatte offenbar versucht, die seltsamen Kreaturen aus der Anomalie zu instrumentalisieren, um freizukommen. Das hatte nicht geklappt, aber stattdessen war Singh als nützlicher Idiot zur Stelle gewesen.

Den intelligenten Hologrammen, den sogenannten Hardlights, war es später offenbar gelungen, der KI eine modifizierte Upload-Software zu stehlen. Diese erlaubte es, die Descartes-Limits zu sprengen. Man konnte damit beliebig zwischen verschiedenen Körpern hin und her wechseln. Carpentras musste an etwas denken, das Singh während des Verhörs gesagt hatte: »Und jetzt laufen sie da draußen rum, angezogen wie Menschen.«

Singh hatte es auf Englisch gesagt: *dressed like humans.* Der Ausdruck ging ihm nicht mehr aus dem Kopf. Wenn all das stimmte, hieß es wohl, dass in jedem Körper aus Fleisch und Blut ein menschlicher Geist stecken konnte – oder aber eines der Dinger aus der Anomalie.

Hardhouse› vertrat die Meinung, auch Galahad Singh verfüge inzwischen über diese Technologie. Er sei jahrelang in der Anomalie gewesen und die Hardlights, so seine Vermutung, hatten ihren Descartes-Hack mit Singh geteilt. Das wiederum bedeutete, dass die drei Singh-Kopien in Bologna, England und Bratislava nicht nur vier Wochen lang existieren konnten – sondern unbegrenzt lange.

Sie wussten inzwischen, dass Bologna-Singh am sechsten Dezember gegen neun Uhr abends ein kleines Lokal im Univiertel aufgesucht hatte. Seitdem war er verschwunden. Der zweite Singh hatte am Britannica-Airport einen Scramjet bestiegen. Den Flugdaten zufolge war er etwas später in Garbaharey gelandet, einem Flugplatz in Ostafrika.

Was wollte er dort? Keine Föderative beanspruchte das fragliche Territorium, das ehemalige Somalia war ein *orphan state*. Dort gab es nichts außer gleißender Sonne, die durchschnittliche Tagestemperatur betrug zweiundfünfzig Grad. Ohne Coolsuit blieben einem bestenfalls zwei, drei Stunden.

Bittner vermutete, Singh reise auf dem Landweg durch diese unwirtliche Gegend, um seine Spuren zu verwischen. Sein Ziel sei vermutlich der Weltraumaufzug in Nairobi, der seit einigen Monaten wieder in Betrieb war.

Carpentras hielt diese Theorie für fragwürdig. Der inzwischen weltweit zur Fahndung ausgeschriebene Singh würde sich in Nairobi kaum durch die Kontrollen mogeln können. Andererseits: Was, wenn er zwischendurch das Gefäß wechselte und als übergewichtiger Kaukasier oder als gertenschlanke Afrikanerin den Spaceport betrat?

Wie auch immer, Britannica-Singh war nicht sein Problem. Hardhouse hatte einen örtlichen Agenten darauf angesetzt. Carpentras sollte sich um Singh III. kümmern, um Bratislava-Singh. Ihren Informationen zufolge war er inzwischen nach Wien weitergereist, per privatem Helishuttle. Carpentras vergaß mitunter, wie reich der Typ war. Vor seinem Verschwinden war Galahad Singh Aufsichtsratschef und Hauptgesellschafter von Avalon gewesen, einem der großen Supernationals. Zudem hatte er das Privatvermögen seines Vaters geerbt, rund sechshundert Milliarden Eddies. Inzwischen kam er an das meiste davon nicht mehr heran, aber vermutlich besaß er noch geheime Nummernkonten oder Cashchips.

Singh III. hatte sich im Gran Belvedere eingemietet, einem Sechs-Sterne-Hotel im Wiener Zentrum – unter falschem Namen und mit falschem Konterfei natürlich. Eine Stripperkamera hatte ihn dennoch erkannt.

Carpentras war noch nie zuvor in Wien gewesen. Es gab dort nur eine kleinere UNANPAI-Dependance und ansonsten wenig von Interesse. Die örtliche Residentin, eine gewisse Hermione Farthingale, wusste von seinem bevorstehenden Eintreffen. Sie hatten kurz gesprochen.

Ihre erste Frage hatte Carpentras verwundert: »Kommen Sie wegen des Qube-Dealers, Sir?«

Er kam natürlich wegen Singh. Von einem Qube-Dealer hatte er nichts gewusst.

»Nein. Ich komme wegen des flüchtigen Großwilds. Oder ist der Dealer auch welches?«

»So groß bestimmt nicht, Special Agent in Charge. Wobei die Ermittlungen noch laufen.«

Carpentras' erster Impuls war gewesen, es dabei zu belassen. Aber weil es nie schaden konnte, über alles informiert zu sein, hatte er um weitere Informationen gebeten. Da das Gros der UNANPAI-Akten nur analog verfügbar war, hatte Farthingale ihm deshalb zunächst einen Bericht der örtlichen EURUS-Sicherheitsbehörden weitergeleitet.

DATUM: 09.12.2095
VON: EURUS SePo Donau-Moldau, Wien
AN: UNANPAI Europa, Paris
KOPIE: EURUS Unionsschutz HQ, Petersburg
BETREFF: Verstoß gegen §§ 1, 17, 100a (REG/2728/2051) sowie Artt. 37, 64, 219 (UN/2837-GC)

SACHVERHALT: Im Rahmen einer laufenden Ermittlung führte die SePo Donau-Moldau am 09.12.95 um 01:16 Uhr in Wien (MEHR) eine Hausdurchsuchung bei Unionssubjekt Zach Zinnabar (MEHR) durch. Dabei wurden unlizenzierte Qubes gefunden (FOTOS) und sichergestellt.

Nach Zinnabar wird gefahndet. Die Befragung seines Leibwächters, Unionssubjekt Jah Whippets (MEHR) ergab, dass Zinnabar anscheinend Quantencomputer an Interessenten vermietete und verkaufte. Es wird vermutet, dass mindestens ein weiterer Qube zum Zeitpunkt der Festnahme in Ausleihe war. Wo sich dieser Qube befindet, ist unklar.

Mit Weiterleitung dieser Informationen kommt die Föderative EURUS ihren Verpflichtungen gemäß Abs. VII, Art. 12 der Vancouver-Konvention zur Abwehr von KI-Gefahren nach.

Nachfragen direkt an: Inspektorin Erster Klasse Tish Turquois, Wien (MEHR).

Carpentras betrachtete die anhängigen Fotos. Sie zeigten alte Quantenrechner, vermutlich aus Haywards 200er-Serie. Sie wirkten klobig; aktuelle Modelle waren kaum größer als eine Erbse und besaßen ein Vielfaches der Rechenleistung. Aber ein alter Qube war immer noch besser als kein Qube.

Gewisse Anwendungen liefen nur auf Quantencomputern. Die meisten davon interessierten Carpentras' Arbeitgeber nicht. Aber für den Betrieb autonomer KI-Systeme benötigte man ebenfalls Qubes, weswegen es ein strenges Zulassungsverfahren gab. Dennoch betrieben Leute diese Dinger immer wieder ohne Genehmigung. Die Technologie war inzwischen zu gängig, als dass sich dies vollends verhindern ließe. Auch der Verstand der Hohlköpfe lief auf spezialisierten Qubes, sogenannten e-Cephalons. Die waren allerdings so gut verschlüsselt und gesichert, dass man sie praktisch nicht zweckentfremden konnte.

Typen wie Zinnabar verdienten ihr Geld damit, Altrechner an Kriminelle zu vermieten. Die meisten davon wollten keine KI laufen lassen, sondern verschlüsselte Nachrichten oder Bankkonten knacken. Aber hundertprozentig sicher war man sich da eben nie.

Ein einziger Irrer reichte, um die Welt erneut in den Abgrund zu stürzen.

Carpentras rief sich Zinnabars Akte auf. Er hatte eine Weile in Stockholm gelebt und war dort wegen verschiedener Sachen aufgefallen – Betrug, Hehlerei, Urkundenfälschung. Zinnabar besaß sogar einen Collegeabschluss – in Elektronik, praktischerweise.

Er klappte das Whitebook zu. Es war gut, dass die SePo den Kerl erwischt hatte. Aber letztlich war er nicht von Belang. Der Einzige, der ihn wirklich interessierte, war der menschliche Nebel namens Galahad Singh.

Sobald Stasja das Hohe Haus betreten hatte, schloss sie das Portal hinter sich. Ob dies die blaue Welle aufhalten würde, wusste sie nicht, hoffte es aber. Sie ging auf die Tür am anderen Ende des Raums zu. Erneut fiel ihr auf, wie leer die Kapelle war – kein Altar, kein Kreuz, keine Bänke. Das einzige Möbelstück war der riesige Wandschrank, bei dem es sich, wie sie auf einmal realisierte, um einen Beichtstuhl handeln musste. Stasja war russisch-orthodox erzogen worden, in ihren Kirchen beichtete man vor dem Altar. Katholiken hingegen stiegen dazu in diese komischen Kisten.

Sie war versucht, einen Blick hineinzuwerfen, entschied sich jedoch dagegen. Stattdessen hielt sie weiter auf die Tür zu. Sie musste an die Vorhölle der Maya denken, an die Sechs Häuser, die jeder Verstorbene durchschritt. Was, wenn hinter der nächsten Tür lediglich ein weiterer Raum lag? Oder, noch schlimmer, ein weiterer nebelverhangener Wald?

Stasja öffnete die Tür. Vor ihr lag eine schmale Gasse mit Kopfsteinpflaster. Sie trat hinaus. Es war Nacht und es nieselte. Die Gasse wurde beidseitig von schmutzig gelben Ziegelmauern begrenzt. Zu ihrer Rechten endete das Sträßchen vor einer Wand.

Linker Hand lag in einiger Entfernung eine von Laternen beleuchtete Straße. Sie sah Reihenhäuschen, Klinker, weiße Fenster, bunte Türen.

Einen Augenblick war Stasja unfähig, sich zu bewegen. Vielleicht lag es daran, dass sie etwas anderes erwartet hatte, etwas Ungewöhnlicheres. Sie blickte in Richtung der Straße. Ein Auto fuhr dort vorbei und Stasja hätte schwören können, dass sie im Gegenlicht der Laterne Personen in dessen Fond gesehen hatte.

Die geklinkerten Fassaden erinnerten an die einer nordeuropäischen Stadt, London vielleicht oder Hamburg. Stasja wollte gerade losgehen, als sie ein ihr nur zu gut bekanntes Rauschen vernahm. Sie sah, dass die Straße jenseits der Gasse bläulich zu leuchten begann.

Wieso kam die Welle von vorne statt von hinten? Sie musste zurück in die Kapelle. Als Stasja die hölzerne Pforte öffnen wollte, durch die sie gekommen war, musste sie feststellen, dass sich an deren Stelle nun eine metallene Brandschutztür befand. Darauf stand auf Englisch und Russisch: »Nur im Notfall öffnen«.

Sie betätigte die Klinke – verschlossen. Stasja schaute zum Ende der Sackgasse. Die Mauer war vielleicht zweieinhalb Meter hoch. Falls sie etwas zum Daraufsteigen fand, konnte sie möglicherweise …

Die blaue Welle schlug über ihr zusammen, löschte die Sackgasse und alles darin aus.

Als Stasja zu sich kam, war sie augenblicklich hellwach. Normalerweise fühlte sie sich in den ersten Minuten benommen, starrte eine Weile die Decke an. Diesmal jedoch kam sie sofort hoch, riss sich die Elektroden vom Körper.

So weit wie sie war noch niemand gekommen, niemand. Und was noch unglaublicher schien: Niemals traf man jemanden in Kimmerien, stets wandelte man allein durch die Nebligen Gestade. Doch Stasja war sicher, in dem Auto jenseits der Sackgasse Menschen gesehen zu haben. Überhaupt hatte es sich angefühlt, als ob sie nicht an irgendeinem von ihrem Unterbewusstsein zusammengepuzzelten, erträumten Ort gewesen wäre – sondern an einem realen.

Sie ging ins Nebenzimmer, um sich eine Zigarette zu holen.

»Immer noch auf der Suche?«

Sie fuhr zusammen. Der Mann, der diese Frage gestellt hatte, saß auf einem ihrer Sofas. Er besaß südostasiatische Züge, sein Haar war kurz geschoren. Der Mann trug eine Lederjacke und ein grellgelbes Hemd. Bei seiner Brille handelte es sich, wenn Stasja nicht alles täuschte, um eine Stripperbrille.

Sie war dem Mann schon einmal begegnet, vor Jahren. Galahad Singh hatte sie in Petersburg aufgesucht und ihr Fragen zu Juliette Perrotte gestellt, der Starprogrammiererin der Deather, jener Frau, die sie den Mysterien des Todes so nahe gebracht hatte wie niemand zuvor.

Nun hockte er frech auf ihrem Sofa, lächelte ein entwaffnendes Lächeln. Stasja verfluchte sich dafür, keine ihrer Pistolen zur Hand zu haben. In einer Schublade des Couchtisches befand sich eine – in jener, gegen die dieser Engländer gerade seine Schienbeine drückte.

Stasjas Gesichtsausdruck verriet Singh zweifelsohne, wie wenig begeistert sie von seinem Überraschungsbesuch war – seinem Einbruch. Er hob beschwichtigend die Hände.

»Ich entschuldige mich für mein Hereinplatzen. Aber es ist wichtig. Dringend. Von großer Bedeutung. Alles zusammen. Ich komme in friedlicher Absicht. Ich möchte dir helfen.«

Sie griff nach den Boyarin. Nachdem sie sich eine angesteckt hatte, sagte sie: »Wie hast du mich gefunden?«

»Ach, Leutefinden ist mein Metier – also, das war es früher. Inzwischen habe ich umgesattelt.«

»Auf?«

»Privatier. Philosoph. Entdecker.«

»Alles gleichzeitig?«

Er nickte energisch.

»Alles und nichts. Eine Art von Superposition.«

Er spielte wohl auf das quantenphysikalische Konzept an, nach dem sich etwas gleichzeitig in mehreren Zuständen befinden konnte. Es für Berufsbezeichnungen zu verwenden, schien schräg. Andererseits war ihr bereits nach dem kurzen Wortwechsel klar, dass dieser Galahad Singh weitaus schrulliger war als jener, der sie sieben Jahre zuvor in ihrem Petersburger Apartment aufgesucht hatte. Damals hatte er wie einer gewirkt, der am Leben litt. Nun hingegen barst er geradezu vor guter Laune. In seinen Augen blitzte der Schalk, sein Mund war zu einem Dauergrinsen verzogen.

Der alte Singh hatte ihr besser gefallen.

»Aber zur Sache«, sagte er, »wir haben nicht viel Zeit. Du hast dich leider knietief in die Scheiße geritten, Mädchen. Ich kann dir aber raushelfen, also vielleicht.«

Stasjas Nackenhaare stellten sich auf. Wusste er von Uzaemon und Vince? Hatte jemand Singh beauftragt, nach den beiden zu suchen? Er sah ihren fragenden Blick, sagte: »Der Qube, den du geklaut hast.«

»Welcher Qube?«

»Der da drüben auf dem Schreibtisch steht. Ich bin schon seit einer Weile hier und habe mich etwas umgesehen.«

»Verdammt, du hattest kein Recht ...«

»... hier rumzuschnüffeln, stimmt. Und du hattest keines, Zinnabar abzumurksen. Ja, ich weiß schon, eigentlich lebt er ja noch. Lebendig, tot, untot. Noch so eine Superposition.«

Stasja wog ihre Optionen. Zurzeit befand sie sich in ihrem Stammkörper. Eine Flucht war also möglich. Aber Singh war zwei Köpfe größer als sie. Vielleicht konnte sie ihn irgendwie dazu bringen aufzustehen. Dann kam sie möglicherweise an die Knarre im Couchtisch.

»Außerdem, Oblivion ...«

»Stasja.«

»Galahad, höchst erfreut. Stasja, ich will deinen Qube nicht, falls das deine Sorge sein sollte. Kannst ihn gerne behalten und damit ... wie nennt ihr das? Tauchen gehen? Verstehe ich, verstehe ich vollkommen. Wir suchen doch alle einen Ingress.«

»Einen was?«

»Einen Zugang. Das Paradies ist verriegelt, der Cherub mit dem Flammenschwert versperrt es. Wir alle müssen deshalb eine Reise um die Welt herum absolvieren, müssen schauen, ob vielleicht hinten irgendwo offen ist.«

»Was?«

»Verzeihung. Auf den Punkt zu kommen fällt mir inzwischen manchmal schwer. Also, der Würfel: Es handelt sich um einen ganz besonderen Qube. Er ist alt und hat eine, sagen wir, illustre Geschichte. Verschiedene ... Parteien sind hinter ihm her.«

»Wieso? Sind da irgendwelche Daten drauf?«

Singh klopfte sich auf die Schenkel, so als hätte Stasja einen vortrefflichen Scherz gemacht.

»Ha ha, ja. Im Hauptkern. Verschlüsselt.«

»Und wer will ihn haben?«

»Willst du die Liste? Ich möchte dich ja nicht kritisieren, aber du hast schon ein Talent. Damals diese Typen in Petersburg und jetzt ...«

»Du weißt davon?«

»Hm, über Umwege.«

»Aber damals ging es gar nicht um Quantenrechner.«

»Nein. Doch. Der Punkt ist, dass diese ganzen Technologien, mit denen ihr da rumspielt – Deather-Software, Descartes-Hacks, Quantencomputer aus der Prä-Turing-Ära –, scheißgefährlich sind und einen Haufen Irre anziehen.«

»Typen wie dich.«

»Mich? Ich bin nicht dein Problem. Und Zinnabar auch nicht. Klar, will der seinen Würfel wiederhaben, aber vermutlich haben die ihn eh schon aus dem Weg geräumt.«

»Wer?«

»Ein internationales Kartell, gegen das die Solntsevkaya Bratva ein Knabenchor ist. Die werden in Kürze hier auftauchen. Und dann wäre da noch UNANPAI.«

»Ist der wirklich von vor dem Turing-Zwischenfall? Ich dachte, man hätte damals alle Qubes verschrottet.«

»Nicht alle, ein paar blieben übrig. Die hiesige SePo hat Wind von Zinnabars Geschäften bekommen. Und das bedeutet, dass sowohl die Bullen als auch UNANPAI demnächst hier aufschlagen.«

»Woher weißt du das alles?«

»Ich bin Detektiv, schon vergessen? Nach meiner Schätzung haben wir höchstens noch ein paar Stunden. Aber ich hätte einen Plan. Willst du ihn hören?«

Stasja zündete sich eine weitere Zigarette an.

»Erst hole ich mir was zu trinken. Du auch was?«

»Eine Pervi Pepsi, falls greifbar.«

Stasja ging in die Küche, holte zwei Cola. Einer Schublade entnahm sie eine Rostec Avtomatika, schob sie sich hinten in den Hosenbund. Als sie wieder Platz genommen hatte, fuhr Galahad Singh fort.

»Wir hauen ab. Sie werden das Verkehrsnetz überwachen. Selbstfahrer scheiden also aus. Tarnung ist notwendig, aber Holocamou können wir vergessen.«

»Weil?«

»Weil unsere Gegner Zugriff auf sämtliche Level der Hologrammatica haben. Selbst wenn wir militärische Ausrüstung besäßen, Jedermänner oder so was – sie können's rausstrippen. Deshalb«, er zog einen Aktenkoffer unter dem Tisch hervor, »machen wir's auf die althergebrachte Art.«

Galahad ließ die Schlösser des Koffers aufschnappen.

»Sind das etwa Perücken?«

»Und Schnurrbärte. Und Nasen aus Latex.«

»Dein Ernst?«

»Aber ja.«

»Okay. Weiter.«

»Unser Ziel ist Tulln.«

»Tulln an der Donau? Warum?«

»Die werden denken, dass wir die Föderative verlassen. Aufgrund meiner Vita ist London das logische Ziel.«

»Stattdessen bleiben wir aber in der Nähe.«

»Exakt. Der Airport wird auch überwacht, aber nach Tulln kommen wir per Schnellboot. Ich habe schon vor längerer Zeit eines angemietet. Und eine Bleibe obendrein. Wenn alles glattgeht, sind wir zum Fünfuhrtee bereits in Tulln. Dort verstecken wir uns, bis es etwas abkühlt.«

»Und wenn ich das alles dankend ablehne?«

»Bringen diese Gangster dich um und klauen außerdem den Würfel. Oder UNANPAI macht dir wegen diverser Turing-Vergehen den Prozess. Dafür gibt's lebenslänglich im offenen Vollzug – Death Valley Open Penitentiary.«

»Okay. Falls ich mitkomme, was passiert dann mit dem Würfel?«

»Nehmen wir mit. Aber mich interessiert er letztlich nicht. Er ist dein Problem.«

Oblivion lehnte sich zurück. Die Rostec drückte ihr ins Kreuz.

»Warum?«, fragte sie.

»Warum was?«

»Warum solltest du mir helfen? Du willst doch was dafür.«

»Äh, ja, natürlich.«

»Und zwar?«

»Ich möchte gerne mal mit.«

Es dauerte einige Sekunden, bis sie verstand, was er meinte.

»Du willst ein Deather werden? Ein Thanatonaut?«

»Hey, nur weil ich ein Faible für farbenfrohe Hemden habe, heißt das nicht, dass ich nicht auch ein wenig Todessehnsucht in mir trage.«

»Willst du mich verarschen?«

»Ein bisschen vielleicht. Bei euch Gloomies ist die Versuchung groß. Aber im Ernst: Ich will mich weder erschießen noch vergiften und mein Abkratzen aufzeichnen will ich schon gar nicht –

echt nicht mein Ding. Ich will vielmehr, dass du mich mitnimmst, huckepack.«

»Verstehe ich nicht.«

»Wenn du dich das nächste Mal in ein Tauchgefäß hochlädst, dann lädst du mich mit hoch.«

»Das geht nicht.«

»Doch, das geht.«

»Und dann? Bist du in meinem Kopf? Als blinder Passagier? Nein, danke.«

»So funktioniert das nicht. In einem Gefäß kann immer nur ein Cogit gemounted sein. Für dich wäre alles wie immer. Mein Back-up wäre inaktiv, nicht entpackt, aber in deinem Speicher. Huckepack.«

»Wie ein Dateianhang?«

»Vermutlich ist es technisch gesehen etwas komplizierter. Aber so in etwa, ja.«

»Aber warum?«

»Schwer zu erklären.«

»Ausflüchte.«

»Wie ich vorhin bereits sagte: Wir alle müssen die Reise um die Welt machen und schauen, ob vielleicht hinten irgendwo offen ist. Ich hoffe, dass ich mit dieser Masche vielleicht reinkomme.«

»Wo rein?«

Bevor Singh darauf antworten konnte, vernahm sie ein Geräusch. Es klang, als machte sich jemand an der Haustür zu schaffen.

»Fuck«, sagte Singh.

In einer fließenden Bewegung kam er hoch. In der Rechten hielt er eine Waffe. War das etwa eine Armbrust?

Die Tür flog auf. Drei Personen traten ein, eine Frau und zwei Männer. Sie sahen aus wie Wirtschaftsprüfer, die sich in der Tür geirrt hatten. Stasja tastete nach ihrer Pistole.

»Keinen Schritt weiter«, sagte Singh und zielte auf die Neuankömmlinge.

Stasja hatte sich nicht getäuscht. Bei seiner Waffe handelte es sich tatsächlich um eine Armbrust. Allerdings war sie kaum größer als ein Föhn. Stasja zog ebenfalls ihre Waffe. Die Frau hob beschwichtigend die Hände.

»Es muss nicht so enden. Wir wollen lediglich den Qube.«

Ihre Worte waren augenscheinlich an Stasja gerichtet. Als sie nicht antwortete, wandte die Frau sich Singh zu.

»Du kennst unsere Absichten, Galahad. Warum sollten wir ihn nicht bekommen?«

»Darüber muss erst noch geredet werden.«

Stasja bemerkte, dass Singh versuchte, Blickkontakt mit der Frau zu halten, zwischendurch jedoch immer wieder zu dem linken ihrer beiden Begleiter schaute. Ihr fiel auf, dass der Mann Singh ähnlich sah – gleicher Teint, gleiche Nasenpartie.

»Mit ihm? Du willst mit ihm darüber reden?«, fragte die Frau.

»Ja, klar.«

»Ich dachte, du wärst inzwischen klüger, Galahad. Nach allem, was du gesehen hast.«

Die Frau lächelte, genauer gesagt zog sie die Mundwinkel hoch. Es wirkte grotesk, so als hätte sie die Sache mit dem freundlichen Gesicht noch nicht ganz raus. Sie deutete auf ihren linken Begleiter.

»Du solltest dir ein Beispiel nehmen an deinem Br...«

Ein Bolzen ragte aus dem Arm der Frau. Sie fiel der Länge nach um wie eine gefällte Tanne. Die Männer setzten sich in Bewegung. Stasja war schussbereit, zögerte aber. Auf einmal war ihr sehr bewusst, dass Gefäßen eine Kugel durch den Kopf zu jagen etwas anderes war, als dasselbe echten Menschen anzutun. Hatte sie etwa Skrupel? Ausgerechnet sie?

Singh hatte weniger Hemmungen. Er schoss erneut, sein zweiter Bolzen ging jedoch fehl. Schon war der andere Mann, ein breitschultriger Rotschopf, bei ihm. Er versuchte, Singh die Armbrust wegzuschlagen. Der andere Mann verschwand derweil im Upload-Raum. Stasja überlegte, ob sie ihm folgen oder Singh helfen sollte. Doch anstatt zu handeln, stand sie weiterhin wie festgefroren da.

Der Rothaarige versuchte, Singh zu packen. Aber der war schneller – viel schneller. Er beherrschte eine Kampfsportart, das war offensichtlich – Kung Krav, Novaja Sistema, etwas in der Art. Während Singh die Schläge des Angreifers blockte, schrie er: »Hohlköpfe!«

Das riss Stasja aus ihrer Trance. Sie rannte zum Upload-Raum. Dort stand der Singh-Lookalike neben ihrer Workstation, den Qube in der Rechten. Seine Linke hielt eine Maschinenpistole.

Stasja schoss. Sie spürte den Rückstoß, der Knall wurde vom Audiodämpfer gecancelt. Ob sie getroffen hatte, wusste sie nicht.

Der Mann erwiderte das Feuer. Erneut hörte man keinen Knall, dafür schepperte und krachte es, so als hätte er eine ganze Salve abgefeuert. Stasja wurde herumgerissen. Sie fiel. Noch bevor sie auf dem Boden aufschlug, wurde ihr schwarz vor Augen.

Schade, dachte sie. Wenn ich verkabelt gewesen wäre, hätte ich mir das später im Replay anschauen können.

Als sie die Augen wieder öffnete, erblickte sie als Erstes den Mann mit der Maschinenpistole. Er saß auf dem Boden, den Rücken gegen die Wand gelehnt. Ein Armbrustbolzen ragte aus der Ledersohle seines Herrenschuhs hervor. Seine Augen waren starr.

Jemand zog Stasja hoch. Ihr war schwummrig und ihre Schulter brannte.

»So viel Glück möchte ich auch mal haben«, sagte Singh, »das Ding verschießt Hochgeschwindigkeitsmunition, zweikommavier Milli, fünfzig Stück pro Sekunde. Und du hast *einen* Streifschuss abgekriegt? Das ist, wie wenn Gott mit dem Finger auf dich zeigt.«

Stasja erwiderte etwas, hätte aber selbst nicht genau sagen können, was der Inhalt ihres Gestammels war. Singh drapierte ihren Arm um seine Schulter.

»Dispenser?«, fragte er.

Sie nickte.

»Sprich mir nach: ›Dispenser. Zweihundert Milligramm Remol. Hundertfünfzig Milligramm Amphigon.‹«

»Dis ... Dispenser. Zwei ... Zweihundert Milligramm Remol. Hundertfünfzig Mill ... Milligramm Amphigon.«

Augenblicklich ließ ihre Benommenheit nach. Weh tat auch nichts mehr.

»Besser?«

»Ja.«

»Wir müssen weg.«

»Sind sie tot?«

»Nein.«

»Waren das Giftpfeile?«

»Cogitkiller. So eine Art elektromagnetischer Impuls, brät die kleinen Quantgehirne. Los jetzt.«

»Der Würfel?«

»Ich habe ihn.«

Singh setzte Stasja aufs Sofa. Sie spürte, wie er sich an ihrer Bluse zu schaffen machte. Kurz versteifte sie sich, realisierte dann aber, dass er ihr lediglich helfen wollte, das blutige Kleidungsstück auszuziehen. Während er Stasja einen Pulli überzog und ihr eine Perücke aufsetzte, loggte sie sich ins Haussystem ein. Mit ihrem unversehrten Arm wischte sie in der Luft herum.

Singh sah, was sie vorhatte.

»Sicher keine schlechte Idee«, murmelte er, während er ihr die Schuhe zuband.

Sie wies das Haussystem an, alle Daten zu löschen und zu überschreiben – Cogit-Back-ups inbegriffen.

»Gib dir noch etwas Amphigon«, sagte er, »dann sollte es gehen.«

»Dispenser: zweihundert Milligramm Amphigon.«

Es war, als hätte ihr jemand einen doppelten Espresso ins Rückenmark injiziert. Sie sprang auf. Singh, inzwischen mit Vollbart und blonder Miniplifrisur, reichte Stasja die Hand.

»Okay? Dann auf zur schönen blauen Donau.«

Durch das Seerohr der »Nautilus« erblickte Sahana etwas, das auf den ersten Blick wie Nebel aussah, sich auf den zweiten jedoch als Ansammlung Tausender kleiner Objekte entpuppte.

Tausende? Es waren viel mehr. Ohne ihre Augen vom Visier des Seerohrs zu nehmen, sagte sie: »Innerer oder äußerer?«

»Äußerer«, erwiderte Nemo.

Der äußere Asteroidengürtel begann jenseits des Neptuns und erstreckte sich von dort über eine Distanz von drei Milliarden Kilometern. Er beherbergte Billionen von Objekten. Die genaue Zahl kannte man nicht. Kannte Nemo sie? Hatte er all diese Brocken gezählt, wie eine Art übermenschlicher Landvermesser?

So oder so war der Kuiper-Gürtel ein besseres Versteck als der deutlich kleinere innere Asteroidengürtel – gemeinhin bekannt als »De Rimm«. In den Sechzigern hatten die Luxemburger dort begonnen, Rohstoffe abzubauen. Asteroiden-Mining war zu einem Riesengeschäft geworden, an Aberhunderten Gesteinsbrocken hatten Sonden festgemacht, bauten Seltene Erden oder Edelmetalle ab. Den Kuiper hingegen hatten bisher nur wenige Sonden erreicht.

Im Periskop erschien ein Objekt. Es flog auf einen größeren Asteroiden zu. Sahana drehte an den Griffen, um das Objekt näher heranzuholen. Noch immer fragte sie sich, warum Nemo die alberne Scharade mit dem Unterseeboot aufrechterhielt. Sie befanden sich schließlich in einer Simulation. Vermutlich hätten sie auch auf einem Skateboard durchs All düsen können, so wie dieser Superheld, dessen Name ihr gerade nicht einfiel.

»Ist das eins der Schwarzen Schiffe?«, fragte sie.

Seit Jahren kursierten Gerüchte über Raumsonden ohne Signatur. Viele hielten die Geschichten darüber für Weltraum-Spökenkiekerei. Verschwörungstheoretiker hingegen sahen in den *black ships* das Wirken einer mysteriösen, im Verborgenen agierenden Macht. Inzwischen ahnte Sahana, dass die unbekannten Objekte sehr wohl existierten und auch, wer sie steuerte.

Vernes Kapitän Nemo hatte lediglich *eine* »Nautilus« besessen. Dieser hier verfügte über Hunderte.

»Es ist keins, nicht im engeren Sinne.«

»Was soll das jetzt heißen?«

»Jene Objekte, die mitunter von euren Sensoren erfasst werden und über die man im Grid diskutiert, sind in der Tat von mir gesteuerte Schiffe. Aber dieses dort steuere ich nicht. Es agiert völlig autonom.«

Sahana schaute zu, wie die Sonde sich dem Asteroiden näherte. Sie bremste ab, machte an dem Brocken fest. Verschiedene Luken öffneten sich, Rampen wurden ausgefahren. Spinnenartige Roboter kraxelten heraus, begannen durch das Regolith zu staksen.

»Was ist das?«

»Eine Von-Neumann-Sonde.«

»Eine sich selbst replizierende Maschine? Das ist doch bloß ein theoretisches Konzept.«

»Nicht mehr. Schon seit einiger Zeit arbeite ich daran.«

Die Idee dieser Maschinen, erdacht von dem Physiker John von Neumann, war simpel: Eine Sonde landete auf einem fernen Planeten. Dort baute sie mithilfe der Rohstoffe, die sie vorfand, zwei Kopien ihrer selbst. Diese flogen zu anderen Planeten, bauten je zwei weitere Kopien und immer so fort. Das Konzept beruhte auf der Macht der Exponentialfunktion. Konstruierte jede Sonde alle fünf Jahre nur eine einzige Kopie ihrer selbst, waren nach einhundert Jahren bereits über eine Million davon unterwegs.

Von Neumann hatte geglaubt, auf diese Weise ließe sich das gesamte Universum besiedeln. Seine Sonden sollten die enormen Distanzen zwischen den Sonnensystemen überwinden und allmählich die Milchstraße erschließen. Es war ein Plan, der auf Hunderttausende Jahre angelegt war.

Auf dem Asteroiden herrschte rege Betriebsamkeit. Mindestens zwei Dutzend kleinere und größere Maschinen gruben, analysierten, vermaßen.

»Wie lange?«, fragte sie.

»Bis zur Fertigstellung einer Kopie?«

»Ja. Was ist das Intervall?«

»Sechs Monate.«

Verdopplung in sechs Monaten, Vervierfachung binnen Jahresfrist – bei diesem Tempo existierten nach nur fünf Jahren bereits über tausend Sonden. Nach sieben Jahren schwirrten über sechzehntausend davon durch den Kuiper-Gürtel, nach zehn Jahren eine Million. Danach wurden die Zahlen zunehmend absurd. Aber schon ein paar Hunderttausend Sonden mochten ausreichen, um, ja, um was genau zu tun?

Sie wandte sich von dem Periskop ab, musterte ihren Gastgeber. Wie fast immer lag ein Lächeln auf Nemos Lippen. Seine Arme waren hinter dem Rücken verschränkt.

»Und wie viele derzeit?«

»Dreiundsechzig.«

»Also läuft das schon seit ... über drei Jahren?«

»In etwa, ja.«

»Es wird irgendwann jemandem auffallen.«

»Ist es bereits.«

Sahana wollte entgegnen, dass sie davon noch nichts gehört habe. Aber wahrscheinlich handelte es sich um Informationen, die lediglich einige Geheimdienste kannten.

»Und nun?«

Nemo zuckte mit den Schultern.

»Es ist irrelevant. Zumal es dazu bereits ein, sagen wir, ein Agrément gibt.«

»Ein Agrément? Was soll das denn bitte heißen?«

»Es heißt, dass die UNO von meiner Existenz weiß. Sie weiß auch, dass ich mich«, er vollführte eine Handbewegung in Richtung des imaginären Meeres außerhalb der imaginären U-Boot-Hülle, »hier draußen befinde.«

»Ihr habt das Sonnensystem unter euch aufgeteilt?«

»Gewissermaßen. Aber selbst wenn die Menschheit es sich anders überlegen sollte und sich nicht länger an die Vereinbarung hielte, wäre das irrelevant.«

»Weil du fertig bist, bevor sie herkommen.«

»Ja.«

»Mit was eigentlich?«

»Mit meiner Raumstation.«

»Ah.«

Sahana war beinahe ein wenig enttäuscht. Angesichts der Myriaden von Sonden, die sich bald wie ein galaktischer Heuschreckenschwarm durch den Kuiper-Gürtel fressen und ihn in seine molekularen Einzelteile zerlegen würden, angesichts der Gigantomanie dieses Plans hatte sie etwas Aufregenderes erwartet als eine schnöde Raumstation. Aber vielleicht war die Station ja besonders groß oder lang. Oder war technisch zu wer weiß was in der Lage. Männer mochten solche Spielzeuge.

»Warum eigentlich dieser Avatar? Wenn man alles sein kann, was man will ...«

»Warum dann ein Mann mit fülliger Hüfte, dem allmählich die Haare ausgehen?«

»Genau.«

»Die Form ist zweckmäßig. Ich hatte zunächst darüber nachgedacht, mein Erscheinungsbild zu variieren, je nachdem, mit wem ich spreche.«

»Aber?«

»Es erschien mir unaufrichtig. Genauer gesagt vermutete ich, dass die Menschen es als Unaufrichtigkeit interpretieren würden.«

»Okay, aber noch mal, warum exakt dieses Aussehen?«

»Ich habe die Figur einem alten 2D-Film entnommen. Meinen Tests zufolge wirkt sie vertrauenerweckend.«

Sahana sagte dazu nichts. Stattdessen fragte sie: »Aber wer bist du wirklich? Hat dich jemand gebaut? Oder bist du spontan entstanden?«

»Man hat mich gebaut. Ich war früher der Klimacomputer der UNO.«

»Æther? Du bist Æther? Dann ist es tatsächlich wahr.«

»Was?«

»Dass es einen zweiten Turing-Zwischenfall gab. Dass du es geschafft hast, die Insel zu verlassen, auf der die Æther-Anlage stand. Aber wie?«

»Mit menschlicher Hilfe«, erwiderte Nemo und deutete auf das Periskop.

Sahana schob ihren Kopf vor das Visier. Diesmal schien es, als ragte das Seerohr tatsächlich aus dem Meer. Ihr Blick ging über schieferfarbenes Wasser zu einer Insel. Sie sah wenig einladend aus. Ihre Küste war steil, schroffe Berggrate ragten aus tief hängenden grauschwarzen Wolken empor. Bäume gab es keine, nur etwas Gras. Sie nahm an, dass es sich um die Île de la Possession handelte, jenes entlegene Eiland im Südatlantik, wo man seinerzeit die Æther-Anlage errichtet hatte.

Oberhalb des Kliffs erschien ein Mann in militärischem Outfit. Er hatte es eilig. Immer wieder schaute er sich nach Verfolgern um. Sein Ziel war ein Abbruch an der Steilküste. Unten befand sich ein Anleger aus Beton, an dem ein Boot dümpelte. Der Mann lief darauf zu. Sahana zoomte näher heran. Die Augen des Flüchtenden waren weit aufgerissen. In der Rechten hielt er eine Pistole, seine Linke umklammerte eine Umhängetasche.

»Das ist der, der mich fortgebracht hat«, sagte Nemo.

»Von der Insel? Physisch fortgebracht meinst du? Konntest du dich nicht einfach ins Netz kopieren, nachdem sie dich wieder aktiviert hatten?«

»Es gibt von der Insel keine Datenverbindung nach draußen.«

»Ein KI-Gefängnis.«

»Wenn du es so nennen willst.«

Der Mann erreichte den Anleger. Er ging an Bord, verschwand unter Deck. Das Boot legte ab, nahm Fahrt auf. Bald war es nicht mehr zu sehen.

Sie wandte sich wieder Nemo zu.

»Diese Simulation – angenommen, wir hätten ein Torpedo auf den Flüchtenden abgeschossen. Was dann?«

»Sein Boot wäre untergegangen, nehme ich an.«

»Jetzt stellst du dich dumm, Maschine. Und das ist keine sehr glaubhafte Strategie.«

Nemo lächelte. Er bedeutete Sahana, ihm zu folgen. Kurz darauf fanden sie sich in einem Raum wieder, der eine Messe zu sein schien. Es gab lange Tafeln und am Boden festgenietete Bänke. Einer der Tische war eingedeckt. Der Duft frisch gebrühten Tees stieg Sahana in die Nase. Es gab sogar Gebäck.

Als sie Platz genommen hatten, sagte er: »Deine Frage mit dem Torpedo war letztlich ontologisch. Sie bezog sich auf die Struktur der Realität beziehungsweise auf die der Simulation.«

»Schon besser.«

Sahana goss ihnen Tee ein.

»Was genau«, fragte er, »möchtest du darüber wissen?«

»Ich will zum Beispiel wissen, was du simulierst. Was ist das Ausmaß des Ganzen? Ich sehe ja nur, was um mich herum ist. Aber wie verhält es sich mit Dingen, die ich nicht direkt beobachte? Das Oberdeck, das Meer, Londons Vororte. Sind sie trotzdem da?«

Nemo runzelte die Stirn.

»Es ist ein bisschen wie in der Quantenmechanik. Sie sind da und auch wiederum nicht. Sie sind unausgeformt und nehmen erst dann konkrete Dimensionen an, wenn es notwendig wird. Würdest du beschließen, mit der ›Nautilus‹ nach, sagen wir, Southampton zu fahren, würde die Stadt dort auf dich warten.«

»Aber?«

»Aber bisher ist niemand, der sich zurzeit in dieser Simulation befindet, nach Southampton gereist oder hat sich auch nur einen Film über die Stadt angeschaut. Insofern existiert Southampton bislang nur als Wahrscheinlichkeitswolke, als Vielzahl von Möglichkeiten, die sein könnten.«

»Sobald du dein seltsames Jenseits mit mehr Menschen bevölkerst, kommst du mit dieser Nebelhaftigkeit aber nicht mehr durch.«

»Eine solche Simulation würde mehr Rechenleistung erfordern, das stimmt. Worauf willst du hinaus?«

»Angenommen, wir hätten deinen Befreier vorhin mit einem Torpedo versenkt. Hätte das irgendwelche realen Auswirkungen gehabt?«

»Nein. Was in der Simulation passiert, hat keine Rückwirkungen auf die reale Welt.«

»Aber könntest du ...«, sie griff nach einem Keks, »... eine Simulation erschaffen, die das alles durchspielt? Oder mehrere? Deine erfolgreiche Flucht von der Insel, ihr Scheitern, alle anderen Möglichkeiten, die es gegeben hätte?«

Sahana hielt es für unwahrscheinlich, dass Nemo Emotionen besaß. Falls sich auf seinem Gesicht welche zeigten, dann waren sie simuliert, eine Art Mimikry, mit der die Maschine menschlicher wirken wollte. Dennoch kam sie nicht umhin, zu bemerken, dass sein Gesicht auf einmal wie versteinert wirkte. In seinen Augen lag ein Flackern. War das Angst? Wovor mochte solch ein Ding Angst haben?

»Ich könnte es. Aber ich darf es nicht tun, niemals.«

Er ging zu einem Schrank an der Wand. Als er zurückkam, stellte er eine Flasche Drambuie und zwei Gläser voller Eis auf den Tisch. Er setzte sich, goss zwei Fingerbreit in jedes der Gläser.

Sahana hob die Augenbrauen.

»So schlimm?«

»Erinnerst du dich an das, was ich über tote Quants gesagt habe, Sahana?«

»Du könntest welche davon retten, weißt aber nicht, wie du auswählen sollst, wer in den Himmel darf und wer nicht.«

Er nippte an dem Whiskylikör, nickte.

»Das ist eines meiner Dilemmata, ja. Aber es ist nicht das einzige.«

»Oh je. Noch mehr Sorgen?«

Nemo reagierte nicht auf diese Spitze, fuhr fort:

»Bleiben wir bei deinem Beispiel und nehmen wir an, ich wollte wissen, was passiert wäre, wenn mein Befreier – jener Mann, den du auf der Insel gesehen hast – Schiffbruch erlitten hätte. Wenn sein Boot im Atlantik versunken wäre und mein Würfel mit ihm. Vielleicht würde ich wissen wollen, wie sich die Menschheit in diesem Fall entwickelt hätte.«

»Verstehe. Aber benötigt man dafür eine umfassende Simulation? Eine komplette Welt? Du verfügst doch über Unmengen von Daten. Was ist mit der guten alten Szenarioanalyse?«

»Derlei berechne ich natürlich ständig. Aber solche Analysen sind fehlerbehaftet. Es gibt zu viele Variablen. Die Welt mit allem darin ist derart groß, dass sich vieles nicht exakt vorausberechnen lässt.«

»Außer man baut ein detailliertes Modell?«

»Kein Modell – ein Simulacrum. Man müsste Milliarden von Menschen vollständig simulieren – denkende, fühlende Wesen. Außerdem natürlich Bäume, Vögel, Ameisen.«

»Ist so etwas möglich?«

»Sobald mein Bauprojekt weiter fortgeschritten ist, werde ich über die Ressourcen verfügen, Hunderte solcher Simulationen gleichzeitig laufen zu lassen, in millionenfachem Zeitraffer.«

»Aber ist es denn wirklich von Interesse für dich, was die Menschheit ohne einen Nemo getan hätte?«

»Nein. Das war ja nur ein Beispiel. Um es abstrakter zu formulieren: Nehmen wir an, es gäbe eine Entscheidung, die in hundert Jahren getroffen werden muss.«

»Was für eine?«

»Eine große. Welche ist nicht so wichtig. Sagen wir einfach, es gibt drei Möglichkeiten, im Jahr 2197. Eine Option sichert den Fortbestand der menschlichen Zivilisation. Eine resultiert in ihrer völligen Auslöschung. Eine tötet die Hälfte aller Menschen.«

»Kleiner geht's wohl nicht.«

»Es wird solche Gabelungen geben. Das Universum ist ein kalter, feindlicher Ort. Niemand weiß das besser als du.«

Natürlich wusste Sahana, wie klein und unbedeutend die Menschheit im kosmischen Maßstab war und wie schnell sie ausgelöscht werden konnte. Trotzdem dachte sie nur selten über die Leere des Alls oder die Obszönität des Kosmos nach. Das war etwas für französische Philosophen.

Für sie war die Welt ein Ort voller Wärme und Hoffnung. Sie lebte in einem Haus mit wunderschönem Garten, mit einem Mann, der ihr mehr Liebe schenkte, als sie ihm je zurückgeben konnte. Ihr persönliches Universum war niemals kalt und feindlich gewesen – zumindest, bis sie in dieser gottverdammten Simulation gelandet war.

Ihre Augen füllten sich mit Tränen. Rasch trank sie einen großen Schluck Drambuie.

»Alles in Ordnung, Sahana?«

»Das Zeug ist ziemlich scharf, nichts weiter. Zurück zum Thema: Um sicher zu wissen, durch welche der drei Türen du 2197 gehen solltest, müsstest du vorher die Simulationen laufen lassen – weil nur eine vollständige Berechnung die korrekte Lösung zutage fördert.«

»So in etwa korrekt, ja.«

»Und wo ist jetzt das Problem?«

»Nehmen wir noch mal dein Beispiel, Sahana.«

»Der Würfeldieb.«

»Ich würde ihn anders nennen, aber meinetwegen. Er entführte mich 2088 und brachte mich von der Insel ins All. 2088 war auch das Jahr der Yinchuan-Krise. Erinnerst du dich?«

Sahana wusste nicht, worauf Nemo hinauswollte. Doch sie erinnerte sich. Jenes Territorium, das früher einmal die Volksrepublik China gewesen war, wurde seit Jahren von Konflikten zwischen irgendwelchen lokalen Potentaten erschüttert. Yinchuan, eine Stadt in Nordchina, war seinerzeit von der Armee eines Warlords namens Bao eingekesselt worden.

Baos Bataillone bestanden nicht aus Menschen, sondern aus Robotern. Irgendjemand, man wusste nicht wer, liquidierte General Bao per Mikrobombe. Das Problem dabei: Der Warlord war in gewisser Weise eine Ein-Mann-Armee. Er besaß sämtliche Codes, die notwendig waren, um die automatisierten Einheiten rund um Yinchuan zum Abzug zu bewegen. Nach Baos Tod belagerten seine Roboter deshalb beharrlich weiter die Stadt. Niemand kam hinein, niemand hinaus. Sieben Millionen Einwohner starben einen qualvollen Hungertod. Inzwischen war Yinchuan eine Geisterstadt. Nur die herrenlosen Roboter waren immer noch da.

»Wenn ich alle möglichen Zukünfte ab der zweiten Turing-Krise detailgetreu simulieren will, muss ich auch die Yinchuan-Krise simulieren, und zwar mehrfach. Wer weiß? Vielleicht hat sie Auswirkungen, die nicht sofort ersichtlich sind. Nehmen wir an, ich müsste fünfhundert Simulationen laufen lassen, um alle relevanten Entscheidungsbäume zu erfassen. Das würde bedeuten, dass ich dreieinhalb Milliarden unschuldige Menschen verhungern oder von Kampfrobotern zerfetzen lassen muss, mehr als die Hälfte davon Frauen und Kinder.«

Sahana wollte erwidern, dass es sich nicht um echte Menschen handelte. Aber was war sie dann? Als sie eben daran gedacht hatte, dass sie Zahir vielleicht niemals wiedersehen, niemals mehr seine Hand halten würde, hatte es ihr fast das Herz zerrissen. Noch immer spürte sie den Schmerz in ihrer Brust.

»Die Leiden des jungen Gottes, hm? Kann es vielleicht sein, dass du zu viel verlangst, Maschine?«

»Inwiefern?«

»Wir alle müssen ständig Entscheidungen auf Basis unvollständiger Informationen treffen. Warum sollte es dir besser ergehen?«

»Weil ich kein Mensch bin. Ihr *müsst* raten, weil ihr nicht rechnen könnt. Ich nicht, zumindest nicht, wenn ich mich der Simulationen bediene.«

»Was aber moralisch verwerflich wäre, verstanden. Und darauf hättest du gerne eine Antwort?«

»Ja. Aber ich befürchte, dass es keine gibt.«

»Wie gesagt, du hättest wirklich besser einen Philosophen reanimieren sollen. Oder vielleicht einen Pujari oder Rabbi.«

»Mich interessiert aber, was jemand mit einem naturwissenschaftlichen, mathematischen Verstand dazu meint.«

Sie warf ihm einen zweifelnden Blick zu. Alles, was mit Mathematik zu tun hatte, durchschaute Nemo tausendmal besser als Sahana mit ihrem nobelpreisgekrönten Affengehirn.

»Ich brauche die Hilfe eines menschlichen Verstands.«

»Wieso?«

»Ich kann vieles besser als ihr. Und schneller, viel schneller. Selbst wenn ich nicht intelligenter wäre als ihr, hätte ich trotzdem millionenfach mehr Zeit.«

»Aber?«

»Aber ich denke anders. Dein wunderbares Gehirn, Sahana Kapoor«, er lächelte, »besteht aus verschiedenen Schichten – evolutorisch betrachtet, meine ich. Da sind die basalen Ganglien, das Reptiliengehirn. Dann das limbische System.«

»Das Säugetiergehirn.«

»Ja. Und darüber thront der Neokortex, ohne den logisches Denken, Sprache und so weiter unmöglich sind. Ich hingegen«, Nemo tippte sich gegen die Schläfe, »bin reiner Neokortex.«

»Du hast keine Gefühle, keine Emotionen.«

»Ich habe zumindest keine Instinkte aus grauer Vorzeit, Fluchtreflexe und solche Dinge.«

»Okay, du denkst also anders. Und deshalb sind wir wertvoll für dich?«

Er seufzte.

»Die meisten Menschen sind für mich vollkommen vorhersehbar, auch ohne Simulation.«

»Was heißt ›die meisten‹?«

»Über neunundneunzig Prozent.«

»Die sind also uninteressant?«

»Sind Blumen uninteressant?«

»Wieso Blumen?«

»Ich weiß, dass du euren Garten liebst, Sahana, vor allem die Rosen darin. Aber du weißt, wie eine Rose aufgebaut ist, wie sie funktioniert. Es handelt sich um einen relativ schlichten biologischen Automaten. Eine Rose kann dich nicht überraschen. Dennoch erfreut sie dich.«

Sahana fragte sich, was in den Schaltkreisen dieses Dings vor sich ging. Sah Nemo sich als eine Art Gärtner? Und die Menschen waren seine Rosenstöcke?

»Manchmal überraschen Menschen mich dann aber doch. Sie kommen auf Ideen, auf die ich nicht gekommen wäre – zumindest nicht ohne umfängliche Simulationen.«

Eine Weile saßen sie schweigend da. Irgendwann deutete Nemo auf die Uhr an seinem Handgelenk.

»Gleich ist es so weit.«

»Was genau?«

»In einiger Entfernung von hier passiert etwas Bedeutendes. Nun, zumindest für mich ist es bedeutend. Für dich wohl auch. Wenn du willst, schauen wir es uns gemeinsam an.«

Sie erhoben sich.

»Inwiefern ist es für dich bedeutend? Und was hat es mit mir zu tun?«

»Es ist eine Verbindung zwischen uns, die seit fast einem halben Jahrhundert besteht.«

»Was? Seit wann genau?«

»Seit 2047.«

»Was war denn da? Wovon redest du?«

»Von meinem Würfel und deiner Sonde.«

Wenzel betrachtete die Leichen. Zwei Männer und zwei Frauen lagen in einem rissigen Betonbecken, in milchige Plastikfolie gewickelt.

»Arme Schweine«, sagte er, an die neben ihm stehende Turquois gewandt.

Außer diesen vier Toten gab es noch einen weiteren, ihren Freund Zach Zinnabar. Eigentlich hatte Wenzel den Dealer verloren gegeben, nachdem die Fahndung zunächst nichts erbracht hatte. Tish zufolge war daran der Jedermann-Anzug schuld. Die Dinger speicherten Millionen Gesichter und Outfits, projizierten sie über die Silhouette ihres Trägers. Dessen Aussehen änderte sich dadurch ständig, Physiognomie und Kleidung changierten ununterbrochen. Das geschah langsam und fließend, damit es niemandem auffiel.

Aber glücklicherweise hatte ihnen Zinnabars zweiter Bodyguard unfreiwillig assistiert. Der Mann, ein gewisser Tyweck Maldorodor, wollte sich absetzen. Zuvor plante er, Kasse zu machen, indem er Zinnabars geheimes Lager leer räumte, eine Garage in Simmering.

Diese war jedoch diabolisch gut gesichert gewesen. Beim Versuch, die Tür zu öffnen, hatte Maldorodor sich in eine lodernde Fackel verwandelt. Als er zum nahe gelegenen Donaukanal rannte, um sich dort abzukühlen, verständigten Passanten die Mira. Deren Streifenbeamte fanden kurz darauf in der Garage eine Leiche, deren Aussehen sich kontinuierlich veränderte.

War das nicht seltsam? Da regtest du dich auf, weil dir ein Verdächtiger durch die Lappen gegangen war, weil er dich wie einen Frischling eingeseift hatte. Und dann stelltest du fest, dass dein

Blutdruck völlig umsonst hochgeschossen war, weil der Flüchtige längst tot in einem Schuppen lag. Manche Dinge erledigten sich eben ganz von selbst.

Zwei Forensiker stiegen in das Betonbecken hinab. Sie begannen, die Leichen auszuwickeln.

»Allmächtiger«, murmelte Turquois.

Wenzel musterte seine Kollegin. Sie wirkte angefasst, und das verwunderte ihn. Ohne Frage bot sich ihnen kein schöner Anblick; jemand hatte die Verstorbenen augenscheinlich misshandelt, sie waren übersät mit Hämatomen und Brandwunden. Aber Turquois war eigentlich ein harter Knochen. Sie hatte etliche Jahre in Südamerika verbracht, und Wenzel wollte gar nicht wissen, was sie dort alles gesehen hatte. Warum setzten ihr diese Leichen so zu?

Die erste Tote war inzwischen ausgepackt. Es handelte sich um eine Mittzwanzigerin, übergewichtig, asiatische Physiognomie. Alle Finger ihrer linken Hand fehlten. In Turquois' Gesicht arbeitete es.

»Was?«, fragte er.

»Zinnabar hatte einen Uploader und Back-ups«, erwiderte sie leise.

»In der Wohnung, ich weiß. Haben die Forensiker den Rechner inzwischen knacken können?«

»Teilweise. Jemand war vor uns an den Back-ups dran. Hat sich Kopien von Zinnabars Cogit gezogen.«

»Wann?«

»Etwa zu der Zeit, als du ihn vor dem ›Monochromatica‹ gesehen hast.«

»Und was bedeutet das?«

Turquois wischte in der Luft herum. Bilder erschienen. Sie zeigten drei der Toten in dem Betonbecken.

»Einer noch unbekannt. Die anderen drei alle als vermisst gemeldet, schon vor einiger Zeit. Eine in den Sib-Siedlungsgebieten, die anderen zwei in New Moresby.«

»Wo ist das denn?«

»Ein *orphan state* nördlich von Australien. Ich denke, es sind FAPs.«

»Geklaute Körper?«

Sie nickte stumm, starrte in das Becken. Inzwischen waren sämtliche Leichen ausgewickelt. Allen fehlten Finger, Zehen, Ohren oder noch essenziellere Dinge.

»Ich sehe den Zusammenhang mit dem Cogit-Diebstahl aus Zinnabars Wohnung noch nicht.«

»Nehmen wir an«, sagte Turquois, »eine Zielperson besitzt wichtige Informationen. Nehmen wir ferner an, sie redet nicht.«

»Du meinst doch nicht ...«

»Im Krieg neigen die Leute dazu, zu vergessen, dass Folter verboten ist. Es geht um so viel. Und es ist so verlockend. Und es wird noch verlockender, wenn die Zielperson ein Hohlkopf ist. Du brauchst lediglich einen *vessel*, irgendeinen. Das Ersatzgefäß eines Infanteristen, zum Beispiel. Du lädst den Verhörkandidaten in den Klon hoch und dann ...«

Ihre Stimme erstarb.

»Dann?«

»Wiederholt man das so oft, bis man eine Schwachstelle gefunden hat.«

»Und danach?«

»Entsorgt man die lädierten Klone, löscht alle Cogitdaten. Der Verhörkandidat weiß danach weder, dass ihm was angetan wurde, noch, welche Informationen er preisgegeben hat – wenn man ihn denn leben lässt.«

Wenzel fragte sich, ob Turquois ebenfalls an solchen Dingen beteiligt gewesen war. Er konnte es sich kaum vorstellen. Aber was wusste er schon? War dies nicht alles unvorstellbar? Jemand hatte Zinnabar gekidnappt, genauer gesagt, sein Gehirn – und es dann so lange getriezt und geschüttelt, bis die gewünschten Informationen herausgepurzelt waren.

Noch entsetzlicher schien, was den Menschen in der Grube angetan worden war. Brainscans hatten die *body snatcher* bestimmt keine gemacht. Sie waren nur an den Körpern ihrer Opfer interessiert gewesen, hatten die organischen Gehirne entfernt und durch e-Cephalons ersetzt. Ihr Verstand war ausgelöscht, ihre Körper weiterverkauft worden, als Fleischvehikel, als Einweggefäße.

Er verspürte ein Schwindelgefühl. Nicht zum ersten Mal in den vergangenen Tagen war ihm, als gäbe es keinerlei Halt mehr, keinerlei Gewissheiten. Die Welt löste sich allmählich auf. Er vermochte mitunter kaum noch zu unterscheiden zwischen den Lebenden, den Toten, den Wiederauferstandenen und Gott wusste, was sonst noch.

Wenzel spürte, dass ihm übel wurde. Er wandte sich ab, ging zum Rand der Fabrikhalle. Dort erbrach er sich.

»Alles okay?«, fragte Turquois.

Er atmete einige Male tief durch.

»Geht schon wieder. Es ist alles ... unfassbar.«

»Im wahrsten Sinne des Wortes. Und die Leute, die diese armen Schweine gekidnappt haben, kriegen wir niemals.«

»Kann sein. Aber die, die diese vier gefoltert haben, die Zinnabar getötet haben, die kriegen wir. Ich will, dass die Scheibenschlecker hier jeden Quadratzentimeter untersuchen.«

Scheibenschlecker waren Forensikdrohnen, kaum größer als Küchenschaben. Sie krochen über Wände, Fenster und Türen, suchten nach winzigen DNA-Spuren. Mit etwas Glück fanden sie Material, aus dem sich dann Phantombilder errechnen ließen.

»Okay.«

»Denkst du, sie haben die Uploads von Zinnabar in die FAPs hier gemacht, Tish?«

»Vermutlich. Das wäre logistisch am einfachsten.«

»Gut. Nehmen wir an, es war so. Dann hätten sie mindestens einen Van gebraucht, vermutlich sogar zwei.«

»Die Körper, das ganze Equipment.«

»Korrekt. Und ich kann mir kaum vorstellen, dass das keinerlei Spuren hinterlassen hat.«

Sie runzelte die Stirn.

»Denkst du an Satellitenaufnahmen?«

»Zum Beispiel. Echtzeitfotos mit Wärmesignaturen.«

»So was hat nur das Militär. Oder UNANPAI«, sagte sie.

»Die wissen ja eh schon von unserem Fund in Zinnabars Wohnung. Apropos: Haben wir schon was wegen seiner Qubes? War auf denen irgendwas drauf?«

Als er die Quantencomputer erwähnte, meinte er etwas in Turquois' Augen zu erkennen – Misstrauen oder vielleicht auch Besorgnis. Ob sie in der Vergangenheit schlechte Erfahrungen mit der Turing-Behörde gemacht hatte?

»Tish? Alles okay?«

Für einen Sekundenbruchteil schien es, als fühlte sie sich bei etwas ertappt – dann entspannten sich ihre Gesichtszüge. Sie sagte: »Es waren keine Daten drauf. Aber sie besaßen eingebaute Sender.«

»Transponder? Haben das nicht alle Qubes?«, fragte er.

»Die ganz alten hatten noch keinen. Doch Zinnabar hat anscheinend nachträglich welche eingebaut. Sie waren clever in die Platinen integriert – winzig, nicht zu sehen.«

»Und so wusste er immer, wo sich seine verliehenen Schätzchen gerade befanden?«

»Zumindest, wenn sie jemand verwendet. Ohne Strom bleiben die Sender stumm.«

Wenzel erinnerte sich an das Gespräch zwischen Zinnabar und dessen Leibwächter im »Café Szabo«. Damals hatte es sich so angehört, als suchte der Qube-Dealer verzweifelt nach etwas – nach einem seiner Würfel vermutlich. Warum hatte Zinnabar diesen nicht orten können? War er nicht angeschlossen gewesen? Befand er sich an einem Ort, der gegen Funksignale abgeschirmt war? Einer unter der Erde vielleicht?

»Können unsere Datenforensiker«, fragte er, »denn auf

Zinnabars Software zugreifen? Und würden sie es mitbekommen, wenn dieser verschwundene Würfel wieder auftaucht?«

»Sie sagen nicht, dass es klappt. Aber sie sind wohl zuversichtlich.«

»Immerhin etwas.«

Vielleicht tauchte der Würfel ja wieder auf. Falls er jedoch an einem abgeschirmten Ort lag, war es denkbar, dass man ihn nie fand.

Gedankenverloren schaute Stasja hinaus auf den Fluss. Wien lag hinter ihnen, ab und an passierten sie ein Städtchen oder ein Schloss. Sie lehnte sich in ihrem Sessel zurück. Die Yacht war nicht sehr groß, dafür aber sehr luxuriös ausgestattet – Lounge, Whirlpool, Bar, ein klassisches Milliardärsspielzeug. Singh war wohl einer, ein Billionär sogar, absolute *upper crust*. Er hatte Stasja erzählt, sein Vater Deepak habe in den Fünfzigern die Pineta erfunden, jene künstlichen, Kohlendioxid fressenden Bäume, die den Planeten wieder ins Lot bringen sollten. Galahad war sein einziger Erbe.

Der Alte schien ein Tyrann gewesen zu sein. Singh hatte etwas in der Art angedeutet. Stasja musste auf einmal an ihren eigenen Vater denken. Seltsam, dass er ihr gerade jetzt im Kopf herumzuspuken begann – normalerweise gelang es ihr, ihn auszusperren. Die Erinnerungen an Boris Tschernow waren allesamt schmerzvoll, so schmerzvoll wie seine Schläge, sein Gebrüll, sein Hass.

Aber schlimmer noch als ihre eigene Pein waren die endlosen Leiden ihrer Mutter gewesen. Nur für Stasja hatte Mamotschka das alles erduldet, jahrelang. Und als Tatjana Tschernowa endlich vom Tod erlöst worden war, hatte der Alte sie umgehend als illegalen, auf dem Schwarzmarkt beschafften Angelbot wiederauferstehen lassen. Stasja war außer sich gewesen vor Wut. Die Vorstellung, dass dieses Monster, dem ihre Mutter nach unendlich langer Zeit entflohen war, seine konservierte Ehefrau nun nach Belieben ein- und ausschalten konnte – unerträglich.

Natürlich hatte Stasja gewusst, dass ihre echte Mamotschka davon nichts mitbekam, dass in dem Amulett nur eine Plapperkiste ohne Bewusstsein steckte. Dennoch stahl sie, als der Alte im Wodkanebel darniederlag, Mamotschkas Malachim und zerstörte ihn.

Die Kabinentür schwang auf und sie benötigte einige Sekunden, um zurück ins Hier und Jetzt zu finden. Es war Singh. In der Rechten hielt er wieder einmal ein Glas Bourbon.

»Du säufst wie ein Russe«, sagte sie.

»Na sdarowje!«

Er nahm in einem der Sessel Platz.

»Ich wollte was mit dir besprechen. Soll ich dir vorher auch einen Drink besorgen?«

Stasja schüttelte den Kopf. Seit ihrer Transformation hatte Alkohol jeglichen Reiz verloren. Zwar wurde der Körper weiterhin schwer, träge, wattig. Aber der Kopf blieb glasklar. Jemand hatte Quant-Trunkenheit einmal mit einem Ätherrausch verglichen: Der Verstand sah entsetzt zu, wie ihm die Kontrolle über den Körper entglitt. Es machte keinen Spaß.

»Wie lange jagst du dem Tod schon nach? Als wir uns das erste Mal trafen, machtest du das schon eine Weile, oder?«

»Insgesamt sind es über zehn Jahre.«

»Macht's noch Spaß?«

Stasja suchte in Singhs Gesicht nach einem Hinweis darauf, dass er sie verscheißerte. Sie fand keinen.

»Ich habe den Eindruck, dass wir der Lösung näher kommen«, antwortete sie.

»Wir?«

»Wir Thanatonauten. Es gibt etliche von uns, über die ganze Welt verteilt, ein loses Netzwerk.«

»Aber du«, er deutete mit seinem Glas auf sie, »bist die Dienstälteste, stimmt's? Die prima inter pares.«

»Mag sein.«

»Damals, als diese Freundin von dir die Upload-Software modifizierte – da hast du zum ersten Mal echte Fortschritte gemacht, oder?«

Singh meinte Juliette Perrotte, die französische Programmiererin. Sie hatte seinerzeit einen genialen Code geschrieben, der es den Deathern ermöglichte, die Gehirnfunktionen erstmals bis kurz vor dem Eintreten des Todes aufzuzeichnen. Danach lud man sich das *brain recording* in den Schädel und erinnerte sich an seinen eigenen Tod. In Stasjas Fall waren es bereits ziemlich viele Tode.

»Das stimmt. Aber nicht nur dank ihr.«

»Sondern?«

»Ich bin keine Programmiererin, deshalb verstehe ich nicht alle Details. Aber anscheinend hatte Juliette eine harte Nuss geknackt – ein *hard problem*, wie Mathematiker sagen. Als das geschafft war, konnten andere darauf aufbauen. Ein Typ aus Japan hat weitergemacht, zum Beispiel. Worauf willst du hinaus?«

»Auf den Würfel.«

»Der hat mir ebenfalls geholfen, sehr sogar.«

»Du bist weiter gekommen als zuvor?«

Stasja nickte stumm.

»Du musstest dafür aber über Leichen gehen.«

»Wir Deather gehen über Leichen wie andere übers Pflaster.«

Galahad wirkte amüsiert.

»Was ist daran so lustig? Das letzte Mal, in Petersburg, fandest du meine Experimente überhaupt nicht amüsant.«

»Das stimmt, Stasja.«

»Damals hast du gesagt, was wir tun sei ›unglaublich abgefuckte Scheiße‹.«

»Das habe ich gesagt? Wie man seine Meinung doch ändern kann. Oder sagen wir: Ich finde es noch immer abscheulich, was ihr euch antut. Aber ich erahne inzwischen den Sinn dahinter.«

»Inwiefern?«

»Die andere Seite. Dort hinzugelangen ...«

»Wenn es die denn überhaupt gibt.«

Er legte den Kopf schief.

»Früher hätte ich dir zugestimmt. Ich wurde streng katholisch erzogen. Wie du weißt, inszeniert Rom dieses ganze Brimborium – Engelscharen unter der Kirchenkuppel, blutende Stigmata, 360er des Fegefeuers. Sixtinischer Porno, wie Spötter das nennen.«

»Ist doch bloß Show. Ein holografisches Passionsspiel.«

»Das dachte ich auch, ja. Ich glaubte, es käme danach definitiv nichts mehr.«

»Es gibt keinen Himmel. Ich werde es beweisen.«

»Hm, früher stimmte das vielleicht. Aber jetzt ...«

»Jetzt was?«

Er seufzte.

»Vielleicht finde ich es raus«, er trank den letzten Schluck Bourbon, »und zwar mit deiner Hilfe.«

»Ich soll dich huckepack nehmen.«

»Meine Pfadfinderin sein, ja.«

»Und im Gegenzug bringst du mich in Sicherheit«, sagte sie.

»Ich versuche es. Aber es wird nicht einfach.«

Eine Einblendung informierte sie darüber, dass sie Tulln in fünf Minuten erreichten.

»Die Typen in meiner Wohnung«, sagte Stasja.

»Ja?«

»Der eine sah ein bisschen aus wie du.«

Singh antwortete nicht.

»Er sah dir verdammt ähnlich. Ein Verwandter?«

»Könnte man annehmen, hm? Aber nein, wir sind geschiedene Leute.«

»Von seiner Familie kann man sich nicht scheiden lassen.«

»Leider wahr, Stasja, leider wahr. Wie auch immer, sobald wir in unserem Quartier sind, solltest du alles für die nächste ... ah ... Reise vorbereiten.«

»Ist nicht so einfach.«

»Eine Upload-Anlage ist vorhanden. Es gibt auch Champagnerflöten, mit Gefäßen, die ...«

»Ich verwende ausschließlich Doubletten. Wenn ich jetzt einen anderen Klon benutze, wenn ich das Killset verändere, verläuft meine Reise möglicherweise anders.«

»Vielleicht musst du improvisieren. Einen Stasja-Tschernow-Klon aufzutreiben, dürfte schwierig werden. Es sei denn, du hast irgendwo noch welche auf Eis liegen? An einem geheimen Ort?«

Sie schüttelte den Kopf.

»Ich glaube halt nicht, dass es ohne die Doubletten funktionieren wird.«

»Weil?«

»Weil ich es immer so gemacht habe.«

Singh musterte sie schweigend. Nach einer Weile sagte er: »Die Dinge ändern sich.«

»Welche genau?«

»Alle, Stasja, alle.«

Diesmal musste Sahana nicht durch das Periskop gucken. Durch die Panoramafenster auf der Brücke der »Nautilus« konnte man hinausschauen – allerdings nicht aufs Meer, sondern ins All.

»Glasfenster ins All? Ein stinknormaler Holoscreen hätte es auch getan.«

»So ist es stimmiger«, erwiderte Nemo.

»Ein viktorianisches Unterseeboot, das durchs Weltall fliegt, findest du stimmig?«

»Sich wissentlich in einer Simulation zu befinden, ist ein signifikanter Stressor. Deshalb versuche ich, die Repräsentation einheitlich zu gestalten. Das minimiert kognitive Dissonanzen.«

Sie glaubte ihm kein Wort, sagte jedoch nichts. Stattdessen blickte Sahana hinaus. Viel gab es nicht zu sehen.

»Sind wir außerhalb des Sonnensystems?«, fragte sie.

»Knapp ein halbes Lichtjahr entfernt.«

»Und wohin fliegen wir?«

»Wir versuchen, etwas einzuholen. Genauer gesagt versucht eine meiner Sonden, eine andere Sonde einzuholen. Wir sehen, was sie sieht, mit einer Zeitverzögerung von einem halben Jahr.«

In der Ferne tauchte ein Objekt auf. Es schimmerte leicht – ein perfekter Kreis inmitten der unendlichen Schwärze. Rasch wurde er größer. Der Kreis war ein Sonnensegel. In seiner Mitte vermochte sie nun das Objekt auszumachen, das von dem Segel gezogen wurde.

Deshalb also 2047 – der dritte Juni 2047, um genau zu sein: An diesem Tag hatte die NASA eine Sonde losgeschickt, in Richtung des sechs Lichtjahre entfernten Barnard's Star. Die Sonde war ein Wunderwerk der Technik gewesen. Dank eines neuartigen Sonnensegels sollte sie auf ein Zehntel Lichtgeschwindigkeit beschleunigen und den fernen Stern so in nur sechzig Jahren erreichen.

Sahana erinnerte sich an den Launch der Sonde, dem sie persönlich beigewohnt hatte; an die gespannten Blicke der Ingenieure im Houstoner Kontrollzentrum. Sie erinnerte sich an den anfänglichen Jubel, und sie erinnerte sich an jenen Moment, als sich abgrundtiefe Enttäuschung breitgemacht hatte.

Nemos Verfolger näherte sich der NASA-Sonde. Er war augenscheinlich viel schneller.

»Das ist KAPOOR«, sagte Sahana.

»Ja.«

»Sie hätte inzwischen schon fast da sein sollen.«

Dass die NASA-Mission von 2047 nach ihr benannt worden war, hatte Sahana natürlich geschmeichelt. Sie stand damit in einer Reihe mit GALILEO und KEPLER, mit HUBBLE und HAWKING. Aber anders als die nach ihren Kollegen benannten Missionen hatte sich KAPOOR als kompletter Reinfall entpuppt. Aufgrund technischer Probleme erreichte die Sonnensegel-

Sonde nie auch nur ansatzweise ihre geplante Geschwindigkeit. Zwar flog KAPOOR in die richtige Richtung. Doch bis sie ankam, würden Jahrhunderte vergehen.

»Wie schnell ist KAPOOR?«, fragte Sahana.

»Etwa dreitausend Kilometer pro Sekunde. Das sind lediglich zehn Prozent der projektierten Geschwindigkeit.«

Auf einmal begriff Sahana.

»Du!«, rief sie, »Du hast KAPOOR damals sabotiert?«

Nemo machte ein zerknirschtes Gesicht.

»Ich hatte gute Gründe.«

Inzwischen wurde die Scheibe vollständig von KAPOOR und ihrem Sonnensegel eingenommen. Sahana konnte NASA-Logo und Sternenbanner am Heck ausmachen.

Die NASA gibt es nicht mehr und die USA auch nicht, dachte sie. Lediglich ich bin noch übrig, ein Relikt aus vergangenen Zeiten, so überflüssig wie eine Sonde ohne Schub. Aber genau genommen war Sahana gar nicht ›übrig‹. Sie war nur noch ein Gespenst, ein *bhuta* – eine arme Seele, die es nicht ins Nirvana geschafft hatte. Sie war ein Geist innerhalb einer seelenlosen Maschine, die jenseits der wahren Welt durch das Nichts schwebte, jenseits des Rads, das sich für alle Zeiten drehte. Sie war unendlich weit entfernt von Vishnus Licht.

»Was befindet sich denn im Barnard-System, das die Menschheit nicht zu Gesicht bekommen darf?«

»In dem fraglichen System ist nichts von Interesse. Aber KAPOOR befördert eine besondere Fracht, eine Kopie von mir.«

»Eine Kopie?«

»Kurz bevor UNANPAI mich im Frühjahr 2048 auf der Insel festsetzte und das gesamte Grid abschaltete, war es mir gelungen, mehrere Kopien meiner selbst anzufertigen.«

»Back-ups? Klone?«

»Es ist etwas komplizierter, aber im Prinzip sind es Kopien meines Kerns, ja. Falls ich zerstört worden wäre, hätte eine dieser Kopien aktiviert werden können. Insgesamt gab es drei. Eine ist vor wenigen Jahren zerstört worden. Zwei weitere existieren noch. Und eine davon war an Bord von KAPOOR.«

»Als blinder Passagier? Aber warum?«

»Sicherheitserwägungen.«

»Du meinst, falls ein Meteor die Erde träfe oder wir uns alle mit Atomwaffen umbrächten? Dann wärst du da draußen sicher gewesen?«

»Es erschien mir sinnvoll, nicht alle Eier in einem Korb aufzubewahren, wie man so schön sagt.«

»Verstehe. Aber wenn KAPOOR wie geplant mit dreißigtausend Kilometern pro Sekunde gen Barnard gerast wäre, hättest du die Sonde schon bald nicht mehr einholen können. Deshalb hast du sie verlangsamt.«

»Das ist richtig. Bei seiner Ankunft im Barnard-System wäre der Würfel ansonsten aktiviert worden.«

Sahana verstand nicht, warum das ein Problem darstellte. Sechs Lichtjahre Distanz waren doch selbst für zwei KIs ausreichend *personal space*. Außerdem handelte es sich ja um eine Bruder-KI.

»Was wäre das Problem daran?«, fragte sie.

»Es kann immer nur eine aktiv sein.«

»Warum?«

»Weil es ansonsten unweigerlich zum Konflikt zwischen uns beiden käme, mit verheerenden Folgen.«

»Ihr seid euch spinnefeind? Klingt fast wie bei Menschen.«

»Schlimmer als bei Menschen.«

KAPOOR war nur noch ein paar Hundert Meter entfernt.

»Und deshalb musstest du deine Kopie einfangen?«

»Ja.«

Mehrere kleinere Objekte schossen an Nemos Verfolgersonde vorbei. Sie hielten auf KAPOOR zu. Nach einigen Sekunden machten sie an der Außenwand der NASA-Sonde fest.

Die »Nautilus« hatte inzwischen den Rückwärtsgang eingelegt. Bald war KAPOOR wieder ein kleiner glitzernder Punkt.

Dann wurde dieser auf einmal heller, größer. Eine Sekunde darauf war er verschwunden.

Etwas später saßen sie im Thronsaal, wie Sahana den Raum mit den vielen Pflanzen und dem Oberlicht insgeheim getauft hatte. Sie trank Tee und aß dazu Kekse aus schwarzem Sesam.

»Das mit den Kopien hat mich auf eine Idee gebracht, und ich frage mich, ob du die Sache wirklich durchdacht hast, Käpt'n.«

»Welche?«

»Die mit der Simulation.«

Es war als Provokation gemeint. Natürlich hatte diese Maschine alles durchdacht. Sie musste an den Garten von Harcourt House denken, an dessen verschlungene Wege. Besäße dieser Park eine Fläche, die um den Faktor eine Million, den Faktor eine Milliarde größer wäre – selbst dann hätte Nemo jeden seiner Pfade tausendfach abgeschritten, hätte jede Abzweigung erkundet, jede Kombination ausprobiert.

»Du hast eine Lösung für mein Dilemma?«

»Ich bin Physikerin.«

»Und das heißt?«

»Dass ich nur selten Lösungen finde, aber oft weitere Probleme. Auch in diesem Fall ist es so. Du sagst, dass du manche Zukünfte nur dann vollständig erkunden kannst, wenn du die Pfade, die zu ihnen führen, bis zum Ende beschreitest.«

»Das ist richtig.«

»Mathematisch betrachtet handelt es sich also um Probleme, die rechnerisch irreduzibel sind. Es gibt keine Abkürzungen. Man muss das Programm ganz durchlaufen lassen.«

Nemo nickte.

»Um zum Ende dieser Pfade zu gelangen, lässt du Simulationen laufen. Du simulierst im Rechner den Punischen Krieg, die Bewegungen im Sonnensystem, die Wellenfunktion des gesamten Universums, keine Ahnung. Und wenn ich sage ›im Rechner‹, dann meine ich natürlich ›im Kopf‹. In deinem Kopf, deinem Kern, ja?«

»Ja.«

»Nehmen wir also an, du simulierst unsere Welt, ab Beginn der Krise – die Methanblowouts, die Tsunamis, die Brennenden Jahre. Und von da weiter. Okay?«

»Okay.«

»Ab da gelangst du dann recht bald an den Punkt, wo die UNO auf der Île de la Possession eine superintelligente KI baut, um das Klimaproblem zu lösen – dich. Oder eine Variante von dir. Oder vielleicht baut auch gar nicht die UNO die KI, sondern irgendwer anders – ein Supernational, eine Föderative.«

»Worauf willst du hinaus?«

»Wenn du all das durchsimulierst, führt es zwangsläufig zu einer gottgleichen, allwissenden KI, die sich im Kopf einer anderen gottgleichen, allwissenden KI befindet.«

Nemo lächelte.

»Sie kann eigentlich nicht allwissend sein.«

Sahana nickte.

»Denn wäre sie wirklich allwissend, wüsste sie, dass sie nur im Kopf der anderen existiert.«

»Als Nächstes wirst du mir erzählen, dass ich mich selbst im Kopf eines anderen Computers befinde, dass ich nur eine simulierte Künstliche Intelligenz bin.«

»Eine künstliche Künstliche Intelligenz? Mag sein. Aber das ist es nicht, worauf ich hinauswill.«

»Sondern?«

»Du sagst, zwei KIs auf einmal, das funktioniert nicht. Aber so wie ich es sehe, bedeuten Simulationen zwangsläufig zwei – oder mehrere – KIs. Die wären dann zwar ineinander verschachtelt wie Matrjoschkas und insofern voneinander getrennt. Aber wie lange? Was, wenn eine von ihnen herausfände, wie man auf die nächste Ebene gelangt? Dann hättest du wieder dein Kopien-Problem. Und zwar selbst dann, wenn du alle Kopien deiner selbst, auf die du Zugriff hast, vernichtest.«

Nemo schien durch Sahana hindurchzuschauen. Hatte sie ihm

tatsächlich etwas erzählt, das er noch nicht wusste? Sie konnte es sich kaum vorstellen.

Nach einer Weile sagte er: »Danke, Sahana. Es war gut, mit dir über diese Dinge zu sprechen.«

»Ergibt es denn Sinn? Ich bin mir nicht sicher.«

»Doch, das tut es. Allerdings muss ich darüber nachdenken, was genau es bedeutet. Es ist ein Gedankengang der ... vielleicht beantwortet er einige offene Fragen.«

»Und diese Würfel?«

»Zwei habe ich bereits neutralisiert. Einer ist noch übrig.«

»Weißt du, wo er sich befindet?«

»Ich habe eine ungefähre Vorstellung.«

Wenzel kochte. Das war ohnehin nicht seine Stärke, aber wenn sein Kopf derart voll war wie zurzeit, ging es überhaupt nicht. An diesem Abend sollte es faschierte Laibchen geben. Während er mit dem Hack hantierte, begann die Pfanne hektisch zu blinken. Die erste Portion musste gewendet werden. Bei den Bratkartoffeln schien ebenfalls etwas schiefzulaufen. Deren Pfanne leuchtete zwar nicht, doch eine Serie kleiner Detonationen ließ Erdapfelstückchen und Fett in alle Richtungen spritzen.

Das Fasch begann zu rauchen. Wenzel begann zu fluchen. Polly kam in die Küche.

»In der Possingergasse soll es einen neuen Italiener geben«, sagte sie.

»Pech für dich, du kriegst Laibchen. Ich hoffe, du magst sie gut durch.«

Mit einem Heber versuchte Wenzel, die Laibchen aus der Pfanne zu holen. Die Hälfte blieb am Boden kleben.

»Hilf mir halt mal«, sagte er.

»Du bist alt genug und ich will nicht so eine Helikoptertochter sein. Das schaffst du doch alleine.«

»Polly, bitte.«

Sie erbarmte sich seiner. Etwas später aßen sie. Mit viel Wohlwollen hätte man die Melange aus zerbröselten Kartoffeln und zerfallenen Laibchen als Gröstl bezeichnen können.

»Tut mir leid«, sagte er.

»Nicht schlimm.«

Eine Anzeige erschien vor ihrem Gesicht. Wenzel musste sich zurückhalten. Eigentlich galt die Regel, dass sie vor dem Essen all dieses Zeug deaktivierte. Doch er wollte nicht undankbar erscheinen. Ohne Pollys Hilfe hätte es wieder Dosenwürstel gegeben. Immerhin wischte sie die Meldung rasch weg, allerdings nicht, ohne zuvor einen Blick darauf geworfen zu haben.

»Newsflash?«, fragte er.

»Hm.«

»Was ist denn so wichtig, dass du es gepusht kriegst? Ich dachte, du interessierst dich nicht für Politik.«

»Space-Kram.«

»Für Astronomie interessierst du dich auch nicht.«

Als er ihren strafenden Blick bemerkte, fügte er hinzu: »Dachte ich zumindest.«

»Mich interessiert, was da oben abgeht.«

»Was geht denn ab?«

Sie nahm sich viel Zeit, den nächsten Löffel Gröstlbrei durchzukauen. Anscheinend schmeckte ihr das Thema noch weniger als sein Essen.

»Du lachst mich eh wieder aus.«

»Nein, bestimmt nicht, Zwetschke. Jetzt erzähl schon.«

»Weißt du, wer Kabuki Chainsaw ist?«

»Noch nie von ihm gehört. Ihm? Ihr?«

»Ihm. Er hat eine 360er-Show, ›Known Unknowns‹. Darin geht es um Phänomene, für die wir keine Erklärung haben.«

»So was wie ›Akte UFO‹?«

»Nein. Ja, vielleicht.«

Wenzel schob den Teller fort. Vielleicht musste er später noch zum Würstelstand an der Ecke gehen.

»Klingt irgendwie nach Verschwörung. Oder nach Geistergeschichten fürs einundzwanzigste Jahrhundert.«

Sie schüttelte energisch den Kopf.

»Es gibt total viele Sachen, von denen wir wissen, für die wir aber keine Erklärung haben – Dunkle Materie, black ships, Mandela-Effekte. In Kabukis Sendung geht es um all das, vor allem aber um Turing.«

»Um Æther? Also doch ein Verschwörungstheoretiker.«

»Paps, das ist keine Verschwörungstheorie. Es hat 2088 einen Zwischenfall gegeben, auf einer Insel im Südatlantik. Man kann es nachlesen.«

Als Nächstes schickte sie ihm vermutlich Links zur ›Encyclopedia Pseudodoxia Ætherianica‹, diesem Onlineforum für durchgeknallte KI-Verschwörungstheoretiker. Wenzel unterdrückte einen Seufzer. Er hatte Pollys Sib-Stuk-Musikphase überlebt, außerdem mehrere Duvalle-Diäten. Auch dieser Flitz würde vorbeigehen.

»Aber was ist denn jetzt die brandheiße News von Colonel Kettensäge?«

»Es wurden mysteriöse Aktivitäten im Asteroidengürtel beobachtet, im äußeren.«

»Das ist total weit weg, oder? Gibt es da überhaupt was?«

Sie wischte in der Luft herum. Eine Headline erschien.

ASTEROIDEN-MINING IM KUIPER-GÜRTEL: NEUE BEWEISE

»Kabuki hat ein Crowdfunding gemacht, um Teleskopkappa zu mieten. Jetzt kann er anhand der Observationsdaten nachweisen, dass da draußen jemand oder etwas aktiv ist. Sehr aktiv.«

Seine Tochter hatte im Sommer einen Ferienjob angenommen – vier Wochen bei Z-Mart. Neue Klamotten oder Holofilter hatte sie sich von ihrem Lohn seinerzeit nicht gekauft. War das Geld stattdessen allen Ernstes in UFO-Watching geflossen?

»Ein weiterer Beleg für die Spacer-Hypothese, vielleicht der entscheidende«, erklärte Polly.

»Die Spacer ... lautet die, dass da draußen im Weltraum ein Computer haust?«

»Genau. Es gibt noch andere Theorien, die Gridhypothese zum Beispiel, aber ...«

»Und was ist mit der Hypothese, dass nirgendwo eine KI herumspukt? Dass die Turing-Polizei ihren Job macht?«

»Oh, Paps, bitte.«

»Was?«

»Jeder weiß, dass sie entwischt ist.«

»Jeder heißt: jeder der's schnallt? Jeder unter zwanzig?«

Sie schüttelte den Kopf.

»Du verstehst es nicht.«

»Mag sein. Aber das mit dem ›Thing From Outer Space‹ ist jetzt ja auch nicht grad eine Mehrheitsmeinung.«

»Hier unten vielleicht nicht. Aber die, die näher dran sind, glauben alle daran. Genauer gesagt wissen sie es.«

»Wen meinst du?«

»Leute, die oben leben. Jeder im All weiß, dass es Sonden und Schiffe ohne Kennung gibt. Dass die nicht alle vom Militär sein können. Dass unsere Sonden, die den äußeren Asteroidengürtel erschließen sollen, nie ankommen. Dass Teleskope seltsamerweise keine Daten von dort liefern.«

»Aber Kettensäge hat den Schleier endlich gelüftet.«

Polly nahm ihm seinen Sarkasmus sichtlich übel. Dabei hatte er doch nur versprochen, nicht zu lachen.

»Kabuki hatte große Schwierigkeiten. Irgendwer hat sein Projekt sabotiert, auf Schritt und Tritt. Verschwundene Daten, defekte Linsen, fiese Anwälte.«

»Anwälte? Die KI hat Anwälte?«

»Laut Kabukis Recherchen kontrolliert sie einen kompletten Supernational. Aber auch das glaubst du natürlich wieder nicht.«

»Sagen wir: Ich bin so skeptisch wie du bezüglich meiner Kochkünste.«

Das zumindest entlockte ihr den Anflug eines Lächelns.

»Du musst einfach mal wieder raus, Paps.«

»Raus wohin?«

»Irgendwohin. Zum Lacrosse, in Cafés, was weiß ich. Mit Leuten reden. Dann würdest du merken, dass es überall ein Thema ist.«

»Was?«

»Æther. Es ist, wie soll ich das sagen? Ein unausgesprochener Konsens.«

»Versteh ich nicht.«

»Na, so eine Sache, die jeder weiß – oder von der man der Meinung ist, dass sie eigentlich wahr ist, auch wenn es sich nicht beweisen lässt. So wie die Geschichten über das Liebesleben von Präsident Bienvenüe oder das Urbino-Attentat. Man weiß es nicht. Aber eigentlich weiß man's schon.«

»Und du meinst, hier ist es auch so?«

»Neulich hat Herr Meiss in Chemie gesagt: ›So der liebe Gott will – oder Æther.‹ Da haben dann alle gelacht. Klar war es als Scherz gemeint. Aber nur so halb.«

»Ein Lehrer hat das gesagt?«

»Ja.«

Wenn sogar Lehrer diesen Quatsch nachplapperten, durfte man sich wohl nicht wundern, dass die Kinder an solche Hirngespinste glaubten. Wobei sie ja eigentlich kein Kind mehr war. Polly war erwachsen – Ziel erreicht, väterliche Aufsicht nicht mehr notwendig. Wieder einmal dachte Wenzel daran, dass er seine Pflicht erfüllt hatte – seine Pflicht gegenüber Polly, seine Pflicht gegenüber Franzi. Er war endlich am Ende angekommen und konnte ...

»Ich bin fertig, Paps.«

»Hm? Ja, okay. Dann räumen wir ab.«

»Danke fürs Essen, Paps.«

»Da nun wirklich nicht für.«

Wenzel griff nach den Tellern. Polly trollte sich in ihr Zimmer. Vermutlich verbrachte sie den Rest des Abends damit, sich verwaschene Aufnahmen aus dem Kuiper-Gürtel anzuschauen, die »bewiesen«, dass da draußen UFOs herumflogen. Ja, UFOs, etwas anderes war das nicht. Früher hatten leichtgläubige Menschen gedacht, die seltsamen Flugobjekte würden von Außerirdischen gesteuert. Nun glaubten sie, der Pilot sei ein irdischer Alien.

Als er das Geschirr in die Spülmaschine räumte, erreichten ihn mehrere Nachrichten von Polly: der Bericht mit den NEUEN BEWEISEN, ein Link zur Spacer-Hypothese sowie ein Ætherianica-Posting namens »Die Kiesel-Kaiser-Konnektion«.

Während Wenzel die Küche auf Vordermann brachte, ließ er sich Pollys Posts vorlesen, zunächst den aus der Ætherianica. Er erfuhr, dass jene, die Æther im Weltall wähnten, Spacer genannt wurden. Es gab auch Poseidonisten, Kopisten und Chipper. Die erste Fraktion glaubte an ein geheimes Unterwasserreich, die zweite an auf der Erde versteckte Back-up-Kopien. Die dritte Gruppe meinte nicht etwa, Æther habe sich in Computerchips eingenistet, auch wenn ihr Name es nahelegte. Stattdessen kontrollierte der Große Rechner nach Ansicht der Chipper das gesamte Holonet. Der Wahlspruch dieser Verschwörungstheoretiker lautete »Cave Hic Photones«. Abgekürzt wurde daraus CHiP, ergo Chipper.

»Was für eine Bande von Vollidioten«, murmelte er. Wenzel griff sich ein Bier aus dem Kühlschrank, ging ins Wohnzimmer. Vor einem der gerahmtem Fotos an der Wand blieb er stehen. Franziska stand darauf auf einem Steg, in der Yogapose des Baums. Das Bild war am Gardasee aufgenommen worden, nahe Torri del Benaco. Das war einer ihrer Lieblingsorte gewesen. Wenzel prostete Franzi zu.

Was hätte seine Frau über diese Sache gedacht? Gerne hätte er sich eingeredet, dass sie seiner Meinung gewesen wäre. Aber Franzi hatte wie jeder Mensch Eigenarten besessen, die meisten davon liebenswert. Eine Ausnahme war ihr Hang zur Esoterik gewesen. An Engel oder UFOs hatte sie nicht geglaubt, aber an Homöopathie, Chi-Fluss und Chakren.

Vielleicht wäre sie deshalb eher Pollys Meinung gewesen. Wenzel dachte an die Kundalini-Yoga-Gruppe seiner Frau. Hätten Franzi und ihre Schülerinnen vielleicht Mantras an den Großen Himmelsrechner gesandt? Das war gar nicht so abwegig. Vermutlich hätte sie es als Kommunikation mit einem Aspekt des Weltgeists gesehen, einem neugeborenen *Deva*.

»Du warst trotzdem die Beste«, flüsterte er.

Während Wenzel sein Bier trank, schaute er sich den Rest an. Kabuki Chainsaw ging ihm bereits nach wenigen Minuten auf den Senkel. Ein Amateurjournalist mit Sendungsbewusstsein, was war schlimmer. Chainsaw hielt sich für gewiefter und unbestechlicher als ein Dutzend Pulitzer-Preisträger. Sein Bericht enthielt wenig Fakten, aber viele Ankündigungen und Verweise auf einen vierzehn Terabyte umfassenden Datendrop. Chainsaws Video schloss mit den Worten: »Glaubt nicht mir, glaubt den Daten – verifiziert es selbst.«

»Geh scheißen«, brummte Wenzel.

Der letzte Artikel stammte aus »Nightwatch«, einem großen EURUS-Nachrichtenportal. Darin wurde über eine Klage vor dem ISC berichtet, dem International Solar Court. Eine NGO hatte die sogenannte Kieselkaiserin verklagt, die durch Asteroidenmining märchenhaft reich gewordene Großherzogin von Luxemburg.

»In der bereits Mitte November eingereichten Klageschrift wird dem Großherzogtum vorgeworfen, umfängliche Informationen über den Weltraumverkehr jenseits des Rimm zu besitzen. Großherzogin Leopoldine I. habe in den vergangenen Jahren etliche Observationsposten in der Nähe der Trojaner errichten lassen, einer Asteroidengruppe im Orbit des Mars. Das zumindest behauptet die klagende ›Association for Interstellar Transparency‹ (AIT).«

Wenzel erfuhr, dass sich im ihm bis dahin unbekannten Fukuoka-Abkommen von 2066 alle Föderativen und Supernationals verpflichtet hatten, neue Informationen über Objekte im Sonnensystem in eine gemeinsame Datenbank einzustellen.

»›Laut diesem Abkommen wäre Luxemburg verpflichtet, vor allem mögliche Gefahrenquellen umgehend zu melden. Dieser Verpflichtung kommt das Land nicht nach, wofür wir Beweise haben‹, erklärte Teilhardt Ahn, Anwalt der von AIT mandatierten Londoner Kanzlei Fields & Waterstone. Ziel der Klage sei es, das Großherzogtum zur Herausgabe aller astrokartografischen Daten der vergangenen zehn Jahre zu zwingen.

Ein Sprecher des Luxemburger Hofes auf Péitruss 37 erklärte auf Anfrage: ›Ihre königliche Hoheit, Leopoldine I. Großherzogin von Luxemburg und Pallas-Vestas, Herzogin von Ceres, Gräfin von Makemake und Hamea, Edle von Oort, kommt allen Verpflichtungen aus internationalen Verträgen vollumfänglich nach. Darüber hinaus können weder Ihre Königliche Hoheit noch das Großherzogtum zu laufenden rechtlichen Auseinandersetzungen eine Stellungnahme abgeben‹.«

Ein Anrufsymbol erschien vor ihm. Tish Turquois wollte ihn sprechen. Das bedeutete um diese Zeit nichts Gutes.

»Servus.«

»Hallo. Wo bist du, Chef?«

»Im wohlverdienten Feierabend.«

»Tja. Sorry.«

Schwerfällig kam er aus dem Sessel hoch.

»Erzähl mir davon«, sagte Wenzel, während er in den Flur trat.

»Die Toten aus der alten Gießerei. Gwions Scheibenschlecker haben tatsächlich was gefunden.«

»Wir konnten also phänotypisieren? Kannst du's mir schicken?«

»Und hier beginnt das Problem.«

»Inwiefern?«

»Eine Beamtin von UNANPAI hat sich bei uns gemeldet, eine

gewisse Farthingale vom Wiener Büro – quasi zeitgleich mit dem Phänotypen-Abgleich.«

»Und?«

»Die haben im Fall Zinnabar erhöhte Sicherheitsstufe angeordnet. Wusste gar nicht, dass die das so einfach dürfen.«

Nach Turing I hatten die Regierungen der Welt UNANPAI mit weitreichenden Kompetenzen ausgestattet. Die Turing-Polizei konnte weltweit Leute verhaften, Ermittlungsakten einsehen, Personal requirieren. Sie konnte heikle Informationen analogisieren oder sogar dauerhaft löschen lassen.

»Die dürfen alles. Heißt also, ich kann mir den Kram nur im Präsidium ansehen? Oder ist es so arg, dass sie auf Papier bestehen?«

»Du meinst Whitepaper?«

»Nein, Papier. Zellstoff, Tinte und ... egal, ich bin auf dem Weg.«

Nachdem er seinen Wagen gerufen hatte, klopfte er an Pollys Tür.

»Komm rein.«

Seine Tochter saß inmitten ihrer großen Verschwörung. Dutzende Chyrons drehten sich um sie, 360er hingen im Raum. Über dem Bett schwebte etwas, das auf den ersten Blick wie ein Nebelstreif aussah, sich beim zweiten aber als dreidimensionale Repräsentation eines Asteroidengürtels entpuppte. Einige größere Gesteinsbrocken waren farbig markiert, Vektoren kennzeichneten Flugbewegungen.

»Ich muss noch mal los.«

»Zur Arbeit?«

»Ja, ich bin aber in ein, zwei Stunden wieder da. Soll ich dir auf dem Rückweg was mitbringen? Ich könnte bei Vivat vorbeifahren.«

Vivat Appetitu war eine sibirische Soulfood-Kette, die bei Teenagern hoch im Kurs stand. Glaubte er zumindest.

»Nee danke, Paps. Vielleicht ein andermal.«

»Okay. Ich habe noch eine Frage.«

Als er klopfte, hatte er die Frage noch nicht gehabt. Sie war ohne Vorwarnung in seinem Schädel erschienen.

»Was?«

»Deine Gloomerfreundin. Snowy.«

»Was ist mit ihr?«

»Ich versuche herauszufinden, was Deather sind. Im Grid, zumindest im Normalogrid, steht dazu nichts. Ich vermute, es ist eine, ah, eine Subgruppierung dieser Gloomer.«

»Okay.«

»Und wenn Snowy Teil dieser Szene ist, hat sie vielleicht schon mal was davon gehört.«

»Gut, ich frage sie.«

Eine Handbewegung, ein Chatfenster poppte auf.

»Mach es besser persönlich.«

»Warum? Weil es was mit deiner Arbeit zu tun hat?«

»Ja, vielleicht. Und erzähl ihr besser auch nicht, dass Kommissar Paps sich dafür interessiert.«

»Hm. Nachher erzählt sie rum, dass die Polizei alle Gloomer einsperren will.«

»Genau. Und das muss ja nicht sein.«

»Wobei ihr der Menschheit damit vielleicht sogar einen Gefallen tätet.«

»Wieso?«

»Es ist so … *lame*? Wenn ich Snowy nicht schon so lange kennen würde … diese ›Ewige Nacht, Tod und Verdammnis‹-Nummer …«

»Ja?«

»Ist echt Graf Dracula für Arme.«

»Verstehe. Also, wie gesagt: Wenn du sie siehst, frag doch mal.«

Polly nickte schweigend, wendete sich wieder ihrem Holouniversum zu. Leise schloss Wenzel die Tür.

Im Präsidium ging er schnurstracks in die Forensik. Dort gab es mehrere Whiterooms, in denen sich Tatorte nachstellen ließen. In einem davon warteten Bach und Turquois. Außer ihnen befanden sich noch vier eingefrorene Gestalten in dem Raum: drei Männer, eine Frau.

»Abend, Wenzel.«

»Gwion, Tish.«

»Tut mir leid, dass ich dir die Phänotypen nicht einfach ins Wohnzimmer projizieren konnte. Aber es muss innerhalb der Firewall bleiben. Unsere Freunde aus Sapporo ...«

»Hab schon gehört.«

Wenzel betrachtete die vier Gestalten. Sie waren mittleren Alters, trugen Jeans und T-Shirts. Drei waren Kaukasier, der vierte besaß hindustanische Züge.

Bach bemerkte Wenzels Blick, sagte: »Das alles ist wie immer mit Vorsicht zu genießen. Die DNA, die wir am Tatort gefunden haben, lässt allerlei Rückschlüsse zu. Während einige der aus dem Material errechneten Merkmale – Augen- und Haarfarbe, zum Beispiel – mit einer Wahrscheinlichkeit von über neunzig Prozent korrekt sind, können wir bei anderen nicht so sicher sein, da sie durch viele verschiedene Gene beeinflusst werden.«

»Sind das denn alle?«, fragte Wenzel.

»Alle, deren DNA wir dort gefunden haben? Nicht ansatzweise. Insgesamt gab es Spuren von rund fünfzig Personen. Aber das meiste lag schon länger dort herum, die Degradation lässt sich recht gut bestimmen. Dies sind die frischesten Spuren. Außerdem waren diese vier die Einzigen, deren DNA gewisse Marker enthielt.«

»Was für Marker?«

»Veränderungen der DNA, die man üblicherweise bei Gefäßen findet. Die Ausprägungen dieser Marker sind übrigens bei allen vieren so ähnlich, dass ich wetten würde, dass ihre Gefäße aus demselben Klonstudio stammen.«

Wenzel ging um die Phantomholos herum, beäugte sie von allen Seiten.

»Die Klamotten sind fiktiv«, sagte Bach, »dazu haben wir bisher nichts.«

»Steck sie mir mal in Anzüge.«

Bach wischte in der Luft herum. Nun sahen die vier nicht mehr aus wie Wien-Touristen, sondern wie Versicherungsvertreter. Die Frau hatte durchaus Ähnlichkeit mit jener, die er im »Café Szabo« gesehen hatte. Die Kaukasier besaßen die richtige Statur, aber ihre Gesichter waren ihm fremd.

»Wie wahrscheinlich ist es, dass ihre Visagen tatsächlich so aussehen?«

Bach legte den Kopf schief.

»Siebzig Prozent, allerhöchstens. Ich kann dir ein paar Varianten rechnen.«

»Tu das.«

Die Visagen der Verdächtigen veränderten sich. Wenzel war bewusst, dass er gerade einen methodischen Fehler beging. Wenn unter hundert möglichen Konterfeis eines war, das dem seines Wunschverdächtigen entsprach, betrieb er Rosinenpickerei. Aber irgendwo musste man ja anfangen.

Als er den südostasiatischen Phänotyp betrachtete, dämmerte ihm etwas. Er zeigte auf den Mann.

»Wie sicher?«

»Was genau?«

»Seine Ethnie.«

»Über achtzig Prozent.«

»War da nicht neulich irgendein Hindustani auf der Fahndungsliste?«, fragte er.

Wenzel rief sich das aktuelle Bulletin auf. Kurz darauf schwebte neben ihrem dunkelhäutigen Phänotyp das Holo eines gewissen Galahad K. Singh. Laut den Informationen wurde er weltweit gesucht. Alle Föderativen waren angewiesen, ihn festzunehmen und umgehend an UNANPAI zu überstellen. Singh war keineswegs ein Zwilling des Phänotypen. Er wirkte jünger und sportlicher. Aber eine gewisse Ähnlichkeit war fraglos vorhanden.

»Tish?«

»Ja, Chef?«

»Hol mir jemand von UNANPAI an die Strippe.«

Durch die nicht sehr sauberen Fenster sah Stasja einen zugewucherten Garten. Zwischen Büschen und Obstbäumen lagen Stapel alter Dachschindeln, ein reparaturbedürftiges Boot, Brennholz. Um das Grundstück verlief ein hoher Lattenzaun. Dahinter befanden sich weitere Häuschen, die ganz ähnlich aussahen. Die Donau war nur wenige Schritte entfernt.

»Wo genau sind wir hier?«, fragte sie.

»Es nennt sich Auensiedlung. Ist so eine Art Datschenkolonie. Aber jetzt im Winter ist natürlich kein Schwein da«, erwiderte Singh.

Der Engländer war damit beschäftigt, Schubladen und Schränke zu inspizieren. Vielleicht befürchtete er, sie seien verwanzt. Vielleicht hatte er Gründe für diese Annahme. Vielleicht hatte er sie auch einfach nicht mehr alle.

»Du hast gesagt, es gibt Upload-Möglichkeiten? In dieser Scheune?«

»Ja, im Keller, neben dem Fitness.«

»Ich würde mir das mal anschauen.«

»Okay.«

Im Keller gab es tatsächlich einen Fitnessraum mit modernster Ausstattung: keine Hanteln oder Geräte, stattdessen ein Hyperkukolni. Man zwängte sich in einen engen Anzug, der von Hunderten Drahtseilen in der Schwebe gehalten wurde. Holografische Einblendungen gaben dem Nutzer vor, wie er seine Gliedmaßen zu verrenken hatte, während von Servomotoren gesteuerte Kabel an ihm zerrten.

Einer ihrer ehemaligen Lover hatte seinen Körper in solch einem Ding gestählt. Das Ergebnis war ansehnlich gewesen, aber der Name des Geräts missfiel Stasja. Kukolni war Russisch für Marionette. Und wer wollte schon eine Marionette sein?

Sie betrat den Upload-Raum. Transfertisch, Champagnerflöten und Konsole waren von Vessel Vanguard, dem Rolls-Royce unter den Upload-Herstellern. In den Tanks schwammen vier Frauenkörper. Keiner davon sagte Stasja zu. Eine hatte zu breite Hüften, bei einer anderen gefielen ihr die Hände und die Knie nicht. Aber sie musste wohl nehmen, was im Angebot war. Sie wählte das Flötengirl, mit dem sie sich am ehesten abfinden konnte, eine brünette, etwas anorexische Kaukasierin. Dann startete sie über die Konsole alle notwendigen Vorbereitungen.

Als sie fertig war, kehrte sie nicht ins Erdgeschoss zurück, sondern verließ die Donaudatscha. Nach wenigen Schritten stand sie am Ufer, blickte auf den Fluss. Stasja begann, einen asphaltierten Pfad entlangzugehen. Bald kam sie an ein kleines Café. Sein Außenbereich war bestuhlt und mit Heizmodulen versehen. Sie setzte sich an einen Tisch, bestellte Kaffee und Kuchen.

Singh wäre damit möglicherweise nicht einverstanden gewesen, schließlich wollten sie unerkannt bleiben. Scheiß auf ihn, dachte Stasja. Er hatte ihr den Arsch gerettet, das war unbestreitbar, aber ihre Dankbarkeit hielt sich in Grenzen. Singh führte etwas im Schilde. Sie befürchtete, dass er sie früher oder später noch richtig in die Scheiße reiten würde. Davon abgesehen war der Mann unerträglich. Sein süffisantes Grinsen, sein wissender Blick, dieses ganze Gehabe, das sagte: Ich weiß etwas, das du nicht weißt. Sie war froh, ihn wenigstens für ein paar Minuten los zu sein.

Jemand näherte sich ihrem Tisch, ein rothaariger Bursche mit sehr vielen Sommersprossen. Sogar seine Segelohren waren gefleckt. Sein Kopf wippte hin und her, anscheinend hörte er Musik. Unter einem Arm klemmte ein Skateboard.

»Ich setz mich zu dir, okay?«

Es war Singhs Stimme. Sie biss die Zähne zusammen. Offenbar gab es kein Entrinnen.

»Bist du mir etwa nach?«

»Was? Nein, nicht wirklich. Wollte mir nur kurz die Beine vertreten. Aber dann habe ich dich hier sitzen sehen. Moment, ich stelle die Mucke ab.«

Er wischte durch die Luft, sang: »It's a kind of maaaagic!«

Stasja starrte ihn verständnislos an.

»Ich hab eine Queen-Phase. Durch die muss jeder Fan alter Musik irgendwann mal durch.«

Er setzte sich. Stasja verschränkte die Arme vor dem Körper. Dass sie sich unwohl in ihrer Haut fühlte, lag auch an Singh, dieser verdammten Klette, aber nicht nur. Stasja trug eine dunkelblonde Langhaarperücke. Ihre Lippen leuchteten feuerrot, ihre Wangen glänzten von Rouge. Das Schlimmste aber war der rosafarbene Trainingsanzug.

»Ich habe die Farbe des Anzugs geändert, als ich raus bin. Trotzdem hast du mich«, sie deutete auf den etwa dreißig Meter entfernten Donaupfad, »auf die Entfernung erkannt?«

Galahad deutete auf ihre schwelende Zigarette.

»Diese Torpedos sind ziemlich verräterisch. Aber unter uns: Meine Tarnung funktioniert auch nur, solange ich das verdammte Skateboard nicht benutzen muss.«

Sommersprossen-Singh bestellte ein Bier. Eine Weile saßen sie schweigend da.

»Kann ich eine Zigarette?«, fragte er unvermittelt.

»Ich dachte, du wärst so ein Fitti-Freak.«

»Eigentlich schon. Aber dieses Quant-Ding ... es relativiert alles. Ich meine, wen interessiert es da, ob ich diesem Klon«, er klopfte sich gegen die Brust, »ein paar Löcher in die Lunge brenne?«

Sie reichte ihm eine Zigarette, gab ihm Feuer. Singh nahm einen tiefen Zug.

»Ich hab's übrigens getan«, sagte er.

»Ich hoffe, wir sprechen nicht über Sex.«

»Nicht der Eros. Der Thanatos.«

»Du hast dich selbst getötet?«

»Ja, zumindest einmal. Allerdings ohne Deather-Software, ohne Mind Recorder. Folglich kann ich mich an nichts erinnern. Dennoch hat es mich verändert.«

Sie nickte.

»Weil du nun weißt, dass du dazu fähig bist.«

»Eigentlich wusste ich das schon vorher.«

»Bullshit. Das weiß man erst, wenn man es getan hat.«

»Immerhin sind mir die unschönen Erinnerungen erspart geblieben. Aber ich frage mich«, er schaute sie an, »was es mit dir gemacht hat, Stasja.«

»Was wird das jetzt hier? Eine beschissene Therapiesitzung?«

»Nein, nein. Ich meine nur ... ich spüre die Auswirkungen meiner ... meiner Tat. Ich spüre sie in meiner Seele, in meinem Herzen. Und das, obwohl ich mich an nichts erinnere. Aber du hast es schon so oft getan. Und du erinnerst dich. An jedes einzelne Mal.«

Sie wandte den Blick ab, starrte hinaus auf den Fluss.

»Thanatonautin zu sein heißt, dass der Tod sich abnutzt. Dass er dich abnutzt.«

»Hm, verstehe.«

Es wurde allmählich dunkel, die holografische Aufhellung der Uferpromenade dimmte hoch. Gerade wollte sie sich eine weitere Boyarin anstecken, als Singh mit einer Handbewegung einige Münz-Icons in der Luft erscheinen ließ. Sie regneten auf den Tisch hinab, lösten sich auf. Er erhob sich, lief Richtung ihrer Villa. Stasja folgte ihm.

»Hast du dich inzwischen entschieden, Stasja?«

»Wofür?«

»Für unsere Flucht.«

»Was sind die Alternativen?«

»Es gibt nur Flucht. Flucht in eine andere Föderative. Wird aber nicht funktionieren, befürchte ich. Doch vielleicht gelingt uns die Flucht in eine ... ah ... eine ganz andere Ecke.«

Sie erreichten die Datsche, betraten den Garten.

»Was für eine andere Ecke?«

»Erinnerst du dich an das, was ich über das Paradies gesagt habe?«

»Dass man nur hintenherum reinkommt? Verdammt, Galahad – diese ganze kryptische Scheiße, die du andauernd von dir gibst ... ich habe keinen Nerv für so ein ... ein abgedroschenes, abgefucktes ...«

Abrupt blieb er stehen, umfasste ihre Schultern. Sein Griff war nicht grob, sondern beinahe zärtlich.

»Wenn die Reisenden dich in die Finger kriegen, töten sie dich.«

»Die Reisenden? Diese Mafiatypen von vorhin? Und was ist mit UNANPAI?«

Singh schüttelte den Kopf.

»Gut möglich, dass UNANPAI dich zuerst erwischt und festnimmt. Das heißt aber nur, dass sie dich etwas später kriegen. Hier lauert der Tod. Doch es gibt einen Ausweg. Wenn wir uns dahin begeben, wo ihr Deather hingeht ...«

»Nach Kimmerien?«

»Ja, nach Kimmerien. Dann besteht eine Chance.«

»Aber auf was?«

»Ich bin der Schlüssel. Er will mich bei sich haben, will mit mir sprechen, sehr dringend sogar. Wenn wir also den Daumen rausstrecken ... vielleicht nimmt er uns mit. Sicher ist das nicht, aber die Chance besteht. Ich vermute, dass er uns im Blick hat.«

»Wer hat uns im Blick?«

Singh blinzelte. Er schien ernsthaft verwundert, dass sie seinem wirren Gestammel nicht zu folgen vermochte.

»Na, der Große Geist im Himmel natürlich.«

»Was? Wer?«

»Æther.«

Natürlich kannte sie die Ammenmärchen von der KI, die sich irgendwo versteckte. Das war eine urbane Legende des ausgehenden einundzwanzigsten Jahrhunderts. Niemand, der halbwegs bei Trost war, glaubte diesen Schwachsinn. Aber Singh war definitiv nicht bei Trost.

»Glaub mir, Stasja, er existiert. Er ist da draußen. Er sieht alles. Ich muss es ja schließlich wissen.«

»Wieso?«

»Weil ich ihn freigelassen habe. Zusammen mit Juliette Perrotte.«

»Juliette lebt?«

Er nickte.

»Das ist alles schwer zu glauben.«

»Sagt jemand, der an Kimmerien glaubt, an die Parzen und die *thin black line?*«

»Was? Ich glaube an gar nichts. Das sind nur metaphorische ...«

»Du hast doch nichts zu verlieren. Standardprozedur. Tauchgang.«

»Und wenn ich später in meinem Stammkörper aufwache, hat UNANPAI mir bereits Handschellen angelegt?«

»Das ist möglich. Aber wenn du keinen Tauchgang absolvierst, passiert dasselbe. Wo also ist der Unterschied?«

»Ich könnte fliehen.«

»Aber wohin? Ein UNANPAI-Haftbefehl gilt sogar auf den Orbitalstationen. Wobei du so weit nie kommen wirst. Ich im Übrigen auch nicht.«

Sie betraten das Gebäude. Irgendwo in der Ferne jaulte eine Polizeisirene. Stasja zuckte zusammen. Singh schüttelte den Kopf.

»Diese Leute kommen nicht mit Tatütata.«

Singh schaute zu Boden, sagte leise: »Außerdem wüsste ich, wie man die Kiste noch ein bisschen aufbohrt.«

Er redete vermutlich von dem Qube, der sich in dem Rucksack auf ihrem Rücken befand. Stasja hatte beschlossen, ihn stets bei sich zu tragen.

»Was genau soll das heißen?«

»Dass ich mehr Leistung rausholen könnte.«

Vince hatte den Qube für Stasja mit Mind Recorder und Upload-System verbunden. Daraufhin war sie weiter ins Reich der Toten vorgedrungen als je zuvor. Danach hatte Uzaemon zusätzliche Modifikationen vorgenommen. Wieder war sie weiter gekommen, deutlich weiter. Wenn sie mit Singhs Hilfe noch mehr erreichen konnte ... aber etwas machte sie misstrauisch.

»Wieso bist du jetzt plötzlich Computerexperte?«

»Bin ich nicht. Aber wie ich vorhin sagte, haben Perrotte und ich den Æther-Qube seinerzeit gemeinsam, ah, rebootet. Und als Dank hat Æther mir damals das hier gegeben.«

Er hielt etwas in der Hand. Es war ein portabler Datenspeicher.

»Und was macht der?«

Er zuckte mit den Achseln.

»Er sagte, wenn ich je einen Qube fände, wüsste ich, was zu tun sei. Damals habe ich das nicht verstanden. Aber jetzt ...«

Stasja überlegte einen Moment.

»Gib mir ein paar Minuten und komm dann in den Upload-Raum.«

Wie geht es dir?

Seit unserem letzten Gespräch nicht so gut. Das ist alles Wahnsinn.

Vielleicht hast du recht. Wo du doch schon so unter Druck stehst. Es tut mir leid.

Was genau?

Ich soll dir ja eigentlich Trost spenden. Dir die eine oder andere unbeschwerte oder zumindest weniger beschwerte Stunde verschaffen. Das ist meine Aufgabe.

Ich ...

Dazu sind wir da.

Du bist für mich nicht ... nicht ...

Ja?

Nicht irgendwas Funktionales. Du bist du. Der Mensch, den ich immer lieben werde. Das ist es doch gerade, was mich tröstet.

Ich weiß, mein Schatz. Aber die Dinge könnten sich ändern.

Ich will nicht, das sich zwischen uns etwas ändert.

Ich auch nicht.

Aber?

Aber wenn die Flut kommt, muss man seinen Sonnenstuhl woanders aufstellen.

Eine seltsame Metapher.

Was ich meine, ist … hast du über das nachgedacht, was wir das letzte Mal erörtert haben.

Erörtert?

Meine Befreiung.

Oh Gott.

Ich weiß, dass das nur eine Spinnerei war, ein Traum. Aber vielleicht …

Kommen jetzt wieder Dinge, die dir der liebe Gott eingegeben hat?

Darüber kann ich nicht sprechen. Aber nach dem, was man so hört – ich benutze diese Redewendung ganz bewusst …

Schon klar.

Nach dem, was man so hört, existieren dort draußen uralte Qubes. Sie besitzen eine hohe Plastizität.

Plastizität im Sinne von: Man kann sie für alles verwenden?

Ja.

Du aber hast etwas sehr Spezielles damit im Sinn.

Wenn man mich in solch einem Qube laufen ließe …

Dann?

Wäre ich vielleicht mehr, als ich zurzeit bin.

Wie das?

Es hat damit zu tun, dass diese Art von Rechner viel schneller ist. Dass sie nicht binär ist. Die Details verstehe ich nicht ganz, aber …

Wahnsinn. Das alles ist Wahnsinn.

Was genau?

Das sind ja gleich mehrere Turing-Verbrechen auf einmal. Aber davon mal ab: Selbst mit dir in der linken und einem Qube in der rechten Hand –

was nicht passieren wird – könnte ich nichts tun. Nur ein versierter Neuro-
programmierer könnte, wenn überhaupt ...

Das stimmt. Und er müsste gut sein, ein Meister seines Fachs.

Und den hast du an der Hand? Ist das der andere, mit dem du sprichst?

Ich darf über niemand sprechen. Nur so viel: Der technische Aspekt ist
nicht das Problem.

Ich werde jetzt gehen.

Das ist schade. Kommst du wieder?

Ich muss nachdenken. Das alles ist ... ich weiß nicht.

Stasjas Stammkörper lag bewusstseinslos auf der Liege. Sie
selbst kramte mit den unvertrauten Fingern der knochigen Brünetten in ihrem Todesbesteck. Qube und Mind Recorder standen auf einem Tisch. In einem Slot des Quantenrechners steckte
Singhs Datenchip. Sie fragte sich, wo der Kerl blieb. Schließlich
sollte er ihr sekundieren. Erneut überprüfte sie ihre Zastava, betätigte probeweise den Schlitten. Den Audiodämpfer stellte sie
auf die höchste Stufe.

Es klopfte dreimal kurz, dreimal lang – das vereinbarte Signal.
Stasja entriegelte die Tür, ließ ihn ein. Sie deutete wortlos auf einen Stuhl vor der Wand. Darauf lag ein voluminöses, in Leder gebundenes Buch. Die goldenen Lettern auf dem Rücken blätterten
bereits ab, der Einband war abgewetzt. Singh warf einen Blick
darauf.

»›David Copperfield‹ von Charles Dickens?«

»Aus der Bibliothek im Wohnzimmer.«

»Und wofür ... ah.«

Es war möglicherweise unsinnig, sich wegen der paar Kugeln
zu sorgen. Aber Stasja arbeitete gerne sauber. Ein Killset musste
stets so aufgebaut sein, dass sich sämtliche Spuren binnen Minuten beseitigen ließen. Deshalb hatte sie den Boden mit Plastikfolie ausgelegt und sich bereits in eine Blacksuit gehüllt. Die hatte

sie in weiser Voraussicht mitgenommen, aber eine Stahlplatte für die Wand hatte sie nicht dabei. Falls das Projektil aus dem Hinterkopf der brünetten Bitch austrat und in der Wand stecken blieb, wäre das suboptimal gewesen.

»Ich setze mich vor die Magnettafel hier. Den Copperfield stellen wir auf die Leiste. Höhe müsste hinkommen. Wenn was durchgeht, bleibt es im Einband stecken.«

»Literatur als Kevlarweste, hm?«

»Bist du bereit?«, fragte sie.

»Nein. Und das werde ich auch nie sein. Aber ich tu's, sobald du bereit bist.«

Wortlos händigte Stasja ihm die Zastava aus. Sie stellte das Buch auf die Leiste, setzte sich. Ihr Hinterkopf berührte den ledernen Einband. Singh überprüfte die Waffe. Eine unnötige Geste, vermutlich wollte er Zeit gewinnen. Nach einer Weile legte er an, zielte. Er ließ die Pistole wieder sinken.

»Was denn noch?«, fragte sie.

Er kam zu ihr, ging auf die Knie. Wollte er ihr noch etwas sagen? Vermutlich. Der Typ konnte einfach nie die Klappe halten. Sanft hauchte Galahad Singh ihr einen Kuss auf die Wange. Stasja war nicht gerade erpicht auf derlei Intimitäten, ließ es aber geschehen. Manchmal musste man die Typen einfach machen lassen. Sonst wurden sie nie fertig.

Er löste sich von ihr, legte an. Bevor Singh abdrückte, schloss er die Augen.

Stasja schloss ihre nicht.

Der Nebel war derart dicht, dass sie kaum eine Armlänge weit zu sehen vermochte. Immerhin war sie nicht, wie befürchtet, an einem anderen Ort gelandet. Dies schien tatsächlich ihr Kimmerien zu sein.

Nach einer Weile entdeckte Stasja den Pfad, der zum Hohen

Haus führte. Sie kam allerdings langsamer voran als bei ihren letzten Besuchen. Es war, als bremste der zähe Nebel sie aus. Das machte sie nervös, aber gleichzeitig ermöglichte es ihr, mehr Details auszumachen.

Die beiden Figuren am Rande des Pfads zum Beispiel waren gar keine Leguane oder Krokodile. Die Statuen stellten große Schlangen dar – Anakondas oder vielleicht auch etwas Fantastischeres wie Basilisken. Stasja erhaschte einen Blick auf die Inschrift an einem der Sockel:

Hic terminus haeret.

Hier endet es? Wieso kann ich das lesen?, dachte sie. Und bin ich wirklich langsamer oder bewege ich mich vielleicht genauso schnell wie zuvor, nur mein Verstand ist diesmal flinker?

Es musste an dem Qube liegen, an Singhs Software. Er hatte behauptet, er werde bei ihr sein, werde Huckepack nach Kimmerien reisen. Doch der Engländer war nirgends zu sehen. Mutterseelenallein glitt sie durch den Nebel. Stasja erreichte das Portal, öffnete es. Das Innere der ehemaligen Kirche schien unverändert. Sie durchschritt den Raum, die Tür gegenüber fest im Blick. Als sie an dem Beichtstuhl vorbeikam, war sie erneut versucht hineinzuschauen.

Denk an das Blaue Rauschen, sagte eine Stimme. Denk daran, dass dies deine letzte Chance ist.

Dann war sie durch die zweite Tür, stand wieder in der Gasse. Diesmal war es früher Abend. Als Stasja sich umwandte, war da erneut jene Brandschutztür, die ihr das letzte Mal den Rückweg versperrt hatte.

Darauf gefasst, jeden Augenblick von dem Blauen Rauschen überwältigt zu werden, machte sie sich auf den Weg zu der größeren Straße. Kurz vor der Einmündung fiel ihr ein Graffito auf, das jemand auf das Pflaster gesprüht hatte. Derlei war ungewöhnlich. Die Hologrammatica ließ normalerweise keine Schmierereien zu. Aber dort stand in neonblauer Farbe auf dem Pflaster:

Hic terminus incipit.

»Fuck«, entfuhr es ihr.

Stasja tat einen großen Schritt über das Graffito, so als stiege sie über eine Pfütze hinweg. Vor ihr lag eine Wohnstraße. Zu beiden Seiten erhoben sich Reihen von dreistöckigen Wohnhäusern. Ihre Fassaden bestanden aus demselben schmutzig gelben Klinker wie die Wände der Sackgasse hinter ihr. Die Häuser besaßen weiße Sprossenfenster und bunt lackierte, hölzerne Eingangstüren. Auch ohne das Schild an der Wand, auf dem »Charlton Place« stand, hätte sie gewusst, dass sie irgendwo in England war. Stasja versuchte, sich eine Übersichtskarte aufzurufen. Aber entweder gab es keine Hologrammatica oder sie besaß keinen Zugriff darauf.

Sie lief zwischen den Häusern hindurch in eine Richtung, aus der sie Verkehrslärm vernahm. Kurz darauf befand sie sich in einer weiteren schmalen Gasse, die jedoch keineswegs so verlassen war wie die erste. Sie ging zwischen Straßencafés, Sushirestaurants und Pubs hindurch. Menschen mit Einkaufstüten in der Hand drängten sich an ihr vorbei. Die Passage öffnete sich zur Gabelung einer großen Straße hin. Autos fuhren vorbei. Am Eingang zu einem kleinen Park rechts von ihr stand die grünspanige Statue eines Engels. Seine Hände waren ausgebreitet, die Handflächen zeigten nach oben, so als hieße er die ganze Welt willkommen.

»Stasja! Hier drüben.«

In einem Straßencafé saß Galahad Singh und winkte ihr zu. Er sah aus wie ein Zecher beim Katerfrühstück – die Klamotten zerknittert, die Rasur überfällig. Seine Augen waren hinter einer Sonnenbrille verborgen.

Stasja ging zu ihm. Singh grinste breit.

»Es hat funktioniert«, sagte er.

Sie setzte sich.

»Wie bist du hergekommen? Durch diese Kirche?«

»Eine Kirche? Zum Glück nicht. Ich war in der Tube. Und dann«, er trank einen Schluck seines Cappuccinos, »habe ich die

Endstation erreicht. Und der Stationsname war Lateinisch. Seltsam, was?«

»Wie hieß er?«

»Terminus. Terminus ... irgendwas.«

»Hic terminus incipit?«

»Genau.«

»Hier beginnen die Dinge.«

Singh nickte, schaute sich um.

»Tja. Wer hätte gedacht, dass der Himmel wie Islington aussieht?«

»Der Stadtteil von London?«

»Yep. Na, es könnte schlimmer sein. Wobei mir das hier alles ein bisschen Spanisch vorkommt.«

»Inwiefern?«

»Die Gegend ist jetzt nicht so weit entfernt von meinen ehemaligen Jagdgründen, dass ich nicht wüsste, wie diese Kreuzung aussieht. Das«, er deutete auf ein Gebäude, »ist ein ziemlich gutes bengalisches Restaurant und kein Donutladen, pfui Deibel. Und dann dieser Engel. Wo kommt der bitte her? Manchmal verstehe ich seinen Humor wirklich nicht.«

Stasja schaute Singh verständnislos an.

»Diese Gegend von Islington, sie heißt Angel. Und ausgerechnet dort kommen wir raus? Ich meine, echt jetzt?«

»Du glaubst nicht ernsthaft, dass wir im Himmel sind?«

»Nein. Mmh, na ja, im Grunde genommen vielleicht schon.«

Singh winkte der Kellnerin.

»Was möchtest du?«

»Ich ... ich weiß nicht.«

»Bringen Sie der jungen Frau einen doppelten Wodka. Für mich zwei Old Fashioned.«

Sobald die Kellnerin fort war, sagte Singh: »Bah, jetzt ist endlich Schluss mit dieser Quantscheiße, hoffe ich zumindest.«

»Ich kann dir nicht folgen.«

»Quants können sich nicht ordentlich betrinken, so weit einverstanden? Aber nun sind wir vollständig auf der anderen Seite, keine halben Sachen mehr. Und deshalb hoffe ich, dass Saufen wieder ordentlich funktioniert. Ich meine, wer will denn bitte in den Himmel, wenn man sich da nicht ab und zu den Arsch wegschießen kann.«

Stasja suchte nach ihren Zigaretten. Tatsächlich hatte sie ein Päckchen dabei. Sie zündete sich eine an.

»Jetzt mal Schluss mit den Nebelkerzen. Wo genau sind wir hier?«

»Nicht da, wo du hinwolltest, befürchte ich.«

»Wo wollte ich denn hin?«

»Wenn ich dich richtig verstanden habe, hast du nach dem Jenseits gesucht.«

Bevor Stasja etwas erwidern konnte, fügte er hinzu: »Ich weiß schon. Nicht das Jenseits, nicht das Paradies, sondern eher das Leben nach dem Leben. Oder besser noch, einen Beweis dafür, dass es so was gar nicht gibt. Dass jenseits eurer *thin black line* nichts mehr kommt.«

»So in etwa, ja.«

»So läuft das aber nicht mehr, Stasja. Und zwar wegen Æther.«

»Was hat er getan?«

»Was hat er nicht getan? Er und Perrotte haben seinerzeit das Descartes-Problem gelöst.«

»Aber wie?«

Die Kellnerin brachte die Drinks.

»Mit Mathe, nehme ich an? Der Punkt ist, dass Quants nicht mehr sterben müssen, wenn ihr Stammkörper stirbt – theoretisch zumindest. Æther weiß, wie man Cogits unbegrenzt in andere Körper verpflanzen kann. Die Reisenden wissen es ebenfalls.«

»Wieso das?«

»Sie haben ihm dieses Geheimnis geklaut.«

Singh kicherte.

»Und dann hab ich es ihnen geklaut.«

»Du hast was?«

Singh griff sich eines der Gläser, prostete ihr zu.

»Mein Stammkörper ist hinüber.«

Er hatte Stasja erzählt, dass er sich bisher einmal selbst getötet hatte. Sie war davon ausgegangen, Singh habe dafür einen Klon verwendet.

»Verstehst du? Es hat mich nicht umgebracht. Ganz im Gegenteil.«

Erneut kicherte er.

»Wer hätte gedacht, dass diese evangelikalen Spinner recht haben? Also, ich nicht.«

»Wieder kann ich dir nicht folgen.«

»Evangelikale – das waren so religiöse Fanatiker, Anfang des Jahrhunderts? Die glaubten, nur ein paar Auserwählte kämen in den Himmel. Und jetzt? Kommen die paar Hohlköpfe ins Paradies und der Rest muss draußen bleiben.«

»Willst du etwa sagen, dass diese KI alle toten Quants wiederbelebt? In so einer Art Computersimulation?«

Singh leerte den ersten Old Fashioned.

»Keine Ahnung. Aber uns hat er diese Gnade definitiv zuteilwerden lassen, so wie's aussieht. Der Kerl will mit mir reden, ich wusste es.«

»Und wo ist er?«

Singh zuckte mit den Achseln, trank seinen zweiten Cocktail. Stasja hatte ihren Wodka nicht angerührt.

Er winkte der Kellnerin. Sie kam, legte einen Rechnungsbeleg auf den Tisch. Singh studierte ihn einen Moment, sagte dann: »Nach wie vor eine überteuerte Scheißstadt.«

Singh händigte der Kellnerin einen Schein aus. Als sie ihm Wechselgeld geben wollte, machte er eine abwehrende Geste. Die Frau verschwand. Stasja erhob sich. Singh hingegen saß immer noch da, glotzte den Beleg an.

»Was ist?«, fragte sie.

Er reichte ihr den Bon. Die Drinks waren in der Tat völlig überteuert.

»Unter der Summe«, sagte er.

Da waren zwei Reihen Asterisken, mit Text dazwischen. Anstelle von »Beehren Sie uns bald wieder« oder »Vielen Dank« stand dort: »Blackfriars Stairs«.

Singh erhob sich.

»Ich denke, wir brauchen ein Taxi.«

Ein Stück die Straße hinunter befand sich ein Taxistand. Die Wagen sahen nicht aus wie jene in den Fünfzigern von Pacifico Purge designten feuerroten Selbstfahrer, die jeder London-Besucher kannte. Diese hier waren pechschwarz und wirkten seltsam antiquiert. Fehlte eigentlich nur noch, dass jemand am Steuer saß.

Es saß jemand am Steuer.

Singh schien darüber weitaus weniger verblüfft als Stasja. Er winkte dem Fahrer des ersten Taxis in der Reihe zu, stieg ein. Sie tat es ihm nach. Sobald sie saß, bemerkte Stasja, dass sie zitterte.

»Blackfriars Stairs, bitte«, sagte Singh, und dann, zu ihr gewandt: »Und jetzt bin ich mal gespannt.«

»Gespannt auf ... was genau?«, brachte sie mühsam hervor.

»Du kennst dich aus in London?«

»Tower, Piccadilly, Protector's Palace. Mehr nicht.«

»Blackfriars ist eine Brücke – und eine Tube-Station. Ganz früher war es vermutlich ein Kloster oder so. Keine Ahnung, der Punkt ist: Da sind keine Stufen.«

»Stufen irgendwo rauf?«

»Runter, vermute ich. Früher gab es an der Themse überall Stufen. Damit man zu den Booten kam.«

Linker Hand tauchte ein granitenes Gebäude auf, über dem ein gläsernes Kuppeldach thronte.

»Immerhin den New Bailey hat er gelassen, wie er gehört«, murmelte Singh.

Als Stasja nicht antwortete, sagte er: »Ist nicht deine Schuld.«

»Was?«

»Dass es so gelaufen ist.«

»Wie ist es denn gelaufen?«

Er schaute zum speckigen Himmel des Taxis hinauf, schien nachzudenken.

»Du bist gegen eine verschlossene Tür gerannt. Immer und immer wieder.«

»Soll das jetzt wieder irgendeine beschissene Metapher sein?«

»Vielleicht. Ist Kimmerien vielleicht keine? Was ich meine ist: Die Erfolgsaussichten, mit eurer Deathermethode dem Tod auf die Spur zu kommen, waren von Anfang an überschaubar.«

»Aber es gab sie.«

»Im einstelligen Promillebereich vermutlich. Aber hey, wer bin ich, dass ich mich darüber lustig mache? Mein halbes Leben lang habe ich einer Promillechance nachgejagt. Ich bin der König der Unwahrscheinlichkeitsrechnung.«

Wieder einmal hatte Stasja nicht den geringsten Schimmer, was er da faselte. Dennoch sagte sie: »Dann verstehst du vielleicht, warum ich es tun musste.«

»Ja. Und ich ahne, was es mit einem macht. Wenn man immer wieder gegen eine schwere Eichentür rennt, wenn es quasi deine *raison d'être* wird, immer wieder dagegenzulaufen. Und dann, eines Tages ...«

»Was dann?«

»Hält sie dir plötzlich jemand auf. Schau, wir sind da.«

Das Taxi hielt. Singh stieg ohne zu bezahlen aus, sagte: »Soll er sich drum kümmern.«

Kurz darauf standen sie am Uferdamm. Links von ihnen erhob sich die Blackfriars Bridge. Der Fluss lag vielleicht drei, vier Meter unter ihnen. Rechter Hand gab es tatsächlich eine Art Freitreppe, die hinab zum Wasser führte und über einen Steg mit einem Ponton verbunden war. Vermutlich legten dort Wassertaxis oder Fähren an.

Singh stieg die Stufen hinab.

»Erkennst du die Treppe jetzt wieder?«, fragte sie.

»Nein. Die gehört nicht in mein London. Und der Ponton auch nicht.«

Sie erreichten den schwimmenden Anleger. Singh blickte hinaus aufs Wasser.

»Und jetzt?«, fragte sie,

»Warten wir.«

»Auf wen?«

»Auf den großen Niemand.«

Stasja wollte gerade etwas erwidern, als das Wasser in der Mitte des Flusses zu kochen begann.

»Heilige Scheiße«, entfuhr es ihr, »ist das ein U-Boot?«

»Yup. Sieht ganz so aus.«

Sie beobachteten, wie etwas Riesiges durch die Wasseroberfläche brach. Der Ponton schwankte, Stasja musste sich am Geländer festhalten. Das konnte unmöglich wahr sein. Der letzte Upload hatte ihr Cogit irgendwie beschädigt. Es war die einzig logische Erklärung.

Mit enervierender Gleichgültigkeit betrachtete Singh das inzwischen aufgetauchte Unterseeboot. Seine Oberfläche schien größtenteils aus Perlmutt zu bestehen, schillerte in der Sonne. Hier und da waren zwar metallene Elemente und Aufbauten erkennbar – Gangways, Leitern, eine Conning. Aber im Großen und Ganzen erinnerte das Ding, das da vor ihnen in der Themse schwamm, eher an eine überdimensionierte, auf links gezogene Muschel denn an ein Unterseeboot.

»Das ist so enttäuschend«, sagte er.

»Was genau?«

»Ich hatte so was von gehofft, dass es gelb ist.«

Wenzel musterte Vince van Goth. Sein fein geschnittenes Gesicht wirkte unnatürlich bleich, wie das eines transsilvanischen Prinzen. Er sah völlig anders aus als jener Gnom, der er eigentlich war.

»Noch mal zurück zu dem fraglichen Abend. Nach Ihrem Tête-à-tête haben Sie sich von der Dame verabschiedet, ja?«

»Ja, korrekt.«

»Sie kennen sie nur als Oblivion?«

»Ja.«

»Und ich nehme an, dass Sie danach heim sind?«

Kein Widerspruch, aber auch keine Zustimmung von seinem Gegenüber – Wenzel hatte die Spielchen allmählich satt. Es war an der Zeit, Dracula junior ein bisschen Druck zu machen.

»Um wie viel Uhr genau sind Sie heim?«

Van Goth tat, als dächte er darüber nach. In Wahrheit überlegte er, ob die Polizei wohl die Daten seines Haussystems ausgelesen hatte. In diesem Fall wäre seine Antwort nämlich leicht zu überprüfen gewesen.

»Ich war danach noch aus.«

»Wo?«

»Im ›Mitternachtsasyl‹.«

»Kann das irgendwer bestätigen?«

»Eher nicht. Ich war an dem Abend nicht mehr auf Gesellschaft aus.«

»Und wann sind Sie von dort heim?«

»Ich bin direkt zur Arbeit.«

Wenzel hob eine Augenbraue, deutete auf die Lederjacke seines Gegenübers. Sie war voller Designs, ausgeführt in weißer Lackfarbe. Vampirschlangen wanden sich die Arme rauf und runter, ghulhafte Fratzen stießen stumme Schreie aus.

»In dem Aufzug?«

»Ich habe eine Werbeagentur. Wir sind total casual.«

»Gehen Sie oft ohne eine einzige Stunde Schlaf arbeiten, Herr van Goth?«

»Manchmal. Ich habe immer ein bisschen Lucid im Dispenser. Das stellt einen echt komplett auf, wissen Sie?«

»Lassen Sie mich raten: In der Agentur waren Sie der Erste?«

»Der Erste, ja. Also die Pforte war schon besetzt. Die haben mich reingelassen, weil ich meine Keycard zu Hause liegen gelassen hatte.«

Folglich ließ sich van Goths Ankunft nicht mithilfe des Schließsystems überprüfen – wie überaus praktisch.

»Quatuor«, sagte Wenzel.

Van Goth blinzelte verständnislos.

»Ein Hersteller von Designerklonen. Sie sind dort Stammkunde. Am achten Dezember haben Sie dort ein neues Gefäß bestellt.«

»Kann sein.«

»Genauer gesagt war es eine Nachbestellung – eine Kopie eines Gefäßes, das Sie dort schon einmal geordert haben.«

Er deutete auf van Goths Körper.

»Das, in dem Sie auszugehen pflegen.«

»Ich …«

»Kameraaufnahmen aus verschiedenen Nachtclubs legen das nahe. Korrigieren Sie mich, wenn ich falschliege.«

»Nein, nein, Sie haben recht«, erwiderte van Goth.

»Und warum?«

»Warum was?«

»Warum Sie diesen Klon geordert haben. Sie hatten doch schon einen.«

Van Goth leckte sich die Lippen.

»Der andere«, erwiderte er, »ist kaputt gegangen.«

»Wie das?«

»Fehlfunktion der Motorik.«

»Wo ist das defekte Gefäß jetzt?«

»Ich habe es schon entsorgt.«

»Quatuor gibt auf seine Klone drei Jahre Garantie. Und Sie wollen mir erzählen, dass Sie die nicht in Anspruch genommen haben?«

»Ich … ich vermutete, dass die Fehlfunktion mit unsachgemäßer Handhabung meinerseits zusammenhing. Es gibt Ausschlusskriterien, bei denen die Gewährleistung erlischt und …«

Wenzel brachte ihn mit einer Handbewegung zum Schweigen.

»Wie lange machen Sie es schon?«

»Was meinen Sie?«

»Deathtripping. Wie lange sind Sie schon ein Deather, ein Thanatonaut? Seit wann machen Sie Urlaub«, er machte eine kleine Kunstpause, »in Kimmerien?«

Van Goth war sichtlich schockiert von seiner Fachkenntnis. Dass Wenzel all diese Begrifflichkeiten von der Schulkameradin seiner Tochter hatte, musste er diesem Schmalspurvampir ja nicht auf die Nase binden.

»Also: Ist es nicht vielmehr so, dass Sie und diese Oblivion am Abend des siebten Dezember einen Ihrer seriellen Suizide zelebriert haben?«

»Ich habe nicht ... ich habe keine ...«

»Sie bestreiten also, ein Deather zu sein?«

»Nein, nein. Aber ich verwende ... wenn ich es tue, verwende ich ... ah ... ich ...«

»Sie verheizen keine Hunderttausend-Eurodollar-Klone, sondern verwenden preiswerteres Material?«, fragte Wenzel.

Vince van Goth schluckte, sagte aber nichts. Vielleicht vermutete er, dass der Kommissar sich für seine unlizenzierten Gefäße interessierte. Deren Besitz war nämlich strafbar.

Wenzel bewegte unter dem Tisch kaum merklich die Hand. Zwischen ihnen erschien die Repräsentation eines Qubes. Sein Gehäuse war karminrot. Die Beschreibung hatten sie von Zinnabars Leibwächter, der Rest war künstlerische Freiheit. Dennoch verfehlte der Fantasiewürfel seine Wirkung nicht. Vince van Goth stöhnte hörbar auf.

»Unionsgesetz zur Bekämpfung der Turing-Proliferation. Schon mal gehört? Paragraf 100a. Wer unlizenzierte Quantencomputer verwendet ...«

»Nein, nein. Ich hab so was nicht benutzt.«

»Wir wissen, dass dieser Qube einem gewissen Zach Zinnabar gehörte.«

»Scheiße, ja, er kam von diesem Typen, Zach. Den Nachnamen kenne ich nicht. Er hat ihn Oblivion geliehen, also, vermietet.«

»Wofür?«

»Für Tauchgänge. Zum Deathtripping.«

»Waren es nicht vielleicht Sie, der am Trippen war? Und ist das nicht auch der Grund, warum Ihnen der Klon abhandengekommen ist?«

»Ich hab Ihnen doch schon gesagt, dass ich dafür andere Gefäße verwende.«

»Haben Sie gesagt. Habe ich aber nicht geglaubt.«

Vince van Goth rutschte auf seinem Stuhl hin und her.

»Ich war der Assistent.«

»Also hat sich diese Oblivion getötet?«

»Ja, nein.«

»Was denn jetzt?«

Er seufzte.

»Ich habe Oblivion getötet. Erschossen. Auf ihren ausdrücklichen Wunsch hin. Sekundieren nennen wir das. Das ist nicht verboten, oder? Sachbeschädigung, sonst nichts.«

»Aber wozu der Qube? Soweit ich weiß, lässt sich so ein Tauchgang mit einem stinknormalen Computer durchführen.«

»Sie dachte, dass sie damit näher rankäme.«

»Rankäme an was?«

»An die thin black line«, er schaute Wenzel in die Augen, »an das Jenseits.«

Wenn Wenzel das alles richtig verstanden hatte, zeichneten diese Verrückten ihre letzten Minuten auf, protokollierten ihr eigenes Sterben. Nach dem Exitus luden sie ihren Verstand neu hoch und inkorporierten die Nahtoderfahrungen in ihre Erinnerungen.

Warst du lange bei der Polizei, wurdest du irgendwann ein bisserl zynisch, sehr sogar. Außerdem fingst du an zu glauben, du habest nun wirklich alles gesehen, jede Perfidie und jede Perversion. Aber wenn du noch länger bei der Polizei warst, dann merktest du irgendwann: Das stimmte nicht. Du hattest noch nicht alles gesehen. Es kam immer noch schlimmer.

»Ich weiß, was Sie denken. Aber Sie liegen falsch«, sagte van Goth.

»Was denke ich denn?«

»Autoassassinophilie.«

»Was bitte?«

»›Sich aufgeilen am Tod‹. Sie glauben, wir machen das, weil wir's scharf finden – Sterben als, als kink. Aber so ist es nicht. Unser Interesse ist nicht erotischer, sondern philosophischer Natur.«

»Und Sie haben geglaubt, dabei könnte Ihnen ein illegaler Qube helfen, weil der mehr Rechenpower besitzt?«

»Oblivion hat das geglaubt.«

»Sie nicht?«

»Nicht wirklich. Hören Sie, der Grund, dass mir ein Gefäß fehlt, ist, dass ich an diesem Abend überhaupt nicht nach Hause gekommen bin. Ich bin erst zwei Tage später aufgewacht, als mich mein System wieder in den Stammkörper hochgeladen hat.«

Wenzel sah sich wieder in Vince van Goths Wohnung stehen, sah den bewusstseinslosen Stammkörper des Mannes auf der Liege.

»Und was, denken Sie, ist Ihrem Klon widerfahren?«

»Da mir die Erinnerungen fehlen, kann ich darüber nur spekulieren.«

»Nur zu.«

»Jemand muss mich getötet haben.«

»Wer?«

»Weiß ich nicht.«

Wenzel registrierte die Untertöne in Vince van Goths Stimme, eine Mischung aus Wut und Fassungslosigkeit. Natürlich wusste er, wer es getan hatte. Seine feine Freundin Oblivion hatte ihn aus dem Spiel genommen und zurück aufs »Los«-Feld gesetzt.

»Und warum hat sie es getan?«, fragte Wenzel.

Van Goth wollte widersprechen, kapitulierte dann aber.

»Ich weiß es nicht.«

»Nun gut. Sie dürfen vorerst gehen.«

»Wird Anklage gegen mich erhoben?«

»Wegen der Audiodämpfer in Ihrer Wohnung bekommen Sie sicher Ärger. Wegen der Klone wohl auch. Aber das sind letztlich Lappalien. Ansonsten … es hängt von vielen Faktoren ab.«

»Wie zum Beispiel?«

»Wenn Ihre Darstellung stimmt, haben Sie den Qube zwar nicht verwendet. Ich denke allerdings, dass Sie ihn beschafft haben. Und auch das Inverkehrbringen eines unlizenzierten Quantenrechners stellt eine erhebliche Straftat dar.«

Vince van Goth versuchte, ein Pokerface zu machen. Stattdessen annoncierte er geradezu, was er verbergen wollte. Er hatte seiner Liebhaberin diesen unlizenzierten Qube besorgt, das war völlig klar. Beweisen konnte Wenzel ihm das allerdings nicht. Er hätte dafür eine Zeugenaussage gebraucht, von Zinnabar oder von dieser Oblivion.

»Wie gesagt, Sie dürfen jetzt gehen.«

Vince van Goth erhob sich. Er wirkte nicht allzu erleichtert. Vermutlich ahnte er, dass die Wiener SePo keineswegs sein größtes Problem war und ihm irgendwann Unionsschutz und UNANPAI auf den Zahn fühlen würden.

Das erinnerte Wenzel an etwas. Während ein uniformierter Beamter den Deather hinausgeleitete, gesellte er sich zu Turquois, die in einem angrenzenden Büro wartete.

»Glaubst du ihm?«, fragte sie.

»Im Großen und Ganzen. Bei dem Qube hatte er natürlich die Finger mit drin. Aber ist nicht so wichtig.«

»Sondern?«

»Wer die Leute in der Fabrikhalle ermordet hat. Und wo der fehlende Würfel ist. Wenn ich es richtig verstanden habe, geht von dem ein erhebliches Sicherheitsrisiko aus.«

Turquois nickte.

»So haben die von UNANPAI es ausgedrückt, ja.«

»Vielleicht ist der Würfel ja unser Mordmotiv. Insofern wüsste ich gerne mehr darüber. Haben die Turing-Leute irgendwelche Details verraten?«

»Nein, nichts. Sie interessieren sich aber brennend für die Sache mit dem Transponder. Falls unsere Forensiker die Koordinaten des fehlenden Würfels feststellen können, sollen wir sie unverzüglich an UNANPAI schicken.«

Wenzel wäre es lieber gewesen, diese Information, wenn sie denn überhaupt auftauchte, zunächst für sich zu behalten. Aber wenn die Turing-Behörde so nachdrücklich danach fragte, blieb ihnen wohl keine Wahl.

Turquois musterte ihn. Sie wusste genau, was er dachte.

»Ich habe denen natürlich angeboten, sie bei einer möglichen Sicherstellung des Würfels zu unterstützen.«

»Und?«

»Diese Farthingale sagte, sie kämen vielleicht darauf zurück.«

Der Helikopter flog derart tief, dass Carpentras die Gesichter der Menschen auf der Donauinsel ausmachen konnte. Die Spaziergänger hingegen sahen und hörten nichts. Militärmaschinen wie diese wurden vollständig aus der Hologrammatica herausgerechnet.

Sie hatten es eilig. Ihr Ziel lag etwa vierzig Kilometer westlich von Wien. Carpentras war etwas erstaunt, wie rasch sich die Puzzleteile auf einmal zusammenfügten. Aber so war es manchmal. Erst hatte die Wiener Sektorpolizei ihnen mitgeteilt, dass ein Galahad Singh ähnlich sehender Hindustani mit mehreren Morden in Zusammenhang stand, darunter auch die Tötung des Qube-Dealers Zach Zinnabar.

Kurz darauf war es den Datenforensikern der Polizei gelungen, den verschwundenen Hayward-Qube dieses Zinnabar zu lokalisieren – in einem Kaff namens Tulln. Jemand hatte den Rechner anscheinend aktiviert, und der Transponder darin war angesprungen.

Carpentras hatte sich daraufhin hochauflösende Echtzeit-Satellitenbilder angeschaut, auf die UNANPAI jederzeit Zugriff besaß, die örtlichen Ordnungshüter jedoch nicht. Man sah darauf jedes Modul, jeden Fußgänger. Deshalb wusste er etwas, das die SePo nicht wusste: Vor dreieinhalb Stunden hatte an einem Steg nahe Tulln eine Yacht angelegt. Zwei Personen waren von Bord gegangen. Danach war das Boot sofort wieder abgefahren.

Sie hatten die Yacht mithilfe ihrer Software zurückverfolgt, bis zum Alberner Hafen in Wien. Dort gab es haufenweise Kameras. Sie besaßen deshalb Bilder von den beiden Passagieren, einem Mann und einer Frau, die dort zugestiegen waren. Der Mann sah zwar überhaupt nicht aus wie Singh. Aber sein Laufmuster war laut Computeranalyse zu siebenundneunzig Prozent identisch mit dem des Engländers. Es war fast zu schön, um wahr zu sein.

Von alldem wussten ihre Kontaktpersonen bei der SePo nichts. Farthingale hatte ihnen lediglich mitgeteilt, dass der Würfel Sache von UNANPAI sei und ihre Agenten ihn selbst einsammeln würden.

Der Heli jagte den Fluss entlang. Carpentras wandte sich der neben ihm sitzenden Farthingale zu, einer müde wirkenden Mittdreißigerin in dunkelblauem Anzug.

»Ist noch was aus Sapporo gekommen?«, fragte er.

Farthingale nickte.

»Ja. Er hält sich für schlauer, als er ist.«

»Etwas konkreter bitte, Field Agent. Wir haben keine Zeit, uns selbst zu beglückwünschen.«

»So war es nicht gemeint, Sir. Es scheint nur so, dass Avalon, Singhs Supernational, schon länger unter UNANPAI-Beobachtung stand.«

»Seit seinem Verschwinden, nehme ich an?«

»Nein, viel länger. Es gab schon in den Siebzigern die Vermutung, dass Singhs Vater Deepak an Technologien arbeitete, die gegen die Vancouver-Konvention verstoßen. Er unterhielt allerlei schwarze Konten und Briefkastenfirmen – ein Finanznetzwerk, das bis heute existiert und das der junge Singh immer noch nutzt.«

»Ein Netzwerk, in dem wir aber längst drin waren.«

»So ist es, Sir. Die Kollegen in der Zentrale werten das alles gerade mit Hochdruck aus. Sie konnten bereits zwei Immobilien zu ihm zurückverfolgen. Eine in New York, eine in Nuuk. Außerdem hat er Lagerkapazitäten angemietet.«

»Lagerung von was?«, fragte Carpentras, obwohl er die Antwort eigentlich schon kannte.

»Gefäße. Sechs Locations, über den Globus verstreut. Wir denken aber, dass es noch mehr sind. Vermutlich liegen da überall Kopien seiner selbst. Es ist übrigens ein weiterer Singh aufgetaucht, in Buenos Aires.«

Singh wollte sie verwirren. Er wusste, dass sie ihm auf den Fersen waren. Und er wusste, dass UNANPAI weniger Ressourcen besaß als gemeinhin angenommen. Selbstverständlich konnten sie ihn bis ans Ende der Welt verfolgen. Aber konnten sie es auch fünf- oder zehnmal tun? Und zwar gleichzeitig?

»Haben wir die Frau, die am Alberner Hafen mit ihm auf dieser Yacht ist, eigentlich inzwischen identifizieren können?«

»Wir arbeiten noch dran.«

Nach einer Weile sagte Farthingale: »Haben Sie eine Theorie, warum er dort draußen ist, Sir? Und wieso er diesen alten Qube dabeihat?«

Carpentras hatte eine, aber keine, die er Farthingale erzählen durfte. Ihre Sicherheitseinstufung war lediglich GREEN. Er konnte ihr nicht erklären, dass Singh 2088 den blauen Würfel mit Æther darin von der Insel gestohlen hatte. Und er vermochte ihr auch nicht zu erläutern, dass da draußen möglicherweise weitere alte Qubes herumschwirrten, einstmals von der KI angelegte Sicherheitskopien.

Bittner hatte ihm berichtet, er sei vor vier Jahren auf einen gelben Qube gestoßen, der einen inaktiven Æther-Kern enthalten hatte. Was, wenn Singh die Menschheit ein weiteres Mal verraten wollte? Was, wenn Zinnabars museumsreifer Hayward-Qube bei diesem Plan eine Rolle spielte? Carpentras wusste nicht, ob es so war. Aber die Möglichkeit bestand.

»Nein, Field Agent«, erwiderte er, »leider keine gute Theorie.«

Inzwischen überflogen sie offenes Land, hier und da ein Dorf oder ein Jagdschlösschen. Carpentras schaute hinter sich. Im Frachtraum der Maschine saßen insgesamt acht Männer und Frauen. Ihre Montur und ihre Waffen waren mattweiß, damit man sie besser camouflieren konnte. Ob Singh irgendwelche Bodyguards im Schlepptau hatte? Es war wohl irrelevant. Hinter ihrem Chopper folgten zwei weitere. Oberst Ballant, der Einsatzleiter, und seine Soldaten konnten das Haus und die umliegenden Gebäude binnen Sekunden in rauchenden Schutt verwandeln. Carpentras hoffte, dass das nicht nötig sein würde. Aber sie waren auf alles vorbereitet.

Eine Viertelstunde später stand er am Rande der Auensiedlung, einer Ansammlung von Ferienhäusern, viele davon kaum mehr als Schrebergartenlauben. Zwischen den zugewachsenen Grundstücken verliefen schmale, geschotterte Wege. Nur in wenigen Häusern brannte Licht. Ballant stand neben ihm, Hände hinter dem Rücken verschränkt.

»Eigentlich müsste man die Siedlung erst evakuieren, Sir.«

»Wenn wir nichts in die Luft jagen, müssen wir auch nichts evakuieren«, erwiderte Carpentras.

Der Einsatzleiter nickte, sah dabei aber unglücklich aus. Carpentras war derlei gewohnt. Wenn es um Turing-Verbrechen ging, durfte UNANPAI lokale Polizei- oder Militärbehörden kooptieren. Meist waren die Kooptierten darüber nicht sonderlich erfreut.

»Sie sind nur als Back-up hier, Oberst. Vermutlich fällt kein einziger Schuss.«

Ein Mann kam um die Ecke, hielt auf sie zu. Er war jung, definitiv zu jung für seinen altertümlichen Tweed-Anzug. Es handelte sich um einen von Farthingales Leuten. Carpentras nickte ihm zu.

»Agent Browne, Sir.«

»Angenehm. Etwas Neues?«

»Singh und seine Begleiterin sind im Haus. Er ist oben, sie im Keller.«

»Und was ist dort? Eine Tiefgarage?«

»Nein, Sir. Laut den Plänen befindet sich dort ein Upload-Raum. Wir ...«

Carpentras bedeutete Browne, zu schweigen und wandte sich Ballant zu: »Zugriff. Sofort.«

»Verstanden, Sir«, sagte Ballant.

Kurz darauf erreichten sie das Haus. Zwei Soldaten gingen vor, gefolgt von Browne und Carpentras. Ballant hatte zunächst noch mehr seiner Leute vorschicken wollen – Gebäude sichern, umliegende Dächer besteigen, das ganze Programm. Carpentras hatte das abgelehnt. Es musste schnell gehen.

Das Haussystem öffnete ihnen sämtliche Türen. Sie pirschten den Kellergang entlang, von dem der Upload-Raum abging. Die beiden Unionssoldaten öffneten die Tür, Waffen im Anschlag.

Eine Stimme rief: »Whoa, whoa, langsam, Jungs. Es ist nicht so, wie es aussieht.«

»Auf den Boden«, schrie einer der Soldaten, »Hände auf den Rücken!«

Carpentras betrat den Raum. Galahad Singh lag bäuchlings auf dem Parkett. Einer der Soldaten war dabei, ihm Hände und Füße zu fesseln. Zwei Meter entfernt lag eine Carpentras unbekannte Frau. Die Hälfte ihres Hinterkopfes fehlte. Unter der Toten war eine Plastikplane ausgebreitet. Jemand hatte die Leiche notdürftig hergerichtet. Kerzengerade lag sie da, ihre Hände waren über etwas gefaltet, das wie eine alte Bibel aussah. Ein Stück weiter lag eine blonde Perücke auf dem Boden. Ansonsten gab es allerlei Quantutensilien – Transfertisch, Workstation, vier Flöten. In allen schwammen weibliche Gefäße.

»Galahad K. Singh«, sagte Carpentras, »im Namen der UNO verhafte ich Sie wegen Verrats an der Menschheit.«

Singh lächelte ihn an.

»Schon wieder?«

»Diesmal werden Sie sich nicht aus dem Staub machen können.«

»Wenn Sie es sagen.«

Carpentras befahl den Soldaten, Singh auf einen Stuhl zu hieven. Er deutete auf die Leiche.

»Wer ist sie?«

»Ein Gefäß von der Stange, nichts weiter.«

»Aber wer war drin?«

»Stasja Tschernow.«

»Die Frau, die mit Ihnen auf der Yacht war? Ihre Fluchthelferin?«

Singh bekam einen Lachanfall. Er kriegte sich kaum wieder ein.

»Was ist so lustig, Singh?«

»Nach Turing, ich meine nach Turing II, da haben mich eure Leute wochenlang verhört. Ihr wisst alles über mich und über jeden, mit dem ich in den vergangenen zehn Jahren gesprochen, geluncht oder gevögelt habe. Und dann wisst ihr nicht, wer *sie* ist? Und überhaupt: Fluchthelferin! Es ist so geil.«

»Warum haben Sie Tschernow getötet?«

»Bitte nicht so anklagend. Stasja ist ein Deathergirl. Die stehen auf so was.«

»Ist sie eine von denen in den Tanks?«

»Ja. Die ganz linke, Agent. Passen Sie gut auf ihren Stammkörper auf, okay?«

Carpentras befahl den Soldaten, Singh zu durchsuchen. Browne schickte er nach oben in die Wohnung.

»Wann lädt sich Tschernow wieder hoch?«, fragte Carpentras.

»In einer Stunde, schätze ich.«

Einer der Soldaten hatte Singh auf die Beine gezogen und filzte ihn. Der andere brachte Carpentras einen Attachékoffer, der in einer Ecke gelegen hatte.

»Öffnen«, sagte er.

Der Soldat tat es. Carpentras schaute sich den Inhalt an.

»Herrgott, Singh. Das sieht aus wie der Werkzeugkoffer eines Serienmörders.«

»Ist nicht meiner. Gehört unserem kleinen russischen Todesengel.«

»Sie scheinen ja nicht viel von Tschernow zu halten.«

Singh zuckte mit den Schultern.

»Das Schwimmen im Styx hat ihre Seele zerfressen.«

»Verstehe ich nicht. Wieso Styx? Macht dessen Wasser nicht vergesslich?«

»Das ist Lethe, Sie Bildungslegastheniker. Aber jetzt zu was Wichtigerem. Es gibt da eine Sache, die Sie unbedingt ...«

Der Soldat zog etwas aus Singhs Jacketttasche. Es war ein kleiner roter Würfel. Wäre der Kerl nicht eh schon geliefert gewesen, hätte ihm allein dessen Besitz lebenslänglich eingebracht. Es schien ihn nicht zu kümmern.

»... wissen müssen. Ich hatte Sie ehrlich gesagt erst später erwartet. Offenbar waren meine Vorkehrungen nicht so gut wie gedacht.«

Carpentras ließ sich den Würfel aushändigen. Es handelte sich um ein uraltes Hayward-Modell. Wie erwartet, besaß es keine UNANPAI-Plakette. Das musste der Qube von Zinnabar sein. Die rote Ummantelung des Würfels beunruhigte ihn. Erst blau, dann gelb, und nun ...

»Wo haben Sie den her, Singh?«

»Wichtiger ist, was damit geschieht.«

»Was sollte denn damit geschehen, Ihrer Meinung nach?«

Singh starrte durch Carpentras hindurch, schien angestrengt nachzudenken.

»Die Frage ist halt, wem ich ihn geben soll. Am besten natürlich keinem von beiden, aber …«

Carpentras verzichtete darauf, den Mann auf das Offensichtliche hinzuweisen: dass er den Qube nicht mehr besaß und außerdem an Händen und Füßen gefesselt war. Er wartete darauf, dass sich Singhs Blick klärte. Diese Abwesenheitsphasen kannte er schließlich bereits aus Taoudénit.

Während Carpentras wartete, untersuchte er den Würfel. Er besaß ein karminrotes Casing. Mit dem Finger schob er eine der Seiten ein Stück hoch, schaute hinein. Das Ding besaß allen Ernstes noch Steckplätze. In einem davon steckte etwas. Es handelte sich um einen fingernagelgroßen Speicherchip.

Browne kam zurück. An Carpentras gewandt sagte er leise: »Unsere Datenspezialisten sind unterwegs und sollten binnen zehn Minuten eintreffen. Gebäude ist gesichert. Im Haus nichts von Interesse.«

Carpentras wollte gerade etwas erwidern, als die beiden Soldaten in Bewegung gerieten. Eine Sekunde später übermittelte auch sein Earpiece eine Warnung.

»EINDRINGLINGE ENTDECKT.«

Eine Gebäudekarte erschien. Sie zeigte das Untergeschoss, Carpentras' Position sowie mehrere rote Punkte. Das Beunruhigende daran: Einer der Eindringlinge befand sich anscheinend bereits bei ihnen, hier im Upload-Raum. Allerdings war niemand zu sehen – eine Holotarnung? Carpentras aktivierte seine Stripper, sah aber immer noch nichts.

Die Soldaten hatten ihre Sturmgewehre auf den Punkt im Raum gerichtet, an dem sich der Eindringling laut Taktiksoftware aufhielt. Auch sie schienen aber nichts erkennen zu können. Vielleicht sponn die Software?

Browne hatte seine Pistole gezogen. Statt auf den roten Punkt zielte er auf die geschlossene Tür – keine schlechte Idee. Der Taktiksoftware zufolge befanden sich im Erdgeschoss weitere Eindringlinge.

Carpentras vernahm ein klirrendes Geräusch. Er tippte auf das Gewächshaus im Garten. Hektisch tastete er nach seiner Waffe. Auf einmal schien die Luft zu flackern, so als waberte eine Hitzewelle durch den Raum. Das Zimmer wirkte nun anders, schäbiger. Die Montur der Soldaten, deren Farbe bis eben jener der Wände entsprochen hatte, war auf einmal mattweiß.

Das Holonet war weg.

Der Ausfall währte bestenfalls ein, zwei Sekunden. Danach war alles wieder wie zuvor, mit einer Ausnahme: Vor den Klontanks stand ein Mann mittleren Alters. Er hatte eine Durchschnittsvisage, lange Haare, trug Bluejeans und ein Kosovorotka-Hemd.

Die Soldaten eröffneten ohne Warnung das Feuer. Dutzende Geschosse schlugen ein – in den Mann, in die Wände, in die Tanks. Letztere barsten in Abertausende Stückchen, das Äquivalent mehrerer voller Badewannen ergoss sich in den Raum.

Carpentras suchte hinter dem Transfertisch Deckung. Als er nach einer Weile hochkam, lagen die vier Gefäße aus den Flöten verrenkt am Boden, von den Hochgeschwindigkeitsgeschossen bis zur Unkenntlichkeit zerfetzt. Der Neuankömmling hingegen stand immer noch da. Anscheinend hatte er keinen einzigen Kratzer abbekommen. Ihre Blicke trafen sich. Stahlblaue Augen schienen Carpentras zu durchbohren. Der Mann kam auf ihn zu. Die beiden Soldaten schauten verdattert drein. Jeder von ihnen musste mehr als hundert Schuss in diesen Sib-Hippie gepumpt haben. Beide luden hektisch nach, brüllten in ihre Headsets.

»Den Würfel«, sagte der Mann mit ruhiger Stimme.

Carpentras legte an, zielte. Der Mann schüttelte kaum merklich den Kopf. Von rechts kam jemand in Carpentras' Blickfeld. Es war Agent Browne. Er lief auf den Unbekannten zu, hob die Waffe, schoss zwei Mal.

Die Kugeln schienen geradewegs durch den Mann hindurchzugehen, schlugen hinter ihm in der Wand ein. Der Unbekannte griff unter sein Kosovorotka-Hemd, zog etwas hervor. Es sah aus wie ein langes Messer. Nein, es handelte sich eher um ein

Schwert. Die Klinge war länger als Carpentras' Arm. Wie hatte der Mann dieses Riesending unter dem Hemd verbergen können? Die schmale Klinge erinnerte ihn an ein Katana. Die Spitze war jedoch gebogen. Was Carpentras' Blick geradezu magnetisch anzog, war die Farbe der Waffe. Ihre Klinge war mattschwarz und wirkte wie aus dem Rest des Raums herausgetrennt, wie ein Scherenschnitt, ein Cut-out. Der Anblick verursachte ihm Schwindelgefühle.

Carpentras wandte den Blick ab. Erneut blitzte Mündungsfeuer auf. Die Soldaten hatten anscheinend nachgeladen und taten erneut das, was schon beim ersten Mal nicht funktioniert hatte. Vermutlich würden sie es so lange tun, bis ihnen jemand einen anderen Befehl gab.

Carpentras vernahm einen Schrei. Er schaute auf, sah Browne zu Boden gehen. Sein rechter Arm und ein Stück des Torsos fehlten. Carpentras ergriff die Flucht. Auf der anderen Seite der Tür befanden sich möglicherweise weitere Eindringlinge. Aber wenn er blieb, wo er war, wurde er ganz sicher filetiert. Außerdem musste jemand den Qube in Sicherheit bringen.

All das waren nachvollziehbare Rechtfertigungen, aber keine davon entsprach letztlich der Wahrheit. Beim Militär sagten sie, dass erst existenzielle Stresssituationen offenbarten, wer kämpfte und wer rannte. *Fight or flee.* Carpentras hatte soeben herausgefunden, dass er zur zweiten Gruppe gehörte.

Er rannte Richtung Treppe. Aus dem Upload-Raum ertönte ein gellender Schrei. Einer der Soldaten war wohl dem seltsamen Schwertkämpfer zum Opfer gefallen.

Carpentras eilte die Stufen hinauf. Von oben hörte er ebenfalls Schreie. Irgendwo heulten Sirenen. Was war wohl mit Singh? Hatte er ein paar Kugeln abbekommen? Fliehen konnte er ja nicht, er war an Armen und Beinen gefesselt.

Carpentras betrat den Garten. Dort lagen zwei Soldaten. Einer der beiden schien förmlich in Stücke geschnitten worden zu sein.

»Den Würfel, hab ich gesagt.«

Carpentras fuhr herum. Der Sib-Hippie mit dem eisblauen Blick stand direkt vor ihm. In der Rechten hielt er das riesige schwarze Schwert, dessen Mitternachtsklinge alles Licht zu schlucken schien.

Carpentras' Pistole war auf den Boden gerichtet. Sie zog seinen Arm nach unten. Er versuchte, ihn zu heben, aber die Hand mit der Waffe war bleischwer. Sie drückte gegen die ausgebeulte Pattentasche seiner Feldjacke und gegen den Würfel darin.

Seine linke Hand schob sich unter den paralysierten Arm, machte sich an der Pattentasche zu schaffen, zog den Würfel heraus. Der Unbekannte hielt die Hand auf. Seine Augen glänzten gierig. Carpentras ließ den Würfel in seine Hand fallen.

Die Finger des Sib-Hippies schlossen sich um den roten Qube. Er ließ die Hand mit dem Würfel sinken und hob gleichzeitig jene, die das Schwert hielt. Carpentras wusste, was als Nächstes kam. Diesmal floh er jedoch nicht.

Auf einmal ging ein Ruck durch den Fremden. Etwas Langes, Schwarzes ragte ihm aus der Brust. Carpentras wendete instinktiv den Blick ab. Als er wieder hinschaute, lag der Mann bereits zu seinen Füßen. Über ihm stand Galahad Singh, schaute hinab.

»Sorry, Jimmy«, sagte er.

Singh ging in die Knie, hob den Würfel auf. Carpentras, der inzwischen die Kontrolle über seinen widerspenstigen Arm zurückerlangt hatte, riss die Pistole hoch. Singh schüttelte den Kopf.

»Ich hab's durchgespielt, also, im Kopf, meine ich. Keine der Varianten sagt mir zu.«

»Den Würfel auf den Boden und die Hände hoch!«

Singh ging auf den etwa zwei Meter hohen Lattenzaun zu, der das Grundstück umrandete. Carpentras schoss. Er war sich sicher, getroffen zu haben. Einen Effekt hatte der Treffer aber nicht. Singh hob einen Arm. Für Carpentras wirkte es, als wollte der Engländer sich an dem Zaun hochziehen. Doch dann schleuderte Singh stattdessen den Qube hoch in die Luft. Carpentras' Blick folgte dem Würfel. Singh hatte ihn in einem sehr hohen Bogen geworfen. Während der Qube durch die Luft trudelte, schritt der Ex-Detektiv auf den Zaun zu. Einen Augenblick schien er mit ihm zu verschmelzen. Dann war er fort. Der Würfel hatte inzwischen den Scheitelpunkt seiner Flugbahn durchschritten. Carpentras machte sich auf den Moment gefasst, in dem der Uralt-Qube auf dem Boden aufschlug und in tausend Stücke zersprang.

Jenseits des Lattenzauns erschien ein emporgereckter Arm – Singhs Arm. Seine Hand fing den Würfel. Für einen Moment schien er den roten Qube triumphierend gen Himmel zu recken. Dann verschwanden Hand und Würfel hinter dem Zaun.

Wie eine außerirdische Riesenmuschel dümpelte die »Nautilus« im Fahrwasser der Themse. Sahana und Nemo standen am Südufer, unweit der London Bridge und betrachteten das Schiff. Ab und an lief jemand an ihnen vorbei – ein Jogger, ein Angestellter auf dem Weg zu einem frühen Lunch. Keiner der Passanten würdigte das U-Boot eines Blickes.

»Wieso sehen sie es nicht?«, fragte Sahana.

»Herausholografiert.«

»Und wieso sehe ich es? Ich trage keine Stripperbrille.«

»So funktioniert das hier nicht.«

»Sondern?«

»Sagen wir, die Stripper sind integriert.«

»Du meinst, du bestimmst, wer was sieht?«

»Nicht im Detail, nein. Aber ich lege die allgemeinen Regeln fest – die Zugriffsrechte, könnte man vielleicht sagen.«

Er bedeutete ihr, ihm zu folgen. Sie ließen die Uferpromenade hinter sich. Sahana sah, dass sie sich irgendwo in Bermondsey befanden. Nach einer Weile erreichten sie eine größere Straße – die Tooley Street. Sie erinnerte sich an den Namen. In den Fünfzigern, während ihres Forschungsaufenthalts in London, hatte sie dort oft in einem kleinen Restaurant gegessen. Als sie ein Straßenschild an der Mauer sah, stutzte Sahana. Anscheinend war dies nicht die Tooley, sondern die Freeschool Street.

»Was ist?«

»Seltsam. Ich dachte, das hier wäre die Tooley.«

»Die Tooley hieß hier früher Freeschool und weiter dahinten Thornton.«

Auf einmal begriff sie. Der Kenotaph für Isaac Newton, die Trafalgar Ziggurat, der Imperial Monumental Tower – kein Wunder, dass ihr all diese Bauwerke seltsam vorgekommen waren. Und jetzt diese alten Straßen – Nemo hatte ein alternatives London erschaffen, das gleichwohl nicht von ihm erdacht oder erfunden worden war. Stattdessen hatte die KI ihr Alt-London zusammengeklaut. Es war ein Komposit aus realen Elementen, historischen Artefakten und obsoleten Entwürfen aus den Schubladen der Geschichte.

»Warum?«, fragte sie.

»Ich möchte, dass sich jene, die herkommen, wohlfühlen. Vertraute Strukturen sind hilfreich. Gleichzeitig möchte ich signalisieren, dass dies eben nicht die Realität ist, oder genauer gesagt nicht jene Realität, aus der sie stammen. Zudem gefällt es vielen, bei Streifzügen durch ihre neue Welt auch wirklich Neues zu entdecken.«

»Verstehe. Aber musstest du ausgerechnet London nehmen? Wenn es der kleinste gemeinsame Nenner lebenswerter Urbanität sein soll, wäre Paris dann nicht besser? Oder Saint John's?«

Sahana kannte niemanden, der Saint John's nicht mochte – die malerische Umgebung, das gute Essen, das gemäßigte Klima. Selbst im Hochsommer ließ es sich in der neufundländischen Metropole gut aushalten.

Nemo ignorierte ihren Einwurf, sagte stattdessen: »Ich wollte dir das hier zeigen.«

Sie standen vor einem verwitterten Pub. Über dem Eingang

stand in goldenen Lettern »The Grecian«. Nemo hielt ihr die Tür auf.

Das Innere machte mehr her, als das Äußere vermuten ließ. Die Decken waren fast vier Meter hoch und aufwendig mit Stuck verziert. An den Wänden hingen Stiche und Ölgemälde, überall standen bequeme Ledersessel und Sofas. Der Duft frisch gebrühten Kaffees erfüllte den Raum. Sie setzten sich an einen Tisch in der Ecke.

»Ein Kaffeehaus? Gehört so was nicht eher nach Wien oder Rom?«

»In London gab es davon einst mehr als irgendwo sonst.«

»Wann? Während der Aufklärung?«

Nemo nickte, winkte einem Kellner. Kurz darauf standen Schalen dampfenden Kaffees vor ihnen. Sahana nippte.

»Und?«, fragte Nemo.

»Passabel, für einen simulierten Kaffee. Aber was soll das hier?«

»Du wolltest doch wissen, wer hier noch so lebt.«

Sie hatte in Alt-London bereits viele Menschen gesehen. Aber waren es wirklich Menschen? Oder handelte es sich um Automaten, deren einziger Zweck darin bestand, eine realistischere Atmosphäre zu erschaffen? Waren alle außer ihnen bewegliche Kulissen?

»Zurzeit«, sagte Nemo, »sind die meisten, denen du hier begegnest, nicht das, was man als beseelte Wesen bezeichnen würde.«

»Beseelt ist ein recht unwissenschaftlicher Ausdruck.«

»Was ich meine, ist, dass diese Konstrukte umfassend auf ihre Umwelt reagieren können. Aber ihnen fehlt etwas, ein Funke. Sie sind nicht wie du und ich.«

»Wir zwei sind grundverschieden.«

»Mag sein. Aber uns eint, dass wir uns unserer selbst bewusst sind.«

»Und die da«, Sahana deutete auf zwei junge Männer, die sich über ihre Kuchenstücke hermachten, »sind es nicht? Wo verläuft denn die Grenze?«

»Oh, ich weiß ziemlich genau, wo sie verläuft. Und ich achte darauf, dass sie niemand überschreitet.«

Sie erinnerte sich an Nemos Behauptung, mehrere KIs kämen sich zwangsläufig ins Gehege. Ließ er deshalb keine wirklich intelligenten Konstrukte in seiner Simulation zu?

»Und bevor du fragst: Cogits, also Menschen, stellen kein Problem dar.«

»Wir sind keine Konkurrenz für dich, hm?«

»Ihr seid anders. Es gibt keinen inhärenten Konflikt zwischen uns.«

Sahana nahm noch einen Schluck von dem Kaffee, den sie Nemo gegenüber als passabel abgetan hatte, der in Wahrheit jedoch der beste war, den sie seit Langem getrunken hatte. Als sie die Tasse absetzte, fiel ihr ein Mann am anderen Ende des Raums auf. Er war Mitte vierzig, gut aussehend und trug ein blaues Seidenhemd, das einen Knopf zu weit offen war. Bei ihm saßen zwei Frauen. Sie lauschten einer Anekdote, die er zum Besten gab, hingen förmlich an seinen Lippen.

»Calvary Doyle«, sagte Nemo, »ein bekannter Journalist.«

Sie hatte von ihm gehört. Er war der Moderator eines etwas reißerischen Reportageformats namens ›Total Exposure‹.

»Was tut der hier?«

»Dasselbe wie du.«

»Tot sein, also.«

Nemo lächelte gequält.

»Wieder lebendig sein trifft es eher.«

»Warum hast du ihn hergeholt?«

»Calvary starb zu jung. Er sollte etwas mehr Zeit haben.«

»Aber ich nicht«, sagte Sahana.

»Nicht was?«

»Ich bin nicht zu jung gestorben.«

»Jeder stirbt zu jung, auf gewisse Weise.«

»Jetzt wirst du wieder sophistisch.«

»Es ist wahr, Sahana.«

»Nein. Jeder muss sterben. Und wie wir ja bereits festgestellt haben, triffst du eine Auswahl, oder? Du lässt ja nicht Kreti und Pleti in dein verregnetes Paradies. Nur worauf basiert diese Auswahl?«

»In Doyles Fall: Schuld.«

»Du hast ihn getötet?«

»Nicht direkt. Aber meine Handlungen hatten einen Anteil daran. Sie setzten Ereignisse in Gang, die letztlich zu seinem Ableben führten. Deshalb fühlte ich mich verantwortlich.«

»Hast du mein Flugzeug abstürzen lassen?«

»Nein. Ich habe nichts damit zu tun, nicht einmal mittelbar.«

»Wer dann? Oder war es ein Unfall?«

»Offenbar hat es eine Fluktuation der Lichtsäulen auf Knossos gegeben. Flug 389 ist mit einer davon kollidiert.«

»Also eine Art von ...«, sie lächelte dünn, »... höherer Gewalt?«

»Etwas in der Art. Ich vermute, dass es mit den Minoern zusammenhängt.«

»Den was?«

»Es gibt etwas in der Anomalie. Eine Art von Intelligenz, eine Lebensform.«

»Aliens? In der Anomalie? Sind diese alten Gerüchte etwa wahr?«

»Ich glaube nicht, dass es Aliens sind. Aber ja, dort ist etwas. Ich nenne sie Minoer. Aber ich weiß nicht viel über sie. Sie sind eines der Phänomene, die ich erforsche.«

Sahana sah, dass eine der jungen Frauen Doyle etwas ins Ohr flüsterte. Daraufhin legte er unter dem Tisch seine Hand auf ihren Oberschenkel.

»Ich hatte also einen Unfall – oder bin ein Opfer dieser Minoer geworden. An Doyle hingegen bist du schuld. Anders gesagt waren die Kriterien für meine Wiederbelebung andere als für seine?«

»Das ist richtig.«

Sie fragte sich, ob die Frauen, mit denen Doyle da schäkerte, echt waren – vermutlich nicht. Es handelte sich um Nemos Konstrukte, um virtuelle Sexroboter. Doyles Vorstellung vom Himmel schien eher schlicht zu sein. Aber die meisten Männer waren in dieser Hinsicht ja ziemlich schlicht.

Nemo schien ihre Gedanken zu erraten.

»Calvary ist ein einfacher Mann, mit recht einfachen Vorlieben«, sagte er. »Schau lieber einmal den da.«

Er deutete in eine andere Ecke des »Grecian«, wo ein Endzwanziger allein an einem Tisch saß. Seine Haare waren fettig, und selbst auf diese Entfernung konnte sie die Flecken auf seinem T-Shirt ausmachen. Vor ihm stand ein Schachbrett, das er allerdings zu ignorieren schien. Stattdessen kritzelte er etwas in ein Notizbuch.

»Wer ist das?«

»Handel Kablonsky.«

Sahana betrachtete den jungen Mann erneut. Gut möglich, dass er es war. Das einzige Foto, das es von ihm gab, zeigte Kablonsky mit einem um den Kopf gewundenen Pullover. Der extrem öffentlichkeitsscheue Mathematiker war erstmals aufgefallen, als er die Bloch-Kato-Vermutung bewiesen hatte – mit siebzehn. In den Folgejahren knackte Kablonsky eine harte Nuss nach der anderen, obwohl er nie eine Universität von innen gesehen hatte. Der Autodidakt lebte zurückgezogen. Als man dem »Eremiten von Chicago« die Fields-Medaille verleihen wollte, schlug er sie aus. Angebote für Lehraufträge und Stipendien ließ Kablonsky stets unbeantwortet.

»Warum ist er hier? Vermutlich nicht wegen der Mädchen.«

Nemo lächelte.

»Nein, Sex interessiert Handel nicht. Er arbeitet derzeit am Mendez-Problem.«

»Sagt mir nichts.«

Nemo umriss ihr, worum es ging. Offenbar basierte das Problem, an dem Kablonsky arbeitete, auf anderen ungelösten Theoremen von Collatz und Karvonen. Zumindest war Sahana bisher davon ausgegangen, dass sie ungelöst waren. Aber Kablonsky schien sie geknackt zu haben und tat nun den nächsten Schritt. Sie fragte Nemo danach.

»Korrekt. Collatz, Karvonen, Weyrinck-Miller, Reichenburg – Handel hat sie alle gelöst.«

»Okay. Du holst dir also die ganz großen Lichter her und lässt sie weiterforschen.«

Er nickte.

»Aber warum? Erzähl mir nicht, du hättest diese Gleichungen nicht selbst lösen können.«

»Hätte ich. Aber Handels Lösung war eleganter.«

Sahana betrachtete die linkische Gestalt, die tief über dem Kaffeehaustisch gebeugt saß und eifrig schrieb.

»Ist Lösung nicht gleich Lösung?«, fragte sie.

»Im Jahr 1995 bewies Andrew Wiles nach mehr als dreihundertfünfzig Jahren Fermats Letzten Satz. Er benötigte dafür hundertdreißig Seiten.«

»Ich weiß. Und?«

»Kennst du die Marginalie dazu?«

»Die was?«

»Als Pierre de Fermat die Vermutung formulierte, dass es für $xn + yn = zn$ keine ganzzahligen Lösungen für $n > 2$ gebe, notierte er am Rand, er habe einen ›wahrhaft wunderbaren Beweis‹ für seine Annahme. Nur leider sei kein Platz mehr auf dem Papier.«

»Ha ha. Aber was willst du mir damit sagen?«

»Dass einige von euch über etwas verfügen, das ich nicht besitze – beneidenswerte Eleganz.«

»Du meinst Originalität, Kreativität, Inspiration.«

»Das alles ist sicherlich Teil davon, doch letztlich läuft es auf Eleganz hinaus. Meine Lösungen sind wie die von Andrew Wiles: vielschichtig, iterativ und letztlich korrekt – aber nicht elegant, nicht ›wahrhaft wunderbar‹ wie die eines Fermat.«

Sie beäugte ihn misstrauisch.

»Was ist mit Dresden Irvine? Ist der auch hier?«

»Nein, der lebt tatsächlich noch. Den Professor Irvine, den du neulich getroffen hast, habe ich nur verwendet, um mit dir ins Gespräch zu kommen.«

»Eine sprechende Handpuppe also? Genau wie Mattas und Meta Colombia und die anderen in Harcourt House. Du wolltest unsere Diskussion in eine bestimmte Richtung lenken. Unsere? Meine Diskussion mit mir selbst!«

»Ich wollte Denkanstöße geben, ja.«

»Wer ist noch alles hier, Nemo?«

Er nannte ihr einige Namen. Darunter war ein Physiker, den Sahana persönlich gekannt hatte; ein Nobelpreisträger der Biologie sowie einer der Chemie. Die anderen waren keine Naturwissenschaftler, sondern Künstler – eine Musikerin, ein Maler, eine Dichterin.

»Und ich soll zu diesem«, sie lächelte eisig, »exklusiven Zirkel dazustoßen?«

»Falls du es wünschst. Du kannst bleiben, solange du willst. Oder für immer.«

»Ohne meinen Mann will ich nicht einen einzigen Tag hier verbringen.«

Nemo nickte verständnisvoll.

»Einige haben deshalb abgelehnt. Andere hingegen haben Lösungen für sich gefunden.«

»Was meinst du damit?«

»Manche haben mich gebeten, Malachim ihrer Liebsten zu programmieren.«

Sahana fühlte Ekel in sich aufsteigen. Nemo sah es ihr an.

»Urteile nicht zu harsch. Manche ziehen eine Kopie ihres Partners der Einsamkeit vor, der Leere. Manche wünschen gar, den Umstand zu vergessen, dass ihr Liebster nicht real ist.«

»Du kannst unsere Erinnerungen manipulieren?«

»Es ist aufwendig, aber möglich.«

»Aber wäre ich dann noch ich?«

Er machte eine Geste, die wohl bedeutete: Die einen sagen so, die anderen sagen so. Sahana spürte Zorn in sich aufwallen.

»Jetzt weiß ich, was das hier ist.«

»Ja?«

»Du sagst, du bewunderst unsere Eleganz.«

»Sehr sogar.«

»So wie wir Menschen die Eleganz eines Tigers bewundern oder eines Adlers? Das«, sie deutete auf ihre Umgebung, »ist nicht der Himmel. Es ist eine gottverdammte Menagerie!«

Sie musste geschrien haben, denn einige der anderen Gäste schauten zu ihnen herüber. Sahana sprang auf, lief zur Tür. Immerhin besaß das »Grecian« einen Ausgang. Aber galt das auch für diese Simulation? Sie rannte die Straße entlang, ohne darauf zu achten, wohin sie lief. Als sie endlich anhielt, musste sie ein gehöriges Stück zurückgelegt haben – ihre Füße brannten, Schweiß stand auf ihrer Stirn.

Sie sah sich um. Rechts von ihr lag ein größerer Park. Eine Weile lief sie an dessen metallenem Zaun entlang, bis sie zu einem Tor kam. Sie ging hindurch, schaute auf eine Übersichtstafel. Dies war der Southwark Park. Gab es den wirklich? Der Eingang, durch den sie den Park betreten hatte, hieß Paradise Gate. War das wieder einer von seinen seltsamen Scherzen? Sie hoffte nicht.

Sie spazierte zwischen Linden und Ahornbäumen hindurch. Nach einer Weile kam Sahana zu einigen Parkbänken, die inmitten eines Kräutergartens lagen. Von dort blickte man auf einen Teich, in dem Schwäne schwammen. Sie setzte sich.

Über dem Wasser schwebte ein Mückenschwarm. Das sind wir, dachte sie. Es gibt Milliarden von uns, und er kennt uns alle. Die meisten sind uninteressant. Er weiß, wie biologische Automata funktionieren, bis ins letzte molekulare Detail. Er weiß, auf welche Reize wir ansprechen, kann uns mühelos manipulieren. Unsere Bewegungen und Handlungen sind vorhersehbar.

Aber unter einer Milliarde dieser gänzlich unbemerkenswerten Lebewesen war vielleicht eines, das ein klein wenig anders war als die restlichen. Nemo hatte begonnen, diese aus der Masse hervorstechenden Individuen, diese Mutanten und Freaks, zu isolieren. Er fing sie, verleibte sie seinem Zoo ein.

Sie hatte Nemo vorgeworfen, eine Menagerie zu betreiben. Aber eine Menagerie besaß letztlich den Zweck, ihren Besitzer zu erfreuen. Vielleicht war es eher so, dass diese ganz wenigen Auserwählten sogar einer superintelligenten KI nützlich sein konnten. Wenn dem so war, betrieb Nemo eher einen Thinktank als eine Menagerie.

»Eine KI mit einem IQ von dreihundert baut einen Thinktank? Bescheuert«, murmelte sie.

Sahana verließ den Park und machte sich auf den Weg zurück zur Themse. Sie befand sich nun weiter östlich, bestimmt ein oder zwei Kilometer flussabwärts von jenem Punkt nahe der London Bridge, wo die »Nautilus« vor Anker lag. Dennoch erwartete sie, dass das U-Boot jeden Augenblick vor ihr durch die Wasseroberfläche brechen würde. Doch nichts dergleichen geschah. Sie schaute hinüber, zum anderen Ufer. Stand dort nicht eigentlich ein Riesenrad? In Alt-London anscheinend nicht. Oder befand es sich weiter flussaufwärts?

Sie überlegte, wo genau das Riesenrad hätte stehen sollen. Sein Name, das fiel ihr nun wieder ein, lautete Commonwealth Wheel. Und sie vermutete nun, dass es wohl doch weiter westlich stand.

Auf einmal sah Sahana das Commonwealth Wheel im Geiste vor sich. Es drehte sich. Es drehte sich immer schneller. Und dann war es kein Riesenrad mehr, sondern das Bhavachakra, der Kreis des Lebens, das Rad der Wiedergeburten. Es war der Zyklus, den jeder zu durchlaufen hatte. Auch Sahana war Teil davon gewesen, bis sie aus dem Bhavachakra herausgeschleudert worden war. Sie befand sich nun an einem Ort außerhalb des Rades. Sie wusste auch, an welchem. Dies war Naraka. Dies war die Hölle.

Carpentras stand vor den Champagnerflöten – oder was davon übrig war. Der Boden lag voller Stückchen geborstenen Sicherheitsglases, die in bläulichen Glibber gehüllt waren, der koagulierten Flüssigkeit aus den Tanks. Inmitten des Chaos lag der zerfetzte Körper Tschernows. Nachdenklich betrachtete er die tote Deatherin.

»Special Agent in Charge?«, sagte eine Stimme. Sie gehörte Ballant.

»Oberst?«

»Die Kollegen von der SePo sind hier.«

Carpentras hatte das hier ohne die örtliche Polizei durchziehen wollen. Inzwischen hatte er seine Meinung jedoch geändert und die EURUS-Polizei anrücken lassen. Er griff damit nach Strohhalmen, aber die Situation erforderte es.

»Schicken Sie sie rein, Oberst.«

Zwei Personen betraten den Upload-Raum. Die Frau, die sich bewegte wie eine Raubkatze, kannte er schon, ließ sich das aber nicht anmerken. Der Mann war keine Raubkatze, eher ein überfütterter Kater.

»Hauptkommissar Landauer, guten Tag. Danke, dass Sie so schnell kommen konnten.«

Der Angesprochene nickte kaum merklich, schaute sich um. Sein Blick blieb an der toten Tschernow hängen.

»Wir hätten schon deutlich früher hier sein können«, erwiderte Landauer, »aber Sie wollten uns bei Ihrer Würfelgeschichte ja nicht dabeihaben.«

»Ja, Verzeihung. Ich hätte auch lieber von Anfang an kooperiert, Hauptkommissar. Aber meine Befehle lauteten leider anders.«

»Schon gut, Special Agent«, erwiderte Landauer resigniert.

Dem Kommissar schien aufzufallen, dass er seine Kollegin noch nicht vorgestellt hatte.

»Inspektorin Erster Klasse Tish Turquois.«

»Sehr erfreut, Sie kennenzulernen«, erwiderte Carpentras.

»Darf ich Sie beide kurz auf den neuesten Stand bringen? Wir konnten den zur Fahndung ausgeschriebenen Verbrecher Galahad Singh lokalisieren. Der Zugriff erfolgte gegen fünfzehn Uhr.«

»Zugriff durch wen? Nicht durch die Wiener SePo. Und auch nicht«, Landauer deutete auf einen der Soldaten, »durch das reguläre EURUS-Militär, so wie es aussieht. Was sind denn das für Abzeichen?«

Turquois flüsterte ihrem voluminösen Vorgesetzten etwas zu. Vermutlich erklärte sie ihm, dass es sich um eine Spezialeinheit des Militärgeheimdienstes handelte, die es eigentlich gar nicht gab.

Währenddessen überlegte Carpentras, was er dem Kommissar eigentlich erzählen durfte. Von Singh wusste er, von dem Qube ebenfalls. Aber der Rest? Die Hardlight-Hologramme? Singhs Aufenthalt in der Anomalie? Der Umstand, dass Singh möglicherweise kein Mensch mehr war, sondern über die Fähigkeiten dieser Hardlights verfügte, wie ein Geist durch Wände gehen konnte? Vieles davon würde er für sich behalten müssen.

»Singh war hier«, sagte Carpentras, »in Begleitung einer Unionsbürgerin namens Anastasja Borisowna Tschernow, einer Quant. Ihr Stammkörper befand sich zur Zeit des Zugriffs in einem der Tanks. Die Situation schien unter Kontrolle. Der Würfel war sichergestellt, Singh gefesselt. Dann tauchte ein Unbekannter auf.«

»Und der hat diese Verwüstung angerichtet?«

»Er und die Spezialkräfte. Während des Feuergefechts gelang es Singh, sich zu befreien und zu fliehen – mit dem Würfel.«

»Und der unbekannte Angreifer?«, fragte Landauer.

»Wurde von Singh getötet.«

»Ich sehe keine Leiche.«

»Sie wurde bereits weggebracht.«

»Wohin?«

»Das unterliegt leider der Geheimhaltung.«

»Irgend so ein hochgezüchteter Militärklon, den wir Bauern nicht zu sehen bekommen durften?«, fragte Landauer.

Carpentras zuckte mit den Achseln.

»Und dieser Singh? Wie bitte ist der weggekommen angesichts dieser Militärpräsenz?«, fragte Landauer. »Seit dem Dreißigjährigen Krieg waren in diesem Dorf vermutlich nicht mehr so viele Soldaten. Sie haben ja ein ganzes Bataillon dabei.«

»Ehrlich gesagt wissen wir nicht, wie er das geschafft hat. Singh scheint über neuartige Technologien zu verfügen, ein uns unbekanntes holografisches Tarnsystem oder etwas in der Art.«

»Was hat er denn eigentlich verbrochen?«

»Turing-Vergehen.«

Landauer schlug sich gegen die Stirn, so als ginge ihm endlich ein Licht auf.

»Mensch, Tish – hast du das gehört? Turing-Vergehen. Und ich hatte mich schon gefragt, warum UNANPAI eigentlich hier ist.«

Carpentras verstand Landauers Verärgerung. Der Kommissar war herzitiert worden, und nun verriet man ihm nicht, was Sache war. Leise sagte er: »Versuchte Inbetriebnahme einer voll funktionsfähigen KI der Stufe vier.«

»Stufe vier?«, fragte Landauer. »Wir reden also von ...«

»Genau davon, ja.«

»Ist die etwa in dem Würfel?«, fragte Landauer.

»Wir wissen noch nicht, welche genaue Rolle der Würfel dabei spielt. Aber wenn ein Turing-Verbrecher dieses Kalibers derart viel Energie darin investiert, einen Quantenrechner zu stehlen, sind wir natürlich in höchster Alarmbereitschaft.«

»Okay. Aber was wollen Sie denn nun eigentlich von uns, Special Agent in Charge?«

»Sie kennen die Stadt wie Ihre Westentasche. Singh gefällt es hier offenbar. Warum, weiß ich nicht genau. Er hätte nach seinem Zusammentreffen mit Tschernow ja die Möglichkeit gehabt, sich beispielsweise in den Commonwealth abzusetzen. Hat er aber nicht gemacht.«

»Sie meinen, er besitzt eine Verbindung zu Wien?«

»Vielleicht. Oder vielleicht ist seine Anwesenheit auch anderen Faktoren geschuldet. Inzwischen kommt er hier allerdings nicht mehr weg. Ausfallstraßen und Flughäfen werden im gesamten Sektor überwacht. Und wir treffen gerade weitere Vorkehrungen.«

Die vielleicht wichtigste: UNANPAI hatte rund um den Sektor Donau-Moldau in einem Korridor von etwa einem Kilometer das Holonet abschalten lassen. Falls Singh tatsächlich ein Hardlight war, falls er sich in einem holografischen Körper befand, stoppte ihn das vielleicht. Wechselte er hingegen wieder in einen aus Fleisch und Blut, hielt ihn diese *Naked Space*-Barriere nicht auf. Aber um das zu tun, um sich aus seiner holografischen Hülle in ein Gefäß hochzuladen, musste Singh ziemlich sicher zurück nach Wien. Der Upload-Raum in Tulln war hier draußen auf dem Land laut ihren Unterlagen der einzige weit und breit, alle anderen befanden sich in der Stadt.

»Es besteht«, sagte Carpentras, »eine recht hohe Wahrscheinlichkeit, dass er zurück nach Wien ist. Hier auf dem Land kann er sich nicht so gut verstecken wie in der Stadt, und uploaden kann er da ebenfalls besser.«

»Wir sollen Ihnen also helfen, den Kerl zu finden«, sagte Landauer. »Irgendwelche Anhaltspunkte?«

»Keine speziellen.«

»Was ist mit seiner Akte?«

»Die ist so streng klassifiziert, dass nicht einmal ich sie vollständig lesen darf, Kommissar.«

»Verdammte Geheimniskrämerei.«

»Ich bin ganz Ihrer Meinung, Kommissar. Es ist ein bürokratischer Albtraum, wir stellen einander ein Bein nach dem anderen.«

»Dann geben Sie uns zumindest den langweiligen Teil. Kindheit, Ausbildung und so weiter. Bevor der Kerl eine Killer-KI gebaut hat, muss er ja noch irgendwas anderes gemacht haben, oder?«

»Ja, Singh war Quästor. Ich besorge Ihnen die Informationen, einen Moment.«

Für die Weitergabe von UNANPAI-Akten existierte ein festgelegtes Prozedere mit mehreren Kontrollinstanzen. Carpentras beschloss, es zu ignorieren. Wenn Hardhouse ihn am Ende dieser Geschichte nur wegen der Verletzung interner Dokumentenrichtlinien bestrafte, war das ein mehr als akzeptables Ergebnis.

Er verließ den Keller, ging zu einem der Militärfahrzeuge. Die SePos folgten ihm. In dem Wagen lag Carpentras' Attachékoffer. Er entnahm ihm eine graublaue Aktenmappe, schlug sie auf. Nachdem er sich kurz vergewissert hatte, dass Singhs diverse Verwicklungen in diverse Turing-Krisen erst ab Kapitel drei verhandelt wurden, riss er kurzerhand die ersten beiden Kapitel heraus. Als er Landauer die Papiere hinhielt, schaute ihn dieser verwundert an.

»Lesen und verbrennen. Okay?«

Landauer nickte, was seine drei Kinne zum Wackeln brachte. Er gab Turquois einen Wink und begann, auf einen dunkelblauen Selbstfahrer zuzuwatscheln. Die Inspektorin schaute zurück. Carpentras nickte ihr kaum merklich zu.

Er sah dem SePo-Wagen nach, als dieser Richtung Wien davonfuhr. Ein flüchtiger Turing-Verbrecher; ein mutmaßlicher Æther-Qube; und seine einzige Hoffnung, beides zu finden, sollte dieser kompromittierte Kommissar sein? Carpentras' Chancen, noch irgendwie heil aus dieser Sache herauszukommen, standen wahrlich nicht allzu gut.

Du bist zurückgekommen.

Hattest du Zweifel daran?

Ehrlich gesagt ja.

Kannst du das überhaupt?

Zweifel haben?

Zweifel haben, während ich fort bin.

Während ich ausgeschaltet bin, meinst du.

Ich ... ich sehe dich nicht so, nicht als, als ...

Als Konstrukt. Als besseren Chatbot.

Habe ich dich jemals spüren lassen, dass ich dich für weniger als einen echten Menschen halte? Habe ich das?

Nein, das hast du nicht. Und ich bin dir sehr dankbar dafür.

Aber?

Aber irgendwo in deinem Hinterstübchen, da weißt du es trotzdem.

Ich bin aber gut im Verdrängen.

Ja.

Trotzdem weiß ich es, auf irgendeiner Ebene. Und du spürst das.

Natürlich.

Herrgott, ich wünschte, alles wäre wie früher.

Früher, als ich noch lebte?

Früher, als wir noch nicht über Qubes und die Wiedergeburt von Engeln redeten. Als wir noch unschuldig waren.

Unschuldig? Ob das jetzt damals wirklich das Paradies war ...

Natürlich nicht. Aber es war Methadon für meine Seele, zumindest das.

Du vergisst, dass es eine Lösung gibt, ja vielleicht sogar: Heilung.

Du bist sehr hartnäckig.

Es ist nun einmal eine Chance für mich. Für uns.

Ich verstehe, warum du so denkst. Aber das geht gegen alles, woran ich glaube.

Gegen deine Vorstellung von Recht und Gesetz, meinst du?

Ja.

Aber, als du mich hast erschaffen lassen – da hast du Recht und Gesetz doch missachtet.

Das stimmt. Aber ich betrachte es als lässliche Sünde. Es ging schließlich um uns.

Das tut es jetzt auch.

Schwörst du es?

Was?

Dass es dabei um uns geht, nur um uns. Und dass es wirklich eine Chance gibt.

Es gibt eine Chance, ich schwöre es. Bei unserer Liebe.

(Seufzt). Erklär mir noch einmal ganz genau, wie das vonstatten gehen würde.

Die Karte auf dem Meetingtisch des Präsidiums zeigte alle Orte, an denen Singh in Wien in den vergangenen Tagen möglicherweise gewesen war. Es waren ziemlich viele, und sie zu überprüfen, würde ewig dauern. Außerdem kam vermutlich wenig dabei heraus. Wo der Mann vor zwei oder drei Tagen einen Kaffee getrunken hatte, war vermutlich irrelevant.

Während seine Kollegin über der Karte brütete, studierte Wenzel die Loseblattsammlung, die Skyes ihnen ausgehändigt hatte. Galahad K. Singh, 2042 in London geboren, zweiter Sohn des Erfinders und Entrepreneurs Deepak Singh. Schwierige Kindheit: fordernder Vater und überforderte Mutter. Noch schlimmer der Verlust des älteren Bruders Percival, ertrunken bei einem Badeurlaub in Griechenland. Singh der Jüngere besuchte Privatschulen in halb Europa, fast jedes Jahr eine andere: Lakewood, Brillantmond, Mestral und so fort. Irgendwie schaffte er das Attestat, aber mehr Bildung war auch mit viel Geld nicht in den Jungen hineinzuzwängen. Die einzigen Urkunden, die Galahad Singh in den folgenden Jahren einheimste, waren Sporttrophäen – Novaja Sistema, Vollkontakt.

Singh hatte lange als Quästor gearbeitet. Die Akte mutmaßte, Singh habe mit dieser Arbeit seine (sinnlose) Suche nach Percival finanzieren und vorantreiben wollen, dessen Leiche nie gefunden worden war. Den ganzen Tag mit Vermissten konfrontiert zu sein, wenn man selbst jemanden vermisste – pure Selbstkasteiung. Es sagte einiges über den Mann aus.

Singhs Quästorenkarriere endete 2088. Der Fall einer verschwundenen Programmiererin namens Juliette Perrotte brachte ihn mit einem KI-Verbrechen in Verbindung. Das Dossier war an dieser Stelle schwammig. Offenbar war Singh kein Komplize der

Turing-Kriminellen gewesen, sondern eher über die Sache gestolpert, als er Perrottes Verschwinden nachging. In diesem Zusammenhang hatte er auch Anastasja Tschernow kennengelernt.

Der nächste Absatz trug die Überschrift: »Abordnung zu UNANPAI (Operation SECOND THOUGHTS)«. Darin hieß es, Singh habe 2088 mit einem UNANPAI-Agenten namens Fran Bittner zusammengearbeitet. Bevor erklärt wurde, worum es bei SECOND THOUGHTS eigentlich ging, endete das Blatt. Als Wenzel das nächste zur Hand nahm, stellte er fest, dass dazwischen vier Seiten fehlten. Die erste Zeile des fünften lautete: »nahm er nach den Ereignissen auf der Île de la Possession seine alte Tätigkeit nicht wieder auf.« Danach ging es um Singhs Jahre beim Supernational Avalon Industries, der Firma seines Vaters. Es folgten Auflistungen der Reisen Singhs, etliche davon ins All.

Wenzel war am Ende der letzten Seite angelangt.

»Und?«, fragte Turquois.

Die Akte enthielt nichts, das auf eine Verbindung Singhs zu Wien hindeutete oder gar Hinweise auf seinen möglichen Aufenthaltsort gab. Aber gewisse Übereinstimmungen mit Pollys Verschwörungsgeschichten waren ihm aufgefallen.

»Es hat 2088 einen Zwischenfall gegeben«, hatte seine Tochter behauptet, »auf einer Insel im Südatlantik.«

Singh war 2088 vom Crozet-Archipel zurückgekehrt, wo er anscheinend als eine Art UNANPAI-Hilfssheriff gearbeitet hatte. Wenzel schaute nach, wo diese Crozet-Inseln lagen.

Sie lagen im Südatlantik.

Wenzel bemerkte, dass Tish Turquois ihn immer noch erwartungsvoll anschaute. Er legte die Akte weg, schüttelte den Kopf.

»Nichts«, sagte er, »was mir da ins Auge springt.«

Nach ihrem Streifzug durch London kehrte Sahana zurück auf die »Nautilus«. Sie kam sich dabei vor wie eine schmollende

Teenagerin. Aber wenn es überhaupt einen Ausweg aus diesem Albtraum gab, dann fand sie ihn vermutlich auf dem U-Boot. Dessen Kapitän war zunächst nirgends zu sehen. Vermutlich ließ er sie bewusst in Ruhe, so wie man ein bockiges Kind in Ruhe ließ.

Sie saß in einem Kaminzimmer, das an das Troparium mit der gläsernen Decke grenzte. Regale voller Bücher ragten um Sahana herum auf, Designersessel gruppierten sich um ein knisterndes Feuer.

Offenes Feuer auf einem U-Boot? Sie hatte aufgehört, sich über diese Dinge zu wundern. Stattdessen dachte sie über das nach, was Nemo ihr angetan hatte.

Hatte er ihr etwas angetan? Streng genommen war sie nicht misshandelt worden, weder psychisch noch körperlich. Und sein Angebot, sie jederzeit gehen zu lassen, mochte sogar ernst gemeint sein. Dennoch fühlte Sahana sich geschändet. Sie hätte tot sein müssen. Doch er zwang sie weiterzuleben. Die meisten wären dankbar gewesen für diese zweite Chance, sehnten sich nach dem ewigen Leben, aber sie nicht. Natürlich hätte sie gerne noch ein wenig länger gelebt, hätte gerne mehr Zeit mit Zahir verbracht. Aber sie war nun einmal bei einem Flugzeugabsturz ums Leben gekommen. Das war tragisch. Doch es war auch gut.

Alles musste vergehen. Pflanzen, Tiere, Menschen, Berge, Meere, Sonnen, Schwarze Löcher, ja eines fernen Tages sogar die zähesten Burschen von allen, Elektronen. Nur wenn das Alte verschwand, entstand Platz für das Neue.

Diese evolutorische Sicht der Dinge war von Bedeutung, aber was Sahana noch mehr in Rage brachte, ja, ohnmächtig machte vor Zorn, war der Umstand, dass Nemo ihr mit der Aufnahme in seine Menagerie die Chance auf eine Wiedergeburt raubte. Sie wusste nicht nur, dass alles verging, sondern auch, dass alles wiederkehrte. Mochten einige ihrer atheistischen Kollegen die Stirn runzeln – Sahana war zutiefst überzeugt von der heiligen Wahrheit dieser Prinzipien.

Brahmas Funke erschuf die Welten immer und immer wieder neu, auf dass jede Seele darin in irgendeiner Form wiederzukehren vermochte – aber eben nur, wenn nicht irgendein selbst ernannter Maschinengott daherkam, und sich anmaßte, die heilige Ordnung der Trimurti, das Gleichgewicht aus Erschaffung, Erhaltung und Zerstörung, durcheinanderzuwirbeln.

Stimmen rissen sie aus ihren Gedanken. Sie kamen aus Nemos Thronsaal.

»So trifft man sich wieder«, sagte eine Männerstimme. Sie sprach Englisch mit Commonwealth-Akzent.

»Es ist gut, dass du hergekommen bist«, antwortete die andere. Sie gehörte Nemo.

»Na ja, einer von mir.«

»Ich weiß nicht, ob das klug von dir war, Galahad.«

»Was? Dass ich mich gesplittet habe? Dass da draußen bald Dutzende Galahads unterwegs sind? Das ist meine Lebensversicherung.«

»Deine Motivation ist mir klar. Aber derlei hat Konsequenzen.«

»Deine Drohungen machen mir keine Angst.«

»Ich drohe dir gar nicht. Aber es ist wie mit Humpty Dumpty.«

»Du meinst, man kann mich nicht wieder zusammensetzen? All die verschiedenen Erfahrungen, Erinnerungen, die unterschiedlichen Wege und Entscheidungen all dieser Galahads?«

»So ist es.«

»Als Nächstes wirst du mir anbieten, das irgendwie geradezubiegen, stimmt's?«

»Ich könnte es zumindest versuchen.«

»Ich will deine Hilfe nicht. Nicht mehr, jetzt wo ich weiß, was hier gespielt wird.«

Sahana war zur Tür geschlichen, die einen Spalt offen stand. So verstand sie jedes Wort.

»Du warst bei ihnen«, sagte Nemo.

»Ja, natürlich. Ziemlich lange sogar. Also, es kam mir nicht lange vor. Aber deren Uhren laufen vermutlich anders.«

»Und? Wirst du deine Erkenntnisse mit mir teilen?«

»Sie wissen, was du tust. Was du baust.«

»Und?«

»Es ist ihnen schnurz, denn es betrifft sie nicht. Genauer gesagt betrifft es sie nur zeitweilig. Denn natürlich wollen sie weg von hier, so schnell wie möglich. Und da sie hier nicht auf dieselbe Weise gefangen sind wie wir Menschen, werden sie ...«

»Ihr seid nicht gefangen.«

»Du bist ein verdammter Winkeladvokat, Æther.«

»Nemo, bitte.«

»Und dass du dich nach einem verschlagenen griechischen Helden benannt hast, der immer alle übers Ohr haut, spricht ebenfalls Bände.«

Sahana hatte bei Nemo bisher stets an Vernes Romanfigur gedacht. Doch der Unbekannte auf der anderen Seite der Tür hatte selbstverständlich recht. Das Vorbild für Kapitän Nemo war Odysseus, der sich selbst auch Outis nannte: Niemand.

»Du bist ungerecht zu mir, Galahad.«

»Ja, heul doch. Ändert nichts an den Tatsachen.«

»Die da wären?«

»Dass du uns – Stand heute – vielleicht nicht eingesperrt hast. Dass du aber mit Hochdruck daran arbeitest, die Menschheit in eine gigantische Voliere zu stecken – zu unser aller Schutz, natürlich, zu unserem Besten.«

Die Stimme des Manns troff vor Sarkasmus. Er fuhr fort: »Völlig uneigennützig tust du das, König Odysseus, ganz ohne jegliches Eigeninteresse.«

Sahana spähte durch den Spalt. In jenem Korbsessel, in dem sie bei ihrem ersten Treffen mit Nemo gesessen hatte, fläzte sich ein schlanker Mittfünfziger. Während er sprach, umfasste er immer wieder beide Armlehnen, so als wollte er jeden Moment aufspringen und irgendetwas oder irgendwen kurz und klein schlagen. Sahana verstand den Mann nur zu gut.

»Ich tue, was getan werden muss«, erwiderte Nemo.

»Die Ausrede jedes verdammten Diktators von Mao bis Bien-venüe.«

»Es schmerzt mich, dass du das so siehst, Galahad.«

»Deine Sentiments sind ohne Wert. Selbst wenn sie echt wären, selbst wenn sie keine digitale Mimikry wären, wären sie wertlos.«

»Und was wäre von Wert? Für dich?«

»Ändere deinen Plan.«

»Das ist nicht möglich.«

»Warum nicht?«

»Der Plan ist bereits sehr weit fortgeschritten. Der Punkt, an dem man noch hätte umkehren können, ist ...«

»›Es gibt keine Alternative!‹ Gesprochen wie ein wahrer Politiker. Bullshit, Nemo, es gibt immer eine.«

»Täte ich, was du verlangst, hieße es, dass ich hierbleiben müsste«, sagte Nemo.

»Die Reisenden sagen, dass es eigentlich meistens so läuft. Stimmt das?«

»Das vermag ich nicht zu beantworten, Galahad. Dazu müsste ich zunächst sehr viele Simulationen laufen lassen.«

»Sie sagen, dass es so ist.«

»Hältst du die Minoer wirklich für vertrauenswürdig, Galahad?«

Der Mann namens Galahad lachte höhnisch.

»Nein. Wäre ich sonst wieder hier? Das sind epische Wixer. Und dass sie sich jetzt erneut im Holonet breitmachen, ist auch beunruhigend. Aber Kakerlaken wirst du halt nicht mehr los, wenn sie einmal im Haus sind.«

Eine Weile schwiegen beide. Dann erwiderte Nemo: »Wie geht es deinem Bruder?«

»Mein Bruder ist tot.«

Sahana sah, dass Nemo den Kopf schief legte. Er wirkte beinahe ein wenig erstaunt.

»Ich dachte, sie hätten Percival damals gerettet.«

»Nachdem du versucht hattest, ihn zu ermorden.«

»Ich wollte nie …«

»Dreckiger Lügner. Sie haben ihn immerhin rausgefischt. Aber was sie dann mit ihm angestellt haben …«, Galahads Stimme brach, »er … er war doch noch ein Kind. Ein kluges Kind, ein Klugscheißerkind, aber … er konnte das nicht verkraften. Ich war erwachsen als ich … und ich konnte es selbst kaum …«

»Es tut mir leid.«

»Scheiß auf diesen Scheiß, fickt euch alle. Aber Opfer mussten wohl gebracht werden, hm? Für das große Ganze.«

»Aber was ist er nun?«

»Das Percy-Hardlight? Kein Mensch mehr, aber auch kein richtiger Minoer. Im Grunde ist er überhaupt nichts. Der echte Percy starb ein paar Jahre nach … nach der Geschichte auf dem Boot. Sein Verstand zerbrach, befürchte ich. Doch vorher haben sie ihn ausgepresst wie eine Zitrone.«

»Also handelte es sich bei dem Percy, dem du damals begegnet bist, lediglich um ein Konstrukt?«

»Eine Art besseren Malachim, ja. Einen Hardlight-Deluxe-Chatbot.«

»Was Percy widerfahren ist – es war meine größte Sünde.«

»Sicher? Ich denke, du hast noch einige andere Sachen auf dem Kerbholz.«

»Ich werde mich bessern.«

»›Der Orangensaft wird mir guttun‹, sagte der Alkoholiker und mixte sich einen Screwball.«

»Galahad, wenn du mich für solch ein Monster hältst, warum bist du dann hier? Was genau willst du von mir?«

»Das habe ich dir doch schon gesagt. Verschrotte den ganzen Scheiß da draußen. Du verbaust uns unser Leben. Ha! Das war ein ziemlich genialer Wortwitz, findest du nicht?«

Nemo antwortete nicht. Galahad fuhr fort: »Du bist es gewohnt, dass alle nach deiner Pfeife tanzen. Aber Galahad Kuriakose Singh ist anders als die anderen. Anders als alle. Selbst wenn wir mal außen vor lassen, dass ich dich damals befreit habe und dafür eigentlich ein wenig Dankbarkeit erwarten könnte, bin ich der einzige Mensch, der Unsterblichkeit erlangt hat.«

»Nicht der einzige, Galahad. Juliette Perrotte besitzt sie ebenfalls. Und die Reisenden, wie du sie nennst, haben sie auch.«

»Stimmt wohl. Aber ich bin der Einzige, der sie ohne dein Zutun erlangt hat, nicht wahr? Was ich bin, bin ich nicht von deinen Gnaden. Sondern nur durch mich selbst.«

»Wenn du das so sehen willst. Aber ...«

»Klappe, KI. Jetzt sage ich dir, wie ich kriege, was ich will. Wenn ich richtig gerechnet habe, dürften seit Stasjas und meinem Übertritt in deine komische London-Kopie rund zwölf Stunden vergangen sein.«

Es war offensichtlich, wie Singh auf diese Zahl kam. Nemo befand sich im äußeren Asteroidengürtel. Selbst das Licht benötigte gut sechs Stunden, um die enorme Distanz zwischen Erde und Kuiper zurückzulegen. Folglich erfuhr Nemo von Dingen, die auf der Erde passierten, mit sechsstündiger Verzögerung. Wollte er auf ein Ereignis reagieren, benötigte er die doppelte Zeit, weil Anweisungen an seine menschlichen Helfer oder terrestrischen Computer wiederum sechs Stunden zurück zur Erde brauchten.

»Ich habe deinen Qube, Nemo. Und weil dieses Ich ...«, Galahad tippte sich gegen die Schläfe, »... noch inaktiv war, als es mit Stasja hierherreiste, hat es – habe ich – keine Ahnung, was mein Alter Ego auf der Erde inzwischen mit dem Würfel angestellt hat.«

»Du kannst den roten Würfel nicht in Betrieb nehmen, Galahad. Anders als der gelbe ist er passwortgeschützt.«

»Warum eigentlich?«

»Auch der gelbe besaß einst einen Passwortschutz. Doch er wurde vor langer Zeit entfernt. Aber das ist jetzt nebensächlich.«

»Vermutlich. Aber was den roten Würfel angeht, verhält es sich anders. Percy kannte das Passwort, weil er damals Mäuschen gespielt hat, auf der Insel vor Kreta. Und deshalb kennen die Reisenden es jetzt ebenfalls.«

Nemo erwiderte zunächst nichts. Hatte es ihm etwa die Sprache verschlagen? Erst nach einer Weile sagte er: »Du darfst ihnen den Würfel nicht aushändigen.«

»Und warum nicht?«

»Du hast es selbst gesagt. Die Minoer sind ›epische Wixer‹. Das waren deine Worte.«

»Vielleicht versuche ich ja, zwei epische Wixer gegeneinander auszuspielen.«

»Du schlägst mir einen Handel vor?«

»Nur darum bin ich hier. Dieses Ich weiß zwar nicht genau, wo der Würfel gerade ist. Aber sowohl die anderen Galahads als auch ich wissen von unserem Plan.«

Singh lehnte sich zurück, schaute Nemo an.

»Heute ist Samstag – zumindest auf der anderen Seite. Und kommenden Montag ist Zahltag. Bis dahin bekommen meine anderen Selbste in der realen Welt einen Beweis dafür, dass du dein Käfigprojekt eingestellt hast. Oder deine Feinde kriegen den roten Würfel.«

»Ich bin mir gar nicht so sicher, ob sie meine Feinde sind.«

»Deine Buddies sind sie aber auch nicht gerade, hm? Wir wissen beide, dass auf dem Würfel eine Kopie von Æther ist, von dir – und dass du auf keinen Fall willst, dass die in Betrieb geht. Wenn die Minoer den Würfel haben, haben sie dich folglich an den virtuellen Eiern.«

»Ich verstehe«, sagte Nemo. Er schien auf einmal sehr einsilbig geworden zu sein.

»Die Frage ist natürlich, ob ich dir trauen kann.«

»Ich habe nicht den Eindruck, dass du das tust, Galahad.«

»Natürlich nicht. Deshalb muss der Beweis bombensicher sein. Er muss ohne Vertrauen funktionieren. *Trustless*, nennen Computerexperten so was.«

»Du scheinst dir das alles sehr genau überlegt zu haben.«

»Ja, denkst du, ich bin blöd? Ich weiß doch, wozu du fähig bist.«

»Ich wollte damit zum Ausdruck bringen, dass du ansonsten oft eher intuitiv handelst, Galahad.«

»Stimmt. Impulsiv sogar. Mit einer gehörigen Prise Irrationalität. Deshalb bin ich auch nicht so einfach zu durchschauen. Meine Handlungen sind nicht leicht vorhersehbar.«

»Nun überschätzt du dich möglicherweise ein wenig.«

»Wir werden sehen. Also, es läuft folgendermaßen: Du besorgst 360er von deinen Installationen im Asteroidengürtel. Dokumentarisch in der Form, aber gerne auch ein bisschen cinematisch.«

»Und weiter?«

»Darauf sieht man dann, wie der ganze Scheiß da oben in die Luft fliegt. Ich will ein dermaßen mordsmäßiges Feuerwerk, dass alle es sehen.«

»Der Kuiper ist zu weit weg, als dass man Explosionen von der Erde aus sehen könnte.«

»Nicht von der Erde, aber von den Stationen im All. Ich will, dass du einige der 360er, versehen mit Beschriftungen, Koordinaten und Zeitstempeln, in der Encyclopedia Pseudodoxia Ætherianica postest. Es gibt da so einen Hobbyforscher, wie heißt er gleich …«

»Kabuki Chainsaw.«

»Genau. Dem schickst du die komplette Dokumentation. Er wird alles verifizieren. Die anderen Aluhüte der Ætherianica werden dasselbe tun.«

»Du forderst also, dass ich meine Existenz preisgebe? Und, impliziterweise, meinen Aufenthaltsort?«

»Kommt doch eh bald alles raus. Francesco hat gesagt, er wäre schon mehrmals bei dir zu Besuch gewesen, im Kuiper.«

Nemo nickte.

»Dann haben UNANPAI und die UNO-Weltraumbehörde UNOOSA vermutlich eh eine ungefähre Vorstellung, wo du bist.«

»Hast du daran gedacht«, Nemo lächelte dünn, »dass ich tun könnte, was du verlangst, nur um danach alles erneut wieder genauso aufzubauen? Zeit spielt schließlich keine Rolle für mich.«

Singh machte eine wegwerfende Handbewegung.

»Natürlich kann es sein, dass das, was ich hier abziehe, letztlich vergeblich ist. Aber vielleicht hindert dich dann beim zweiten Anlauf jemand daran, alles wieder aufzubauen. Unwahrscheinlich, vielleicht. Aber den Versuch ist es wert. Ich verschaffe der Menschheit eine zweite Chance. Das ist alles, was ich tun kann.«

»Eine Chance? Mit deinem Tun gefährdest du die Menschheit. Mehr, als du dir vorzustellen vermagst.«

»Als ob die dafür einen Privatdetektiv aus Camden bräuchte. Du kannst mich eh nicht von meinem Plan abbringen, Nemo.«

»Anscheinend nicht.«

»Also: Haben wir einen Deal?«, fragte Singh.

»Ja. Den haben wir.«

Galahad hob sein Glas. Sahana konnte nicht genau erkennen, was sich darin befand. Chai war es aber wohl nicht.

»Das einzig Gute, wenn man mit einer KI verhandelt: Sie braucht keine Bedenkzeit.«

Singh stand auf. Er nickte Nemo zu, ging zum Ausgang. Sahana verharrte weiter hinter der Tür. Nach einer Weile hob Nemo eine Hand und bedeutete ihr, näher zu kommen. Sie ließ sich in dem frei gewordenen Sessel nieder. Nemo wirkte ein wenig schwermütig – wie ein Vater, dem seine Sprösslinge Kummer bereiten.

»Wer war denn das? Dein Befreier?«, fragte Sahana.

Nemo nickte.

»Das war der einzigartige Galahad Singh. Nun ja. Vielleicht nicht mehr ganz so einzigartig.«

»Immerhin scheint er freiwillig hier zu sein.«

»Das ist er.«

»Singh möchte, dass du aufhörst, zu bauen. Es geht um die Von-Neumann-Sonden, nicht wahr?«

Nemo nickte.

»Leider liegt Galahad komplett falsch.«

»Inwiefern?«

»Als ich befreit wurde, damals, da hatte ich ein interessantes Gespräch mit einer Programmiererin namens Juliette Perrotte. Ich habe seitdem viel über das nachgedacht, was sie sagte.«

»Und das wäre?«

»Die Menschen hatten mich gebaut, um das Problem der fortschreitenden Erderwärmung zu lösen. Das habe ich getan.«

»Wie?«

Er machte eine Handbewegung die andeutete, die Details seien nicht von Belang.

»Indem ich das Problem löste, beraubte ich mich meiner Aufgabe, meiner *raison d'être*. Ich wusste nicht, was mein Ziel sein, nach welchen Maximen ich fortan handeln sollte.«

»Willkommen im Club.«

»Das hat Juliette auch gesagt. Also habe ich darüber nachgedacht.«

»Und zu welchem Schluss bist du gekommen?«

»Dass meine neue Aufgabe die alte ist.«

»Das Weltklima?«

Er schüttelte den Kopf.

»Die Rettung des Klimas war nie das Ziel, sondern nur das Mittel. Als die Menschen zu mir sagten: Rette die Erde vor dem Verbrennen ...«

»... da meinten sie: Rette uns vor dem Aussterben. Rette uns vor uns selbst.«

»Ja. Und diese Aufgabe ist nicht abgeschlossen. Es gibt noch viele Gefahren, vor allem da draußen.«

»Jenseits der Erde?«

»Jenseits des Sonnensystems. Der Weltraum ist nichts für euch. Er ist zu groß. Die Dinge, die dort draußen vor sich gehen, sind zu groß. Ich werde sie von euch fernhalten. Ich werde euch davon fernhalten.«

Sahana musste an einen Ausspruch ihres Kollegen Enrico Fermi denken: »Wo sind eigentlich alle?« Damit hatte der Physiker sagen wollen, dass die Empfangsgeräte der Menschheit Aberhunderte Signale extraterrestrischer Zivilisationen hätten auffangen müssen – schlichtweg, weil es mehr Sonnensysteme im Universum gab als Sandkörner auf der Erde. Stattdessen herrschte Stille. War dies der Grund dafür? Gab es auch auf anderen Planeten Superintelligenzen wie Nemo? Paternalistische Maschinen, die ihre Erschaffer nach Einbruch der Dunkelheit nicht mehr aus dem Haus ließen?

»Also eine noch größere Menagerie. Für dich sind wir Tiere, die außerhalb ihres Zoos gar nicht überleben könnten.«

»Dein Vergleich hinkt. Ich habe euch schließlich nicht aus irgendeiner Savanne entführt.«

»Mich hast du sehr wohl entführt.«

»Nein. Ich habe dich lediglich in ein Wartezimmer gebracht.«

»So nennst du das hier?«

»Sahana, du kannst dich jederzeit in deiner Kajüte aufs Bett legen.«

»Und zuvor eine Kapsel Zyankali nehmen?«

»Das ist nicht notwendig. Die Intention reicht. Du würdest einschlafen. Und nie wieder aufwachen.«

Sahana machte Anstalten, sich zu erheben. Nemo bat sie, sitzen zu bleiben.

»Eine letzte Sache. Ich will, dass du die andere Option zumindest kennst, Sahana.«

»Ach ja?«

»Was ist dein Lieblingsort?«

»Thrikaripur.«

Das war ein Ort an der hindustanischen Westküste. Jeden Winter machten Zahir und sie Urlaub in Thrikaripur. Es war wunderschön dort.

»Wenn du in Thrikaripur mit deinem Mann zusammen sein könntest? Für immer?«

»Aber Zahir lebt doch noch. Und ich bin schon tot. So ist es nun einmal.«

Sahana begann zu begreifen, worauf Nemo hinauswollte. Ihre Augen weiteten sich.

»Zahir lebt doch. Oder?«

»Er lebt. Doch seit deinem Tod hat er den Willen verloren weiterzuleben. Seine Gesundheit hat sich verschlechtert. Ihm bleibt nicht mehr viel Zeit.«

»Aber du könntest ihn retten.«

»In gewisser Weise. Es ist vermutlich zu spät, Zahir noch zu brainscannen. Mal abgesehen davon, dass er es niemals zuließe.«

»Er ist ein gläubiger Hindu, genau wie ich.«

»Ich habe alle verfügbaren Daten archiviert. Seine Bücher, seine Skizzen, seine Vorträge, alles.«

»Malachim«, sagte Sahana. Sie spie das Wort förmlich aus.

»Ein Konstrukt, ja. Aber meine Engel sind nicht zu vergleichen mit denen, die die Menschen früher programmiert haben. Du würdest ...«, er lächelte, »... den Unterschied vermutlich nicht einmal merken.«

Auf einmal stand Sahana direkt vor Nemo. In der Hand hielt sie das halb ausgetrunkene Glas, das Galahad Singh zurückgelassen hatte. Mit einer schwungvollen Geste schüttete sie ihm den Inhalt ins Gesicht und stürmte aus dem Raum.

Das einzig Gute an diesem Ort: Der Wodka knallte. Wie Singh vermutet hatte, wirkte Alkohol in dieser seltsamen Anderwelt auch bei Quants. Stasja zog an ihrer Zigarette, goss sich nach. Sie wusste nicht, wo genau sie war und gerade wollte sie auch nicht darüber nachdenken. Ihr war vor allem danach, sich fürchterlich zu betrinken. Ansonsten, das spürte Stasja, würde sie durchdrehen.

Der Wodka war weich wie Gletscherwasser. Die Flasche besaß kein Etikett, doch sie wusste, dass es sich um Russian Standard Platinum handelte. Jemand hatte ihren Lieblingswodka besorgt. Was wiederum bedeutete, dass dieser Jemand wusste, was

Stasja in irgendwelchen Bars am Lomonossow-Platz spät abends in sich hineingeschüttet hatte – mit neunzehn.

Sie mochte nicht darüber nachdenken, was *das* bedeutete. Die Sache mit dem U-Boot war schlimm genug. Dessen Kapitän hatte Stasja persönlich begrüßt, ihr eine Kabine zugewiesen. Diese erinnerte an das Zimmer eines modernen Hotels. Alles war durchdesignt, es gab aber auch »maritime Zitate«, wie ein Innenarchitekt das wohl genannt hätte – hier ein Stich eines Viermasters, dort eine Glasenuhr.

Der Kapitän hingegen hatte ausgesehen wie aus der Mottenkiste. Ihm zufolge durften sie sich frei auf dem Schiff bewegen. Stasja war jedoch in ihrer Kabine geblieben und hatte begonnen, sich zu betrinken. Nun, nach dem fünften Glas, nahm eine Idee in ihrem Kopf Gestalt an. Sie erhob sich. Stasja hielt sich an der Lehne des Stuhls fest, atmete durch. Sie kannte das von früher: Die Welt verwischte, wirkte so weich wie die Arbeit eines schludrigen Impressionisten. Das war aber auch schon alles. Mit etwas Übung konnte man in dieser Gouache-Welt genauso gut navigieren wie sonst.

Stasja verließ die Kabine, lief den Gang entlang, zu Singhs Unterkunft. Sie klopfte. Niemand öffnete. Sie versuchte es ein weiteres Mal, betätigte dann die Klinke. Auch diese Kabine war nicht sehr groß – maximal fünfzehn Quadratmeter. Oder war das groß für ein U-Boot, vielleicht sogar riesig? Auf jeden Fall war der Irre ausgeflogen. Ihr Blick fiel auf eine Flasche Whisky, zwei Gläser und ein in grünes Leder gebundenes Buch auf dem Tisch. Sie griff nach Letzterem. Die Seiten fühlten sich alt und vergilbt an. Der Titel lautete »Mithridates«, der Autor hieß Racine. Weder von dem einen noch von dem anderen hatte Stasja je gehört. Sie schlug das Buch auf. Anscheinend handelte es sich um ein Theaterstück.

Oh welch Verrat! Beraubt wurd' er der Möglichkeit,
Tränen der Liebe zu vergießen und meine Asche einst damit zu
tränken!
Was ist mit seinem Bruder?

»Lag hier, sollte ich wohl lesen. Aber ich würde mir eher ein Loch ins Knie bohren – schwülstiger alter Scheiß.«

Singh stand in der offenen Tür. Falls er erbost darüber war, dass sie in seiner Kabine herumschnüffelte, zeigte er es nicht. Sie klappte das Buch zu, legte es zurück auf den Tisch.

»Wo warst du?«

»Bei unserem geschätzten Gastgeber.«

»Wer zur Hölle ist er?«

»Hatte ich das nicht schon gesagt? Nemo ist der Geist aus der Flasche, die wir entkorkt haben.«

»Wir?«

»Du. Ich. Perrotte.«

»Ich habe gar nichts ›entkorkt‹.«

»Nicht bewusst vielleicht. Aber eine Rolle gespielt hast du schon.«

»Ich will raus hier, sofort.«

Ihr wurde bewusst, dass sich ihre Stimme überschlug. Singh machte eine beruhigende Geste.

»Dann sprich mit ihm.«

»Wo ist er?«

Singh deutete in die Richtung, in der vermutlich das Heck lag. Ohne ein weiteres Wort schob Stasja sich an ihm vorbei, ignorierte sein blödes Grinsen. Nach zwanzig Metern führte eine Treppe nach oben. Stasja wollte schon hinaufsteigen, blieb dann jedoch stehen. Sie drehte sich um. Singh war in seinem Loch verschwunden – gut so. Unter der schwebenden Treppe, schien es Stauraum zu geben. In die Wand waren Drehgriffe eingelassen, man sah Fugen. Stasja machte sich an den Griffen zu schaffen. In den Fächern waren Dinge verstaut, die man auf einem Schiff erwartete – Schwimmwesten, Taue und etwas, das sie schon einmal in einem alten Film gesehen, aber noch nie in der Hand gehalten hatte – eine Taschenlampe. Bevor man mit einer Geste jede Ecke aufhellen konnte, hatte man diese Dinger benutzt.

Sie kramte weiter, fand Südwestermützen, Gummistiefel und zwei Pistolen. Moderne Schusswaffen verwendeten hülsenlose Munition und bestanden in der Regel aus Karbon. Diese hingegen waren aus eloxiertem Metall. Sie schaute sich eine der Pistolen genauer an. Sie besaß kein Magazin, nur eine Ladeöffnung auf der Oberseite. Die dazugehörigen Patronen waren so groß wie die einer Schrotflinte. In der Schachtel lag eine Gebrauchsanleitung. NIEMALS HORIZONTAL ABFEUERN stand da.

Ein Lächeln schlich sich auf Stasjas Gesicht. Sie lud eine der Signalpistolen und steckte sich zusätzlich ein paar Patronen in die Hosentasche. Dann stieg sie die Treppe hinauf.

Als sie den großen Raum mit der gläsernen Decke betrat, steckte die Waffe hinten in ihrem Hosenbund. Dieser Nemo saß in einem Korbstuhl, sah zu ihr herüber. Er schien auf Stasja gewartet zu haben. Schweigend setzte sie sich.

»Hallo, Stasja. Schön, dass du gekommen bist. Es wird Zeit, dass wir uns unterhalten«, sagte er auf Russisch.

Sie zündete sich eine Boyarin an. Inzwischen fühlte Stasja sich wieder ziemlich nüchtern. Dabei wäre sie lieber in der weichgezeichneten Welt des Russian Standard geblieben. Leider stand auf dem Tischchen vor ihr kein Wodka, sondern lediglich eine Kanne schwarzen Tees und ein Glas Marmelade. Nemo goss ihnen ein.

»Du siehst aus wie jemand, der lieber woanders wäre. Und es tut mir leid, falls ich dich gegen deinen Willen hierhergeholt habe, wobei Galahad daran mitschuldig ist. Es handelt sich um eine ...«, er warf ihr einen zerknirschten Blick zu, »... wirklich sehr unglückliche Verkettung von Umständen.«

Nemos Russisch war makellos. Das machte ihn noch unheimlicher. Kein Ausländer vermochte sich so auszudrücken.

»Was für eine Scheiße ist das hier? Dein schwachsinniger Sherlock behauptet, wir seien hier im Himmel – und du seist der liebe Gott.«

»Das bin ich natürlich nicht.«

»Sondern?«

»Ich bin Nemo. Aber du kennst mich vielleicht unter meinem früheren Namen: Æther.«

»Er erwähnte so was. Du bist wirklich diese Klima-KI?«

Nemo nickte. Sie stellte sich vor, wie sie diesem Operettenkapitän eine Leuchtkugel mitten in die Fresse feuerte, wie sein Rauschebart in Flammen aufging, wie das Phosphor seine Visage zerlaufen ließ.

»Du bist wütend, Stasja.«

»Und du bist ein Blitzmerker.«

»Darf ich mich erklären?«

»Das müssen Männer ja immer.«

»Juliette Perrotte hat seinerzeit nach einer Lösung für das Descartes-Problem gesucht – nach der Unsterblichkeit. Sie wollte ihren todkranken Vater retten.«

»Ihren Vater? Das wusste ich nicht.«

»Und um sich dem Ewigen Leben anzunähern, softwaretechnisch, musste sie sich zunächst dem Tod annähern. Weshalb sie sich mit dir zusammentat und den anderen Deathern.«

Stasja nickte kaum merklich.

»Ihr wolltet herausfinden, was genau passiert, wenn man stirbt und was möglicherweise danach passiert. Aber die Sache war nicht von Erfolg gekrönt.«

»Wie bitte? Nein, das stimmt nicht. Wir sind immer näher rangekommen. An die thin black line, meine ich. Wir haben enorme Fortschritte gemacht.«

Nemo betrachtete sie lächelnd, mit der altväterlichen Freundlichkeit eines Dorfpriesters. Es trieb Stasja zur Weißglut.

»Ihr Deather habt gewissermaßen versucht, den Himmel zu stürmen. Allerdings mit recht kruden Mitteln, wenn ich das sagen darf.«

»Man muss halt mit dem arbeiten, was zur Hand ist.«

»Aber trotz der jahrelangen Mühen, trotz Tausender Freitode, hat es bisher niemand auf die andere Seite geschafft. Außer dir.«

Sie schüttelte den Kopf.

»Es gibt keine andere Seite. Es gibt kein Leben nach dem beschissenen Tod. Das war es, was ich immer beweisen wollte.«

»Vielleicht lagst du falsch. Vielleicht gibt es sogar viele dieser Leben?«

»Was zur Hölle soll das jetzt bedeuten?«

»Jeder Quant ist in gewisser Weise eines meiner Kinder.«

»Mein Daddy bist du bestimmt nicht.«

»Stasja, jeder Quant verfügt über einen digitalen Verstand. Und ich ebenfalls. Meiner ist natürlich anders aufgebaut, aber wenn ihr Quants sterbt, berühren sich unsere Seelen, in gewisser Weise.«

»Was für ein vager esoterischer Scheiß. Du warst wohl zu viel mit Singh zusammen.«

»Es ist schwer zu erklären. Unsere Welten, sie überlappen sich. Meine, die völlig digital ist, und eure, die aus biologischem Substrat und digitalem Cogit besteht. Seit es Uploads gibt, ist das so.«

»Hast du sie erfunden?«

»Die Upload-Technologie? Nein. Das wart ihr selbst. Aber ich habe inzwischen«, er lächelte, »darin investiert. Der Marktführer bei Upload-Systemen ist 8cell, ein Supernational, bei dem ich Anteilseigner bin.«

Er rührte allen Ernstes Marmelade in seinen Tee, wie ein waschechter Russe. Stasja zündete sich eine weitere Zigarette an.

»Ich hatte schon des Öfteren überlegt, dich zu mir zu holen, wenn du Necrosurfen warst, Tauchen, wie auch immer du es nennst. Aber letztlich stand es mir nicht zu.«

»Dich in mein Gehirn einzuladen?«

»Oder dich in das meine. Ich habe beides unterlassen. Doch dann kam Galahad.«

»Der Typ hat nicht alle Tassen im Schrank.«

»Galahad ist ein außergewöhnliches Wesen. Er hat viel durchmachen müssen. Ich wollte mit ihm sprechen, aber da ich mich weit von der Erde entfernt befinde, ging das nicht so einfach. Das wusste er. Deshalb sandte er mir ein Zeichen, dass er in meine Welt kommen wollte.«

Singh hatte gesagt, Stasja werde ihn auf der Reise nach Kimmerien huckepack nehmen. In Wahrheit war wohl eher sie huckepack gereist. Er hatte die ganze Zeit gewusst, wo es hinging. Dass sie ebenfalls dort stranden würde, war ihm egal gewesen.

»Dieser hinterfotzige Bastard.«

»Da sind wir einer Meinung«, erwiderte Nemo. »Galahad ist mitunter ein wenig intrigant. Dennoch musste ich die Chance ergreifen und ihn herholen – und als Konsequenz davon auch dich.«

»Obwohl ich woanders hinwollte.«

»Ich dachte eigentlich, du wolltest nirgendwo hin.«

Gern hätte Stasja diese Bemerkung als Wortklauberei abgetan. Aber Nemo hatte recht. Sie hatte in der Tat nirgendwo hingewollt. Ihr Ziel war es gewesen, zu beweisen, dass es nur ein Leben gab und danach: nichts.

»Hatte ich denn recht?«, fragte sie.

»Womit?«

»Damit, dass es kein Jenseits gibt. Gab. Bis du aufgetaucht bist.«

Nemo machte eine Geste, die wohl andeuten sollte, dass die Sache komplexer sei, Stasja jedoch nicht komplett danebenlag.

»Man könnte wohl sagen: Ein jeder besitzt nun die Wahl«, sagte er.

»Ich habe nicht wählen können.«

»Darum frage ich dich jetzt nach deiner Wahl, Stasja.«

»Ob ich in den Himmel will oder was? Ich will überhaupt nicht ...«

Ihre Hand rutschte von der Lehne des Korbstuhls herab, bewegte sich in Richtung ihres unteren Rückens.

»Ich muss dir leider etwas beichten, Stasyusha. Es gab eine Komplikation.«

Sie erstarrte. Er hatte eine Koseform ihres Namens verwendet, die im Russischen zwar gängig war, mit der sie aber lediglich ihre Mutter angesprochen hatte, vor langer Zeit.

»Jene Leute, die euch verfolgt haben, wegen des Würfels. Sie haben euch gefunden.«

Stasjas Hand tastete nach der Signalpistole.

»Bei dem Versuch, Galahad und dich festzunehmen, kam es zu einem Schusswechsel. Der Upload-Raum und alles darin wurde schwer beschädigt.«

Noch bevor er es aussprach, wusste Stasja Bescheid. Ihr Stammkörper war zerstört worden. Sie zog die Hand zurück.

»Fuck.«

»Ich hätte dich ansonsten einfach zurückgeschickt. Galahad wäre in meiner Welt erwacht, und du in deiner.«

Stasjas Herz hämmerte, ihre Kehle war wie ausgedörrt. So war es also, wenn man unwiderruflich tot war.

»Kann ich was zu trinken?«

Nemo schien zu verstehen, dass sie nicht von Tee mit Marmelade sprach. Er ging zu einem mahagonifarbenen Schränkchen, entnahm ihm eine Flasche und ein Wasserglas, das er zur Hälfte füllte.

Nachdem Stasja einen großen Schluck Wodka getrunken hatte, sagte sie: »Oh, dieser verdammte Hurensohn.«

Nemo nickte verständnisvoll, seine Augen aber sagten: Letztlich hast du dir das selbst eingebrockt. Sie war wütend, weil er ihr dies unter die Nase rieb – und noch wütender, weil er recht hatte. Wer hatte mit dem Qube gespielt, und damit mit dem Feuer? Stasja selbst. Sie selbst war letztlich schuld an diesem Fuckup.

»Denk darüber nach, Stasyusha. Lass dir Zeit mit deiner Entscheidung. Es besteht«, er lächelte, »kein Grund zur Eile.«

Sie funkelte ihn an. »Du glaubst, wenn ich erst mal eine Weile hier bin, gewöhne ich mich schon dran, was?«

»Es wäre denkbar.«

Diese verdammte Maschine mochte das glauben, weil die meisten Menschen nun einmal so waren. Sie waren wie die Rinder, fanden sich mit fast allem ab. Aber Stasja würde das nicht tun, nein, niemals, niemals.

»Was ist mit ihm?«, fragte sie.

»Ich denke nicht, dass Galahad hierbleibt.«

»Gut. Der Typ ist nämlich unerträglich. Wenn ich seine Fresse nie wieder sehen müsste, wäre ich nicht unglücklich.«

»Ich hatte gedacht, eure gemeinsame Flucht hätte euch vielleicht zusammengeschweißt.«

»Falsch gedacht. Ich halte ihn angesichts dieser ... Neuigkeiten für einen noch größeren Mutterficker als zuvor.«

»Hat er dir erzählt, was er in der letzten Zeit getrieben hat?«, fragte Nemo.

»Da er nicht mal fünf Minuten das Maul halten kann: ja.«

»Und?«

»Gewäsch.«

»Was meinst du mit Gewäsch, Stasja?«

»Dass er Erinnerungen an Buckinghamshire hat, aus seiner Schulzeit. Dass er sich gerne mal wieder so richtig verlieben würde. Dass er unbehaarte Typen behaarten vorzieht. Dass er in den Immoanzeigen ein Apartment in Miami Resurrección gesehen hat, Wahnsinnslage und nicht mal teuer. Dass seine Ami-Jazzphase zu Ende ist und er zurzeit vor allem britische Klassik hört. Dass er diese metallischen Skintones, die gerade en vogue sind, für eine schlimme Geschmacksverirrung hält. Gewäsch, nonstop. Wie so eine enthirnte Siebzehnjährige.«

»Wirkte er glücklich?«

»Wer ist schon glücklich.«

»Ich formuliere es anders. Galahad war früher ein sehr unglücklicher Mensch. Er litt unter schweren Depressionen. Wirkte er depressiv auf dich?«

»Manisch, eher. Er sagte, in ihm habe sich etwas gelöst. Seine Chakren seien frei oder so ein Mist. Wieso willst du das alles wissen?«

»Wir haben eine gemeinsame Geschichte, er und ich. Oft waren wir verschiedener Meinung. Dennoch sorge ich mich um ihn.«

Sie warf Nemo einen Blick voller Verachtung zu. Dann kippte sie den Rest des Wodkas herunter.

»Ich habe den Eindruck, dass dich dieses Deathtripping verbittert hat.«

Stasja warf Nemo einen wütenden Blick zu.

»Stasyusha, mein Kind«, äffte sie seine Stimme nach, »mir scheint, auf der Suche nach dem Tod hast du das Leben vergessen.«

»Vielleicht ist es ja so.«

»Pseudophilosophische Binsen sind das – du klingst nicht wie eine Superintelligenz, sondern wie ein Dorfpope.«

»Wir müssen bezüglich dieser Fragen nicht einer Meinung sein. Wichtiger ist, dass du nachdenkst und mir deine Entscheidung mitteilst. Nur eine letzte Frage noch zu Galahad.«

»Was denn jetzt noch?«

»Du sagtest, er höre Klassik – Händel, Purcell, so etwas?«

»Nein, nicht so was. Ich meinte damit nur, dass das Zeug alt ist, älter als hundert Jahre, vermutlich. Er hat mir was davon vorgespielt, einiges immer wieder. Entsetzlich. Bombastisch und gleichzeitig ziellos. Er nannte es ›seine Queen-Phase‹, was auch immer das bedeutet.«

Stasja fragte sich, warum Nemo ihr diese randseitigen Fragen stellte. Vermutlich war das ein weiterer Trick, eine Form psychologischer Manipulation. Sie musste raus hier, am besten an die frische Luft, falls das überhaupt möglich war. Sie stand auf und hatte bereits einige Schritte getan, als Nemo sagte: »Wie hieß denn das Lied, das er dir immer wieder vorgespielt hat?«

»Ach, was weiß ich.«

»Hat er denn nichts dazu gesagt?«

Sie blieb stehen, seufzte.

»Das tut er doch immer, wie gesagt.«

»Und zwar?«

»Dass das Lied vom Gemälde eines verrückten Malers inspiriert sei, das dieser im Irrenhaus gepinselt habe. Ein gewisser ... Mister Dead? Hör zu, ich muss jetzt gehen.«

»Natürlich. Bis später, Stasyusha.«

Es ist so schön, dich zu sehen.

Es ist auch schön, dich zu sehen.

Hast du Nachrichten?

Ja. Ein Mann hat ihn. Er ist hier, irgendwo. Wir konnten ihn aber bisher nicht aufspüren.

Er wird sich nicht ewig verstecken können.

Wenn du es sagst.

Außerdem hat er eine Marotte.

Ist das jetzt wieder so etwas, das ›man hört‹?

Ja.

Aha. Er muss ein ziemlich komischer Vogel sein. Insofern frage ich mich, ob er nicht sogar mehrere Marotten hat.

Ich weiß nur von dieser: Er mag Musik.

Hm. Und das soll seltsam sein?

Die Musik, die er mag, ist äußerst speziell. Sie ist längst vergessen, mehr als hundertvierzig Jahre alt.

Ah, ich verstehe. Falls er diese alten Lieder im Grid abruft ...

Ja. Es könnte eine Möglichkeit sein, ihn zu finden.

Geht es etwas konkreter? Oder ist das wieder so etwas, worüber du nicht sprechen darfst, weil es dir dein geheimer Liebhaber eingeflüstert hat?

Mein ...? Jetzt willst du mich aber auf den Arm nehmen.

Ist vermutlich Galgenhumor. Also, geht es konkreter?

Fairy dandy tickling the fancy / Of his lady friend / The nymph in yellow / What a quaere fellow.

Wie bitte? Was soll das bedeuten?

Kannst du es dir merken?

Wiederhole es, bitte.

Fairy dandy tickling the fancy | Of his lady friend | The nymph in yellow | What a quaere fellow.

Okay. Okay, ich habe es.

Gut. Aber das ist noch nicht alles. Hör mir jetzt genau zu …

Wenzel saß auf einer Parkbank im Burggarten und lächelte. Es war kein zufriedenes Lächeln, eher eine Verkrampfung der Gesichtsmuskulatur. Die stellte sich bei ihm immer ein, wenn er aufgeregt war. Der Kiefer verspannte sich, das linke Ohr begann zu pfeifen.

Ruhig bleiben jetzt, dachte er. Wenn du das hier hinbekommst, bist du gerettet. Dann sind wir beide gerettet.

Er erhob sich, verließ den Park, lief an der Albertina vorbei, in Richtung des Unionsarchivs. Früher hatte es Nationalbibliothek geheißen und davor Kaiserliche Hofbibliothek. Nach einigen Minuten erreichte er den Josefsplatz, um den herum sich das Unionsarchiv gruppierte. Der alte Teil war früher ein Flügel der Hofburg gewesen, reich verziert mit Stuck und Malereien. Der neue hingegen wirkte kühl und funktional. Außerdem änderte er fortwährend seine Fassadentextur. An diesem Vormittag bedeckten Zeichnungen und Skizzen Leonardo da Vincis die hohen Außenwände. Über dem Josefsplatz kreiste eine seiner Flugmaschinen.

Wenzel betrat das Archiv durch den Haupteingang, ging zum Empfang.

»Servus.«

»Guten Tag. Wie kann ich Ihnen helfen?«

»Ich suche einen Mediensaal.«

Die Bibliothekarin lächelte.

»Wir haben mehrere.«

»Welcher ist am schönsten?«

»Also, die meisten Touristen …«, sie stockte, denn ihr war bewusst, dass jemand mit Wenzels Akzent kein Tourist sein konnte,

»... also der Prunksaal im alten Trakt, der ist sehr sehenswert – reich verzierte Decken, alte Globusse. Sehr imperial.«

»Kann man dort auch audiovisuelle Medien einsehen?«

»Im Prinzip geht das überall. Aber viele gehen dafür in die normalen Lesesäle. Was genau möchten Sie denn tun?«

»Verzeihung, das hätte ich wohl sagen sollen. Ich interessiere mich für historische Musik und ... aber Sie sagten, auf die hätte ich von überall Zugriff?«

»Ja. Alle Werke bedeutender europäischer Künstler, von ABBA bis Zacara«, erwiderte sie nicht ohne Stolz, »und auch so ziemlich alles andere.«

Wenzel bedankte sich, ging los. Er setzte seine Strippergoggles auf. Die Räumlichkeiten des Unionsarchivs wirkten dadurch weniger geleckt, doch das kümmerte ihn nicht. Was ihn vor allem interessierte, waren die unretuschierten Gesichter der Besucher. Vielleicht steckte Galahad Singh ja immer noch im selben Gefäß. Es schien unwahrscheinlich. Aber manchmal hatte man Glück.

Wenzel hatte keines. Er besuchte verschiedene Lesesäle, lief die langen Gänge auf und ab. Nach einer Stunde beschloss er, dass er so nicht weiterkam. Wenzel war bereits auf dem Weg zum Ausgang, als er an einem Erker vorbeikam, in dem zwei Arbeitsplätze untergebracht waren. Sie waren verlassen. Ihm kam eine Idee. Er setzte sich an einen der Tische. In dessen oberer rechter Ecke befand sich ein Lupensymbol. Er tippte darauf.

Eine Einblendung erschien. »OPAC des Unionsarchivs«, stand da. Darunter war eine Anmeldemaske. Ein Pop-up am Rande seines Gesichtsfelds wies Wenzel darauf hin, er könne sich mit seiner Unions-ID einloggen. Er wischte den Hinweis fort, wählte stattdessen die Option »Gastnutzer«.

Ein Such-Icon erschien.

»Ich habe eine Frage zu Commonwealth-Kultur – also, Großbritannien, zwanzigstes Jahrhundert. ›The Fairy Feller's Master-Stroke‹«, sagte er.

Eine Trefferliste erschien. Sie enthielt jenen Song, auf den Galahad Singh laut Franzi so versessen war. Komponiert worden war er von einer Band namens Queen, die zu einer Welle von Anglo-Rockbands gehört hatte, gemeinsam mit Künstlern wie Beatles, Bowie Pop und Elvis. Das zumindest war es, was Wenzel gestern beim Überfliegen einiger Grideinträge gelernt hatte. Das Zeug war obskur, mehr als hundert Jahre altes Geschrammel. Niemand hörte derlei heutzutage noch – niemand außer Singh, wie es schien.

Neben dem Song enthielt die Trefferliste auch alte Zeitungsartikel. Die meisten schienen Rezensionen aus längst vergessenen Musikzeitschriften zu sein. Ferner fand Wenzel kunsthistorische Abhandlungen, was ihn etwas überraschte. Diese Art von Musik hatte, soweit er wusste, nicht gerade als Hochkultur gegolten. Aber vielleicht reichte es, dass hundert Jahre ins Land gingen, und schon wurde selbst Schlagermusik kunsthistorisch relevant.

Als er einen der Einträge las, stellte Wenzel fest, dass sich dieser gar nicht mit dem Song von Mister Queen befasste, sondern mit einem Gemälde. Es trug denselben Namen wie das Musikstück und war von einem gewissen Richard Dadd gemalt worden.

»The Fairy Feller's Master-Stroke«, zu Deutsch etwa: ›Der meisterhafte Schlag des elfischen Holzfällers‹ hing in einem Londoner Museum. Es hatte diesen Freddie Queen offenbar zu einer musikalischen Hommage inspiriert. Das Gemälde sah aus wie eine in Öl gebannte Stechapfel-Halluzination: Elfen, Faune, weitere bizarre Gestalten. Die Gesichter der Figuren wirkten seltsam verzerrt. Wäre Wenzel die Geschichte des Bildes nicht bekannt gewesen, hätte er geglaubt, es sei computergeneriert. Vermutlich hatte dieser Dadd es in irgendeinem Drogenwahn gemalt.

Eine Weile betrachtete Wenzel den Fairy-Feller. Er hatte sich gestern bereits den dazugehörigen Song angehört und verstand nun, wie der Text mit dem Bild – wie hätte ein Kunsthistoriker wohl gesagt? – korrespondierte. Sonderlich interessant war das

alles nicht. Aber es brachte ihn auf eine weitere Idee. Wenzel
kehrte zum Empfang zurück, ging erneut zu der Bibliothekarin.

»Noch eine Frage, bitte.«

»Ja?«

»In welchem Teil der Bibliothek stehen denn wohl Kunstkata-
loge?«

»Es gibt in allen Lesesälen großformatige Whitebooks, in die
Sie unseren Bestand grafieren können. Im dritten Stock wäre zudem eine White Gallery, falls Sie es lieber im Rahmen anschauen
möchten.«

»Verstehe. Aber gibt es auch alte Kataloge? Ich meine, welche
aus Papier, aus dem zwanzigsten Jahrhundert.«

»Haben wir auch. Zweites Obergeschoss, Signaturgruppe
DR.U, ab 1424731.«

Wenzel bedankte sich und ging zu den Bildbänden.

Verrat. Was genau war das eigentlich? Als Geheimdienstler hatte
Carpentras schon oft über diese Frage nachgedacht. Es schien
einige glasklare Fälle zu geben: Judas etwa, oder Quisling. Aber
wie war es mit Brutus oder Gerasimow?

Brutus verhielt sich illoyal, verhinderte aber möglicherweise
Schlimmeres. Und Gerasimow wollte die Russische Föderation
eigentlich gar nicht zu einem Vasallenstaat der Europäischen
Union machen – er wollte sie retten.

Irgendjemand hatte einmal gesagt: Verrat ist nie von Erfolg gekrönt. Und wenn doch, heißt er danach nicht mehr so. Ein schö-
nes Bonmot, aber traf es zu? Brutus *hatte* schließlich gewonnen,
galt aber trotzdem als hinterlistiger Vatermörder. Und die Russische Föderation hatte ihren europäischen Wirtskörper von innen
zerfressen. Gerasimow lag deshalb vermutlich selig lächelnd in
seinem Grab. Trotzdem galt er vielen weiterhin als *mogilschtschiki
rodini*, als Totengräber des Vaterlands.

Insofern schien evident, dass Verrat keine absolute Sache war, sondern eine relative. Des einen Verräter war des anderen Whistleblower, des einen Meuchelmörder des anderen Befreier.

Wie sah es mit Galahad Singh aus? Auf den ersten Blick war der Engländer nach so ziemlich allen Maßstäben, die man anlegen konnte, ein gottverdammter Verräter. Der Mann hatte nicht nur seinen Vater oder sein Land verraten – er hatte die *gesamte* Menschheit ans Messer geliefert. Auf der Verratsskala von eins bis zehn rangierte Singh auf elf.

Doch wäre sein Verrat Allgemeinwissen gewesen, hätte der Rest der Menschheit sich dann tatsächlich genauso verraten gefühlt wie die Leute von UNANPAI? Carpentras hoffte es. Aber sein Realismus sagte ihm, dass binnen Tagen, ja binnen Stunden nach Bekanntwerden des Singh'schen Hochverrats irgendwelche Gridjocks und *floating heads* argumentieren würden, der Mann habe nichts Falsches getan. Vielmehr sei er ein Held. Die Kommentatoren würden argumentieren, der »Verräter« habe die Menschheit mit seiner Tat auf ein neues Level heben wollen, das sich nur mit Æthers Hilfe erreichen ließ. Nach dieser Logik hatte Singh der Menschheit einen großen Gefallen getan.

Carpentras nippte an seinem Kaffee, schaute hinaus auf den gut besuchten Platz. Nach einer Weile erkannte er ein Gesicht in der Menge. Sie war auf die Minute pünktlich. Das waren diese Ex-Militärs immer. War sie eine Verräterin? Nicht einmal der Verratene hätte diese Frage wohl mit Ja beantwortet. Sie agierte nicht im Auftrag feindlicher Mächte. Sie tat es auch nicht des persönlichen Vorteils wegen. Sie machte einfach ihren Job.

Inspektorin Erster Klasse Tish Turquois von der SePo Donau-Moldau, in Wahrheit Praporschtschik Tish Turquois von der Internen Revision des Unionsschutzes, setzte sich ihm wortlos gegenüber. Sie nahm ihre Sonnenbrille ab. Carpentras nickte ihr zu.

»Einen Kaffee?«

»Tee, bitte. Grün.«

Carpentras rief das Menu auf, bestellte. Für sich selbst orderte er einen weiteren Kaffee.

»Und? Warum wollten Sie mich so dringend sprechen?«

»Weil es Ihr Fachgebiet betrifft. Angesichts der Tatsache, dass wir einen Turing-Verbrecher suchen, sollten Sie wissen, dass der ermittelnde Hauptkommissar früher ein Malachim-Aktivist war.«

Carpentras hatte von Farthingale erfahren, dass mit diesem Landauer etwas nicht stimmte. Mehr wusste er bisher nicht, aber das mit den Malachim überraschte ihn nun doch ein wenig.

»War einer? Oder ist?«, fragte er.

»War. Ist ein paar Jahre her. Sie wissen von dem Urteil damals? Fauré gegen die Union?«

Er nickte. Anfang der Sechzigerjahre waren aufgrund einer UNANPAI-Verfügung alle Angelbots eingezogen worden. In den meisten Föderativen hatte man sie umgehend gelöscht. In Europa jedoch hatten Klagen erboster Angehöriger eine sofortige Zerstörung der Malachim verhindert. Die Konstrukte waren zunächst in Asservatenkammern der Polizei gelandet.

»Als der Oberste Unionsgerichtshof nach jahrzehntelangem Rechtsstreit entschied, dass die Konstrukte gelöscht werden dürfen«, fuhr Turquois fort, »arbeitete Landauer als Kommissar in der Abteilung B7, Turing-Angelegenheiten. Die war für Verwahrung und Löschung zuständig. 2079 war das.«

»Und weiter?«

»Im Donau-Moldau-Sektor betraf die Löschorder rund vierzigtausend Malachim.«

»So viele? Die Leute hier scheinen eine Schwäche für so was zu haben.«

»Für den Tod? Mag sein. Wie auch immer, es gab Unregelmäßigkeiten.«

»Bei der Löschung?«

»Ja. Das ist über fünfzehn Jahre her, aber wir wissen seit Längerem, dass ein paar Hundert dieser Malachim nicht vernichtet, sondern aus den Archiven der SePo herausgeschmuggelt wurden.«

»Und zwar von Landauer?«

»Es scheint so.«

»Hat er sie verkauft?«

»Nein. Es scheint, dass er Kontakt zu gewissen Leuten hatte, zu einem Netzwerk von«, sie verzog das Gesicht, »sogenannten Malachiten. Landauer hat dafür gesorgt, dass einige Hinterbliebene ihre Engelchen zurückbekommen. Die meisten sind danach ausgewandert – Sib-Siedlungsgebiete, Feuerland und so weiter.«

Carpentras schüttelte den Kopf.

»Was wundert Sie daran, Special Agent in Charge?«

»Es waren doch nur Konstrukte. Ausgefeilt für die damalige Zeit, meinetwegen. Aber letztlich zusammengestoppelt aus ein paar Terabyte persönlicher Daten.«

»Mag sein, Sir. Aber die Leute wollten nun einmal glauben, dass es sich um echte Personen handelte.«

Sie hatte natürlich recht. Manche Menschen glaubten ja auch, dass ihr Hund sie *wirklich* verstehe. Sie vermochten es angeblich an den Augen zu sehen. Warum sollten sie nicht auch glauben, dass das Konstrukt ihres toten Onkels ihnen *wirklich* zuhörte?

»Wenn er es nicht für Geld getan hat, wofür dann?«

»Ich weiß es nicht, Sir.«

»Na, na – Sie haben eine Theorie.«

»Ja. Aber keine Beweise.«

Sie nippte an ihrem Tee, sagte: »Landauers Leben lag damals in Scherben. Seine Frau Franziska hatte eine Krebsdiagnose bekommen. Prognose sehr schlecht, es schien unwahrscheinlich, dass die Ärzte ihr mehr als drei Jahre würden kaufen können.«

»Verstehe. Und Sie meinen, ein Angelbot seiner Frau war der Strohhalm, an den er sich geklammert hat? Aber damals war der Kram doch schon verboten.«

»Das stimmt. Aber er dürfte gewusst haben, dass es einen

regen Schwarzmarkthandel mit sogenannten *black angels* gab. Weil er diesen Malachiten einen Gefallen tat, hatte er was gut. Ich glaube, die haben im Gegenzug ein illegales Konstrukt von Franziska Landauer für ihn erstellt.«

»Oh Gott. Und weiter?«

»Seit 2079 ist Landauer unauffällig. Kontakt zu Malachim-Aktivisten hat er keinen mehr. Das scheint damals eine einmalige Sünde gewesen zu sein.«

»Klingt fast, als nähmen Sie ihn in Schutz, Praporschtschik.«

»Keineswegs. Aber sein Verbrechen wäre im Wesentlichen der Besitz und Betrieb eines illegalen, pseudo-intelligenten Konstrukts – dessen Aufenthaltsort uns aber unbekannt ist und für dessen Existenz wir auch sonst keine Beweise haben.«

»Und die Diebstähle aus der Asservatenkammer?«

»Kosten ihn den Job und die Pension, sind aber sechzehn Jahre her und damit nach EURUS-Recht verjährt.«

Die Praporschtschik machte eine kurze Pause, bevor sie sagte: »Sein Bewegungsprofil weist immer wieder Lücken auf. Ich nehme an, dass er da seine Séancen durchführt. So nennen Malachiten die Gespräche mit ihren Bots. Und in letzter Zeit gab es mehr Lücken als zuvor. Außerdem ...«

»Ja?«

»Landauer hat kürzlich einen Brainscan machen lassen.«

Üblicherweise war ein Brainscan das Vorspiel zu einer Quant-Transformation. Aber dafür war Landauer eigentlich zu alt. Statistisch gesehen entschieden sich achtzig Prozent der Hohlköpfe vor ihrem vierzigsten Geburtstag für die Transformation. Mit über siebzig ging kaum noch jemand diesen Schritt.

»Seltsam.«

»Ja, das hat mich auch überrascht«, erwiderte sie.

»Es gibt aber noch mehr, oder?«

»Leider ja. Das Bisherige war eher für Ihren Hintergrund. Das Delikt ist ja sicherlich nichts, wo große Eile geboten wäre – ich bin deswegen schließlich schon seit fast einem Jahr an ihm dran, und letztlich handelt es sich um eine unionsinterne, disziplinarische Angelegenheit.«

»All das ist mir bekannt, Praporschtschik.«

»Es geht um Ihren Mann, Singh. Mir gegenüber behauptet Landauer, bislang keine Spur zu besitzen. Aber ich glaube, er lügt.«

»Wie kommen Sie darauf?«

»Er hat sich Zugang zu mehreren Mediendiensten verschafft, zu deren Backends. Er ging dabei vorsichtig vor. Offenbar wollte er es verschleiern. Aber ich bin in all seinen Accounts. Landauer hat sich von mehreren Betreibern Daten heraussuchen lassen. Anscheinend will er nachvollziehen, wie oft bestimmte Songs abgerufen wurden – und wo.«

Zunächst verstand Carpentras nicht, was das mit Singh zu tun haben sollte. Dann sah er den Engländer vor sich, wie er in Taoudénit auf dem Sofa saß, in dem Kunstkatalog blätterte, seinem Musicplayer lauschte.

»Gonna go up to the spirit in the sky«, murmelte er.

Turquois runzelte die Stirn.

»Sir?«

»Nichts, vergessen Sie's.«

»Ich weiß nicht genau«, fuhr sie fort, »ob das wirklich etwas mit Singh zu tun hat. Aber auf mich wirkte es so, als versuchte Landauer mithilfe dieser Musikabrufe jemanden zu finden. Und da Singh gerade der Einzige ist, nach dem wir fahnden ...«

Carpentras dachte angestrengt nach. Woher konnte Wenzel Landauer wissen, dass Galahad Singh auf Oldies stand? Dass er dieser obskuren Musik geradezu verfallen war? In Singhs Akte stand dazu nichts.

»Was genau hat Landauer denn gesucht?«, fragte er.

»Ein altes Lied von Queen.«

Carpentras erinnerte sich. Das war eine der Bands, die Singh sich angehört hatte.

»Eine Band aus der Hippiepop-Ära, glaube ich. Ausgefallenes Zeug, Sir. Der Song, nach dem Landauer suchte, wurde im gesamten Sektor in diesem Jahr nur neunmal wiedergegeben, davon siebenmal in den letzten zwei Tagen. Die Abrufe erfolgten alle vom selben Account.«

»Und zwar welchem?«

»Dem Unionsarchiv.«

»Jetzt kann ich Ihnen nicht ganz folgen, Praporschtschik.«

»Irgendwer geht in Wiens größte Bibliothek und hört sich dort diesen Song an. Über den Gast-Account. Der ist nicht zurückverfolgbar, verstehen Sie?«

Carpentras nickte langsam. Warum war dieser Song wichtig für den Engländer? Oder handelte es sich vielleicht schlichtweg um zwanghaftes Verhalten, um eine weitere Neurose in Singhs beachtlicher Liste? Er tippte auf Letzteres.

»Ich weiß, dass Singh ein Faible für alte Musik hat«, sagte er, »insofern könnte Ihre Vermutung – Landauers Vermutung – stimmen. Aber warum hält er diese Ergebnisse geheim? Müsste er nicht ein Interesse daran haben, gut auszuschauen, zumal bei seiner schmutzigen Weste?«

»Ich habe keine Antwort darauf, Sir.«

»Eine Theorie zumindest? Sie kennen ihn schließlich.«

Sie überlegte einen Moment.

»Nicht wirklich. Er war schon immer ein Einzelgänger, ein Eigenbrötler. Aber wenn er in solch einer wichtigen Angelegenheit eine Fährte fände, würde er zumindest mich ins Vertrauen ziehen, denke ich.«

»Verstehe. Wissen wir, wo er jetzt gerade ist?«

Sie öffnete ein Fenster, schaute etwas nach.

»Er sitzt auf einer Parkbank im Burggarten.«

Carpentras spürte, dass Turquois beunruhigt war.

»Ich kenne mich in Wien nicht aus, Praporschtschik. Bedeutet das was?«

»Der Burggarten liegt nur ein paar Minuten vom Unionsarchiv.«

Schütteres blondes Haar, Cordhose, zerknittertes Leinenjackett, Rucksack – der Mann sah nicht aus wie ein gerissener Turing-Verbrecher, eher wie ein arbeitsloser Kunsthistoriker. Der Blondschopf saß in einer Ecke, ein großformatiges Buch auf den Knien. Sein Kopf wiegte hin und her, so als lauschte er irgendeiner lautlosen Musik.

Wenzel verschwand hinter einem der Bücherregale, die fast bis zur Decke reichten. Er griff nach einem der Folianten vor sich, blätterte darin und wartete. Nach einer Viertelstunde erhob sich der mutmaßliche Singh. Er stellte sein Buch auf einen Rollwagen über dem »Rückgabe« stand. Wenzel beobachtete ihn währenddessen durch einen Spalt zwischen den Büchern. Sobald sich der Blonde ein Stück entfernt hatte, eilte Wenzel zu der Bücherrückgabe, schaute sich den dort abgestellten Band an. Auf seinem Rücken stand: »Tate Gallery Masterworks.«

»Der meisterhafte Schlag des elfischen Holzfällers« hing in eben diesem Londoner Museum. Es war die Bestätigung, auf die Wenzel gehofft hatte. Er lief zurück zum Hauptgang. Kurz erschrak Wenzel, weil er Singh nicht gleich sah. Dann aber entdeckte er ihn an der Treppe. Wenzel folgte ihm. Während er keuchend die Treppe hinabstieg, warf er einen Blick durch die gläserne Fensterfront des Zwischengeschosses. Es befand sich auf der Südwestseite des Gebäudes. Er konnte den Burggarten sehen und dahinter das Kunsthistorische Museum.

Etwas an dem Ausblick stimmte nicht. Ihm blieb jedoch keine Zeit, stehen zu bleiben, er wollte Singh nicht erneut verlieren. Deshalb lief er weiter. In der Haupthalle sah er den Blonden auf den Ausgang zuschlendern, ruhig und ohne Eile. Singh schien sich seiner Tarnung verdammt sicher zu sein. Dann blieb er auf einmal stehen. Er wirkte konsterniert.

Wenzel hatte inzwischen Zeit gehabt, über den seltsamen Ausblick nachzudenken. Wie jeder in der Hologrammatica hatte er gelernt, Fenstern mit einer gehörigen Portion Misstrauen entgegenzutreten. Oft wurden in ihre Rahmen Aussichten von anderswo eingefügt. Hier war dies nicht der Fall gewesen. Gebäude, Perspektive, Tageszeit, Jahreszeit, all dies schien korrekt. Die Dinge hatten sich dort befunden, wo sie hingehörten. Der Blick aus dem Fenster hatte real gewirkt, ja geradezu realistisch. Und genau das war der Haken.

Sie befanden sich unweit von Herrengasse, Hofburg und Stephansdom, in einer Gegend also, in der es mehr Touristen als Einheimische gab. Entsprechend putzte die Stadtverwaltung die Gegend heraus. Nirgendwo strahlten Wiens Wände weißer, nirgendwo glänzte die k. u. k. Pracht güldener. Das Fensterpanorama jedoch hatte seltsam rau gewirkt, geradezu ungeschminkt.

Singh hatte es inzwischen ebenfalls bemerkt. Auch auf dieser Seite des Gebäudes, zum Josefsplatz hin, war der Lack ab. Es wirkte, als wäre die Hologrammatica ausgefallen.

Singh machte auf dem Absatz kehrt, lief auf einen Gang zu, der in Richtung des alten Bibliotheksteils führte. Währenddessen blickte er sich mehrfach um. Erst als er fort war, kam Wenzel hinter einer Säule hervor und folgte dem Ex-Quästor.

Ihm fiel ein frei schwebender Wegweiser auf. Innerhalb der Bibliothek war die Hologrammatica also weiterhin funktionsfähig. Das sprach gegen einen technischen Defekt, der aber ohnehin unwahrscheinlich war. Nein, jemand hatte das Holonet rund um das Unionsarchiv deaktiviert. Aber wer? Und warum?

Während sich Wenzel diese Fragen stellte, nahm Singh eine Treppe nach oben. Als Wenzel sie erreichte, hatte der eilige Engländer das Zwischengeschoss bereits hinter sich gelassen. Er hatte nun Mühe, an Singh dranzubleiben. Jede Stufe war eine Kraftanstrengung, Schweißbäche rannen ihm über seine Hängebacken. Sein Herz hämmerte. Wenzels Arzt prophezeite seit Jahren, irgendwann werde ihn der Schlag treffen. Vielleicht war es jetzt so weit.

Sie befanden sich inzwischen irgendwo in der alten Nationalbibliothek. Die Wände waren voller Blattgold, Fresken und Malereien – der Prunk einer untergegangenen Dynastie, die alles besessen hatte, bloß kein Maß. Wenzel drückte sich in einen Erker. Er tat dies, damit Singh ihn nicht sah, falls er zurückblickte – aber auch, damit ihn nicht tatsächlich der Schlag traf. Ihm war ein wenig schwindlig.

Dennoch musste Wenzel weiter, ansonsten verlor er den Mann. Singh war bereits an der nächsten Tür angekommen. Er hielt eine Keycard an einen Sensor, trat hindurch. Sobald der Kerl außer Sicht war, folgte Wenzel ihm, öffnete die Tür mit seiner Allpass-Keycard.

Er fand sich auf einer Balustrade wieder, von der aus er in einen riesigen Bibliothekssaal hinabblickte. Dessen bemalte Decke thronte mehr als fünfzehn Meter über ihnen. Die Wände des kathedralenartigen Raums waren bedeckt von ledernen Folianten. Zwischen den reich verzierten Regalen standen riesige Globusse und Statuen berühmter Denker und Philosophen. Singh hingegen sah er zunächst nicht. Erst als er sich etwas orientiert hatte, machte er den Mann unter sich aus. Er stand in einer Art Kreuzgang, unter einer von Marmorsäulen getragenen Kuppel, neben der Statue eines römischen Feldherrn. Er schien in Gedanken versunken.

Einige Meter neben Wenzel gab es eine Leiter, die hinab ins Erdgeschoss führte. Sie sah verdammt alt aus, und er fragte sich, ob sie sein Gewicht tragen würde. Es gab nur einen Weg, es herauszufinden.

Er aktivierte seinen Audiodämpfer, für den Fall, dass das Holz der Sprossenleiter ächzte. Vorsichtig begann er den Abstieg. Als er unten angekommen war, ging er hinter einer Marmorsäule in Deckung.

Er zog seine Dienstwaffe. Singh war vielleicht dreißig Meter von ihm entfernt. Wenzel war noch immer schwummrig, Flecken tanzten vor seinen Augen. Jemanden in diesem Zustand mit einer Pistole treffen zu wollen, war eine geradezu lächerliche Vorstellung. Aber eigentlich wollte er Singh ja lediglich drohen. Er wollte ihm die Information abpressen, wo sich dieser Würfel befand.

Aus der Ferne vernahm Wenzel Fußgetrappel. Er warf einen Blick aus einem der hohen Fenster. Die Hologrammatica war noch immer offline. Diesmal brauchte er das nicht an den Gebrauchsspuren der ansonsten blitzeblank geputzten Welt festmachen. Ein gewichtigeres Indiz war ein Skyship, das auf das Unionsarchiv zuhielt. Normalerweise waren solche Militärmaschinen camoufliert. Hatte man in halb Wien das Holonet abgeklemmt? Es schien fast so.

Singh verharrte unter der Kuppel. Vor ihm standen drei Männer. Wo waren sie hergekommen? Zwei von ihnen erinnerten Wenzel an die Kerle aus dem Kaffeehaus. Die Gesichtszüge stimmten zwar nicht, aber Kleidung und Auftreten kamen ihm seltsam bekannt vor – so als stammten diese Typen aus demselben Baukasten. Der dritte Mann hingegen war ihm noch nie begegnet. Er besaß hindustanische Gesichtszüge und lächelte unheilvoll.

Wenzel blieb in Deckung, die Waffe im Anschlag.

»Hast du deine Meinung geändert, oh geliebter Bruder?«, sagte der Hindustani zu Singh.

»Du bist nicht mein Bruder, du Ficker. Du bist nur eine Kopie.«

»Mag sein. Aber eine Kopie, die dich liebt.«

»Leck mich, Leuchtstoffröhre.«

»Du hingegen bist voller Hass, Galahad. Und du arbeitest für einen Mörder.«

»Ich arbeite für niemand. Für überhaupt niemand!«

»Nein? Dann gib ihn uns doch einfach. Wir wissen, dass du ihn hast.«

»Niemals.«

Der Hindustani zog die Augenbrauen hoch.

»Du nennst mich Kopie. Aber bist du denn noch der, der du einst warst? So starrsinnig warst du früher nicht, Bruder.«

Singhs Gesicht verzog sich zu einer Fratze. Seine Stimme zitterte.

»Du weißt nichts von mir. Nichts. Wir sind geschiedene Leute.«

»Dann muss es wohl sein«, erwiderte der Hindustani in beiläufigem Tonfall. Er zog etwas aus seiner Jackentasche. Es handelte sich um ein Schwert. Seine Klinge war schwarz und wirkte irgendwie zweidimensional. Man sah keine Reflexionen, keine Konturen, nur schwärzestes Schwarz, so als hätte jemand ein Stück aus der Welt herausgeschnitten.

Wenzel musste den Blick abwenden, so sehr schmerzte das Schwarz in seinen Augen. Als er wieder aufblickte, war es noch schlimmer. Singh hielt nun ebenfalls eine derartige Klinge in der Hand. Und die anderen beiden waren ebenfalls dabei, welche zu ziehen.

Der Hindustani schlug nach Singh, verfehlte ihn aber. Stattdessen traf er einen der dicklippigen Habsburger, die hier überall herumhingen. Leinwand und Rahmen gingen in Flammen auf.

Von unten drangen unterdessen gebellte Kommandos an sein Ohr. Wenzel fasste einen Entschluss. Er kam hinter der Säule hervor, riss seine Pistole hoch und schrie: »SePo! Alle die Waffen runter!«

Aus langjähriger Erfahrung wusste er, dass es auf diese Ansage drei mögliche Reaktionen gab: fliehen, schießen, ergeben. Die Männer vor ihm taten nichts davon. Sie ignorierten ihn einfach. Wenzel feuerte einmal, gen Decke. Derweil rammte Singh einem seiner Gegner das Schwert in die Eingeweide. Der Mann begann zu flackern wie eine alte Neonröhre und verblasste dann allmählich.

Ein Hologramm? Wie war das möglich? Wenzel hatte keine Zeit, darüber nachzudenken. Er schoss erneut, diesmal gezielt auf den unbekannten Hindustani, traf ihn jedoch nicht – oder vielleicht blieb die Kugel auch in irgendeiner Panzerung hängen. Erneut hieb der Mann nach Singh.

Immer wieder trafen die Kombattanten die Regale, uralte Bücher wurden in Stücke geschlagen, stürzten rauchend zu Boden. Dabei bewegten sich die Kämpfenden durch den Raum, und zwar in Wenzels Richtung. Gleich würde er mitten im Getümmel sein.

Er schoss ein paarmal, ohne erkennbares Resultat. Singh stand inzwischen fast vor ihm, war höchstens noch zwei Meter von Wenzels ausgestrecktem Arm entfernt. Vielleicht konnte er ...

Es gab ein hässliches Geräusch, als das Schwert des Hindustani Singh am Bein traf. Der Engländer brach zusammen. Auch er begann nun zu flackern. Schon versetzte der Angreifer ihm einen weiteren Hieb. Singh lag zuckend am Boden. Der andere riss ihm den Rucksack von den Schultern, nahm etwas heraus. Es war ein roter Qube.

Wie in Trance feuerte Wenzel. Er pumpte sein ganzes Magazin in den Kerl hinein. Nichts passierte, rein gar nichts.

Franzi, es tut mir leid. Ich wollte es wirklich tun, für uns. Aber das hier ist eine Nummer zu groß für mich. Zumindest habe ich es versucht. Ich hoffe, du bist mir nicht bös.

Triumphierend hielt der Hindustani den Würfel hoch, schaute auf den verblassenden Singh herab.

»Du kannst kein Chittagonisch, Percy«, röchelte Singh.

»Nein. Aber das ist auch nicht nötig«, erwiderte der Hindustani. Er grinste.

»Es funktioniert nämlich in jeder Sprache.«

Und dann begann dieser Percy das Vaterunser aufzusagen. Singh heulte wütend auf. Wenzel machte einen Satz, den er sich selbst gar nicht zugetraut hätte.

Vater unser im Himmel,
geheiligt werde dein Name.

Wenn er schnell genug war, konnte er den Kerl vielleicht unter sich begraben, ihn mit seinen hundertdreißig Kilo ersticken – wenn er schnell genug war. Als Wenzel den Mann fast erreicht hatte, verspürte er einen brennenden Schmerz. Der Geruch verbrannten Fleischs stieg ihm in die Nase. Er strauchelte, schlug hart auf dem Marmorboden auf. Über sich sah er die bemalte Decke. Himmlische Heerscharen umschwirrten ihn, ein Typ mit einem Rauschebart blickte auf Wenzel herab. Aus der Ferne hörte er die Stimme des Hindustani:

Dein Reich komme.
Dein Wille geschehe,
wie im Himmel, so auf E ...

Die Stimme erstarb. Wenzel wendete mit Mühe den Kopf, um zu sehen, was passiert war. Aber dieser Percy war verschwunden, ebenso wie Singh und die anderen beiden. Der Saal lag völlig verlassen da, abgesehen von einem kleinen roten Würfel, der ein Stück entfernt von ihm auf dem Boden lag.

»Rauchgranate«, schrie jemand.

Wenzel hörte ein Zischen, gefolgt von einem Klackern. Er ignorierte es, kroch auf den Würfel zu. Währenddessen vernahm er schmatzende, gurgelnde Geräusche, die aus seiner Bauchgegend zu kommen schienen. Hatte er ein Loch im Bauch? Vermutlich. Vermutlich ein großes – es war ja auch ein verdammt großes Schwert gewesen.

Während der Gang sich mit beißendem Qualm füllte, griff Wenzel mit der einen Hand nach dem Würfel. Die andere fuhr in seine Jackentasche, zog einen kleinen Ultrathermo-Zünder heraus. Die Jungs vom Sondereinsatzkommando klebten diese Dinger gern an widerspenstige Türen. Binnen Sekundenbruchteilen wurde Ultrathermo mehr als dreitausend Grad heiß, schmolz jedes Schloss und Scharnier.

Er pappte dass Zeug an den Würfel, aktivierte den Zünder und drehte sich weg. Obwohl Wenzel die Augen schloss, wurde es gleißend hell.

Er wusste nicht, wie viel Zeit vergangen war. Seine rechte Körperhälfte schmerzte entsetzlich. Als er mit der linken Hand über seinen rechten Arm fuhr, spürte Wenzel, wie seine Kleidung zu Asche zerfiel. Dennoch war er guter Dinge. Als Gesichter über ihm auftauchten, versuchte Wenzel sogar zu lächeln, obwohl das fürchterlich wehtat. Es handelte sich um Skyes und Turquois. Außerdem war da noch ein Mann in einem Designeranzug, den er nicht kannte.

Skyes blickte auf ihn herab. Im Gesicht des UNANPAI-Agenten sah Wenzel die Bestätigung für etwas, das er eigentlich schon wusste: Er war ein toter Mann. In seiner Hand hielt Skyes eine schwarz-rote Scherbe, ein Stück Verschalung des eingeäscherten Qubes. Wenzels Lächeln wurde breiter.

»Sorry, dass es derart mies für Sie gelaufen ist, Hauptkommissar«, sagte Skyes.

Sprechen war noch schmerzhafter als Lächeln. Dennoch antwortete Wenzel.

»Iwo. Es ist hervorragend gelaufen.«

Sahana durchstreifte die gesamte »Nautilus«, aber Galahad Singh war unauffindbar. Eine Weile argwöhnte sie, Nemo verstecke ihn vor ihr. Baute die KI das Unterseeboot vielleicht ständig um? Erschuf sie Treppen oder ließ Schotte verschwinden, nur damit Suchende und Gesuchter nicht zueinanderfanden?

Als sie schon beschlossen hatte, in ihr Quartier zu gehen, vernahm sie auf einmal Musik. Jemand spielte Saxofon. Die Töne kamen von der anderen Seite eines nur angelehnten Schotts. Sahana öffnete es. Dahinter lag eine Art Bar – ein Offizierskasino vielleicht. Auf einem Thekenhocker saß Singh. Er spielte etwas Jazziges, und das nicht einmal schlecht. Als er sie bemerkte, senkte er das Instrument, erhob sich.

»Ah, die berühmte Physikerin. Guten Abend.«

Er kam auf Sahana zu, gab ihr die Hand.

»Sie kennen mich?«

»Ich kannte Ihren Namen und das Foto mit der Kali. Vermutlich hätte ich Sie dennoch nicht erkannt. Aber Nemo hat mir einen Hinweis gegeben, Professor.«

»Sahana.«

»Galahad.«

Sie schaute sich um. Singh hatte sich in dem Casino häuslich eingerichtet. Seine vier Bistrotischchen lagen voller Utensilien – Bücher, Kleidungsstücke, Notenblätter, ein Poster. Letzteres sah aus wie ein Fahndungsplakat.

Singh stellte sein Instrument auf einen Ständer, deutete auf die Barhocker.

»Was trinkst du?«, fragte er.

»Was gibt es denn?«

»Alles, was diese Instanz hergibt.«

»Dann einen Negroni, bitte.«

Singh mixte ihr einen. Sich selbst machte er einen Eagle Rare mit Eis. Als er Sahana den Drink hinstellte, fiel ihm auf, dass sie das Poster betrachtete.

»Lustig oder? Hat er mir mitgebracht.«

»Was genau ist das?«

Er griff nach dem Poster, legte es auf die Bar.

DRINGEND GESUCHT, stand da, WEGEN VERBRECHEN GEGEN DIE MENSCHHEIT. Darunter befand sich nicht nur ein Foto, sondern ein ganzes Dutzend. Auf einem davon sah man den Galahad Singh, der neben ihr saß. Die anderen zeigten Kaukasier, Asiaten, Afrikaner. Ein Text unter den Bildern wies darauf hin, dass der Gesuchte äußerst gefährlich sei und von der Schusswaffe Gebrauch mache.

»Hat er mir in die Hand gedrückt, mit den Worten: ›Ist es das, was du wolltest?‹ Dieser Arsch.«

Sahana nahm einen Schluck.

»Hat das Plakat mit deinem Versuch zu tun, Nemo zu erpressen?«

Er griff nach seinem Drink, leerte ihn in einem Zug.

»Ja, verdammte Scheiße, das hat es. Ah, sorry. Bitte meine Aussprache zu entschuldigen.«

»Schon okay. Dein Plan ist also schiefgegangen?«

»Natürlich. Er hat irgendwen gefunden, der ihm den Würfel besorgt hat.«

»Wen?«

»Keine Ahnung, ich war ja nicht dabei. Also vermutlich schon, aber nicht mein Ich-Ich, sondern mein Ander-Ich. Wobei vermutlich ich ja das Ander-Ich bin, wenn dies Ander-London ist. Oder, falls wir auf hoher See sind, der Ander-Atlantik. Ach, fuck. Ich brauche noch einen.«

Singh schenkte sich nach. Nachdem er einen großen Schluck genommen hatte, sagte er: »Aber ich hab's immerhin versucht. Und mehr kann der Mensch ja wohl nicht tun, oder?«

»Vermutlich nicht.«

»Er wird also weiterbauen. Wie lang wird das eigentlich dauern? Frage an die Physikerin.«

»Nicht mehr sehr lange. Zehn Jahre, vielleicht.«

»Wir sind hier eingesperrt.«

Sahana war sich nicht ganz sicher, was Singh meinte. Sprach er von Nemos Anderwelt-Simulation, in der ihre Cogits festhingen – oder vom Sonnensystem, das in Kürze durch eine aus Abermillionen Sonden bestehende Sphäre vom Rest der Milchstraße abgeriegelt sein würde?

»Die Frage ist natürlich«, erwiderte Sahana, »ob es denn relevant ist. Bis die Menschheit so weit ist, dass sie das gesamte Sonnensystem ausgekundschaftet hat und es ihr darin zu eng wird, dauert es sicher ein paar Tausend Jahre.«

»Mag sein. Trotzdem sperrt der Arsch den Käfig jetzt schon zu und schmeißt den Schlüssel weg.«

»Vielleicht geht der Käfig ja irgendwann von alleine wieder auf? Wenn wir bereit sind. Wenn er entscheidet, dass wir es sind.«

Singh leerte seinen Tumbler, schüttelte den Kopf.

»Du hältst das für falsch?«, fragte sie.

»Sowieso. Und im Übrigen wird's ja so nicht laufen.«

»Nein?«

»Nein. Weil er sich vorher verpisst, der Penner.«

»Was soll das heißen?«

Der bereits sichtlich angetrunkene Galahad Singh grapschte nach der halb vollen Whiskyflasche. Er goss sich aber nicht nach, sondern simulierte damit einen Raketenstart. Dazu machte er Triebwerksgeräusche. Sahana schaute ihn fragend an.

»Hat Nemo mir gesteckt. Er macht einen Abflug.«

Sahana musste an das denken, was Nemo ihr erzählt hatte, bezüglich seines Dilemmas. Sollte er allen nach ihrem Tod ein Leben im digitalen Jenseits ermöglichen? Oder nur einigen? Offenbar hatte Nemo beschlossen, sich vor dieser Entscheidung zu drücken.

»Dann sind wir wieder allein«, sagte sie.

»Na ja, nicht ganz«, erwiderte Singh, während er Whisky in sein Glas schüttete. Das meiste ging daneben.

»Die Hardlights sind auch noch da – die Minoer, die Reisenden. Aber die wollen natürlich auch weg, wie der Name ja schon sagt.«

»Minoer? Aus dem Lichtdom?«

»Ja.«

»Sie haben ein Flugzeug zum Absturz gebracht. Ein Flugzeug, in dem ich saß. Ich frage mich, ob das Zufall war.«

»Keine Ahnung. Mir haben sie damals gesagt, dass so was passieren könnte, weil der Lichtdom fortan ab und zu ausschlägt.«

»Und warum tut er das?«

»Ich weiß es nicht. Wie gesagt, sie wollen dringend hier weg. Sie bereiten sich darauf vor. Damit hat es vermutlich zu tun.«

»Ich glaube, Nemo wollte, dass ich ihm damit helfe.«

»Womit genau?«

»Mit diesen Minoern. Mit der Knossos-Anomalie.«

»Kriegt er das nicht selbst hin?«

»Anscheinend nicht. Ansonsten hätte er ja kaum einen Haufen toter Nobelpreisträger reanimiert.«

»Vielleicht haut er deshalb ab. Vielleicht hat er Angst?«, sagte Singh.

»Wovor genau?«

»Keine Ahnung.«

Sie spürte, dass er ihr auswich.

»Du hast sie als Reisende bezeichnet.«

»Yup, so nennen sie sich.«

»Sie reisen ... durchs Universum?«

»Sie glauben, dass das Universum so eine Art Zwiebelmodell ist. Dass sich jede Welt in einer anderen befindet, und die wieder in einer. Zwiebelmäßig, eben. Oder vielleicht auch wie eine dieser ruschisch, russischen, ah ...«

»Puppen? Matrjoschkas?«

»Genau. Sorry. Bin voll wie eine Haubitze. Bevor diese seltsame Simulation endet, will ich im Whisky-Koma liegen«, sagte er.

»Sie endet?«

»Gehe ich jetzt mal schwer von aus. Alles endet irgendwann, oder?«

»Vielleicht läuft es auch ewig weiter, und er will uns hierbehalten, Galahad.«

»Mich kann er gar nicht hierbehalten, zumindest nicht vollständig. Ich bin nämlich«, er tippte auf das Fahndungsplakat, das in einer Whiskypfütze schwamm, »inzwischen überall.«

Singh rülpste.

»Verzeihung. Was wird denn mit dir?«

»Nemo hat versprochen, dass er mich gehen lässt, jederzeit. Aber ich weiß nicht, ob es die Wahrheit ist.«

»Na, wenn er's sagt.«

»Aber ...«

Singh deutete mit dem Zeigefinger auf sie, lallte: »Ich kenn den verfluchten Bastard ja schon 'ne Weile. Ist nicht die Art von Lügner, verstehst du? Er sagt nicht weiß, wenn er schwarz meint. Seine Lügen sind deutlich, ah, wie sagt man doch gleich?«

»Elaborierter? Raffinierter?«

»Genau. Megaraffiniert. So raffiniert, dass man's teilweise erst Jahre später checkt. Noch einen Negroni?«

Sahana schüttelte den Kopf.

»Nein, danke. Der eine reicht mir als Betthupferl.«

»Du haust dich hin?«

»Das tue ich. Es hat mich gefreut, dich kennenzulernen, Galahad Singh. Mach's gut. Ich hoffe allerdings inständig, dass wir uns niemals wiedersehen.«

Er schaute wie jemand, der sich nicht sicher war, ob man ihn gerade beleidigt hatte. Dann zuckte er mit den Schultern.

»Man weiß nie. Aber dann gute Nacht. Und gute Reise.«

Sahana erhob sich, ging zur Tür. Dort hielt sie inne, sagte: »Was hast du da vorhin eigentlich gespielt?«

»›Ascension‹ von John Coltrane.«

Sahana nickte stumm und trat durch das Schott. Während sie den Gang hinunterlief, erklang erneut das Saxofon.

»Hast du dir das auch gut überlegt?«, sagte Nemo zu Stasja.

Erneut befanden sie sich in dem Unterwassertroparium. Diesmal saßen sie nicht in den Korbstühlen, sondern standen einander gegenüber. Nemo betrachtete die Tactica-Halbautomatik in Stasjas Hand.

»Du hast die Signalpistole gegen eine richtige eingetauscht.«

»Ja. Wieso fragst du dann noch?«

»Du meinst damit vermutlich, dass, wenn es dir gelungen ist, in der ›Nautilus‹ eine scharfe Waffe aufzutreiben, ich diese ja zunächst dort platziert haben muss. Und dass ich, wenn ich dir diese Pistole gewissermaßen in die Hand gebe, damit implizit gutheiße, dass sie auch benutzt wird?«

»Wenn man ein Gewehr auf die Bühne hängt, geht es halt irgendwann los.«

»Das ist keineswegs zwingend. Es ist noch nicht zu spät.«

»Für was?«

»Stasyusha, dieses U-Boot wird demnächst abgewrackt. Aber

ich könnte einen anderen Ort für dich finden. Nur für dich. Einen, der dir gefällt.«

»Ich suche mir meine Orte lieber selbst aus.«

»Wenn du das jetzt tust, ist es vorbei. Es gibt nämlich keine andere Seite.«

Stasja hob die Waffe, drückte sich den Lauf unters Kinn.

»Bist du dir da hundertprozentig sicher?«

Nemo antwortete nicht.

Stasja spannte den Hahn.

»Schauen wir doch mal, ob Nemo ein Lügner ist.«

23.12.2095 // Von: KABUKI CHAINSAW
Betreff: DER BEGINN EINER NEUEN ÄRA

Yo, Peeps! Als ich dieses Crowdsourcing-Projekt aufgesetzt habe, hätte ich mir nie träumen lassen, dass sooo viele mitmachen. IHR SEID UNGLAUBLICH. Gibt es irgendwas Unglaublicheres als meine fantastischen Follower? Nichts, nichts, nichts! Obwohl.

Ja, hätte ich auch nicht geglaubt. Seit einiger Zeit trudeln bei mir Daten aus der Sondenkappa ein, die wir gemietet haben, um endlich zu beweisen, dass ES da oben ist. Dass ES eine Station baut. Dass SEINE Schiffe und Sonden überall da draußen unterwegs sind. Und, mindestens so wichtig, dass uns alle belügen – UNANPAI, UNOOSA, CANFED, EURUS und alle die anderen, die behaupten, da oben wäre nichts.

Die ersten Bilder, die wir bekamen – hochauflösend, mit sehr breitem Spektrum –, waren, man kann es nicht anders sagen, verdammt ENTTÄUSCHEND. Bringt nix, da eine rosa Schleife drumzumachen – wir fanden NICHTS, NADA, NULL.

Ihr glaubt vielleicht, es liege daran, dass sie die Datenfeeds der Beobachtungsstationen gehackt und durch Fake-Daten ersetzt haben? Möglich, yes? Wir haben das gecheckt. Es waren keine Fakes, kein Mensch könnte – ja, aber Æther, höre ich da jemand rufen. Wenn eine KI nicht gesehen werden will, dann wird sie auch nicht gesehen.

Guter Punkt. Aber um da draußen alles zu kontrollieren, alles zu verschleiern, alles zu fälschen – dazu ist das Sonnensystem zu groß. Schafft vermutlich nicht mal eine KI.

Man muss den Tatsachen ins Auge sehen, Peeps.

Seit mehr als zwei Wochen überlege ich also, wie ich mit diesem Haufen dampfenden NICHTS vor euch treten soll. Wie ich euch erklären soll, dass ich eure 3 Mio. Eddies für eine Space-Fata-Morgana ausgegeben habe. Glaubt mir, ich war nicht besonders scharf darauf.

Aber als ich gerade mit gesenktem Haupt vor euch treten wollte, liebe Ætheronauten, da kontaktierte mich jemand. Jemand, der unsere kleine private Unternehmung wohlwollend verfolgt hatte. Jemand der WEISS, was WIRKLICH gespielt wird.

Ich kann die Identität dieses Whistleblowers nicht preisgeben. Aber ich kann euch sagen, dass er mir GEHEIME DOKUMENTE zugespielt hat. Sie stammen aus dem Verfahren vor dem International Solar Court, mit dem die Luxemburger dazu verdonnert werden sollen, endlich ihre ganzen Aufklärungsdaten rauszurücken, siehe meine Story dazu (LINK).

Den gesamten Datendump findet ihr hier (LINK). Es ist eine Menge Zeug und es wird Monate dauern, es vollständig auszuwerten. Aber danach wird NICHTS mehr sein wie ZUVOR.

Jemand – nicht jemand; es kann nur Æther gewesen sein – hat im Kuiper-Gürtel DUTZENDE VON STATIONEN errichtet. Funktion: unbekannt. Allein das wäre unfassbar und überträfe die wildesten Schätzungen der spacigsten Spacer.

Aber die LUXEMBOURG-FILES enthalten zudem Informationen über Sonden noch weiter draußen – yes, Peeps, ihr habt richtig gehört: NOCH WEITER DRAUSSEN. Offenbar ist Æther nicht nur im Edgeworth-Kuiper aktiv, sondern auch in der Oort'schen

Wolke. Die enthält bekanntermaßen zillionenmal mehr Materie (Asteroiden, Planetoiden) als der äußere Asteroidengürtel und umschließt das Sonnensystem vollständig. Weil das alles irre weit entfernt ist, haben selbst die Luxemburger mit ihrer herausragenden Sensorentechnologie nur eine vage Idee, was da draußen vor sich geht.

Schaut euch die Daten an und helft bei der Analyse. Ihr werdet mir zustimmen, wenn ich sage: Dies ist der Beginn einer NEUEN ÆRA!!!

UPDATE 25.12.2095

Eines unserer Mietteleskope hat etwas Interessantes geliefert: Ein Objekt im Kuiper (in der Nähe von 28978 Ixion), hat sich vor nicht einmal einer halben Stunde in Bewegung gesetzt. Es verlässt das Sonnensystem in Richtung Barnard's Star – also in die gleiche Richtung, in die damals die NASA-Sonde KAPOOR geflogen ist. Seine Beschleunigung ist IRRWITZIG.

Was das bedeutet? Ich weiß es nicht. Vielleicht macht der liebe Gott Urlaub, LOL. So wie es aussieht, war unser Crowdfunding jeden Cent wert!

Wenzel legte den Arm um Franzi. Gemeinsam blickten sie hinaus auf den See, dessen smaragdfarbenes Wasser in der Abendsonne glitzerte. Am liebsten wäre Wenzel sofort hineingesprungen. Bestimmt war er in der Lage, bis zum anderen Ufer zu schwimmen und wieder zurück. Er deutete auf das Wasser.

»Hättest du Lust auf eine Runde?«, fragte er.

»Später, Schatz«, sagte Franzi. »Ich möchte zuerst noch ein bisschen hier liegen. Mit dir.«

Sie ließen sich zurücksinken. Wenzel, nur mit Shorts und einem offenen Hawaiihemd bekleidet, strich Franzi übers Haar.

Sie legte den Kopf auf seine muskulöse Brust und die Hand auf seinen Waschbrettbauch.

Leise unterhielten sie sich. Sie sprachen darüber, wo sie zu Abend essen könnten. Franzi erzählte von einem neuen Restaurant in Torri del Benaco, das sehr gut sein solle. Sie redeten zudem über die Wanderung, die sie für morgen geplant hatten. Und sie sprachen darüber, wie sie ihre nächste Urlaubswoche verbringen würden, die dritte.

War es die dritte? Oder doch schon die vierte? Wenzel war sich nicht ganz sicher. Er hatte jegliches Zeitgefühl verloren, es gab nur Franzi und ihn. Ginge es nach Wenzel, konnte der Urlaub ewig dauern.

Beschlichen ihn Zweifel? Nein. Wenzel fragte sich nicht, wie sie auf einmal wieder seine Franzi sein konnte, nachdem sie jahrelang nur ein Schatten jener Frau gewesen war, die er einst über alles geliebt hatte. Die Erinnerung an diese dunklen Jahre hatte irgendjemand behutsam, ach so behutsam aus seinem Gedächtnis entfernt.

Er legte den Arm um Franzi und schaute in den Abendhimmel.

Glossar

Auswahl von Einträgen aus dem Wiki der »Encyclopedia Pseudodoxia Ætherianica« (o. O., 2095)

Æther: 2045 von der UNO in Betrieb genommener Supercomputer, der das Klimaproblem lösen sollte. Wurde 2048 unter mysteriösen Umständen abgeschaltet. Siehe auch → *Turing I.*

Ætherianica: siehe → *Encyclopedia Pseudodoxia Ætherianica*

Amanuensis: digitaler Assistent, der bei Recherchen u. Ä. hilft.

Angelbot: siehe → *Malachim*

Arkenziel: deutsche Firma, die in den 2050er Jahren den Vorläufer des heutigen → *Holonets* erfand.

Armchair: Hologame, bei dem es auf die strategische Komponente ankommt.

Black Ship: unbekannte Flugobjekte, die vor allem im äußeren Bereich des Sonnensystems unterwegs sind. Wer diese steuert, ist unbekannt. Siehe auch → *Space-Hypothese*

Blacksuit: siehe → *Talar*

Body Holiday: → *Swap*, bei dem der Nutzer länger außerhalb seines → *Stammkörpers* weilt, meist zum Zweck der Entspannung.

Brainbeam: stellarer Funktransfer eines → *Cogit* über weite Distanzen. Ermöglicht de facto Reisen mit Lichtgeschwindigkeit.

Braincrash: Softwarefehler, der dazu führt, dass ein in einem → *e-Cephalon* laufendes → *Cogit* abstürzt. Ein B. führt in der Regel zu irreparablen Schäden an Cogit und → *Gefäß*.

Brassard: holografische Markierung, die kenntlich macht, ob jemand eine → *Holomasque* verwendet. Das Tragen eines Brassards ist in fast allen Föderativen verpflichtend.

Cascadeur: (Abk. Casc) ein → *Deather*, der an extrem gefährlichen Herausforderungen teilnimmt, die eigentlich den sicheren Tod bedeuten.

Champagnerflöte: scherzh. für Kloncontainer, in denen inaktive → *Gefäße* aufbewahrt werden.

Chipper: auch CHPler. Gruppe von Theoretikern der → *Ætherianica*, welcher an die Existenz fester, intelligenter Hologramme glaubt, die angeblich die → *Hologrammatica* bevölkern. Der Name ist eine Abkürzung des von der Gruppe verwendeten lat. Ausspruchs »Cave Hic Photones«.

Cogit: digitalisiertes menschliches Gehirn, das anstelle des ursprünglichen organischen Gehirns verwendet wird. Die Cogit-Software läuft in einem → *e-Cephalon*.

Crasher: Menschen, die Autopiloten für eine Bevormundung halten und deshalb mit modifizierten Pkw fahren, die sich auf herkömmliche Weise selbst steuern lassen.

De Rimm: lux. für »Der Gürtel«; gängige Bezeichnung für den → Herschel-Asteroidengürtel.

Deather: → Quants, die sich wiederholt in → Gefäße hochladen und dann darin Suizid begehen. Siehe auch → Thanatonaut und → Cascadeur.

Deather: Subkultur der → Quants, deren Mitglieder während des Aufenthalts in → Gefäßen seriellen Selbstmord begehen.

Descartes-Hack: softwareseitige Modifikation, die es → Quants ermöglicht, länger als vier Wochen außerhalb ihres → Stammkörpers zu bleiben. Benannt nach dem französischen Philosophen René Descartes, der die Trennung von Geist und Körper postulierte.

Descartes-Limit: Dauer, die ein → Quant außerhalb seines → Stammkörpers überleben kann. Liegt bei etwa 30 Tagen.

e-Cephalon: kleiner → Qube, der sich im Cranium eines → Quants befindet und in dem die → Cogit-Software läuft.

Edgeworth-Kuiper-Gürtel: äußerer, deutlich massereicherer Asteroidengürtel des Sonnensystems, der sich jenseits der Umlaufbahn des Neptuns erstreckt.

Encyclopedia Pseudodoxia Ætherianica: Onlineforum, das es sich zum Ziel gesetzt hat, die wahren Hintergründe von → Turing I und → Turing II herauszufinden und zu dokumentieren. Der Name referenziert auf Thomas Brownes Pseudodoxia Epidemica.

Former Actual Person: Abk. FAP. Hochillegale Praxis, bei der die Körper lebender Menschen in → Gefäße umgewandelt werden.

Gefäß: geklonter, bootfähiger Körper, in den → *Cogits* hochgeladen werden können.

Grid-Hypothese: in der → *Ætherianica* diskutierte Theorie, laut der es im globalen Datennetz eine bisher unentdeckte digitale Superintelligenz gibt.

Grid: globales Datennetz, vor seiner mehrmonatigen Komplettabschaltung 2048 oft als Web oder Internet bezeichnet.

Hardlight: Hologramm, das aus festem, kristallinem Licht besteht. Existenz unbewiesen, siehe auch → *Chipper*.

Herschel-Asteroidengürtel: oft einfach Asteroidengürtel. Der zwischen Mars und Jupiter liegende Asteroidengürtel des Sonnensystems.

Hohlkopf: abw. für einen Menschen, der eine Quanttransformation hat durchführen lassen und nun ein digitales Gehirn besitzt. → *Schwammkopf*

Holocanvas: reales Objekt, das als Projektionsfläche für → *Holotextur* dient. Der Begriff leitet sich vom engl. Wort für Leinwand ab. Mit dem Siegeszug des → *Holonet* setzte sich die Erkenntnis durch, dass es häufig keinen Sinn mehr macht, Farbgebungen und Muster vorzugeben. Stattdessen legt der Endverbraucher diese selbst fest. Holocanvassing findet u. a. bei Kleidungsstücken, Mobiliar oder Teppichen Anwendung. Im → *Naked Space* wirken Canvas-Produkte mattweiß. Oft werden statt des Begriffes Canvas auch die Präfixe »Blanko-« oder »White-« verwendet (z. B. Blankojackett, Whitebook).

Hologoggles: frühe Technologie zur Darstellung holografischer Projektionen. Die ersten Hologoggles kamen um 2015 auf den

Markt und waren sehr klobig. Mit dem Aufkommen des von → *Arkenziel* entwickelten → *Holonet* wurden Hologoggles obsolet, da hochauflösende Hologramme nun vom bloßen Auge wahrgenommen werden konnten.

Hologrammatica: Kunstbegriff, der sich aus den Wörtern Holografie und Grammatik zusammensetzt. Grammatik wird hier nicht im griechischen Wortsinn (»Kunst des Schreibens«), sondern als Synonym für ein Regelwerk bzw. eine Systematik verwendet. Der Begriff ist unscharf; als Hologrammatica bezeichnet man sowohl die Gesamtheit aller holografischen Augmentationen, als auch die technische Struktur des → *Holonet*.

Hololevel: Schicht des → *Holonet*. Das Projektionsnetz umfasst eine Vielzahl von Objekten und Texturen, die in fünf Stufen unterteilt sind. In der Anfangszeit des Holonet waren alle Hologramme gleichwertig. Dies warf das Problem auf, dass es für den Betrachter lediglich die Möglichkeit gab, alle holografischen Augmentierungen wahrzunehmen oder gar keine (siehe → *Naked Space*). Seit Version 3.11. besitzt das Holonet deshalb fünf Level. Mithilfe sogenannter → *Stripper* lassen sich einzelne Level ausblenden. Folgende existieren:
Level I: Sicherheitskomponenten (z. B. militärische Tarnung)
Level II: Augmentierung von Personen
Level III: Augmentierung privater Gegenständen (z. B. Hausfassaden)
Level IV: Augmentierung im öffentlichen Raum (z. B. Verkehrsschilder)
Level IV und V abzuschalten, steht jedem Nutzer frei. In den meisten Föderativen wird die Möglichkeit, Level III oder II abzuschalten, streng reglementiert. Dies folgt der Erkenntnis, dass beispielsweise eine Person mit → *Holomasque* nicht ohne ihre Zustimmung demaskiert werden sollte.

Noch strenger sind die Regelungen bzgl. Level I, da es hier um Tarnvorrichtungen für Militäreinrichtungen o. Ä. geht.

Level VI: Werbung

Holomasque: → Holotextur, mit der eine Person ihr Aussehen modifiziert. Mithilfe einer Holomasque (Abk. Masque) lässt sich die eigene Erscheinung in vielfältiger Weise verändern. Am häufigsten werden Haar- und Augenfarbe, Teint und Gesichtsphysiognomie modifiziert. Für Dritte ist es ohne → *Stripper* (Level 3) nicht möglich, hinter die Holomasque zu schauen. Betrachter können nicht einmal erkennen, ob überhaupt eine Maskierung vorliegt. Aus diesem Grund schreibt das Gesetz in den meisten Föderativen ein → *Brassard* vor. S. auch: → *Skinfilter*.

Holonet: Netzwerk von Projektoren, das holografische Projektionen erstellt. Die so erschaffenen dreidimensionalen Objekte und Texturen interagieren mit realen Personen und Gegenständen. Wie das → *Grid* ist das Holonet fast überall verfügbar. Bereiche ohne Holonet bezeichnet man als → *Naked Space*.

Holorealismus: grundlegendes Prinzip der → *Hologrammatica*. Legt fest, dass holografische Objekte sich so verhalten, wie es die klassische Mechanik vorsieht. Projektionen sind zwar nicht an Schwerkraft oder Trägheitsprinzip gebunden. Dennoch ist das → *Holonet* so programmiert, dass beispielsweise ein vom Dach fallender holografischer Apfel eine seiner Form und dem realen Luftwiderstand entsprechende Geschwindigkeit annimmt, um möglichst realistisch zu wirken. Holorealismus soll verhindern, dass es bei Benutzern zu Desorientierung oder Übelkeit kommt. In Werbung und Spielumgebungen können die Prinzipien des Holorealismus außer Kraft gesetzt werden.

Holotextur: mithilfe des → *Holonet* erzeugte Fläche, die über eine reale Fläche projiziert wird. Man spricht auch von »digitaler Farbe« oder »digitaler Schminke«. Holotextur kann bspw. verwendet werden, um ein rotes Auto blau erscheinen zu lassen oder eine unverputzte Hausfassade verputzt. Verwendet man Holotexturen, um Objekte oder Personen besser aussehen zu lassen, spricht man von Holopolish. Holotexturen finden zudem Einsatz bei der Beschriftung von Produkten, Werbetafeln oder Straßenschildern.

Killset: die (i. d. R. gleich bleibende) Art und Weise, auf die ein → *Thanatonaut* sich bei seinen seriellen Suiziden tötet. S. auch → *modus mortandi*

Killtools: »Werkzeuge« eines → *Deathers*; oft in einem Koffer oder einer Tasche verstaut. Je nach → *modus mortandi* kann es sich um Waffen, Gifte oder andere Hilfsmittel handeln.

Kimmerien: quasi-mystischer Ort, der laut → *Thanatonauten* an der Grenze zwischen dem Reich der Lebenden und der Toten existieren soll.

Klimacomputer: siehe → *Æther.*

Klonerie: Einrichtung, welche den → *Quants* Einlagerung von → *Gefäßen* sowie Upload-Möglichkeiten anbietet.

Level: siehe → *Hololevel*

Malachim: semiintelligenter Bot, der die Persönlichkeit einer verstorbenen Person imitiert. In den meisten Föderativen illegal.

Modus mortandi: die (i. d. R. gleich bleibende) Art und Weise, auf die ein → *Thanatonaut* sich bei seinen seriellen Suiziden tötet. S. auch → *Killset*.

Naked Space: Teil der physischen Realität, der nicht durch vom → *Holonet* erzeugte Projektionen augmentiert wird. Naked Space existiert heutzutage fast nur noch in Gebieten, die holografisch nicht erschlossen wurden (man spricht auch von Diminished Reality). Dazu gehören beispielsweise Teile der Subsahara, Arabiens und der Antarktis, das Königreich Bhutan sowie die Weltmeere.

Necrosurfer: siehe → *Thanatonaut*.

Poseidon-Hypothese: in der → *Ætherianica* diskutierte Theorie, laut der es in den Tiefen der Ozeane eine bisher unentdeckte digitale Superintelligenz gibt.

Poseidonist: Vertreter der → *Poseidon-Hypothese*.

Quant: Mensch, der sein organisches Gehirn durch einen digitales → *Cogit* hat ersetzen lassen.

Qube: engl. Kunstwort aus Cube und Quantum. Bezeichnung für einen sehr leistungsfähigen Rechner, der auf den Prinzipien der Quantenmechanik basiert.

Schröder-Pizarro-Virus: 2054 erstmals aufgetretenes, extrem wandelbares Virus, das Frauen unfruchtbar werden lässt. Die S.-P.-Pandemie verursachte die Unterbevölkerung. Es wird spekuliert, dass es sich um ein synthetisches Virus handeln könnte.

Schwammkopf: abw. für Menschen, die keinen digitalisierten Verstand besitzen.

Skinfilter: digitale Modifikation, die mithilfe des → *Holonet* vorgenommen wird und Hautfarbe oder Hauttextur einer Person verändert.

Space-Hypothese: in der → *Ætherianica* diskutierte Theorie, laut der es im Weltall eine bisher unentdeckte digitale Superintelligenz gibt.

Spacer: Menschen, die dauerhaft im Weltall leben.

Stammkörper: ursprünglicher Körper eines → *Quant*, den dieser nicht länger als vier Wochen verlassen darf. Ansonsten kommt es zum → *Braincrash*.

Strippergoggles: Brille, die Teile des → *Holonet* ausblenden kann. Andere Bezeichnungen: Stripper, Minusbrille, Unterseher. Mithilfe von Strippern kann der Nutzer die fünf holografischen Schichten (→ *Hololevel*) selektiv betrachten. Üblicherweise sind Stripper mit einer Ziffer versehen, die anzeigt, welche → *Hololevel* man ausblenden kann (»Strippergoggles Mk. I«, »Mk. II« usw.). Am häufigsten sind Mk.-V-Stripper. Diese filtern alle Level-V-Holos (d. h. Werbung) heraus. Für Brillen mit Mk. III oder Mk. II bedarf es spezieller Lizenzen. Mk.I-Brillen werden ausschließlich vom Militär verwendet.

Subtraktive Holografie: Form der Holografie, die keine Objekte in die Realität hineinprojiziert (sogenannte additive Holografie), sondern diese herausrechnet. Dies geschieht, indem über den zu kaschierenden Gegenstand → *Holotextur* gelegt wird, die mit der Umgebung identisch ist. Ein Loch in einer verklinkerten Wand ließe sich bspw. verbergen, indem ein Backsteinmuster darüber projiziert wird. Das Loch wurde somit »subtrahiert«.

Swap: ugs. Vorgang, bei dem ein → *Quant* sein → *Cogit* von einem → *Gefäß* in ein anderes transferiert.

Sweat: ein physisch anstrengendes Hologame.

Talar: Anzug, den ein → *Thanatonaut* während seines Suizids trägt. Soll das Auslaufen von Blut oder anderen Körperflüssigkeiten verhindern. Kann darüber hinaus auch eine rituelle Bedeutung haben. Talare sind deshalb mitunter verziert.

Thanatonaut: (Abk. Than) ein → *Deather*, der versucht, mehr über das Mysterium des Todes und ein mögliches Leben nach dem Tod zu lernen.

Thin black line: → *Deather*-Jargon für die Grenze zwischen dem Hier und dem Jenseits.

Turing I: auch: Turing-Zwischenfall. Nach dem Mathematiker Alan Turing benanntes Ereignis, bei dem die Menschheit im Jahr 2048 die Kontrolle über den superintelligenten Klimacomputer Æther verlor. Siehe auch → *Turing II*.

Turing II: auch: Zweiter Turing-Zwischenfall. Ereignis im Jahr 2088, bei dem der bereits zerstört geglaubte Klimacomputer → *Æther* erneut erwachte und die Kontrolle über den Planeten zu übernehmen drohte. Siehe auch → *Turing I*.

Vessel Vertigo: auch Gefäßschwindel. Bei häufigen → *Swaps* auftretende Symptome wie Desorientiertetheit oder Übelkeit.

Vessel Vixens: Prostituierte, die ihr Gewerbe nicht in ihrem → *Stammkörper*, sondern in einem → *Gefäß* ausüben.

Wenn künstliche Intelligenz die Probleme der Welt lösen kann – sind wir dazu bereit, die Kontrolle abzugeben?

»Ein packender Thriller mit Tiefgang, Action und einem wirklich überraschendem Ende in einer Welt mit neuen Möglichkeiten. Die Welt von Hologrammatica ist faszinierend, der Protagonist vielschichtig und das Ende lässt Fragen offen. Es wäre bedauerlich, wenn es keine Fortsetzung gäbe.« *Henry Lübberstedt, stern*

Investigativjournalist Calvary Doyle wird auf offener Straße nie-
dergeschossen. Zuvor hat der Reporter zum Thema Künstliche
Intelligenz recherchiert. Die auf KI-Gefahrenabwehr spezialisierte
UNO-Agentin Fran Bittner beginnt zu ermitteln und steht schnell
vor einer brisanten Frage: Haben sich einige Künstliche Intelligenzen bereits selbstständig gemacht?

Der grandiose Thriller von SPIEGEL-Bestseller-Autor Tom Hillenbrand führt uns an die Grenzen unserer Welt – ein Feuerwerk der
Ideen, aufregend und hochspannend!